作者学养与乾嘉章回小说的精神世界

王冉冉 著

本书系国家社科基金一般项目"作者学养与乾嘉章回小说的精神世界研究"(16BZW099)结项成果

本书获华东师范大学中文系学术出版基金资助

目 录

绪论……………1

第一章 《庄子》在《红楼梦》中的渗透与转化……………7

第一节 《庄子》中的"无情"与《红楼梦》中的"多情"……………8

第二节 《庄子》与《红楼梦》中审美的人生态度……………19

第三节 《庄子》与《红楼梦》中的"出世"与"入世"……………33

第四节 《庄子》与《红楼梦》中的生命立场……………41

第二章 佛禅思想与《红楼梦》的象征世界……………56

第一节 "色空不二"与《红楼梦》中的欲望书写（上）……………58

第二节 "色空不二"与《红楼梦》中的欲望书写（下）……………71

第三节 佛禅"本心"范畴与《红楼梦》中通灵宝玉的象征意蕴……………82

第三章　儒学元典与《红楼梦》中的儒学倾向……………93
　　第一节　"返回元典"与《红楼梦》中的礼教……………94
　　第二节　"尊情"思潮中的儒学本位与《红楼梦》之
　　　　　　"以情悟道"……………113

第四章　《儒林外史》与礼书及颜李学派之关系……………123
　　第一节　泰伯祠祀典仪注与《文公家礼》《大明集礼》之
　　　　　　关系……………125
　　第二节　颜元的祭孔仪注与《儒林外史》之关系……………132
　　第三节　《儒林外史》对颜李学派思想资源的吸收与
　　　　　　转化……………138

**第五章　吴敬梓的《诗》教观与《儒林外史》中的
　　　　　情感场域**……………166
　　第一节　《文木山房诗说》中强调"声教"之实质……………167
　　第二节　《儒林外史》对"义教"之局限性的揭示……………176
　　第三节　"主情"的《诗》教观与《儒林外史》中的
　　　　　　"人生况味"……………181
　　第四节　"温柔敦厚"的《诗》教观与《儒林外史》中的
　　　　　　情感基调……………189

**第六章　乾嘉学术知识结构的改变与《镜花缘》之
　　　　　"炫学"**……………201
　　第一节　博物知识与《镜花缘》之"炫学"……………204
　　第二节　小学知识与《镜花缘》之"炫学"……………217

第三节　实学知识与《镜花缘》之"炫学"……………227

第七章　乾嘉学术"崇正辟邪"思想发展态势中的
　　　　《野叟曝言》……………243
　　第一节　"崇正辟邪"与《野叟曝言》中的人伦观……………250
　　第二节　"崇正辟邪"与《野叟曝言》中的经权观……………268

第八章　场屋之学在《歧路灯》中的文本渗透……………282
　　第一节　场屋之学与《歧路灯》中的人物语言……………289
　　第二节　场屋之学与《歧路灯》的命名艺术……………296
　　第三节　儒家经传与《歧路灯》中穿插的诗词韵文……………303

第九章　《蟫史》与《绿野仙踪》中的作者学养……………310
　　第一节　"前文本"在《蟫史》中的意义生成……………314
　　第二节　道教经典对《绿野仙踪》的文本建构……………332

结语……………354

参考文献……………358

绪　论

乾嘉时期不仅出现了巅峰之作《红楼梦》，而且有《儒林外史》《镜花缘》等名作，《野叟曝言》《绿野仙踪》《歧路灯》等较前也别具特色、各有千秋，另外这一时期还出现了《蟫史》这样史无前例的文言章回小说。在 20 世纪古典小说刚开始进入现代学术研究视域之时，乾嘉章回小说就引起研究者们的普遍注意，也有着相当丰硕的研究成果，但就目前来看，学界主要还只是把乾嘉章回小说作为孤立的个体进行研究，没有把握特定时代中章回小说的整体性、共通性特点。张俊《清代小说史》（1997 年），张俊、沈治钧《清代小说简史》（2005 年），李剑国、陈洪主编《中国小说通史·清代卷》（2007 年），胡益民、李汉秋《清代小说》（2009 年）等小说史论著因体例所限，言及乾嘉章回小说时只将其笼统归入"高峰"期，而乾嘉朝思想文化上的本质性特点及其对章回小说的具体影响在这些著作中尚未得到充分展开。

乾嘉朝成为章回小说的兴盛时期之一并非偶然，有其历史必然性。从思想文化因素来看，乾嘉时期是清代学术最为繁荣的时期，乾嘉之学被视为最有代表性的"清学"。从古典小说自身的发展轨迹来看，这一时期的小说学思想有着从"文"到"学"的变迁：清初，承明代小说学之余绪，对小说进行价值观照时有着从"史"本位到"文"本位的历史变迁,突破了过去小说学思想中"虚实"论的局限,改变了视小说为经史附庸的传统定位,对小说有了文学的自觉,还从方法论的角度探讨小说的文学性,以文章学眼光总结出许多小说技法,真正提高了小说的文学地位。这样的小说学思想由金圣叹奠基,经毛宗岗、张竹坡推波助澜,成为清初小说学思想的主流。到了乾嘉时期,小说学思想又有着从"文"到"学"的变迁,对小说学思想影响最大的是学者而不是文人,"以学问为小说"成了对小说进行雅化的重要方式。

鲁迅先生曾在《中国小说史略》中将《野叟曝言》《镜花缘》《蟫史》《燕山外史》四部乾嘉小说称为"以小说见才学"者。顺着这一思路深入考察,可以发现,这一时期并非没有承讲史平话一脉而来,具有世俗化、民间化特点的章回小说(如"说唐""说宋"等系列历史演义英雄传奇,《施公案》《绿牡丹》等公案侠义小说),但这些章回小说与前代相比也不过属于平庸之作。真正使乾嘉朝章回小说区别于前代的本质特点正是:没有哪个时期的章回小说作者像乾嘉时期那样,如此普遍地具有较深厚的学养。

《红楼梦》中,宝玉对女儿的赞美之辞并非空穴来风,而是来自谢希孟讥陆象山所说的"天地英灵之气,不钟于男子,而钟于妇人"①。作者对道家经典尤其是《庄子》颇多精思与感悟,而且没有成为道家思想的传声筒,而是以"小说的智慧"使得道家思想变成了可视可感的风度、气质、情怀、操守、人格特征、生活方式,于是,种种抽象思想得到感性显现,晦涩的哲学表述变成活泼泼的

---

① 冯梦龙:《情史·情豪类》,载《冯梦龙全集》第 7 册,凤凰出版社 2007 年版,第 185 页。

生活诉求，灰色的理论经由活色生香的生命引发心灵的共鸣，从而帮助我们接近道家思想所达到的精神高度。作者对佛禅典籍也很有研究：《红楼梦》中，宝钗谈到禅宗公案时提到惠能称神秀偈"美则美矣，了则未了"①，此语载于《景德传灯录》《五灯会元》等禅宗典籍，不见于《坛经》任何版本。《红楼梦》中提到贾宝玉平日所读之书中亦列有《五灯会元》。尤其是，《红楼梦》第八十七回写妙玉"断除妄想，趋向真如"，后来却又走火入魔，这是由《五灯会元》所载张拙秀才"断除烦恼重增病，趣向真如亦是邪"②语而来。此外，《红楼梦》第二十五回中所说"你家现有希世奇珍"源自《五灯会元》《坛经》《法华经》等佛禅典籍中所说的"自家财珍"……过去学界曾笼统地说《红楼梦》具有反儒学倾向；然而，《红楼梦》对于原始儒学的诸多思想观念都非常认同。第五十二回中，尽管周瑞告诉宝玉"老爷不在家"，不必从马上下来这么麻烦，宝玉却说："虽锁着，也要下来的。"贾政不在家，宝玉自然没有一点儿作秀的性质，他是真心恪守在父亲房门前一定要下马的礼法规定。在父亲房门前下马示敬是礼数，被父亲打得死去活来而不怨也是礼数。《礼记·祭义》中云："父母恶之，惧而无怨。"《礼记·内则》中更是明确规定："父母怒、不说，而挞之流血，不敢疾怨，起敬起孝。"可以看出，宝玉挨打后的表现简直就是"不敢疾怨，起敬起孝"的典范。笔者聊举几例以见作者学养之一斑，只想借此表明，尽管对《红楼梦》的研究已是汗牛充栋，新材料的发现也变得极度困难，令研究者颇有"眼前无路想回头"之

---

① 见庚辰本《红楼梦》第二十二回。后文若无特别注明，皆据此版本。
② 张拙：《悟道偈》，载普济《五灯会元》中册，中华书局2010年版，第316页。

感，通过对作者学养的深入研究来阐释文本，仍然不失为一条相当开阔的研究路径。

这样的研究路径同样适用于《儒林外史》《镜花缘》等被较多研究的名作。吴敬梓的经史学养为朋友及著名乾嘉学者钱大昕所盛赞，他自己也将治经视为"此人生立命处也"。1999年，吴敬梓《诗说》被周兴陆发现，李汉秋、顾鸣塘等撰文论及吴敬梓《诗经》学与《儒林外史》思想艺术的关系，在一定程度上指出了吴敬梓的卓越思想并非无源之水，而是有着经学修养的深厚底蕴。①《诗说》还有了周延良的笺证本与研究专著，为进一步探讨吴敬梓的经学修养在《儒林外史》中究竟体现出怎样的"人生立命处"奠定了基础。《儒林外史》的文本细节也蕴含着《诗经》学之外的其他经学修养。总之，鉴于目前的研究状况，对于《儒林外史》，本书重在考察吴敬梓的经学修养有怎样的具体体现，又怎样塑造着《儒林外史》中的种种卓越思想。

乾嘉学术对知识结构的调整与《镜花缘》"炫学"之关系值得关注，博物知识、小学知识、医学、算学以及水利学在乾嘉时期的学术知识结构中有着明显的地位上升，《镜花缘》所"炫"之学对此颇有体现。本书着重阐发《镜花缘》所"炫"之学的具体内涵，这也需要着眼于李汝珍的学养进行考察。

了解夏敬渠的学养可从《浣玉轩集》中找到许多资料，王琼玲、杨旺生对这些资料作了不少发掘，在此基础上，本书主要把夏

---

① 详见李汉秋:《新发现的吴敬梓〈诗说〉刍议》，《复旦学报（社会科学版）》2001年第5期，第25—29页；顾鸣塘:《吴敬梓〈诗说〉与〈儒林外史〉》，《明清小说研究》2001年第4期，第45—57页。

敬渠的学养与当时"崇正辟邪"的学术思想结合起来进行考察。乾嘉时期，无论是汉宋之争，还是对理学或显或隐的批判，学者们与宋儒或理学展开论战的主要方式就是"崇正辟邪"：宣布我方为"正"而对方为"邪"，我方是真正的孔孟之道而对方杂有异端之学。而所谓的异端之学主要是把佛老二氏视为最主要的代表。学者们普遍认为，与孟子时代辟邪斥异端，以杨朱、墨子为靶子不同，现今最大的异端、最需要辟的"邪"是佛老二氏。而《野叟曝言》中正是把"崇正辟邪"作为全书宗旨，对佛老之徒还不只是排摈而已，必欲剪灭而后快。耐人寻味的是，乾嘉学者们更多地指责理学中杂有很多佛老二氏的思想观念，而夏敬渠又恰恰正是程朱的信奉者、理学的鼓吹人，那么，他是怎么为理学辩护的？他以通俗小说这样的写作样式为理学辩护的实际效果如何？他在乾嘉学术"崇正辟邪"思想发展态势中处于怎样的位置？以这样的问题意识为引导，可以使我们对《野叟曝言》的内容研究走向深入。

研究中国古代小说文体不仅有古与今的错综、中与西的碰撞，还有名与实的纠结。复杂的历史与现实原因使呈现在研究者视域里的中国古代小说表现出"文备众体"的特点，简单地以某个术语概括中国古代小说的文体特征往往会挂一漏万，且很难得其要领。本书通过场屋之学在《歧路灯》中的文本渗透，考察《歧路灯》所具有的文体特点，在文体特点中把握《歧路灯》所具有的具体思想内涵，是一种把内容研究与形式研究结合起来的具体尝试。

细绎《蟫史》之创作构思，除了写游宦之见闻、粤地之习俗颇有原创性之外，更多的是取古籍中诸片段成为"前文本"，在"前文本"的基础上进行改写敷衍。屠绅对"前文本"之改写敷衍主要作用于小说中的人物情节之设置，以及所穿插诗文的语典、事典，是他写作这部文言章回小说最重要的构思方式。因此，想要探究屠绅在《蟫史》中寄寓了怎样的思想感情，考察屠绅对"前文本"的具体处理方式应该是难以回避的，这也是本书对《蟫史》进行内容研究的切入点。

学界对《绿野仙踪》的研究无法绕过《绿野仙踪》中的道教元素。作为一部主人公为修仙者、情节主体是道教修行的小说，《绿野仙踪》中不可避免会涉及种种道教元素。但是，如果只是泛泛而谈《绿野仙踪》中的道教元素，很容易大而化之、浮光掠影，对其中道教元素的具体文化内涵缺少深入而细致的把握。本书着眼于道教经典在《绿野仙踪》中的具体现身，探讨《绿野仙踪》如何以道教经典进行文本建构，评价《绿野仙踪》以道教经典建构文本的利弊得失。

概而言之，本书力图把握住乾嘉章回小说整体性、共通性的特点，以作者学养为着眼点，探讨这些作品以作者学养为底蕴所形成的内在情理逻辑，从而较好地对乾嘉章回小说进行内容研究，并将小说研究与学术史研究、思想史研究结合起来。

第一章 《庄子》在《红楼梦》中的渗透与转化

儒、释、道三教会通在《红楼梦》中有着三个层面的呈现形态：

第一层面是名物形态。例如，贾氏宗族的日常生活中既设有宣讲儒学经典的家塾，又有佛禅的铁槛寺、栊翠庵，也有道教的清虚观；贯穿全书、在结构中起着重要作用的是一僧一道，还有在开头"风尘怀闺秀"、结尾"归结红楼梦"的儒者贾雨村；空空道人后来改名为"情僧"；宝玉明明是出家做了和尚，却被朝廷封为"文妙真人"；太虚幻境中既有"钟情大士""度恨菩提"这样的佛禅名号，又有"痴梦仙姑""引愁金女"这样的道教称谓；《红楼梦》十二支曲的《虚花悟》中有云，"闻说道，西方宝树唤婆娑，上结着长生果"[1]，其中既有佛禅的"西方宝树"，又有道教的"长生"追求；警幻仙子又劝诫宝玉"而今后万万解释，改悟前情，留意于孔孟之间，委身于经济之道"……这是《红楼梦》中三教会通最为直观的一个层面，虽然粗浅，但毕竟也是三个层面必不可少的组成部分，在此也须略加指出。

---

[1] 见《红楼梦》第五回。

第二层面是典籍形态。此层面在本书绪论部分已提及，此处不赘。

第三层面是象征隐喻层面。《红楼梦》的艺术世界可划分为两个层面：一是写实世界，二是象征世界。写实世界就是《红楼梦》中的世俗世界，而象征世界则体现为超越性世界，这是作者非常看重的一个艺术层面。本书前三章以"三教会通"为切入点，利用《红楼梦》自身的直观性、形象性，拓展研究者自身的有限"视域"，使研究者超越一己之局限，不断接近伟大作品所达到的精神高度。

第一节 《庄子》中的"无情"与《红楼梦》中的"多情"

《红楼梦》中的灵魂人物毋庸置疑是贾宝玉。对于这个人物，《红楼梦》中常常以"多情"来形容：第三回宝玉出场，书中对他的韵文描述中有"转盼多情，语言常笑"这样的语句；第五回晴雯的判词中提到"多情公子空牵念"；第七十八回宝玉所拟的《芙蓉诔》中又有言："红绡帐里，公子多情。""多情"一词在如今也可指用情不专，但在《红楼梦》的具体语境中，说到"多情"基本上都是褒义，如第十五回中说到一对殉情的痴情儿女时是用"多情"来描述的。黛玉起初对宝钗甚有成见，总以为宝钗"藏奸"，但后来对宝钗的看法大为改观，当宝玉诧异"是几时孟光接了梁鸿案"时，黛玉回答宝玉的是"送燕窝病中所谈之事"。当宝钗很体贴地送给黛玉燕窝时，黛玉感叹道："东西事小，难得你多情如此。"① 此外，冯渊对

---

① 见《红楼梦》第四十五回。

英莲、尤二姐对贾琏的"多情",冯紫英唱词、茗烟祝词、探春诗句中的"多情",皆是褒义。唯第七十七回中说到灯姑娘的"多情"有明显的讽刺意味,但那也只是正话反说的反语修辞,并非"多情"一词本身是贬义。

其实,宝玉对众多女子的"多情"并非用情不专。用情不专只能特指爱情,对亲友以及人类的爱恰恰是多多益善的。"神仙姐姐"已经讲得很清楚了,宝玉"在闺阁中,固可为良友,然于世道中未免迂阔怪诡,百口嘲谤,万目睚眦"。宝玉对众多女子的体贴关爱其实是"良友"之情,若说到爱情,宝玉其实只和黛玉一人有恋爱关系,并未移情别恋。

宝玉挨打之后,他曾让晴雯给黛玉送两条手帕子,惹得晴雯很有顾虑,说:"这又奇了,他要这半新不旧的两条手帕子?他又要恼了,说你打趣他。"但是,宝玉却胸有成竹地坚持:"你放心,他自然知道。"果然,林妹妹接到手帕以后,起初也颇为纳闷,然而"着实细心搜求,思忖一时,方大悟过来……这里林黛玉体贴出手帕子的意思来,不觉神魂驰荡:宝玉这番苦心,能领会我这番苦意,又令我可喜,我这番苦意,不知将来如何,又令我可悲,忽然好好的送两块旧帕子来,若不是领我深意,单看了这帕子,又令我可笑,再想令人私相传递与我,又可惧,我自己每每好哭,想来也无味,又令我可愧。如此左思右想,一时五内沸然炙起",接着就挥笔在手帕子上连题了三首绝句。

这里有一个问题:宝玉送黛玉两条旧手帕究竟有何"苦心",他又领会了黛玉怎样的"苦意"呢?

黛玉深知外传野史中的才子佳人"都因小巧玩物上撮合",当然也知宝玉送手帕是表情达意的一种重要方式。那么，送手帕有何深意呢？明末以来曾广泛流传这样一首情歌："不写情词不写诗，一方素帕寄心知。心知接了颠倒看，横也丝来竖也丝，这般心事有谁知？"送手帕给情人至少有两层含义：第一，表达情思，"横也丝来竖也丝"的"丝"与情思的"思"谐音。第二，手帕要送给什么人？要送给"心知"，送给知己之人。可以说，这首情歌宣扬的爱情是知己之爱。

能够称得上宝玉知己之爱的只有黛玉一人，所以第三十二回中才会有那么多的笔墨描写黛玉的心理活动："林黛玉听了这话，不觉又喜又惊，又悲又叹。所喜者，果然自己眼力不错，素日认他是个知己，果然是个知己。所惊者，他在人前一片私心称扬于我，其亲热厚密，竟不避嫌疑。所叹者，你既为我之知己，自然我亦可为你之知己矣，既你我为知己，则又何必有金玉之论哉；既有金玉之论，亦该你我有之，则又何必来一宝钗哉！所悲者，父母早逝，虽有铭心刻骨之言，无人为我主张。况近日每觉神思恍惚，病已渐成，医者更云气弱血亏，恐致劳怯之症，你我虽为知己，但恐自不能久待，你纵为我知己，奈我薄命何！想到此间，不禁滚下泪来。"当宝玉送给黛玉两方旧手帕时，连与他们相当熟悉亲密的晴雯都莫名其妙，"一路盘算，不解何意"，宝玉却深知"他自然知道"，而黛玉果然能够大悟并深受感动，两人确实有着知己间才有的默契与感应。

宝玉为什么要送给黛玉旧的手帕呢？这就要说到黛玉的"苦意"。她与宝玉相爱，但其身世之感以及宝玉的秉性与言行让她对这样的爱情非常缺少安全感。第三十二回中，宝玉曾有这样的推心置腹之语:"你皆因总是不放心的原故,才弄了一身病。但凡宽慰些,这病也不得一日重似一日。"一番话让她"如轰雷掣电,细细思之,竟比自己肺腑中掏出来的还觉恳切,竟有万句言语,满心要说,只是半个字也不能吐,却怔怔的望着他"。正如宝玉所说,她"不放心",不放心"既你我为知己,则又何必有金玉之论哉;既有金玉之论,亦该你我有之,则又何必来一宝钗哉";不放心宝玉"亦有麒麟,便恐借此生隙,同史湘云也做出那些风流佳事来";尤其不放心宝玉"心里有'妹妹',但只是见了'姐姐',就把'妹妹'忘了"。为了安慰黛玉的不放心,宝玉曾以"亲不间疏,先不僭后"安慰黛玉:"你先来,咱们两个一桌吃,一床睡,长的这么大了,他是才来的,岂有个为他疏你的?"这是以决不会喜新厌旧来让黛玉放心。以旧手帕送给黛玉也正是旧事重提,暗示他对"旧"的看重,对黛玉这个"旧人"的情思。另外,两人在清虚观打醮那次大吵了一场之后,有了相当深入的一次情感交流,当时"宝玉心里原有无限的心事,又兼说错了话,正自后悔,又见黛玉戳他一下,要说又说不出来,自叹自泣,因此自己也有所感,不觉滚下泪来。要用帕子揩拭,不想又忘了带来,便用衫袖去擦。林黛玉虽然哭着,却一眼看见了,见他穿着簇新藕合纱衫,竟去拭泪,便一面自己拭着泪,一面回身将枕边搭的一方绡帕子拿起来,向宝玉怀里一摔,一语不发,仍掩面自泣"。那个旧手帕曾经沾过两个人共同流过的眼泪,也是两人心心相印的见证。从那次争吵之后,宝黛两人再没有发生过口角。当然,黛玉"摔"给宝玉的那个旧手帕也就具有了只有两个人才心知肚明的特别意义,宝玉这次再把自己的一块旧手帕和珍藏的黛玉的那块手帕一起送来,送来的就不仅仅是"情思",还是知己之爱,是那句"你放心"的深切安慰,是只属于两个人的情感记忆与深度沟通后的共鸣和默契。

既然宝玉的爱情只对黛玉一人,宝玉为什么对女孩子常常有些似乎颇为轻薄的言行呢?例如,他与袭人"初试云雨情";曾对宝钗"雪白的膀子"垂涎;巴巴地把从张道士处得到的金麒麟送给湘云,似乎也别有用心;他还很随便地把晴雯的手放在自己手中;和丫鬟在一起洗澡,"足有两三个时辰,也不知道做什么呢……后来洗完了,进去瞧瞧,地下的水,淹着床腿子,连席子上都汪着水";他还曾把晴雯拉进自己的被窝;与芳官同榻而眠……

毋庸讳言,宝玉确实与很多女孩子有过非常亲密的接触,也确实被异性的魅力所吸引而有过失态。这其实可以从两个方面去理解。一方面,他毕竟是一个处于青春期的正常男性,有着青春期的冲动无可厚非。关键是,尽管面对异性的魅力有冲动,他还是"止乎礼义"的——虽然"这个膀子若长在林姑娘身上,或者还得摸一摸;偏长在他身上,正是恨我没福",但宝玉确实很自律地没有做出非礼的举动。

另一方面,宝玉对女孩子们的亲密举动并非因为"知道男女的事了"而去亲近她们。第七十八回中,贾母声称自己也很担心宝玉和女孩子之间的亲密关系:"我深知宝玉将来也是个不听妻妾劝的。我也解不过来,也从未见过这样的孩子。别的淘气都是应该的,只他这种和丫头们好却是难懂,我为此也耽心。"她明确指出:"每每的冷眼查看他,只和丫头们闹,必是人大心大,知道男女的事了,所以爱亲近他们。既细细查试,究竟不是为此。"人间有"细细查试"的贾母的证言,天上又有警幻仙子的"金口"。警幻仙子说宝玉是"闺阁良友",若他对女孩子们别有用心,还怎么可能称得上这样的名号?而且,作品中多次写到宝玉与女孩子们亲密接触时,更多的是体贴关爱她们:宝玉常常和黛玉一处吃、一处睡、一处玩,然而他何曾有过贾珍、贾琏、薛蟠等"喜容貌,悦歌舞,调笑无厌,云雨无休"的邪念?要知道,黛玉"秉绝代之姿容,具稀世之俊美"①,《红楼梦》中对黛玉之美还有这样一段描写:"独有薛蟠更比诸人忙到十分去:又恐薛姨妈被人挤倒,又恐薛宝钗被人瞧见,又恐香菱被人臊皮——知道贾珍等是在女人身上做功夫的,因此忙的不堪。忽一眼瞥见了林黛玉风流婉转,已酥倒在那里。"②林妹妹居然使薛蟠在一瞥之间"酥倒",其对异性的魅力可见一斑。然而,当宝玉和黛玉耳鬓厮磨、肌肤相亲时,他想到的是"酸疼事小,睡出来的病大,我替你解闷儿,混过困去就好了"③;当他看到湘云雪白的臂膀露在被外,他想到的是"睡觉还是不老实!回来风吹了,又嚷肩膀疼了"④;当他把晴雯的手放在自己手中⑤,把晴雯拉进自己的被窝时⑥,他是怕晴雯冻着而帮她"渥着";当他看到芳官因醉酒与自己同榻而羞窘时,他用一句玩笑话为芳官解围⑦……宝玉的"多情"并非"爱情"方面的用情不专,而是对女性的体贴关爱,这种体贴关爱甚至还到了"连那些毛丫头的气都受

---

① 见《红楼梦》第二十六回。
② 见《红楼梦》第二十五回。
③ 见《红楼梦》第十九回。
④ 见《红楼梦》第二十一回。
⑤ 见《红楼梦》第八回。
⑥ 见《红楼梦》第五十一回。
⑦ 见《红楼梦》第六十三回。

的"①，"每每甘心为诸丫鬟充役"② 的程度，愿意与社会底层的"诸丫鬟"发展友情。《红楼梦》中还以象征的手法强调，宝玉的前身在天上是神瑛侍者，是服务者；而在人间，虽然宝玉的身份是贵族公子，以世俗的眼光来看他应是一个"被服务者"，他却仍然保持着天上的侍者本色——所谓"充役"云云，不正是服务者的分内之事吗？于是，《庄子》中"天之小人，人之君子；人之君子，天之小人"的"畸人"意象投射在《红楼梦》中。"人之君子"以践踏他人尊严的方式获得自身的尊贵感，然而这是被否定的"天之小人"；宝玉"每每甘心为诸丫鬟充役"的平等精神被世俗的眼光视为"一点刚性也没有"，没有主子的"款儿"，却又能以"天之君子"的名义得到肯定与认同。

说到友情，封建时代的"五伦"中，"朋友"是唯一最具有平等精神的人伦关系，其他无论是君臣还是父子，夫妻还是兄弟，都有等级之别、主从之分。

在原始儒学那里，五伦关系还有一定的平等精神。例如说到君臣，孔子明确地提出臣对君的"忠"不是绝对服从，而是以"君使臣以礼"为前提，所谓"君使臣以礼，臣事君以忠"；孟子的说法更是有着"以牙还牙"式的平等："君视臣如草芥，则臣视君如寇仇。"尽管原始儒学之"礼"强调等级（所谓"礼别异""君臣上下父子兄弟，非礼不定"），但由于"礼尚往来""礼从宜""礼之用，和为贵"等原则的裁断运用，平等精神在"五伦"中还是

---

① 见《红楼梦》第三十五回。
② 见《红楼梦》第三十六回。

有着不少渗透。到了汉武帝"罢黜百家，独尊儒术"，以及《白虎通义》明确提出"三纲五常"之后，原始儒学在"五伦"中有限的平等精神消亡殆尽。于是，《红楼梦》中宝玉"闺阁良友"的身份立场弥足珍贵，超越了时代的局限，闪烁着平等精神的光辉。

与儒家"礼别异"之讲等级不同，道家之"道"最讲平等。《庄子·秋水》中说得很清楚："以道观之，物无贵贱。"《庄子》内篇第二即是《齐物论》，尽管究竟是齐物，还是齐论，抑或是二者兼论，学界一直有争论，但该篇主旨乃强调万物平等，反对人类中心论，对于这一点，研究者们并无异议。

庄子的高傲脱俗与愤世嫉俗最容易给人留下深刻的印象。在许多人看来，庄子似乎淡定得近乎冷漠，超脱得不近人情，何况他还在《德充符》中大谈"无情"，言之凿凿地说圣人"有人之形，无人之情"。

需要注意的是，庄子所说的"无情"并不是情感的匮乏、态度的冷漠、爱心的缺失，不是一般所理解的薄情寡义。

《德充符》中，当惠子对庄子所说的"无情"提出"既谓之人，恶得无情"的质疑时，庄子如此回答："是非吾所谓情也。吾所谓无情者，言人之不以好恶内伤其身，常因自然，而不益生也。"他明确地提出"无情"并非一般人所理解的"情"的缺席。而且，在别的地方，他多次肯定了"情"在人类生活中的必要性。

如庄子在《天道》中把"推于天地，通于万物"的"天乐"称作"圣人之心，以畜天下也"；在《大宗师》中指出圣人并非就没有情感、情绪，只不过圣人的情感、情绪与自然的节奏相符罢了，所谓："喜怒通四时，与物有宜而莫知其极。"因此，当庄子否定人类之情时，如"悲乐者，德之邪；喜怒者，道之过；好恶者，心之失"（《刻意》）；"恶欲喜怒哀乐六者，累德也"（《庚桑楚》）；又如连"仁人"超越一己的忧愁也被否定，"意仁义其非人情乎！彼仁人何其多忧也"（《骈拇》）；"使人乐其性"的帝尧也被视为"非德"——"昔尧之治天下也，使天下欣欣焉人乐其性，是不恬也；桀之治天下也，使天下瘁瘁焉人苦其性，是不愉也。夫不恬不愉，非德也"（《在宥》）……《庄子》中虽对这些情感充满警惕，更倾向于"虚""静""寂""恬""淡""漠"等内心状态，但并不是说要取消情感，而是说人主观上的某些好恶喜怒与自然不符，是"以好恶内伤其身"（《德充符》），"喜怒失位"（《在宥》），对这些情感应该加以消解，从而避免"残生损性"的不良后果；至于"常因自然而不益生"的情感、情绪，《庄子》中并没有否定。所以，在《庄子》中，"无情"不是一般所理解的薄情寡义（《则阳》中还明确否定了"灭其情"的行径），而是强调通过对"情"的净化获得心灵的宁静与淡定；"无情"不是"情"的缺席，而是对不能顺应自然与大道合一的主观好恶之情的清除。

《庄子》中常常以"无"来表示"大"。例如，"无何有之乡"并不是强调空间的一无所有，而是侧重于空间之"大"，"大"到无限，"大"到包容万有；"无为"也不是说无所作为，而是强调通过有所不为的方式实现"大"的作为；同样，"无功"是一般人难以理解的"大功"，"无名"是"大名"，"无己"是"大己"，"无知"之知是"大知"，"无乐"之乐是"大乐"……而所谓

"无情"之情，也可以说是"大情"。

由于有着"以道观之，物无贵贱"的平等精神，道家并不因为张扬个性、强调个体人格的主体精神而对万物有一丝傲慢："独与天地精神往来，而不敖倪于万物。"(《天下》) 我们可以到处看到《庄子》中对宇宙万物充满了善意与尊重，如《应帝王》中写列子如此修道，"为其妻爨，食豕如食人"；《知北游》中有道在屎溺之中的惊世骇俗之论；《庄子》中还多处描写了使万物各得其所、与万物和谐相处而非对立冲突的动人画面："禽兽可系羁而游，鸟鹊之巢可攀援而窥"(《马蹄》)，"入兽不乱群，入鸟不乱行"(《山木》)，"与物为春"(《德充符》)，"与物有宜"(《大宗师》)，"兼怀万物""万物一齐"(《秋水》)，"缘而葆真，清而容物"(《田子方》)，"处物不伤物"(《知北游》)，"与物委蛇，而同其波"(《庚桑楚》)，"其于物也，与之为娱矣"(《则阳》)，"育万物，和天下"(《天下》)……

尽管超凡脱俗，却能够包容尊重万物；不仅爱人，而且强调"利物"(《天地》中居然如此给"仁"定义——"爱人利物之谓仁")……庄子对万物表现出的"大情"令人惊叹，难怪闻一多先生会将庄子称为"开辟以来最古怪最伟大的一个情种"，清代学者胡文英亦曾云："庄子眼极冷，心肠极热。眼冷，故是非不管；心肠热，故悲慨万端。虽知无用，而未能忘情，到底是热肠挂住；虽未能忘情，而终不下手，到底是冷眼看穿。"

前举《庄子》中"食豕如食人"的典故还影响到了魏晋风度，如《世说新语》中讲了这样的趣事：

> 诸阮皆能饮酒，仲容至宗人闲共集，不复用常杯斟酌，以大瓮盛酒，围坐，相向大酌。时有群猪来饮，直接去上，便共饮之。

不难看出，阮咸的"饮豕如饮人"体现出《庄子》中"天地与我并生，而万物与我为一""其于物也，与之为娱矣"的平等精神与爱物观。同样，《红楼梦》中，宝玉不仅仅对人视贱如贵，他还常常"视物如视人"：

第十九回中写宝玉见一个人没有，因想"这里素日有个小书房，内曾挂着一轴美人，极画的得神。今日这般热闹，想那里自然无人，那美人也自然是寂寞的，须得我去望慰他一回"；第二十二回中写宝玉"只见一阵风过，把树头上桃花吹下一大半来，落的满身满书满地皆是。宝玉要抖将下来，恐怕脚步践踏了，只得兜了那花瓣，来至池边，抖在池内"；第三十六回中写宝玉"看见燕子，就和燕子说话；河里看见了鱼，就和鱼说话；见了星星月亮，不是长吁短叹，就是咕咕哝哝的"；第五十八回中写宝玉"因想道：'能病了几天，竟把杏花辜负了！不觉倒"绿叶成荫子满枝"了！'因此仰望杏子不舍……只管对杏流泪叹息。正悲叹时，忽有一个雀儿飞来，落于枝上乱啼。宝玉又发了呆性，心下想道：'这雀儿必定是杏花正开时他曾来过，今见无花空有子叶，故也乱啼。这声韵必是啼哭之声，可恨公冶长不在眼前，不能问他。但不知明年再发时，这个雀儿可还记得飞到这里来与杏花一会了？'"……这些例子足够让我们看出，尽管星星、月亮、画上的美人是无生命之物，桃花、杏花、燕子、鱼是虽有生命却无人情之物，宝玉却都视之如视人,珍惜与它们的情缘,同情它们的命运,向它们诉说情话,对它们体贴关爱……脂批注意到了宝玉的这一特点,声称宝玉在"情榜"中的称号是"情不情"。而所谓"情不情",就是"凡世间之无知无识,彼俱有一痴情去体贴"。

第二节 《庄子》与《红楼梦》中审美的人生态度

"以道观之"不仅使庄子成了"爱人利物"的"情种",还造就了庄子审美的人生态度:得道是"得至美而游乎至乐"(《田子方》),而道又"无所不在"(《知北游》),存在于万物之中,于是"以道观之"自然也就具有了一种超功利的审美态度。"天地有大美而不言"(《知北游》),那"大美"从何而来?不就来自人对天地万物的欣赏吗?没有了自己是非标准的遮蔽,人与万物之间的对立关系就不复存在,天地万物方能以种种美的形式进入人的视域;差别性也不复是人与万物之间的隔绝,而是为审美的丰富性提供了基础。也正因为此,《庄子》能够欣赏"鲦鱼出游从容,是鱼之乐也",能够欣赏山林、皋壤、燕子、麋鹿……甚至世俗认为比较丑陋的"闉跂""支离""无脤""瓮盎""大瘿"诸人,"牛之白颡者""豚之亢鼻者","散木""鸱鸦",《庄子》都由衷地表达了欣赏喜爱之情,体现出一贯的审美态度。《庄子》中甚至还有这样的"神逻辑":既然"道"也存在于一般人都比较嫌恶的"屎溺"之中,而体道的过程又是"得至美而游乎至乐"(《田子方》),那么,从"屎溺"中体道完全也可以将嫌恶之情转化为审美情感。

如果从逻辑的层面、认识论的角度来看，庄子"子非我，安知我不知鱼之乐""我知之濠上也"的言论说穿了就是诡辩。但是从上下文来看，庄子根本不是在讲如何认识事物的问题。"鲦鱼出游从容，是鱼之乐也"的说法根本不是在论述"鱼之乐"的认识是否为真，而是因自己"出游从容"而移情于鱼的一种审美体验。庄子对鱼并不是持客观的认识态度，而是持主观的审美态度。正是因为有着审美的人生态度，尽管生于乱世、生活贫困，庄子仍然很快乐，能够"逍遥游"。而所谓"无待"的"逍遥游"，李泽厚先生曾将之论为审美之境，称"庄子的哲学其实就是美学"。

庄子这种审美的人生态度极大地影响了魏晋风度。魏晋时最为盛行的是玄学思潮，而玄学最为看重的三部经典"三玄"就是《周易》《老子》《庄子》。

可以说，魏晋是一个审美热情极为高涨的时代。极大程度上体现了魏晋风度的《世说新语》共分三十六门，其中前四门是仿"孔门四科"而设的"德行""言语""政事""文学"。以"言语"为例，"孔门四科"中的"言语"主要是影响国际局势的外交辞令，在"平天下"中起着非常重要的作用，所以仅次于"德行"在"孔门四科"中名列第二，连"政事"都位居其后。毕竟，"政事"还可能只是国内事务，而"言语"则关涉国际事务。但《世说新语》中的"言语"多非高论嘉言，有些甚至不过是相当琐碎的日常趣语。"排调"一门也收录了不少调侃谑语。可以看出，将如此琐碎的日常言语收录书中的原因并非这些言语有什么高深见解、宏大意义，而只是单纯地以审美态度欣赏这些言语的口才艺术、谐趣况味。"栖逸"门多载有对自然山水的审美，"德行""政事""文学""赏誉""雅量""规箴""识鉴""品藻""夙慧""捷悟""任诞""贤媛""伤逝"等多载有对人物才性、格调、气质、情感、品行等的审美,"容止"甚至还非常前卫地专门对"颜值"进行审美……魏晋可以说是一个有着浓重审美情怀的时代,所以美学家宗白华先生曾有如此论断:"这是中国历史上最有生气,活泼爱美,美的成就极高的一个时代。"① "这两方面的美——自然美和人格美,同时被魏晋人发现。"② "这唯美的人生态度还表现于两点:一是把玩'现在',在刹那的现量的生活里求极量的丰富和充实,不为着将来或过去而放弃现在价值的体味和创造。"③ "美的价值是寄于过程的本身,不在于外在的目的,所谓'无所为而为'的态度。"④哲学家冯友兰先生曾以"玄心""洞见""妙赏""深情"概括魏晋风度,其中"妙赏"主要就是指审美,而"玄心""洞见""深情"也少不了审美意识与审美活动的参与。

老作家端木蕻良为宝玉的"意淫"找到了一个"滥觞",这个"滥觞"就是阮籍对待女性与众不同的态度:

> 阮公邻家妇有美色,当垆酤酒。阮与王安丰常从妇饮酒,阮醉,便眠其妇侧。夫始殊疑之,伺察,终无他意。
>
> 阮籍嫂尝还家,籍见与别。或讥之。籍曰:"礼岂为我辈设也?"

---

① 宗白华:《论〈世说新语〉和晋人的美》,载《宗白华全集》,安徽教育出版社2008年版,第278页。
② 宗白华:《论〈世说新语〉和晋人的美》,载《宗白华全集》,第277页。
③④ 宗白华:《论〈世说新语〉和晋人的美》,载《宗白华全集》,第279页。

兵家女有才色，未嫁而死。籍不识其父兄，径往哭之，尽哀而还。其外坦荡而内淳至，皆此类也。①

醉卧于漂亮的酒店老板娘身边却又"终无他意"；因欣赏嫂嫂而不惧打破"叔嫂不通问"的礼法；尽管素不相识，却为有才色而早夭的兵家女一掬同情之泪，用世俗的眼光是难以理解这些举止的，但如果我们对庄子审美的人生态度有所体会，就不难看出，深受庄子影响的阮籍其实是以审美的态度而不是功利的方式对待这些女性。正如宗白华先生所说："美的价值是寄于过程的本身，不在于外在的目的，所谓'无所为而为'的态度。"② 阮籍醉卧于酒店老板娘身边并没有什么不堪的动机，只是对老板娘的单纯审美。对嫂嫂、兵家女亦是持这种"无所为而为"的超功利的审美态度。

鲁迅先生在《中国小说的历史的变迁》中曾指出："自有《红楼梦》出来以后，传统的思想和写法都打破了。"③《红楼梦》在思想和艺术上都有不少创新，打破明清小说写作模式之处甚多。以人物出场为例，许多明清小说往往以诗词韵文的套语对人物进行描绘。《红楼梦》在人物出场时很少运用这种模式，但也有少数例外。如警幻仙子出场，便用了一段颇长的赋加以描绘。而且，诚如蔡义江先生在《红楼梦诗词曲赋鉴赏》一书中所指出的，这首赋从曹植的《洛神赋》中取意的地方甚多，如"云堆翠髻""回风舞雪"

---

① 余嘉锡：《世说新语笺疏》下册，中华书局2007年版，第859页。
② 宗白华：《论〈世说新语〉和晋人的美》，载《宗白华全集》，第279页。
③ 鲁迅：《中国小说的历史的变迁》，载《中国小说史略》，人民文学出版社2006年版，第346页。

"若飞若扬""将言而未言""待止而欲行"等，即曹植所写"云髻峨峨""飘飘兮若流风之回雪""若将飞而未翔""含辞未吐""动无常则，若危若安；进止难期，若往若还"，像这样取喻相同的地方还不少。魏晋风度对《红楼梦》的影响在此可见一斑。

晴雯死后，宝玉为她写了《芙蓉诔》，这是《红楼梦》中人物所创作的最长的一篇文学作品，篇幅还超过了林妹妹的《葬花辞》与《秋风秋雨夕》。《红楼梦》中明确指出，此篇诔文有意效法了阮籍的《大人先生传》。而且，此篇诔文中，"梳化龙飞"典出《晋书·陶侃传》；"怨笛"典出《晋书·向秀传》；"梓泽默默余衷"用石崇绿珠事，石崇有别馆在河阳的金谷，一名梓泽，诔文中意谓如石崇悼念绿珠般悼念晴雯。第六十四回中，黛玉《五美吟》中也有一首咏绿珠。魏晋风度对《红楼梦》的影响在此又可见一斑。

史湘云"是真名士自风流"的说法出自明代洪应明的《菜根谭》，原文乃"唯大英雄能本色，是真名士自风流"，可谓对魏晋风度的绝佳写照。《红楼梦》中不仅让湘云引用了"是真名士自风流"，其实也暗示了"唯大英雄能本色"：湘云曾经将贾母分给自己的伶人葵官改名为"韦大英"，这正是"唯大英"的谐音。

《红楼梦》中不仅运用了魏晋风度的不少典故，还通过湘云的言谈举止及其个性特点体现魏晋风度的神韵。《晋书》中对魏晋风度的概括有"宽简有大量""少有器量，介然不群"，《红楼梦》第五回贾宝玉神游太虚幻境时，描述史湘云的《乐中悲》曲子便有"幸生来英豪阔大宽宏量，从未将儿女私情，略萦心上。好一似霁月光风耀玉堂"。《晋书》中对魏晋风度的概括有"人以为龙章凤姿,天质自然",即集男性美与女性美为一体,同时自然天成、毫无作态。《红楼梦》中对史湘云的女扮男装之美亦不止一处浓墨重彩地加以描绘。《晋书》中对魏晋风度的概括有"志气宏放,傲然独得,任性不羁""当其得意,忽忘形骸""远迈不群""土木形骸,不自藻饰""放情肆志""任纵不拘小节",这在湘云身上更是有多处体现:她一出场就是"大笑大说",为香菱说诗又是那么酣畅淋漓,听到黛玉的打趣话居然"伏在椅子背儿上,那椅子原不曾放稳,被他全身伏着背子大笑,他又不提防,两下里错了劲,向东一歪,连人带椅都歪倒了,幸有板壁挡住,不曾落地",吃烤鹿肉后大展联诗之才,以及醉眠芍药裀的佳话,以"当其得意,忽忘形骸""土木形骸,不自藻饰""任纵不拘小节"来形容真是再恰当不过。当然,如果只是"放情肆志",而无"美词气,有风仪"的才情与"以天地为一朝,万期为须臾,日月为扃牖,八荒为庭衢。行无辙迹,居无室庐,幕天席地,纵意所如"的心量,那绝不是魏晋风度,而这样的才情与心量都是湘云所具备的,于是她的直率、豪爽、不拘小节便都成了"是真名士自风流"的诠释与佐证。

《红楼梦》中,警幻仙子对宝玉的"意淫"作了这样一番描述:"淫虽一理,意则有别。如世之好淫者,不过悦容貌,喜歌舞,调笑无厌,云雨无时,恨不能尽天下之美女供我片时之趣兴,此皆皮肤滥淫之蠢物耳。如尔则天分中生成一段痴情,吾辈推之为'意淫'。惟'意淫'二字,可心会而不可口传,可神通而不能语达。汝今独得此二字,在闺阁中,固可为良友,然于世道中未免迂阔怪诡，百口嘲谤，万目睚眦。"① 根据神仙姐姐的描述，"意淫"不是出于肉体欲望、感官享受的"皮肤滥淫"，而是出于精神追求的"痴情"。

魏晋时期，"情"与"痴"是很有文化内涵的两个关键词。"情"比较好理解，主要是指深情与真情，《晋书》《世说新语》对此有大量记载。而所谓"痴"，正如周汝昌先生在《红楼梦与中华文化》中所指出的那样，从文化内涵来讲，"痴"的对立面不是如字书所说的"慧"，而是"俗常世情"。清代张潮《幽梦影》中说："曰'痴'、曰'愚'、曰'拙'、曰'狂'，皆非好字面，而人每乐居之。"为什么？不正是因为"痴"的对立面是"俗常世情"，自谦为"痴"正是自誉为"不俗"吗？

《红楼梦》中的"痴情"也有"不俗之情"的意义，这一点神仙姐姐说得很清楚："在闺阁中，固可为良友，然于世道中未免迂阔怪诡，百口嘲谤，万目睚眦。"宝玉的痴情之所以为世俗所不容，自然是因为其不俗。

"意淫"是一种"痴情"，而宝玉的"痴情"很多时候其实也正如深受庄子影响的阮籍那样，是以审美的态度对待女性。

《红楼梦》中明确将宝玉与阮籍归为同类：第二回把"正邪两赋"之人分为三类："若生于公侯富贵之家，则为情痴情种；若生于诗书清贫之族，则为逸士高人；纵再偶生于薄祚寒门，断不能为走卒健仆，甘遭庸人驱制驾驭，亦必为奇优名娼。"宝玉属于"生于公侯富贵之家，则为情痴情种"一类，而这一类人中，《红楼

---

① 见《红楼梦》第五回。

梦》列举的人物几乎全是魏晋人物,阮籍的名字赫然在列;第七十八回宝玉杜撰《芙蓉诔》时又宣称取法了阮籍的名作《大人先生传》。不难看出,贾宝玉于兰麝香薰中不生邪念与阮籍醉卧当垆美女身边又是何其相类。

明白了宝玉对众女儿的审美情怀,我们才能理解,遇到一个村姑二丫头,宝玉又是制止了随从的粗暴呵斥,又是赔笑,又是"恨不得下车跟了他去",他这是意欲何为?难道不是被二丫头的野性美、质朴美、自然美所深深吸引,不知不觉地要追随其后加以欣赏吗?

对于素未谋面的傅秋芳,他"遐思遥爱之心十分诚敬",虽然"素昔最厌愚男蠢妇的",却又命傅家的两个婆子过来,其个中因由是傅秋芳"也是个琼闺秀玉,常有人传说,才貌俱全""不命他们进来,恐薄了傅秋芳"。所谓的"遐思遥爱",当然不是功利性的贪求,而是审美性的"诚敬"。

虽然素未谋面,但傅秋芳毕竟还是宝玉现实生活中真实的人物。至于那个雪里抽柴的小女孩,不过是刘姥姥编出来哄老太太和公子小姐们开心的,他也无比关心,又是追问,"那女孩儿大雪地作什么抽柴草?倘或冻出病来呢";又是"闷闷的心中筹划";又是"跌足叹惜";又是对刘姥姥说,"不是成精,规矩这样人是虽死不死的","若平了庙,罪过不小","我明儿做个疏头,替你化些布施,你就做香头,攒了钱把这庙修盖,再装潢了泥像,每月给你香火钱烧香岂不好";又是打听"地名庄名,来往远近,坐落何方";又是派茗烟到处找这女孩子的庙,而当茗烟说那神像"活似真的一般"时,他又"喜的笑道:'他能变化人了,自然有些生气。'"……他如此热切地体贴赞美一个子虚乌有的女孩子,自然不是为了得到什么实际的好处,而只是把这个子虚乌有的女孩子当成了自己心目中一个美的化身。

同样,尽管他因"恨俗人不知原故,混供神混盖庙,这都是当日有钱的老公们和那些有钱的愚妇们听见有个神,就盖起庙来供着,也不知那神是何人,因听些野史小说,便信真了"而"最厌这水仙庵的",但为了祭拜金钏儿而借水仙庵一用时,他"也不拜洛神之像,却只管赏鉴。虽是泥塑的,却真有'翩若惊鸿,婉若游龙'之态,'荷出绿波,日映朝霞'之姿。宝玉不觉滴下泪来"。他明明认为"比如这水仙庵里面因供的是洛神,故名水仙庵,殊不知古来并没有个洛神,那原是曹子建的谎话,谁知这起愚人就塑了像供着",却又"只管赏鉴",所谓"赏鉴",不正是审美吗?宝玉在水仙庵中祭拜的并不是洛神的泥像,甚至不是金钏儿的亡灵,他祭拜的是美之本身,以及美的脆弱、美的凋零。此时,洛神与金钏儿又成为宝玉心目中美的化身。

再看看平儿理妆时宝玉的表现。他又是替贾琏与凤姐向平儿赔罪,又是让平儿替换上袭人的衣服,又是"吩咐了小丫头子们舀洗脸水,烧熨斗来",又是拿出名贵的化妆品并亲自讲解化妆品的具体用法,还"将盆内的一枝并蒂秋蕙用竹剪刀撷了下来,与他簪在鬓上",虽然劳心劳力,却居然视为"今生意中不想之乐也","因歪在床上,心内怡然自得"。乐自何来?《红楼梦》中说得很清楚:"宝玉因自来从未在平儿前尽过心——且平儿又是个极聪明极清俊的上等女孩儿,比不得那起俗蠢拙物——深为恨怨。今日是金钏儿的生日,故一日不乐。不想落后闹出这件事来,竟得在平儿前稍尽片心,亦今生意中不想之乐也。"原来,他欣赏平儿的"极聪明极清俊"之美,所谓"今生意中不想之乐也"与"怡然自得"也正具有审美愉悦的特点:不是因功利目的得以实现而有快感,而是在审美过程中获得内心的满足。从功利的角度来看,他得到了什么呢?不仅没有得到什么,而且有不少付出。但从审美的角度来看,宝玉的"今生意中不想之乐也"与"怡然自得"就不难理解了。

宝玉为什么"每每甘心为诸丫鬟充役"?除了他的平等意识外,还有一个很重要的原因是她们往往都有可供"审美"之处:晴雯的风流灵巧、袭人的温柔和顺、紫娟的情深义重、平儿的乖觉善良、芳官的率真可爱、鸳鸯的果决明快、香菱的娇憨朴诚,甚至还可包括小红的口才、莺儿的巧手、龄官的唱功……用世俗功利的眼光来看,宝玉是"有些痴病"的,殊不知宝玉在以审美态度对待女性的过程中获得了多少愉悦与幸福啊,因为,"审美在审美中便满足了",不需要功利的占有与身心的损耗。

不仅仅以审美的态度对待女性,《红楼梦》还非常认同《庄子》以及魏晋风度中审美的人生态度,以审美情怀超越世俗功利的追逐,这是一种大气度、高格调,塑造了《红楼梦》非同凡响的境界与品位。

《庄子·天道》中的一个寓言非常具有启发性:

> 昔者舜问于尧曰:"天王之用心何如?"尧曰:"吾不敖无告,不废穷民,苦死者,嘉孺子而哀妇人。此吾所以用心已。"舜曰:"美则美矣,而未大也。"尧曰:"然则何如?"舜曰:

"天德而出宁,日月照而四时行,若昼夜之有经,云行而雨施矣。"尧曰:"胶胶扰扰乎!子,天之合也;我,人之合也。"夫天地者,古之所大也,而黄帝、尧、舜之所共美也。故古之王天下者,奚为哉?天地而已矣。

舜也肯定尧的美政,但又声称"美则美矣,而未大也",将具体而有限之"美"引向无限,以无限为参照系,不断超越各种具体之美所具有的局限性。这种思路在《庄子》中可谓一以贯之。

《庄子·逍遥游》中有着这样的序列:从"知效一官,行比一乡"到"德合一君,而征一国者",再到"举世而誉之而不加劝,举世而非之而不加沮,定乎内外之分,辩乎荣辱之境",再到"御风而行,泠然善也,旬有五日而后反",直至"乘天地之正,而御六气之辩,以游无穷者"。其实,序列中的每一种都有其美好之处,然而,《庄子》中强调的是不要滞留于任何一种有限的美,不要依恃任何一种有限的美,对于有限的美,《庄子》的态度是"无待",所谓"无待",与其说是"无凭借",不如说是"不依赖"。"无凭借"是不可能的,就连文中达到"无待"境界的"乘天地之正,而御六气之辩,以游无穷者",其实也要凭借"天地之正""六气之辩",只不过虽然凭借,却对凭借的对象没有依赖感。文中强调的是,"正""辩"都不是固定的,都在"化",彼时的"正""辩",此时已不再是"正""辩"了。只有不再依赖彼时的"正""辩",才能凭借此时的"正""辩"实现自由自在的"逍遥游"。《庄子》中描述"游"的境界时常常用"乘"与"御"来表示

"游"的方式,除了上文所引之外,还有"乘云气,御飞龙,而游乎四海之外"(《逍遥游》),"乘云气,骑日月,而游乎四海之外"(《齐物论》),"且夫乘物以游心,托不得已以养中,至矣"(《人间世》),"则又乘夫莽眇之鸟,以出六极之外,而游无何有之乡,以处圹垠之野"(《应帝王》),"若夫乘道德而浮游则不然。无誉无訾,一龙一蛇,与时俱化,而无肯专为;一上一下,以和为量。浮游乎万物之祖,物物而不物于物,则胡可得而累邪"(《山木》)等。"乘"与"御"其实能够很好地表明"内""外"之间的这样一种关系:"内"一直没有动,其实就是"无为";"外"则随着("乘""御")道的运行一直处在变动之中,也就是"无不为"。"内"既然没动可以说是"内不化","外"既然随道变动则可以说是"外化",这正是《知北游》中所主张的"外化而内不化"。得道之人在随道变化时并非就没有凭借,尽管有凭借,却不对一时的凭借产生依赖,这也就是《庄子》中为什么强调"礼义法度者,应时而变者也","仁义,先王之蘧庐也,止可以一宿而不可久处"(《天运》),而对儒家的仁义礼乐主张不以为然了。可以说,在《庄子》看来,儒家对作为先王一时之凭借的仁义礼乐太过依赖,结果就难以循道而应物不穷。

"游"的方式是"乘""御","游"的对象则是无限("四海之外""六极之外""尘垢之外""方外""无何有之乡""圹垠""无穷""物之所不得遁""无所终穷""天地之一气""逍遥之虚""万物之所终始""万物之祖""物之初""大莫之国")。《庄子》中认同这样一种观念:曾经的美好固然令人留恋,但不要对任何具体之"美"产生依赖,对具体之"美"的依赖将会使具体之"美"

随着时过境迁而陷入局限不能自拔,那局限不仅使旧的具体之"美"不复存在,还会使新的具体之"美"无法生成。对于具体之"美",更重要的是"乘"着生生不息的大道进行永无止境的创造。用现代的美学术语来说就是,审美主体要认识到各种美的具体有限性,通过不断克服有限性,使审美能够无限生成而不是停滞不前。

于是,我们可以在《庄子》中看到具体而有限的美总要被引向无限,在无限的参照之下,具体而有限的美都有待超越:"眇乎小哉,所以属于人也;謷乎大哉,独成其天!"(《德充符》)"性修反德,德至同于初。同乃虚,虚乃大,合喙鸣,喙鸣合,与天地为合。其合缗缗,若愚若昏,是谓玄德,同乎大顺。"(《天地》)"唯循大变无所湮者为能用之。"(《天运》)……无论是河伯的"以天下之美为尽在己",井蛙的"擅一壑之水,而跨跱埳井之乐"(《秋水》),还是尧的美政(《天地》),甚至是神仙"泠然善也"(《逍遥游》)的享受,《庄子》中都要将"美"引向"大"。而此处所谓"大",在《庄子》中不是指具体有形的大,而是指"其大无外"的无形与无限之"大"(《庄子》中"无何有之乡""无有""无"都不是指一无所有,而是突出了无限的"无形"特点)。《庄子》中为什么会有"天下莫大于秋豪之末,而大山为小;莫寿于殇子,而彭祖为夭"(《齐物论》)这样有违常识的"奇谈怪论"呢?其实这是看到了任何具体有形的"大"总有其相对性,"因其所大而大之,则万物莫不大;因其所小而小之,则万物莫不小"(《秋水》)。《庄子》中为什么会说"大人之行,不出乎害人,不多仁恩;动不为利,不贱门隶;货财弗争,不多辞让;事焉不借人,不多食乎力,不贱贪污;行殊乎俗,不多辟异;为在从众,不贱佞谄"(《秋水》)呢?难道这里否定了"仁恩""动不为利""辞让""食乎力""行殊乎俗""为在从众",而肯定了"害人""为利""争""借人""辟异""佞谄"吗?这里实际上是强调,"仁恩""动不为利""辞让""食乎力""行殊乎俗""为在从众"都是"美则美矣,而未大也","多"与"贱"这样的主观取舍则会对旧有的具体之"美"产生依赖而不能促使"美"的继续生成。《庄子》中之所以强调"无名""无功""无己",强调"行贤而去自贤之行"(《山木》);之所以反对"饰知以惊愚,修身以明污,昭昭乎若揭日月而行也"(《达生》),反对"非其所不善"(《胠箧》),"是其所是"(《徐无鬼》),也都是源于克服具体旧美之局限性、不断创造具体新美的核心主张。

如果说《三国演义》在一定程度上呈现了特定历史时期英雄人物的具体之美,《水浒传》在一定程度上呈现了江湖世界英雄人物的具体之美,《金瓶梅》通过"极写人情世态之歧"呼唤人性之美,《儒林外史》通过"戚而能谐,婉而多讽"寄托人格之美,作者对这些具体之美表现出依恋与执着,那么,《红楼梦》虽然也呈现了包罗万象的具体之美,对这些具体之美表现出由衷的欣赏之情,但作者对这些具体之美却少了许多执念与依赖。在"无限"的参照之下,曾经的具体之美如梦似幻,"不可永久依恃","无立足境"。尽管"无立足境",却又"方是干净",人的心灵被净化,妄念被消除,不会陷入具体之美的局限性中不能自拔;也正是"无立足境",也才不会驻足不前,从而随道运化,不断创造出新的具体之美。

第三节 《庄子》与《红楼梦》中的
"出世"与"入世"

　　《庄子》中的人生态度既是出世的，又是入世的。然而，出世的一面在魏晋以后被大大强调了。这里有着复杂的社会历史原因，不是本书要讨论的，此处不赘。需要看到的是，《庄子》中表现出现实精神与超越精神的和谐统一。一方面，《庄子》对现实有着非常清醒的认识，敏锐地看到"方今之时，仅免刑焉"（《人间世》），"今世殊死者相枕也，桁杨者相推也，刑戮者相望也"（《在宥》），"今处昏上乱相之间，而欲无惫，奚可得邪"（《山木》），还沉痛地看到"天下为沈浊，不可与庄语"（《天下》）。统治者们"轻用民死""其德天杀"，以理抗争不仅会使进谏者"殆往而刑耳"，而且进谏者即使付出生命的代价也不能实现救世的目的，甚至统治者的猜忌与逆反心理会使得暴政愈演愈烈，形成"以火救火，以水救水"的"益多"局面（《人间世》）。另一方面，《庄子》并不逃避这样苦难深重的现实。因为其深刻地认识到，逃避是不可能的，现实社会中的人们犹如"游于羿之彀中"，都处在苦难的"射程"之内，没被苦难"射中"只是"命也"（《德充符》）。对于现实，《庄子》中的真实态度不是要逃避，而是要平静地面对："哀乐不易施乎前，知其不可奈何而安之若命。"有了这样的平静面对，才能更好地担当践行自己的责任与使命："固有所不得已。行事之情而忘其身，何暇至于悦生而恶死？"（《人间世》）"知其不可奈何而安之若命""行事之情而忘其身"不仅不是出世，还是一种真正的入世。真正的入世既不是随波逐流、同流合污，也不是仅凭主观意愿的妄动。虽然前者是消极的，后者是积极的，这两者与"世"的关系在本质上是一致的：都不能够使"世"朝好的方向发展。前者因其消极不易被视为"入世"，而后者因其积极却很容易被视为"入世"。其实，客观条件的制约总会使得现实中的某些成分不以人的主观意志为转移，而人若只凭着主观意志去积极作为，那只能说是盲目无效甚至适得其反的妄动。从这个角度来看，客观上"不可为"，主观上却要"为之"，这并不是一种悲壮，而是一种因被自己的主观所奴役而丧失了自由之身的悲剧。《庄子》在现实中看到"不可奈何""固有所不得已"的成分并不是一种消极，因为那本就是一种客观真实。对这样的客观真实，一般人因自己的主观倾向而不愿意接受，《庄子》中则强调要平静地接纳，这实际上是一种澄澈的理性：不可控的不去动，有所不为才能有所为。

在《庄子》中，并非没有设想用普遍性将宇宙万有统一起来，但这种统一没有任何强制性的因素在里面，是消除了种种对立的和谐统一："天地与我并生，而万物与我为一。"（《齐物论》）"与天和者，谓之天乐。""以虚静推于天地，通于万物，此之谓天乐。天乐者，圣人之心，以畜天下也。"（《天道》）"处乎不淫之度，而藏乎无端之纪，游乎万物之所终始，壹其性，养其气，合其德，以通乎物之所造。"（《达生》）"通天下一气耳。"（《知北游》）和谐统一的本质是"通"，以"道""德""气""圣人之心"等为纽带将万物联结起来。"通"消除了万物之间的对立，但并没有抹杀万物之间的差别。《庄子》中非常尊重万物之间的差别："民湿寝则腰疾偏死，鳅然乎哉？木处则惴栗恂惧，猨猴然乎哉？三者孰知正处？民食刍豢，麋鹿食荐，蝍蛆甘带，鸱鸦耆鼠，四者孰知正味？猨猵狙以为雌，麋与鹿交，鳅与鱼游。毛嫱丽姬，人之所美也；鱼见之深入，鸟见之高飞，麋鹿见之决骤，四者孰知天下之正色哉？"（《齐物论》）"鱼处水而生，人处水而死，彼必相与异，其好恶故异也。故先圣不一其能，不同其事，名止于实，义设于适，是之谓条达而福持。"（《至乐》）"若夫以鸟养养鸟者，宜栖之深林，浮之江湖，食之以委蛇，则安平陆而已矣。"（《达生》）……《庄子》中的这些言论很容易被扣上"相对主义"的帽子，被视为对是非标准的调和折中，甚至是"滑头""混世"的游移与淆乱。实际上，既然宇宙万物在客观上存在着差别，人们只以各自的立场与尺度表现出的是非标准当然不可能一致，用《庄子》中的话来说就是"彼亦一是非，此亦一是非"。"既使我与若辩矣，若胜我，我不若胜，若果是也，我果非也邪？我胜若，若不吾胜，我果是也，而果非也邪？其或是也，其或非也邪？其俱是也，其俱非也邪？我与若不能相知也，则人固受其黮暗。吾谁使正之？使同乎若者正之？既与若同矣，恶能正之！使同乎我者正之？既同乎我矣，恶能正之！使异乎我与若者正之？既异乎我与若矣，恶能正之！使同乎我与若者正之？既同乎我与若矣，恶能正之！然则我与若与人俱不能相知也，而待彼也邪？"（《齐物论》）"以物观之，自贵而相贱。"（《秋水》）因此，人们对待是非标准的正确态度不是强求一致，强求一致能够做到的顶多只是"直服人之口而已矣"（《寓言》），别人只是没有话语权无法维护自己的是非标准而已，心中并不认同被强求一致的是非标准。在《庄子》看来，对待是非标准的正确态度应该像"道"包容万物一样无限地包容不同的是非标准,把别的是非标准放在与自己的是非标准平等的地位来看,即改变"以物观之,自贵而相贱"(先把自己的是非标准预设为"贵",而把别的是非标准预设为"贱")的态度,通过"以道观之"(《秋水》)看清不同是非标准的适用范围与其局限,然后在适当的限度内运用不同的是非标准。

《至乐》与《达生》篇中两次提到了要"以鸟养养鸟"。所谓"以鸟养养鸟",就是指以鸟的标准来对待鸟,而不能以自己的标准对待鸟:"昔者海鸟止于鲁郊,鲁侯御而觞之于庙,奏九韶以为乐,具太牢以为膳。鸟乃眩视忧悲,不敢食一脔,不敢饮一杯,三日而死。此以己养养鸟也,非以鸟养养鸟也。夫以鸟养养鸟者,宜栖之深林,游之坛陆,浮之江湖,食之鳅鲦,随行列而止,委蛇而处。"(《至乐》)同样,在《逍遥游》中,蜩与学鸠讥议大鹏:"奚以之九万里而南为?"它们在文中被明确否定了:"之二虫又何知!"然而,《庄子》否定蜩与学鸠并非因为它们认同自己"决起而飞,抢榆枋,时则不至,而控于地而已矣"的标准,而是因为它们用自己的标准来评价大鹏。《庄子》中正视万物的差别性,认为万物皆从"道"中禀赋了各自的"真性"(有时又称为"德""性命之情"等),按照各自的"真性"存在便与道合一,是"自适其适"(《大宗师》)。而"真性"的不同决定了标准的不同,万物在"自适其适"的范围里使用其标准是正确的,但因受到他人影响而"适人之适",或者如蜩与学鸠那样因自以为是而"强人适自",在《庄子》看来都是错误的。

可以说,"以道观之",以万物"德""真性""性命之情"为标准对待万物，是"以出世的精神做入世的事业"。所谓"出世的精神"，是指超越了主观的种种局限，体现为超越性。这种超越性将人从自己的功利欲求、工具理性、是非标准的局限性中解放出来，以自由之身、用平等的态度对待自己所处现实中的万物，万物对他来说常常闪烁着美的光辉，使他即使在非常苦难的社会现实中，也能拥有精神的净土，有着非常丰富的审美体验，获得人生的快乐与幸福。所谓"做入世的事业"，是指循道而行，在现实中用万物自身的"尺度"来对待万物，体现为客观性。这种客观性使人对现实中还不具备条件、无法实现的主观期待，能够有"不可奈何而安之若命""不务命之所无奈何"的正确态度，以平静的心态面对这些"不可奈何"，从而不会因为自己的主观期待不能得到实现而以强烈的情感"撄人之心"，不会"残生损性"，使人生避免了许多不必要的痛苦。可以说，"以出世的精神做入世的事业"实际上是一种蕴含着超越精神的人生态度，而《红楼梦》中，宝玉在很多时候能够表现出这样的人生态度：他厌弃繁华地、富贵乡，既消解了"国贼禄鬼"们"钓名沽誉"，也摒除了"皮肤滥淫之蠢物"们"悦容貌，喜歌舞，调笑无厌，云雨无时，恨不能尽天下之美女供我片时之趣兴"的功利欲求；平日里"懒与士大夫诸男人接谈，又最厌峨冠礼服贺吊往还等事"，"却每每甘心为诸丫鬟充役"[①]，平等待人、虚己游世，既不把别人当成满足自己欲望的工具，又通过"无能者无所求，泛若不系之舟"的生活方式，使自己免入别人的工具箱；他是"富贵闲人"，但与"闲人口中是非多"毫无关

---

① 见《红楼梦》第三十六回。

系,一方面并不以"立身扬名""仕途经济"的世俗标准束缚自己,另一方面不愿以是非责人,对贾环这样心怀妒恨的人都相当宽容……由于较少功利欲求、工具理性、是非标准的遮蔽,他有一双善于发现美的眼睛,有一颗善于欣赏美的心灵,于是,不仅不同人不同形态的美在他面前熠熠生辉,"老天,老天,你有多少精华灵秀,生出这些人上之人来",而且,对他来说,"果然万物有光辉",如果对于万物没有审美的态度,他是不可能"情不情","凡世间之无知无识,彼俱有一痴情去体贴"的,而"看见燕子,就和燕子说话;河里看见了鱼,就和鱼说话;见了星星月亮,不是长吁短叹,就是咕咕哝哝的"也就真的成了世俗眼中的"呆病"了。

　　如果我们注意到《庄子》中对"真性""性命之情"(此处的"情"乃"实"义,"性命之情"即"性命之实")的反复强调,对损害"真性"的种种异化力量的揭示与批判,我们就不难领会《红楼梦》第五十六回中宝玉那段梦境的象征意蕴:贾宝玉在梦中与甄宝玉相会,二人不仅名字模样相同,性情行事也相同;明明是梦中之假,偏又说"真而又真",这样的照应该不是巧合,是提醒读者不要把这段梦境描写泛泛看过了。从文中来看,"空有皮囊,真性不知那里去了"一句意味深长,可以理解为:世人醉生梦死,行尸走肉,而真性早已失落。这与《庄子》中看重"真性"、反对异化的观念如出一辙。那么,所谓"女孩儿未出嫁时是颗无价的宝珠;出了嫁,不知怎么就变出许多的不好的毛病来,虽是颗珠子,却没有光彩宝色,是颗死珠子;再老了,更变的不是珠子,竟是鱼眼睛了。分明一个人,怎么变出三样来"其实也可以这样理解:古代时期的女性身在幽闺,与社会接触较少,受到社会异化力量的污染也较少，因而保存了较多的"真性"，这在作者看来是非常可贵的，故借宝玉之口说"女孩儿未出嫁时是颗无价的宝珠"；出嫁后浸淫于男性异化社会，真性保存较少了，所以说"却没有光彩宝色，是颗死珠了"；随着时间的推移，被社会异化得越来越多，真性到后来荡然无存，可以说是"更变的不是珠子，竟是鱼眼睛了"。

由于对超越精神的强调，《庄子》中多处标举超凡脱俗的独立人格。这样的人格超越于"尘垢之外"，游于无始无终、无穷无尽的大道之中，遗世独立、逍遥自在，完全摆脱了主观偏见与外物的羁绊，更不会与世俗现实同流合污，用《庄子》中的话说就是"独往独来，是谓独有。独有之人，是谓至贵"。但是，需要注意的是，庄子提倡的是独立而不是孤立，强调超越也并不是要与世俗对立，他其实标举的是这样一种人格：保持独立而又能够尊重万物（"独与天地精神往来，而不敖倪于万物"），超凡脱俗却又能与世俗和谐相处（"游于世而不僻""不谴是非，以与世俗处"）。《庄子》中有两种看似矛盾的思想倾向：有时主张"无我"，如《逍遥游》中的"至人无己"、《齐物论》中的"吾丧我"、《在宥》中的"大同而无己"、《秋水》中的"大人无己"等；有时又主张"有我"，上述《庄子》中对超凡脱俗之独立人格的标举皆是明证，又如《大宗师》中"行名失己，非士也；亡身不真，非役人也。若狐不偕、务光、伯夷、叔齐、箕子、胥余、纪他、申徒狄，是役人之役，适人之适，而不自适其适者也"，《外物》中"顺人而不失己"，《盗跖》中"不以事害己也"等说法都否定了丧失、损害自我的人格，《人间世》中更是明确宣称："古之至人，先存诸己而后存诸人。"实际上，《庄子》是在两个不同层面分别主张"无我"

与"有我"的，二者并不矛盾："无我"之"我"是一己之私、一己之好恶偏见，是小我、私我与假我；"有我"之"我"则是顺应自然、与大道合一、"物物而不物于物"的主体，是大我、公我与真我。

很多人容易认为，《红楼梦》中最有道家精神气质的应该是黛玉与妙玉。黛玉有庄子般的傲骨，比宝玉还要蔑视功名富贵，当宝玉献宝一样把北静王送的香串拿来时，她一句"什么臭男人拿过的！我不要他"便掷在一边；她"孤高自许，目无下尘"，还有"孤标傲世偕谁隐"的咏菊之句。妙玉以"槛外人"自居，"视绮罗俗怨"，"太高人愈妒，过洁世同嫌"。两人都表现出不与世俗同流合污的超凡之态。但如前所述，庄子心目中的理想人格是"游于世而不僻，顺人而不失己"，"独与天地精神往来，而不敖倪于万物，不谴是非，以与世俗处"。黛玉与妙玉两人虽然具有一定的超越性，但她们也都表现出性格的孤僻，与世俗处于对立的关系，不能够"与世俗处"。

《红楼梦》对黛玉的超凡之态虽有赞赏之处，但并非全面肯定。第五回中宝玉神游太虚幻境，警幻仙子将可卿许配于他，专门说可卿"表字兼美"，而且文中描绘可卿的形象有这样一段，"其鲜妍妩媚有似宝钗，其袅娜风流则又如黛玉"，表明所谓兼美正是指兼有宝钗、黛玉之美。《红楼梦》中常常将宝钗、黛玉对应描写，如将宝钗之"德"与黛玉之"才"对应，"可叹停机德，堪怜咏絮才"；将宝钗之"金玉良缘"与黛玉之"木石前盟"对应；将宝钗之"仙姿"与黛玉之"灵窍"对应，"戕宝钗之仙姿，灰黛玉之灵窍"……宝钗、黛玉之"美"也是一种对应：宝钗固然能够"与世俗处",却不能"独与天地精神往来";黛玉固然能够"独与天地精神往来",却又不能"与世俗处"。宝钗固然能够"顺人",人人面前都不"失于应候",却有"失己"之憾;黛玉固然保持了真我,孤标傲世,蔑视功名富贵,却不能"顺人",甚至还因此伤害了深爱自己的宝玉。将二人"兼美",才是理想的人格,《红楼梦》中有这样的隐喻。

《庄子》中对超越性的强调很容易让人觉得那是一种高傲,其实这是一种误解。庄子只高不傲,他追求高洁如藐姑射神人般的人格,却强调对人对物都应当谦卑。庄子固然有着大蔑视,但那蔑视针对的是污浊的世俗、黑暗的现实、肮脏的欲望、卑下的人格,对这些他嬉笑怒骂,他痛下针砭,他揭露批判,他疾恶如仇,于是让人觉得他对这些有着一种不屑一顾的高傲。如果说这里的"傲"是傲骨、傲岸,是对所蔑视之事物的嗤之以鼻与决不屈服,那倒可以用"傲"来形容庄子。但如果说这里的"傲"是盛气凌人、自高自大的傲气,那么说庄子高傲就是一种极大的误解。黛玉、妙玉二人固然有傲骨,但她们确实也有不懂得尊重他人的傲气。不说别的,二人对刘姥姥如出一辙的轻薄态度就可见一斑。

第四节 《庄子》与《红楼梦》中的
生命立场

认为道家思想悲观主要是因为庄子似乎有"生不如死"的慨叹。如《庄子·至乐》中有这样一个寓言:庄子看到骷髅后大发了一通对"生人之累"的感慨,结果骷髅托梦给庄子说:"死,无君于上,无臣于下;亦无四时之事,从然以天地为春秋,虽南面王乐,不能过也。"庄子不信,要为骷髅起死回生,骷髅皱着眉头说:"吾安能弃南面王乐而复为人间之劳乎!"在这段寓言中,"生"有"累""劳"之苦,"死"却有"南面王乐",所以骷髅不愿复活,似乎确实在说"生不如死"。然而,《庄子》中常常以惊世骇俗之语来振聋发聩,此处虽然说得颇为激愤,但与其说是在"厌生",还不如说是"厌世";与其说生命本身没有价值,还不如说黑暗的现实世界使生命无法实现其价值。通读《庄子》,不难发现全书洋溢着对生命的珍惜热爱:宁肯生时"曳尾于涂中",也不愿"死为留骨而贵"(《秋水》);即使"必有天下",也不愿"愁身伤生"(《让王》);哪怕是没有"轩冕之尊",也不愿"死得于朕楯之上、聚偻之中"(《达生》);《庄子》中还倡导"养生""全生""存生""达生""卫生""长生""尊生""重生""其生可乐",反对"残生""伤生""害生""弃生""苦其生"……总之,《庄子》中并没有视生命为虚无,而是肯定并张扬了生命的价值与意义,有着鲜明的生命立场。

在《庄子》中,人之生命不仅指"身""形"这样的物质生命,还指"心""神""精神"这样的精神生命。相比较而言,《庄子》更看重的是精神生命。对物质生命的过度追求反而会带来生命整体的异化与损害:"且夫失性有五:一曰五色乱目,使目不明;二曰五声乱耳,使耳不聪;三曰五臭熏鼻,困惾中颡;四曰五味浊口,使口厉爽;五曰趣舍滑心,使性飞扬。此五者,皆生之害也。"(《天地》)。看重物质生命也会导致追逐外物的功利立场,但"若不得者,则大忧以惧"(《至乐》),"不得"会使生命质量下降。

"钱财不积则贪者忧，权势不尤则夸者悲"（《徐无鬼》），已得而欲再得，还会使生命质量下降。得到又唯恐失去，仍会使生命质量下降："今世之人居高官尊爵者，皆重失之。"（《让王》）"内则疑劫请之贼，外则畏寇盗之害。"（《盗跖》）

王熙凤是功利立场的代表人物。清代的点评家们常常把王熙凤与贾雨村相提并论，称他们为王莽、曹操之类的"奸雄"。"奸"者心机权术深不可测，"雄"者倒也肯定了他们的才干。凤姐心机权术之可怕，倒不仅体现在她只为了证明"凭是什么事，我说要行就行"①，以及三千两银子便害死了一对痴情儿女，还体现在她尽情演绎了小厮兴儿以及她自己口中所说的"嘴甜心苦，两面三刀；上头一脸笑，脚下使绊子；明是一盆火，暗是一把刀：都占全了"②，"'坐山观虎斗'，'借剑杀人'，'引风吹火'，'站干岸儿'，'推倒油瓶不扶'，都是全挂子的武艺"③，将尤二姐"磨折"而死，然后又大闹宁国府，利用完张华后又要手下把张华杀死灭口，最为可怕的是，心机权术对于凤姐来说已经变成了一种生活方式与深入骨髓的行为习惯，使她在害人的同时害己，最终落得个"机关算尽太聪明，反算了卿卿性命"的下场。有些点评家将凤姐比作法家，除了她的"刻薄寡恩"之外，权术的运用也是一个重要原因。法家不只强调"法"，还有"术"与"势"，后两者主要就是权术。

心机权术满足着凤姐的功利之心，她也颇风光过一阵子。然而，心机权术在满足凤姐的同时，也潜藏着危机与后患，而且并没

---

① 见《红楼梦》第十五回。
② 见《红楼梦》第六十五回。
③ 见《红楼梦》第十六回。

有使她真正满足，因为正如《庄子》中所说："以富为是者，不能让禄；以显为是者，不能让名；亲权者，不能与人柄。操之则栗，舍之则悲，而一无所鉴，以窥其所不休者，是天之戮民也。"（《天运》）"不得，则大忧以惧。"（《至乐》）功利立场的人生追求必然会付出这样的身心损耗。

关于王熙凤的判词，有研究者将"一从二令三人木，哭向金陵事更哀"理解为贾琏对她的态度由听从到命令再到休弃，也有人认为"二令"实际上是个"冷"字。后者似乎更合书中人物的性格逻辑：依王熙凤的个性，岂能容忍贾琏对她命令！真到这般地步，两人早就一拍两散或者同归于尽了。既然爱情之火已经熄灭，贾琏完全可以维持表面的婚姻，却对王熙凤冷淡，对这样的冷漠，王熙凤无法见招拆招。强悍如她，对于当时的礼法也不敢越雷池一步：尽管独揽管家大权，尽管有贾母的疼爱、王夫人的撑腰，欢聚一堂时，哪怕未出阁的小姑子们都可以拥有一个座位，她却常常要站着忙前忙后，因为在当时，这正是出嫁媳妇所要遵循的礼法。

"冷"，还是王熙凤给自己营建的世界。她的判词前画了"一片冰山，上有一只雌凤"，当她以功利立场打拼时，她的目的本是想给自己挣下金山银山，她何曾想到过，这样的立场实际上是把自己囚禁在了冰山中。可以看出，将"二令"理解为"冷"字不仅更合人物的性格逻辑，还有更好的艺术表达效果。陶渊明曾把世俗功利之徒的人生困境表述为"冰炭满怀抱"，这种人生困境也适用于王熙凤：对功利的热衷、虚假的"热情"（"明是一盆火，暗是一把刀"）是"炭"，被炭烧灼的滋味当然很不好受；而她对别人的冷酷以及别人的回应则是"冰"，这种缺少人情的冰冷更是让人不堪。

　　总之，通过王熙凤这样一个人物形象的成功塑造，《庄子》中描述的功利立场所导致的生命困境，在她那里得到了生动的表现：尽管精明强干，乃至"恃强羞说病"，可终究是"力诎失人心"，这不正是"终身役役而不见其成功，苶然疲役而不知其所归，可不哀邪"（《齐物论》）？收受贿赂而害死人命，以公钱放高利贷，利用职权便利克扣银钱，这不正是"民之于利甚勤，子有杀父，臣有杀君，正昼为盗，日中穴阫"（《庚桑楚》）？她以"借剑杀人""坐山观虎斗"之法害死尤二姐，和他人打交道时非常擅长玩弄权术，可是，"机关算尽太聪明，反算了卿卿性命"，这不正是"螳螂捕蝉，黄雀在后"式的"物固相累"（《山木》）？

　　《庄子》中，精神生命是更高级别的生命层次。如《田子方》中认为人生最大的悲哀不是物质生命的结束，而是精神生命的消亡——"哀莫大于心死"，同样的意思在《齐物论》中又有不同的表达："其形化，其心与之然，可不谓大哀乎？"正因为对精神生命的看重，《庄子》认为"世之人以为养形足以存生，而养形果不足以存生"（《达生》），强调精神生命的培养与发展。

　　但是，这一生命层次也可能遮蔽、扰乱、压抑、损害生命整体。例如，《庄子》中明确指出了道德立场很多时候其实无法消解个体生命与他人的尖锐冲突，他人并不会因个体具有道德立场就不去残害个体生命："且德厚信矼，未达人气，名闻不争，未达人心。而强以仁义绳墨之言术暴人之前者，是以人恶有其美也，命之曰菑人。菑人者，人必反菑之。"（《人间世》）"不仁则害人，仁则反愁我身；不义则伤彼，义则反愁我己。"（《庚桑楚》）"昔者龙逢斩，比干剖，苌弘胣，子胥靡，故四子之贤，而身不免乎戮。"（《胠箧》）……另外，《天运》篇中指出："五帝之礼义法度，其犹柤梨橘柚邪！其味相反而皆可于口。故礼义法度者，应时而变者也。"《秋水》篇中云："差其时、逆其俗者，谓之篡夫；当其时、顺其俗者，谓之义徒。"两者虽角度不同，可都强调道德的相对性和变动性，如果因坚持道德立场而无视道德的相对性和变动性，就会"莫得安其性命之情"（《在宥》），"仁则反愁我身""义则反愁我己"（《庚桑楚》），"仁则仁矣，恐不免其身，苦心劳形以危其真"（《渔父》），同样会损害生命整体。

李纨是《红楼梦》中道德立场的典型。李纨的道德立场是真诚的，可是，《红楼梦》中对她的评价却耐人寻味。例如，她的判词有一句"枉与他人作笑谈"，《晚韶华》曲中又说："镜里恩情，更那堪梦里功名！那美韶华去之何迅！再休提绣帐鸳衾。只这带珠冠，披凤袄，也抵不了无常性命……问古来将相可还存？也只是虚名儿与后人钦敬。"[①]李纨居然被说成是一个笑柄、一个虚名。《庄子》中有这样一段："世之所谓忠臣者，莫若王子比干、伍子胥。子胥沈江，比干剖心，此二子者，世谓忠臣也，然卒为天下笑。"（《盗跖》）正如比干等人不虚伪的"忠"会被耻笑一样，对于《庄子》中所说的把道德作为手段而功利作为目的的"利仁义"之人来说，李纨自然也就成了笑柄。而且，越是因为不虚伪，才越会被"利仁义"之人视为呆傻：你那么真诚地守节，可除了得到一个"虚名儿"之外，得到了什么"好处"呢？另外，李纨判词中有

[①] 见《红楼梦》第五回。

"如冰水好空相妒"一句,不正体现出人们对"蔷人"的普遍心态吗?所谓"人恶有其美也"(《人间世》),说的不正是"蔷人"以其美德反衬出其他人的罪恶而引来妒恨吗?而且,就算李纨运气足够好,没有遭到外界的伤害,可是,由于拘守了不道德的道德,李纨自己加害了自己,仍然没能很好地安顿自己的生命。

用生命立场来看,如果具体的道德标准"残生损性",那这样的道德标准就是不道德的。《红楼梦》中说李纨"居家处膏粱锦绣之中,竟如槁木死灰一般,一概无见无闻,唯知侍亲养子,外则陪侍小姑等针黹诵读而已"①。有着真诚的道德立场,李纨在行动上可以做到"侍亲养子,外则陪侍小姑等针黹诵读而已",但要说她内心"如槁木死灰一般,一概无见无闻",那是不可能的。第三十三回宝玉挨打时,因王夫人哭叫"苦命儿"想起贾珠,便哭着贾珠的名字,"别人还可,惟有宫裁禁不住也放声哭了"。不仅哭,而且是"放声哭",怎么可能是"如槁木死灰一般"?第三十九回中,本来是大家有说有笑的欢乐场面,由于平儿说起陪嫁丫头,前一刻还在说笑的李纨触景生情:"你倒是有造化的。凤丫头也是有造化的。想当初你珠大爷在日,何曾也没两个人。你们看我还是那容不下人的?天天只见他两个不自在。所以你珠大爷一没了,趁年轻我都打发了。若有一个守得住,我倒有个膀臂。"说着就"滴下泪来"。这又怎么是"如槁木死灰一般"?底下书中又写:"众人都道:'又何必伤心,不如散了倒好。'说着便都洗了手,大家约往贾母王夫人处问安。"众人的言行并不表明他们冷漠,读者可以看到

---

① 见《红楼梦》第四回。

众人对李纨是没有恶意的，他们其实是怕言多必失，勾起李纨的伤感。众人固然可以如此应对李纨的伤感，但"散了"之后呢？"问安"之后呢？李纨被"省略"了。通过这样的"省略"，李纨的隐痛被很好地表现出来：正如她无数次地"经过"而不能参与到别人唾手可得的欢乐中，她也要无数次在"散了"与"问安"之后独自一人面对自己的不幸，抚摸自己的伤感。如果真的"如槁木死灰一般"，李纨不可能有这样的隐痛。

而之所以有这样的隐痛，当然是因为李纨被"残生损性"的道德标准所加害。尽管她因恪守当时的道德标准而令人"敬服"，是大观园中口碑最好的一个人，她在实际生活中也未必有人加害，但是，由于恪守了"残生损性"的道德标准，夫妻间的恩爱已成过往，那是"镜里恩情"。未来的"梦里功名"却也无法补偿李纨的生命隐痛，"虚名儿"更是以"无常"的面目剥夺了李纨生命中的青春、欢乐与美好（"只这带珠冠，披凤袄，也抵不了无常性命……问古来将相可还存？也只是虚名儿与后人钦敬"[1]）。可以看出，李纨的不幸并不是偶然的结果，而是恪守了"残生损性"道德标准后的必然境遇。

《庄子》不仅看重精神生命，更强调对精神生命要加以净化与升华，使精神生命进入以"灵"来描述的更高层次，"故不足以滑和，不可入于灵府"（《德充符》），"故其灵台一而不桎"（《达生》），"不足以滑成，不可内于灵台。灵台者有持，而不知其所持，而不可持者也"（《庚桑楚》）。既然《庄子》中以"灵"来

---

[1] 见《红楼梦》第五回。

描述这一生命层次，我们不妨称其为"灵性生命"。

不知是无心契合还是有意为之，《红楼梦》中也很突出一个"灵"字：石头经女娲锻炼之后，"灵性"已通，石头在人间又是"通灵"宝玉，《石头记》是"借通灵之说"[①] 写成的，石头"造历幻缘"是"失去幽灵真境界"[②]；仁者所禀是"清明灵秀，天地之正气"[③]，正邪两赋之人"其聪俊灵秀之气，则在万万人之上"；为了使宝玉悟道，警幻仙子"醉以灵酒"，太虚幻境是"幽微灵秀地"，风月宝鉴出自太虚幻境空灵殿上，宝玉才情被形容为"空灵娟逸"……尤其是，荣宁二公托付给警幻仙子的却只有他一人。为什么？不还是因为他"聪明灵慧"吗？"其中惟嫡孙宝玉一人，禀性乖张，生性怪谲，虽聪明灵慧，略可望成……幸仙姑偶来，万望先以情欲声色等事警其痴顽，或能使彼跳出迷人圈子，然后入于正路，亦吾兄弟之幸矣。"黛玉清高、孤傲、"多心"、"小性儿"，毛病不少，但她却是众女儿中最脱俗，又是和宝玉最知心、最得宝玉敬爱的一个，为什么呢？恐怕也是因为她和"灵"有不解之缘吧：黛玉前身是"灵河"岸边的绛珠仙草，而且宝玉续《庄子》又有"灰黛玉之灵窍"这样的句子。

与宝黛的"灵性"相对照，宝钗博古通今、多才多艺、可藏可露、能屈能伸，会做人又做事，直到今天还有不少人发出"娶妻当娶薛宝钗"的感叹，然而，在《红楼梦》中，宝钗却被说成是

---

① 见《红楼梦》第一回。
② 见《红楼梦》第二十五回。
③ 见《红楼梦》第二回。

"钓名沽誉，入了国贼禄鬼之流"，是"真真有负天地钟灵毓秀之德"！① 她居然和"灵性"无缘，这是为什么呢？

《红楼梦》中并不讳言宝钗持有功利立场。连宝玉初见小红都不知她是自己房中的丫鬟，而宝钗却能够听声辨人，而且深谙小红的性情为人。她还对宝玉房中服侍之人的人际关系了如指掌，所以在"小惠全大体"时能够轻易地化解矛盾。可以说，这些是她为了不至于"人人跟前失于应候"，为了更好地与人交际而进行的火力侦察。古人有"诗言志"之说，她也确实写有"好风频借力，送我上青云"之句，表现出对功名富贵的热衷。另外，元妃省亲时，她也确实流露出对"穿黄袍子"的艳羡……

宝钗的道德立场并非没有值得肯定之处。《红楼梦》中，钗、黛二人出类拔萃，几乎总是被放于并列的位置加以评价，而且明确地用"停机德"来概括宝钗的优秀。这个出类拔萃的宝钗也许有点儿虚伪，例如她讨好迎合元春、贾母与王夫人，她的"安分随时，自云守拙"也未必没有表演性；这个出类拔萃的宝钗也许有点儿自私，例如她"不干己事不开口，一问摇头三不知"；这个出类拔萃的宝钗也许有点儿功利，例如她博施小惠不是济众，而是只愁"人人跟前失于应候"。即使宝钗确实有这些毛病，她还有一个很大的优点不能忽略了，那就是"克己"：她虽然博学多才，但从不恃才傲物；她虽是大家闺秀，但从不仗势欺人。她内敛低调，她恭俭谦让，她善解人意。从性格逻辑来看，这个克己的宝钗是不会自我膨胀的。即使自私，也不愿害人；即使功利，也不至歹毒；即使虚

---

① 见《红楼梦》第三十六回。

伪，也不会阴险。

凤姐的功利立场与"灵性"无缘，李纨的道德立场与"灵性"无缘，宝钗既功利又道德的立场仍然与"灵性"无缘。其实，在《红楼梦》中，我们可以看出，宝钗可被指责的不是她面对鲜活生命的丧失没有表示同情与怜悯（因为此时的同情与怜悯对死者既没有道德意义，也没有功利意义），而是鲜活生命的丧失居然没能唤醒她的生命立场。聪慧如她，对待生命的态度居然与她被称为"呆霸王"的哥哥如出一辙：薛蟠将人命官司"视为儿戏，自为花上几个臭钱，没有不了的"。而宝钗在金钏儿投井后劝王夫人时居然说："十分过不去，不过多赏他几两银子发送他，也就尽主仆之情了。"[①] 二人的语言虽有雅俗的不同，可是二人都把生命视为"物"，而且是可以用不多的银钱就能购买的"物"。

不知是否出于作者的有意安排，《红楼梦》中对凤姐、李纨、宝钗的刻画描写都突出了一个"冷"字。凤姐判词前画的冰山、她的冷酷，以及她给自己营建了一个冰冷的世界，前文已作了分析，我们不妨再看看李纨与宝钗。李纨的判词里也有"冷"——"如冰水好空相妒"。这里的"冰"可理解为"冰清玉洁"，是时、俗对李纨恪守道德标准的称许；同时可理解为"冰冷"的生命体验，意谓时、俗给了李纨"虚名儿"及经济上一些利益的同时，剥夺了她生命中的青春、美好与欢乐。而宝钗呢？她的判词里也有"冷"——"金簪雪里埋"，《终身误》曲子里也说她是"山中高士晶莹雪"。在小厮们口中，她又是"雪堆出来的"，"自己不敢出

[①] 见《红楼梦》第三十二回。

气,是生怕这气大了,吹倒了姓林的;气暖了,吹化了姓薛的"。"雪"固然可以让人联想起"冰雪聪明",宝钗的理性也确实可被视为一种聪明,但那聪明毕竟不是有生命温度的聪明,那聪明可以说是一种"冷"聪明。宝钗的另外一个符号"金"也很有象征意味:无论是"金玉良缘"的金,还是"金簪"的"金",都可以说是"高贵"的符号,可是那高贵固然"金光闪闪",毕竟与同样很高贵的玉不同。君子比德于玉,而金却没有玉的温润,它只是冰冷的金属。

有时,宝钗的理性甚至到了让人毛骨悚然的地步。尤三姐自刎,柳湘莲出家,连被柳湘莲苦打过的薛蟠都"眼中尚有泪痕",宝钗听了却并不在意,还说:"俗话说的好,'天有不测风云,人有旦夕祸福'。这也是他们前生命定。前日妈妈为他救了哥哥,商量着替他料理,如今已经死的死了,走的走了,依我说,也只好由他罢了。妈妈也不必为他们伤感了。倒是自从哥哥打江南回来了一二十日,贩了来的货物,想来也该发完了,那同伴去的伙计们辛辛苦苦的,回来几个月了,妈妈和哥哥商议商议,也该请一请,酬谢酬谢才是。别叫人家看着无理似的。"这些说法很理性,而且宝钗之所以这样说就是为了"别叫人家看着无理似的"。面对鲜活生命的丧失,面对别人的苦难,一个十几岁的少女居然"并不在意",仍在很理性地考虑不要在人前"失于应候",无论如何会让人心中陡生寒意。此外,《红楼梦》中对宝钗居处的描写也耐人寻味:一个少女的居处竟然"阴森透骨""雪洞一般",那种异样的"冷"似乎只能来自《西游记》中妖精的洞窟,作者是不是在强调着什么呢?我们还可以看到,连见多识广的贾母都对这样的"冷"感到害怕，说"年轻的姑娘们，房里这样素净，也忌讳"①，并千叮咛万嘱咐鸳鸯等人一定要重新布置宝钗的房间。

虽然宝钗很博学，虽然宝钗惯会"小惠全大体"，虽然宝钗有不俗的文化修养与高雅的谈吐举止，她的价值观却是相当世俗的，她认同的是当时的主流价值观。这样的价值观并不看重养护生命的"真性"，促进生命的"成长"，只要求对外在标准的遵守。所以，宝钗与人打交道时，并不是付出生命的真情，而只是以外在的标准迎合别人，这便是《庄子》中所说的"适人之适"而非"自适其适"。"自适其适"是自由，是自主选择标准；而"适人之适"只能是迎合，迎合当然就导致了虚伪。

我们能够看到宝钗对元妃的迎合。她善于揣摩"领导"意图，注意到元妃"因不喜'红香绿玉'四字，改了'怡红快绿'"，还提醒宝玉不要用"绿玉"二字，否则，"岂不是有意和他争驰了"？元妃写了谜语让大家猜，宝钗"近前一看，是一首七言绝句，并无甚新奇，口中少不得称赞，只说难猜，故意寻思，其实一见就猜着了"②。

我们能够看到宝钗对贾母的迎合。贾母为她过生日，问她爱听何戏，爱吃何物，她"深知贾母年老人，喜热闹戏文，爱吃甜烂之食，便总依贾母往日素喜者说了出来"。她对贾母的奉承虽说并不含蓄："我来了这么几年，留神看起来，凤丫头凭他怎么巧，再巧不过老太太去。"但因为迎合了贾母，很快就得到了回报，贾母之后不久就对薛姨妈讲："提起姊妹，不是我当着姨太太的面奉承，

---

① 见《红楼梦》第四十回。
② 见《红楼梦》第二十二回。

千真万真,从我们家四个女孩儿算起,全不如宝丫头。"① 宝玉"勾"着贾母原为赞林黛玉的,不想反赞起宝钗来,他是没想到原因正是宝钗在这个时候的迎合。

我们能够看到宝钗对王夫人的迎合。金钏儿跳井,王夫人良心不安,宝钗则一方面将自己的衣服贡献出来装殓金钏儿,大度地宣称自己从不忌讳这些;另一方面揣着明白装糊涂地说金钏儿并不是赌气投井,"多半他下去住着,或是在井跟前憨顽,失了脚掉下去的。他在上头拘束惯了,这一出去,自然要到各处去顽顽逛逛,岂有这样大气的理!纵然有这样大气,也不过是个胡涂人,也不为可惜",并声称"姨娘也不必念念于兹,十分过不去,不过多赏他几两银子发送他,也就尽主仆之情了"。② 为了迎合王夫人,她的可恶倒还不是表现在口是心非地说谎,而是表现在对生命的极度漠视。

我们甚至能够看到宝钗对赵姨娘的迎合。有书中对赵姨娘心理活动的描写为证:"怨不得别人都说那宝丫头好,会做人,很大方,如今看起来果然不错。他哥哥能带了多少东西来,他挨门儿送到,并不遗漏一处,也不露出谁薄谁厚,连我们这样没时运的,他都想到了。若是那林丫头,他把我们娘儿们正眼也不瞧,那里还肯送我们东西?"③

宝钗体贴黛玉在客中多有不便,提出由她家来提供燕窝给黛玉保养身体,黛玉深受感动。聪慧如黛玉也没能看透,宝钗即使在此

---

① 见《红楼梦》第三十五回。
② 见《红楼梦》第三十二回。
③ 见《红楼梦》第六十七回。

时也没有付出真情。她没有注意到，宝钗是这样回答她的感谢的："这有什么放在口里的！只愁我人人跟前失于应候罢了。"宝钗无意中透露出与人打交道的方式：不是出于一个生命对另一个生命的真情，而是出于"应候"；不是内心认为应当如此，而是生怕在别人眼中有"失"。《红楼梦》中让宝钗得到牡丹花签，上面题有"任是无情也动人"的诗句。这种安排当然不是无意为之，而是对宝钗的真实写照：博学多识、长袖善舞的宝钗之"应候"、迎合有时固然也能打动人，然而她始终缺少的是生命的温度与真情。

维特根斯坦曾说："即使一切可能的科学问题都能解答，我们的生命问题还是仍然没有触及。"[1] 生命问题岂止与科学水平无关，它还与生活中的长袖善舞无关，与对现实世界的适应能力无关，可以说，在宝钗那里，唯独缺失的就是对生命的尊重与珍爱。正因为此，宝钗的生活之"技"不能"进"于"道"，她虽然能与现实世界保持高度的适应与协调，却同时在如鱼得水、左右逢源中沉沦；正因为此，宝钗虽然有"克己"的素质，却并不能真正善待他人与自己的生命，倒是常常被"不道德的道德"规劝异化。

---

[1] 维特根斯坦：《逻辑哲学论》，商务印书馆1985年版，第97页。

第二章　佛禅思想与《红楼梦》的象征世界

《红楼梦》第二十二回中，宝钗谈到禅宗公案时提到惠能称神秀偈"美则美矣，了则未了"，此语载于《景德传灯录》《五灯会元》等禅宗典籍，不见于《坛经》任何版本。《红楼梦》中提到贾宝玉平日所读之书中亦列有《五灯会元》，尤其是《五灯会元》中有张拙秀才这样一则公案：

> 张拙秀才，因禅月大师指参石霜。霜问："秀才何姓？"曰："姓张名拙。"霜曰："觅巧尚不可得，拙自何来？"公忽有省。乃呈偈曰："光明寂照遍河沙，凡圣含灵共我家。一念不生全体现，六根才动被云遮。断除烦恼重增病，趣向真如亦是邪。随顺世缘无罣碍，涅槃生死等空花。"①

《红楼梦》第八十七回写妙玉"断除妄想，趋向真如"，后来却又走火入魔，这分明是由《五灯会元》所载张拙秀才"断除烦恼重增病，趣向真如亦是邪"语而来。二者在思想观念上也有着这

---

① 普济：《五灯会元》中册，中华书局2010年版，第316页。

样的一致:"断除烦恼""趣向真如"本是佛禅所认同的正面价值,但如果对"断除烦恼""趣向真如"过于执着,那也会"重增病""亦是邪",会导致走火入魔。学界曾有这样一种倾向:把《红楼梦》后四十回看成前八十回拙劣的续作,将后四十回与前八十回完全割裂开来。其实,程甲本程伟元、高鹗的序中已讲得很清楚,他们已搜集到《红楼梦》的"全书",只不过因"漶漫不可收拾",所以才作了"细加厘剔,截长补短"的修补整理工作,而"至其原文,未敢臆改",并未从整体上改变后四十回的原貌。胡适仅因程序中说"数年以来,仅积有廿余卷。一日偶与鼓担上得十余卷……",便断言"此话便是作伪的铁证,因为世间没有这样奇巧的事"①,殊为无凭。也不知是不是历史的讽刺,胡适本人就经历了"这样奇巧的事":他在后来的《跋〈红楼梦〉考证》中就提到他曾在三日之内,获得多年来遍寻不着的《四松堂集》抄本、刻本各一部,而且其中的抄本乃是"天地间唯一的孤本"。俞平伯、周汝昌诸先生仅从前八十回与后四十回的一些抵牾之处就认为后四十回是对原作的篡改,此种推断也很成问题。王国维先生曾在《红楼梦评论》中称赞后四十回的悲剧结局、描写黛玉之死的大手笔,胡适本人也认为后四十回中"写司棋之死,写鸳鸯之死,写妙玉的遭劫,写凤姐的死,写袭人的嫁,都是很有精采的小品文字"②,后四十回的思想与艺术价值不可一笔抹杀。即使后四十回有一些拙劣的文字,与前八十回不太衔接的段落、不太一致的思想,那也不能推翻程高等人只是修补整理,而非从整体上篡改原作的说法。当

---

① 胡适:《中国章回小说考证》,北京师范大学出版社 2013 年版,第 160 页。
② 同上书,第 161 页。

然，要讲清楚这个问题需要专文论证，此处只想表明，《红楼梦》在吸收、转化佛禅义理时，前八十回与后四十回常常有着很清晰的一致性，可以把前八十回与后四十回作为一个有机整体立论。

第一节 "色空不二"与《红楼梦》中的
欲望书写（上）

有这样一种看法常常被很多人接受：人在生计有了大困难，进取过程中受了大挫败，遭遇了山穷水尽的生存困境时，才迫不得已到佛禅中寻求逃避慰藉，佛禅不过是弱者的庇护所、失败者的疗伤地，其思想观念当然是很悲观消极的。这其实是一种极大的误解。

先看《长阿含经》卷一中毗婆尸佛的故事：他身为王子，而且深受父母宠爱，平日里自是养尊处优、锦衣玉食，他父亲还"严饰宫馆，简择婇女以娱乐之"。他虽然尚未继位，事业上已颇有成就："以道开化，恩及庶民，名德远闻。"可是，他在游玩路上见到一位老人"头白齿落，面皱身偻，拄杖羸步，喘息而行"，又见到一位病者"身羸腹大，面目黧黑。独卧粪除，无人瞻视。病甚苦毒，口不能言"，还见到一死人"杂色缯幡前后导引，宗族亲里悲号哭泣，送之出城"后，他"怅然不悦"。在得知沙门"舍离恩爱，出家修道。摄御诸根，不染外欲，慈心一切，无所伤害。逢苦不戚，遇乐不欣，能忍如地"，"调伏心意，永离尘垢，慈育群生，无所侵扰。虚心静寞，唯道是务"后，他毅然出家，经中赞曰："太子见老、病人，知世苦恼。又见死人，恋世情灭。及见沙门，廓然大悟，下宝车时，步步中间转远缚着。是真出家，是真远离。"

作者学养与乾嘉章回小说的精神世界

如果说毗婆尸佛的故事还是佛经中的神化虚构，佛禅中有不少真实的历史人物都是虽然并不缺少为一般人所艳羡的荣华富贵，却都主动选择了对这种生活的厌离与抛弃：释迦本人是净饭王太子；安世高乃"安息国王正后之太子也"①；昙柯迦罗"本中天竺人，家世大富"②；阇那崛多之父"位居宰辅燮理国政"③；释跋日罗菩提之父为"为建支王师"④；菩提达摩是"南天竺国香至王第三子也"⑤；释善无畏"本中印度人也，释迦如来季父甘露饭王之后……父曰佛手王……十岁统戎，十三嗣位，得军民之情"，后来却让位于兄，"固求入道"⑥；释智严"授左领军卫大将军上柱国，封金满郡公。而深患尘劳，唯思脱屣"⑦；释玄逸"即玄宗神武皇帝从外父也。繁柯懿叶，莫我与京。昆友侄弟，多升朝列，或以靡丽自持，或以官荣相抗。逸乃风神秀朗，萧洒拔俗，悟色空之迹，到真寂之场。糠秕膏粱，么麽轩冕"⑧；圭峰宗密"家本豪盛"⑨……

《红楼梦》中的贾宝玉也并非因生计所迫、为功利所挫而被动选择了出家，虽然贾家遭到了查抄，他与林妹妹未能终成眷属，可诚如脂批所说："若他人得宝钗之妻、麝月之婢，岂能弃而为僧

---

① 慧皎：《高僧传》卷一，载《大正藏》第50卷，台北佛陀教育基金会出版部1990年版，第323页。
② 慧皎：《高僧传》卷一，载《大正藏》第50卷，第324页。
③ 道宣：《续高僧传》卷二，载《大正藏》第50卷，第433页。
④ 赞宁：《宋高僧传》，中华书局1997年版，第4页。
⑤ 普济：《五灯会元》上册，第38页。
⑥ 赞宁：《宋高僧传》，第17页。
⑦ 同上书，第41—42页。
⑧ 同上书，第96页。
⑨ 普济：《五灯会元》上册，第105页。

第二章　佛禅思想与《红楼梦》的象征世界

哉?"① 何况他还考中了第七名举人,皇帝也对贾政重加眷顾,他并不是在家业势运最低谷时出家,他的出家与其说是无奈之下的别无选择,还不如说是对功名富贵的主动疏离,正是这种疏离构成了宝玉与上述佛禅人物的一致之处:一般人追求功名富贵而不得,于是有了幻灭之感。宝玉与上述佛禅人物则是身处功名富贵之中,却看出了功名富贵的空幻。一般人追求功名富贵是为了满足种种世俗欲望,同时在满足欲望的过程中产生了种种过患。宝玉与上述佛禅人物则是身处功名富贵之中,却消解了种种贪邪之欲,因超越了欲望的支配而避免了在滚滚红尘中煎熬沉沦。

于是就引出了对佛禅的另一种误解:佛禅否定欲望,把欲望视为罪恶之源,以严苛的戒律压抑欲望。本章前两节从佛禅广为人知也非常容易遭人误解的"色空"观念着手,探讨佛禅与《红楼梦》中欲望书写的内在关联,利用《红楼梦》作为文学作品所具有的难以比拟的形象性与直观洞察力,在一定程度上消解了佛禅一些艰深表述的抽象性与晦涩难懂之处,深刻理解佛禅与《红楼梦》在掌控疏导以及升华欲望方面所表现出的人生智慧。

俞平伯先生曾在《〈红楼梦〉简论》中提出:"《红楼梦》的主要观念是'色空'('色'是色欲之色,非佛家五蕴之色)。"② 这里所说的"非佛家五蕴之色"的"色欲"之空并非空穴来风,而是明清小说的创作与批评中常常能够见到的一种世俗化的"色空"观念。这种"色空"观念其实是借用佛教语汇表达世俗的"罪色"

---

① 见《红楼梦》第二十一回双行夹批。
② 俞平伯:《〈红楼梦〉简论》,载《俞平伯论红楼梦》下册,上海古籍出版社1988年版,第846页。

意识。这种世俗化的"色空"观念在明清小说中多没有被明确地加以表述,常常只是笼统地表达了对待色欲的态度与观念:贪恋色欲其实是一种迷妄,很多人都因陷入这样的迷妄而毁灭,参透"色空"的人才能够不为色欲所害。例如《西游记》第五十五回的回目是《色邪淫戏唐三藏　性正修持不坏身》,掳走唐僧的蝎精被称为"色邪",她百般"淫戏"唐僧,唐僧不为所动。深知师父为人的沙僧在孙悟空因头痛而无法出战时说:"不须索战。一则师兄头痛,二来我师父是个真僧,决不以色空乱性。且就在山坡下,闭风处,坐这一夜,养养精神,待天明再作理会。"又如《喻世明言》第二十卷《陈从善梅岭失浑家》,掳走陈从善妻子的妖精申阳公对佛家长老自称:"小圣无能断除爱欲,只为色心迷恋本性,谁能虎项解金铃?"长老劝他说:"尊圣要解虎项金铃,可解色心本性。色即是空,空即是色。一尘不染,万法皆明……他是贞节之妇,可放他一命还乡,此便是断却欲心也。"《禅真逸史》中,僧人钟守净与黎赛玉私通,道人林澹然劝谕他时说:"经云:'色即是空,空即是色。'色之一字,正合空字之义,如何我佛反又以为戒?这个只恐戒得不是些。"《醒名花》描写才子湛国瑛与尼姑的交合有这样的文字:"色即是空,此刻青丝虽乱;电犹如幻,今宵红浪无踪。且看他昏迷态,恰如禅定;番疑他相对处,正凑机锋。"《绣鞋记》第二十回写阎王审问两名淫僧时说:"你这两个秃驴,身在法门,理宜洁持,持斋把素,念佛看经,色色空空,无非幻想。为何不能参破,竟与叶荫芝宣淫……玷辱佛门,罪有攸归,难辞其咎。"《僧尼孽海》中官员给与妇人通奸的和尚员茂写下这样的判词:"一节不终,浪为空即是色;五除不戒,谁云色即是空。卿著另嫁良人,

第二章　佛禅思想与《红楼梦》的象征世界

僧宜发配千里。"《绣戈袍全传》第二十三回中写贼人曹荣、李锡行窃时意外地救了被恶霸强抢的民女素兰,曹荣动了色欲之心,想逼素兰与自己成亲,他的同伙李锡劝他说:"但色即是空,空即是色,仔细些乃可!"……

也有明清小说以"骷髅"这一意象表达这种世俗化的"色空"意识。如清代小说《青楼梦》第五十八回写男主人公金挹香辞官守制归来,重访十几年前的旧时众美,俱杳然无存,回忆前情,犹是恍然在目,深感浮生如梦,写下了一篇《自悟文》,中云:"悟空花于镜里,识泡影于水中。今日骷髅,昔年粉黛;眼前粉黛,他日骷髅。玉貌娉婷,即五夜秋坟之鬼;翡翠睠恋,乃一场春梦之婆。转瞬彩云,忽悲暗月。绿章上奏,难留月下婵娟;朱带重来,已杳帘中窈窕。因知色即是空,或者空能见色。"不难看出,《青楼梦》中的"色空"观以"骷髅"作为死亡的象征,告诫世人勿因贪欲美色而走向毁灭。

明清小说中所表现出的世俗化的"色空"观主要是就色欲而言,"色"乃美色之"色",而佛家"色空"之本义则是:作为现象的一切事物皆是因缘和合的产物,因无自性而体性为空,并未直接言及欲望。

从表面看来,佛禅对代表世俗欲望的"五欲"持舍离禁戒之态度,如《长阿含经》卷四中说:"诸天及世人,皆应舍五欲。"《大宝积经》卷二十二中说:"勿得贪着人天五欲。"《大般若波罗蜜多经》卷四百零一中说:"然此菩萨摩诃萨于五欲中深生厌患,不为五欲之所染污。"《大乘理趣六波罗蜜多经》卷一中说:"令离五欲心无染着,导以正法发菩提心。"《大方广佛华严经》卷六中说:

"若能远离五欲渴,思乐解脱甘露水。"《坛经·忏悔品》中说:"各自性中离五欲,除邪行正即无罪。"《五灯会元·百丈怀海禅师》中说:"若能一生心如木石相似,不被阴界五欲八风之所漂溺,即生死因断,去住自由。"

　　佛家之所以对欲望会有舍离禁戒之态度,无非还是因为看到追求欲望之满足的过程中有很多"过患"。为了不受"过患"之害,佛家有时还会以一些特殊的修行方法削弱祛除欲望对象的诱惑力。其中,为了避免色欲之"过患",佛家有所谓"白骨观"的修行方法:把美色看成白骨骷髅等引人惧怖厌恶之物。如《大庄严论经》卷四讲述一淫女"欲扰动时众心",诸优婆塞"爱其容貌,心意错乱",法师为点化众人,"以神通变此淫女,肤肉堕落,唯有白骨。五内诸藏悉皆露现"。《大般涅槃经》卷三十讲述长者子宝称"耽荒五欲",佛陀使其得白骨观法,"见其殿舍宫人婇女悉为白骨,心生怖惧,如刀毒蛇,如贼如火"。《六度集经》卷七云:"太子以无蔽之眼遍观众身,还观其妃,头发髑髅,骨齿爪指……内视犹枯骨,外视犹肉囊。无一可贵。"《大方等大集经》卷三十八云:"诸有智者观察女色,念不净想。不念女身所有毛发皮肉筋血,但念白骨专心不舍。"《所欲致患经》又有这样一段:"佛告诸比丘,若复见女人,皮肉离体,但见白骨。前时端正,颜貌姝好,没不复现。"

　　《青楼梦》中以"今日骷髅,昔年粉黛;眼前粉黛,他日骷髅"表达"因知色即是空"的"色空"观,即使不是有意识地接受佛家的影响,在思维方式上与佛家的"白骨观"也有着这样的一致性:为了避免沉迷于美色所可能产生的种种过患,要把美色看成白骨、骷髅。

《红楼梦》更是以欲望书写鲜明生动地表现出这样的思维方式。当贾瑞在临死前苦苦哀求救自己一命时，跛足道士对他强调"风月宝鉴"只能照反面，不可照正面，但贾瑞执迷不悟、纵欲而死，其家人归罪于"风月宝鉴"，架起火来烧。此时有这样一段描写：

只听镜内哭道："谁叫你们瞧正面了！你们自己以假为真，何苦来烧我？"正哭着，只见那跛足道人从外面跑来，喊道："谁毁'风月鉴'，吾来救也！"说着，直入中堂，抢入手内，飘然去了。①

"风月宝鉴"的正面照出的是美色，反面是骷髅，贾瑞"瞧正面"在书中被称为"以假为真"，也就是说，他把"假"的美色当成"真"的，反面所照出的骷髅才是真相：贪恋色欲将会带来毁灭，要把美色看成骷髅。

对于这种世俗化的"色空"观，《红楼梦》其实是不相信它对节制欲望能起到多大作用的：贾瑞虽被这样的"色空"观点化，他却并未能节欲，反而纵欲而亡。确实，对于陷溺在强烈色欲之中的人来说，怎么可能把美色视为白骨、骷髅？

佛教从诞生之时就以解脱论作为出发点与终极追求。哪怕生计无忧，贵为太子，仍然避免不了在生死苦海、烦恼恶波中的沉沦。

---

① 见《红楼梦》第十二回。

于是，在十九岁（一说为二十九岁）那年（又是一个意味深长的巧合：宝玉亦是十九岁时出家），释迦离开慈爱双亲、娇妻弱子出家，苦苦寻求解脱之道，终于在菩提树下悟道成佛。经历了中国化的东土禅宗更是把出生死、离烦恼的解脱视为人生的核心价值，吸收了般若空观与中观派的智慧，提出了"色空不二"的"色空"观念，建构了高明深刻的解脱论。"色空不二"可以表述为两个部分：一为"色即是空"，二为"空即是色"，这二者绝非简单的同义反复。

先看"色即是空"。佛禅常常将"不可得"与"色即是空"互释。如《大乘理趣六波罗蜜多经》卷九说："观色即是空，色空不可得，此即胜义空，是真解脱者。"《注大乘入楞伽经》卷三说："上二句明色即是空，故不可得。"《仁王护国般若经疏》卷三说："求不可得，故空也。"《法界次第初门》卷下说："一者无我无我所，及常相不变易。不可得故空。"《宗镜录》卷十七说："始终不可得，故空。"……而梦幻正可喻这种"不可得"之"空"：梦幻之中亦有种种"色"，但是这些"色"皆非真。当人在梦幻中的时候，并不认为梦幻中的一切不真，只有梦醒之时、离幻之际，才知梦幻中一切皆假，终不可得。不可得使得梦幻中之"有"变成了"无"，由"无"而体验到了"空"。可以说，"色即是空"之"空"可以与"假""梦""幻"，以及不可得之"无"等联系起来进行理解。

龙树《中论·观四谛品》中说："众因缘生法（"法"指能被人感知的现象界），我说即是空。"此处所说的"空"便并不是指绝对的虚无，而正是指万物的"自性"为"空"。《中论·观四谛品》紧接着这两句又说"亦为是假名,亦是中道义",明确指出,虽然万物"自性"为"空",因缘的和合毕竟还是能产生可被人感知的万"法",当然,这些"法"只是现象而已,人们可以用各种"假名"指称这些现象。这四句其实已经点出了佛家的一种"真假"观念:万物自性皆空,这是万物的本质绝对真实,可称之为"真空";但是万物又以"假名"的形式存在于人的感知之中,可称之为"假有"。对"真空"与"假有"的关系,号称"解空第一"的僧肇在《不真空论》中有很好的论述。他指出,所谓"空"并不是空无一物,人能感知到种种现象的存在("欲言其无,事象既形"),从此角度而言,不妨说物是"有"的("象形不即无"),可是,现象之"有"并不是"实有""真有"("非真非实有")。僧肇还引了《放光经》中的譬喻:"诸法假号不真,譬如幻化人,非无幻化人,幻化人非真人也。"此外,《圆觉经》中说:"如梦中人,梦时非无,及至于醒,了无所得。"《维摩诘经》中说:"是身如幻,从颠倒起;是身如梦,为虚妄见;是身如影,从业缘现。""诸法皆妄见,如梦如焰,如水中月,如镜中像,以妄想生。"《金刚经》中说:"一切有为法,如梦幻泡影。"《楞严经》中说:"却来观世间,犹如梦中事。""如世巧幻师,幻作诸男女。"《楞伽经》中说:"一切法如幻,远离于心识。智不得有无,而兴大悲心。"《法华经》中说:"解三界空十方一切如化如幻,如梦野马深山之响。"《坛经》中说:"汝今当知,佛为一切迷人,认五蕴和合为自体相;分别一切法为外尘相。好生恶死,念念迁流,不知梦幻虚假,枉受轮回,以常乐涅槃,翻为苦相,终日驰求;佛愍此故,乃示涅槃真乐。"《永嘉证道歌》中说:"梦里明明有六趣,觉后空空无大千。"……这样的例子在佛禅典籍中不胜枚举。概而言之，在佛禅看来，作为现象的万物因能被人感知而令人产生"有"万物之判断，但是万物皆不能成为永恒不变的"有"，都免不了要"坏""灭"，这就是"无常"，而"诸行无常"正是佛家最核心的观念之一。一旦"无常"到来，"物"便由"有"变成了"无"，终究到来的"无"使得原来暂时存在的"物"变成了"不可得"的幻象，如同梦中本来存在"物"，那"物"却并非"真物"；幻中本来存在"有"，那"有"却只是"假有"。可以看出，这样的"真假"观念恰恰正是把"梦""幻"与"有""无"紧密结合在一起，"有""无"并非道家的专用范畴，佛家也同样以这样的范畴阐发"色即是空"的义理：作为现象的一切事物，都是如梦似幻的"空"。

学界对《红楼梦》中的那副著名对联"假作真时真亦假，无为有处有还无"有着多种阐释，不过，这副对联与太虚幻境之间的关系似乎没太引起注意：这副对联在"太虚幻境"四个大字之下，"太虚幻境"是这副对联的匾额，那么这副对联的语义应当与"太虚幻境"有一定的关联。

"无为有处有还无"可以这样理解：人确实能够感知到万物的存在，从而给出"有"万物的判断。人还能感知到，万物之"有"皆非永恒固有的存在，皆有生有灭。生于何处？生于"无"。灭向何方？灭向"无"。"无"能生"有"，不妨说是"无为有"；"有"终归"无"，不妨说是"有还无"。

至于"假作真时真亦假"，《红楼梦》中写宝玉梦见甄宝玉时有这样一段：

宝玉听说，忙说道："我因找宝玉来到这里，原来你就是宝玉？"榻上的忙下来接住，笑道："原来你就是宝玉！这可不是梦里了。"宝玉道："这如何是梦，真而又真的。"一语未了，只见人来说："老爷叫宝玉。"吓得二人皆慌了，一个宝玉就走，一个忙叫："宝玉快回来，宝玉快回来。"袭人在傍，听他梦中自唤，忙推醒他笑道："宝玉在哪里？"①

耐人寻味的是，以幻为真、真幻难辨的描写议论在明中叶至清初的许多小说戏曲的创作与批评中都可以找到，这里仅举较富典型性的一些例子：

真者，兄以为假；梦者，兄以为真。②
作者倘略其夫妇，而备述其假姻缘，债了三生，春生一度，何幻之非真，亦何真之非幻也。③
予指剧曰："此假剧也，予与子乃真剧也。"复指剧曰："此小剧场也，予与子所处乃大剧场。"诸客茫然。噫！庸讵知《西厢》果剧耶，果假耶？予之序《西厢》，果非剧耶，果真耶？④

把《红楼梦》与这些言论综合起来看，它们的共性可以这样概

---

① 见《红楼梦》第五十六回。
② 见《聊斋志异·成仙》。
③ 闽山爱石主人《写真幻》总评。
④ 何璧《西厢记》序。

括：人们自以为是"真"的世间万物其实是虚幻的,而看起来很虚幻的梦境、戏剧却常常能够表现出一种本质之"真"——人生中感知到的世间万物皆"假",如梦如戏。世人没有跳出功名富贵、声色货利等迷人圈子,驰逐于本质上是虚幻的外物,《红楼梦》称之为"谋虚逐妄"①,"以假为真"②,这不正是"假作真"(实质是假,却以为真)吗?把梦幻视为"真之又真",把"一切皆假"视为"真",这不正是"真亦假"(唯一真相是"一切皆假")吗?

再把上下联结合起来看,正可表明佛禅"色即是空"的观念。此处之"空"并非指什么都没有,而是既承认万物的现象"有",又强调这样的"有"非"真有",没有自性,终不可得。而要表明这样的"不可得"之"空",以"太虚幻境"之虚幻来"提醒阅者眼目"真是再合适不过了:人在虚幻中也感知到了物,可是虚幻中的物却只是"假有"。于是,上下联与"太虚幻境"的关系也能够得到解释了。

针对"色即是空"不是一无所有的绝对虚无,而是如梦似幻的"无",佛禅的"六譬""七譬""九喻""十喻"等都是以虚幻喻空。《红楼梦》对色空如幻亦是深有体会,故云:"凡用'梦'用'幻'等字,是提醒阅者眼目,亦是此书立意本旨。"③又有"镜里恩情""梦里功名""一个是镜中月,一个是水中花""好一似,荡悠悠三更梦""水月庵""馒头庵""铁槛寺""太虚幻境"云云。

可以看出,"色即是空"的观念凸显出人之欲望对象的如梦似幻、终不可得,是对贪欲的有力消解。《红楼梦》中亦多处强调这

---

①③ 见《红楼梦》第一回。
② 见《红楼梦》第十二回。

样的消解：对贪欲对象的追求是"以假为真""谋虚逐妄"，是因"无立足境"①而无法落到实处的徒劳，是因跳入"迷人圈子"②而对"寿命筋力"③的浪费。

值得注意的是，不仅因欲望对象的空幻本质而不可贪恋执着，即使是被肯定的正面价值（如相对于外道的佛法、相对于邪的正、相对于恶的善、相对于妄的真），有大智慧的佛禅也强调其空幻本质。为什么正面价值亦不能执着呢？那又是"色即是空"的智慧了。所谓"色即是空"是指，举凡整个现象世界都是空的："邪""妄""恶"固然是空的，"正""真""善"同样是空的。《五灯会元》中既有前述张拙秀才的那则"断除烦恼重增病，趣向真如亦是邪"的公案④，又有云居元佑禅师偈语：

上堂："凡见圣见，春云掣电。真说妄说，空花水月。翻忆长髭见石头，解道红炉一点雪。"⑤

又有西方禅宗十九祖鸠摩罗多尊者法语："一切善恶、有为无为，皆如梦幻。"⑥ 总之，既然一切皆空，负面价值的事物固然不可执着，正面价值的事物亦不可执着。对正面价值事物的不执着绝非不坚持、坚守或努力，而是虽然坚持、坚守或努力，却对坚持、

---

① 见《红楼梦》第二十二回。
② 见《红楼梦》第五回。
③ 见《红楼梦》第一回。
④ 普济：《五灯会元》中册，第316页。
⑤ 普济：《五灯会元》下册，第1116页。
⑥ 普济：《五灯会元》上册，第28页。

坚守或努力的后果没有贪欲。也就是说，重视的是修行过程，而对修行的结果却有"随顺世缘"的态度。坚持、坚守或努力需要充分发挥人的主体性，所以并非任其自然；"随顺世缘"则以洞察了真相的智慧避免因主观与客观不符而产生的痛苦烦恼，可谓是顺其自然。既顺其自然又非任其自然，这才是佛禅最推崇的"自然"态度。

《红楼梦》中，妙玉"断除妄想，趋向真如"，拼命压抑自己、急于求成，不能说她放任自流，没有付出主观努力，结果却走火入魔，其原因主要在于她没能"顺其自然"（"随顺世缘"）。"断除妄想，趋向真如"需要一个过程，妙玉却因主观上过于执着结果，而力图缩短乃至取消这一过程，于是欲速则不达，适得其反。"断除妄想，趋向真如"本是佛禅所认同的正面价值，但如果对"断除妄想，趋向真如"不能"顺其自然"，这样的主观执着在佛禅看来也是一种贪欲，也会"重增病""亦是邪"，会导致走火入魔。

第二节 "色空不二"与《红楼梦》中的欲望书写（下）

佛禅并不是单方面强调"色即是空"，同时强调"空即是色"。"色空不二"才是对佛禅"色空"观的正解。

国清行机禅师曾言："观色即空成大智，故不住生死；观空即色成大悲，故不住涅槃。"[①] 他明确提出，对"色即是空"之体悟

---

① 普济：《五灯会元》下册，第1363页。

是一种智慧,能够获得"不住生死"的解脱。但这样的解脱还不是真正的解脱、彻底的解脱,还需要进一步"观空即色成大悲"。很明显,这里的"色即是空"与"空即是色"有着不同的内涵,分属不同的境界,绝不是简单的同义反复。

《红楼梦》对宝玉出家的描写有这样一段:

> 贾政才要还揖,迎面一看,不是别人,却是宝玉。贾政吃一大惊,忙问道:"可是宝玉么?"那人只不言语,似喜似悲。贾政又问道:"你若是宝玉,如何这样打扮,跑到这里?"宝玉未及回言,只见舡头上来了两人,一僧一道,夹住宝玉说道:"俗缘已毕,还不快走。"说着,三个人飘然登岸而去。①

宝玉出家时的"似喜似悲"可以视为佛禅经典中"悲欣交集"的另外一种表达方式。"悲欣交集"见于《楞严经》卷六:"欣"主要指自喜一己得解脱,所谓"我今已悟成佛法门";"悲"则指对众生苦难的悲悯之情,是出于"欲益未来诸众生"之目的,向佛启请叩询"云何令其安立道场,远诸魔事,于菩提心得无退屈"。

在释家看来,佛菩萨有"悲""智"二门:"智者,上求菩提,属于自利;悲者,下化众生,属于利他。"② 无论是"观色即空成大智,故不住生死;观空即色成大悲,故不住涅槃",还是"悲欣交集"("似喜似悲"),表现出来的其实都是佛禅悲智双运的大乘境界,这里的"悲"不是一己得失之"小悲",而是佛禅"慈悲"

---

① 见《红楼梦》第一百二十回,人民文学出版社2020年版。
② 《大正藏》第12卷,台北佛陀教育基金会出版部1990年版,第635页。

之"悲"、"大悲"之"悲"。《方广大庄严经·属累品第二十七》所说的八种"净心"之一即"得大悲心拔众生苦"。《佛说大迦叶问大宝积正法经》卷四说:"以巧方便深达实相,以大悲心拔众生苦。"《金刚三昧经论》卷下说:"是菩萨者不可思议恒以大悲拔众生苦。"《大智度论》卷二十七说:"大慈,与一切众生乐;大悲,拔一切众生苦。大慈,以喜乐因缘与众生;大悲,以离苦因缘与众生。"……这里的"大悲"都是指欲助众生从苦海解脱的悲悯之情。

佛家有大小乘之分。从果位上来讲,小乘是阿罗汉,大乘是佛菩萨;从解脱对象来看,小乘只是"自利",大乘还要"利他"。《红楼梦》中惜春引古语云:"不做狠心人,难得自了汉。""自了汉"属小乘,"自了"是指自己凭借智慧已能"了生死"、得解脱,用国清行机禅师的话来说就是"成大智""不住生死";而大乘强调悲智双运,不是仅求一己得解脱,而是怀着对众生苦难的悲悯之情救度众生得解脱,用国清行机禅师的话来说就是"成大悲""不住涅槃"。

值得注意的是,国清行机禅师指出,对众生苦难的悲悯之情可由对"空即是色"的感悟促成:"观空即色成大悲。"这里的"空"已非如梦似幻的"不可得"之"空",而是本体意义上的"不空"之"空"。

《大般涅槃经·如来性品》中有云:"又解脱者名不空空。空空者名无所有,无所有者即是外道尼犍子等所计解脱,而是尼犍实无解脱,故名空空。真解脱者则不如是,故不空空。不空空者即真解脱,真解脱者即是如来……解脱亦尔,不可说色及以非色,不可说空及以不空。若言空者，则不得有常乐我净。若言不空，谁受是常乐我净者？以是义故，不可说空及以不空。"这段话能很好地帮助我们理解《红楼梦》中空空道人"因空见色，由色生情，传情入色，由色悟空"的悟道历程。

《大般涅槃经·如来性品》中明确指出，如果把"色空"简单理解为"无所有"的"空空"，那不过是外道的看法。空空道人之"空空"还是"实无解脱"阶段，并未悟道，在经历了"因空见色，由色生情，传情入色，由色悟空"的过程之后才真正悟道。

对于有情众生而言，"色"会引发生命的"情"，这些"情"有些是被动的，也即"因色生情"；有些则是主动的，可谓"传情入色"。动物更多的是"因色生情"，作为万物之灵的人类则除了"因色生情"之外，还能够"传情入色"，体现出一定的主体性。佛禅其实对人的主体性非常重视。以《五灯会元》为例，从中可以看到高僧大德们常常会说到"有主""主人公"之类，如：

泉曰："还见瑞像么？"师曰："不见瑞像，祇见卧如来。"泉便起坐，问："汝是有主沙弥，无主沙弥？"师曰："有主沙弥。"[1]

未有世界，早有此性。世界坏时，此性不坏。一从见老僧后，更不是别人，祇是个主人公。这个更向外觅作么？[2]

昔有一老宿，有偈曰："五蕴山头一段空，同门出入不相

---

[1] 普济：《五灯会元》上册，第198页。
[2] 同上书，第201页。

逢。无量劫来赁屋住，到头不识主人公。"①

师寻居丹丘瑞岩，坐盘石，终日如愚。每自唤主人公，复应诺，乃曰："惺惺着，他后莫受人谩。"②

所谓"有主""主人公"，在不同语境下有不同的强调，但强调人之主体性则一。

在佛禅那里，人之主体性并不以现象层面的个体自我为主宰。个体自我有不同的主观，其中，与客观不符的主观被佛禅称为"我见"。由于它们与客观不符，自然会使人之心理预期落空，从而产生种种烦恼痛苦，所以若以"我见"为主宰，是不可能得到真解脱的。要消除"我见"，"色即是空"是一种釜底抽薪的智慧：既然现象世界中一切皆空，一切（包括正面价值的事物）皆如梦似幻、终不可得，结果总是"落了片白茫茫大地真干净"，那么对一切皆不可贪欲。如果对一切皆不贪欲，就不会因结果如何而痛苦烦恼，于是"色即是空"的观念就使人超越了世间的具体境遇而获得解脱。用《红楼梦》中的话来说，"色即是空"的境界能够在一定程度上"跳出迷人圈子"③，避免"被声色货利所迷"④。但是，停留在这个境界还是一种被动与消极，不能充分发挥人的主体性，会扼杀人的生机、活力与创造性。

"不空"之"空"才是派生、创化万物之根源意义、本体意义

---

① 普济：《五灯会元》上册，第362页。
② 同上书，第388页。
③ 见《红楼梦》第五回。
④ 见《红楼梦》第二十五回。

的"空"。这种本体之"空"虽不能自显,却静中有动、包含万有。无论是正面价值的事物还是负面价值的事物,尽管对人来说有着不同的意义,却都源于那"空"而"不空"的本体。所谓"空即是色",是对"空"而"不空"、静中有动、无中生有之本体的深切洞察与体验,是对生机、活力与创造性的强调。于是,《红楼梦》中的"传情入色"可以这样理解:与"由色生情"的被动性不同,"传情入色"是主体性的一种体现。空空道人悟道之后改名为"情僧",而《红楼梦》中,"看见士隐抱着英莲,那僧便大哭起来"①一段有甲戌本脂批云:"所谓情僧也。"《红楼梦》第五回又有甲戌本脂批称警幻仙子为"多情种子",这些地方所称赞的仙佛之"情"皆是"拔众生苦"的悲悯之情。也正是出于这样的悲悯之情,我们看到仙佛们对甄士隐、柳湘莲、宝玉的点化,对宝钗、黛玉、贾瑞的"拔苦",只不过前者成功了,后者没成功。宝玉出家前的难能可贵之处也正是他的悲悯之情:悲悯众女儿的不幸,体贴关爱她们;怜老恤贫,从来不摆贵公子的架子;甚至悲悯桃花花瓣,"恐怕脚步践踏了"②;甚至悲悯画中的美人,"那美人也自然是寂寞的,须得我去望慰他一回"③……而他出家之后自然也是"情僧",会像仙佛们点化自己一样"传情入色",怀着悲悯之情去"拔众生苦"。可以说,"由色生情"之"情"与"传情入色"之"情"是两种不同性质的"情","由色生情"之"情"固然包含着自发且合理正当的情,但也掺杂着因欲望为"色"(佛家五蕴之

---

① 见《红楼梦》第一回。
② 见《红楼梦》第二十二回。
③ 见《红楼梦》第十九回。

"色"是指现象世界,非女色之"色")所迷而产生的邪妄之情,而"传情入色"之"情"则是经由了悲智双运的主体性之"情",一方面因智慧的觉悟避免了自身欲望的过患,另一方面将欲望升华为对人间苦难充满同情且要利他度人的"大悲"之情。

总之,要理解佛禅与《红楼梦》中的"色空"观念,应当在"色空不二"的结构中去感悟。

"色即是空"之"空"具有消解性,消解负能量与贪邪之欲,使其不产生过患。这样的消解当然是必要的,然而仅有消解是不够的,所以许多佛禅经典一直对于"沉空""滞空""著空""耽空""堕空""空病""空执"有着警惕与否定。如《佛说无上依经·菩提品》云:"若有人执我见如须弥山大,我不惊怪亦不毁訾;增上慢人执著空见如一毛发作十六分,我不许可。"①《佛说摩诃衍宝严经》云:"宁猗我见积若须弥,不以憍慢亦不多闻而猗空见者,我所不治。"②《心地观经》云:"本设空药,为除有病,执有成病,执空亦然。"③《大宝积经》云:"一切诸见以空得脱,若起空见则不可除。迦叶,譬如医师授药令病扰动,是药在内而不出者。于意云何?如是病人宁得差不?""若以得空便依于空,是于佛法则为退堕。如是迦叶!宁起我见积若须弥,非以空见起增上慢。"④《中论》云:"大圣说空法,为离诸见故,若复见有空,诸佛所不

---

① 《大正藏》第16卷,第471页。
② 《大正藏》第12卷,第196页。
③ 《大正藏》第3卷,第328页。
④ 《大正藏》第11卷,第634页。

化。"①《坛经》云:"第一莫著空。若空心静坐,便著无记空。"②《信心铭》中云:"莫逐有缘,勿住空忍。""遣有没有,从空背空。"③《证道歌》云:"宗亦通,说亦通,定慧圆明不滞空。""二十空门元不著,一性如来体自同。"④……人们之所以会把"色空"观误解为消极悲观的思想观念,很多时候是因为只看到了"色即是空"所具有的消解性,没有注意到佛禅其实还对仅停留在"空"之消解作用上有着极大的警惕与否定,而对于欲望却有很大程度的肯定,能够正视并有效地利用欲望所具有的巨大能量。

《五灯会元》载有这样一则公案:

> 僧问香严:"如何是道?"严曰:"枯木里龙吟。"曰:"如何是道中人?"严曰:"髑髅里眼睛。"……遂示偈曰:"枯木龙吟真见道,髑髅无识眼初明。喜识尽时消息尽,当人那辨浊中清。"⑤

又有这样一则公案:

> 昔有婆子供养一庵主,经二十年,常令一二八女子送饭给侍。一日,令女子抱定,曰:"正恁么时如何?"主曰:"枯木

---

① 《大正藏》第30卷,第18页。
② 慧能:《六祖法宝坛经》,毗卢出版社2011年版,第16—17页。
③ 《大正藏》第48卷,第376页。
④ 同上书,第396页。
⑤ 普济:《五灯会元》中册,第792—793页。

倚寒岩，三冬无暖气。"女子举似婆。婆曰："我二十年祇供养得个俗汉！"遂遣出，烧却庵。①

　　这些公案表现出这样一种观念：即使一些个体修行到欲念不生如枯木、寒岩、骷髅的地步，仍然是凡夫俗汉。佛禅常常会以缺少生机甚至是死亡的意象来象征修行悟道的一定阶段、一种境界，除前举枯木、寒岩、骷髅外，还有死水、寒灰、古冢、棺材等。值得注意的是，这些意象总是被否定的，有时还会通过一些充满生机活力的意象加强这种否定，如上述公案中的"枯木里龙吟""髑髅里眼睛"，以及"死水不藏龙""须知花发不干春，切忌寒灰煨杀人"等。

　　上述公案中，当那位被婆子供养的庵主说出"枯木倚寒岩，三冬无暖气"之语时，想必他自以为达到修行悟道很高境界了。其比喻性的语句无非是说，面临妙龄女子的诱惑，他已能够无欲无求，但婆子却以烧庵遣出的方式对他进行了激烈的否定。

　　佛禅有大死大活、绝后更生的说法，也即只消除贪邪之欲，却并非不生欲念。那位庵主之所以被婆子否定，就是因为他"大死"之后未能"大活"，以为不生欲念就是本心的全机大用，却没悟到，不生欲念尽管消除了负能量，却不能受到正能量助益与利乐。

　　虽然也强调对欲望的舍离禁戒，有大智慧的佛禅并不是否定欲望本身，而是否定为了满足欲望而招致的"过患"，所谓"欲为炽然烧身心故。欲为秽恶染自他故。欲为魁脍于去来今常为害故。欲

---

① 普济：《五灯会元》中册，第366—367页。

为怨敌长夜伺求作衰损故。欲如草炬。欲如苦果。欲如剑刃。欲如火聚。欲如毒器。欲如幻惑。欲如暗井"(《大般若波罗蜜多经》卷四百零二)。舍离禁戒并不是要断灭欲望,而是避免为了满足欲望而招致过患。如果既满足了欲望,又没有产生过患,所谓"受用五欲乐,不为彼缠缚"(《父子合集经》卷二),佛禅是肯定的。如《大般若波罗蜜多经》卷五百八十四中说:"是诸菩萨虽复受用五欲乐具,而于菩萨所行净戒波罗蜜多常不远离,亦名真实持净戒者。"《实相般若波罗蜜经》中说:"是人虽在五欲尘中。"只要"不为贪欲诸过所染,譬如莲华虽在淤泥非泥所著",照样能够"疾得阿耨多罗三藐三菩提"。《佛说大方广善巧方便经》卷二中称赞了"于五欲境中嬉戏顺行,随其所作不坏正行"的"具善巧方便菩萨摩诃萨"。《大宝积经》卷一百零六中又说:"不离一切智心,若见可意五欲,即便在中共相娱乐,阿难,汝应作是念:如此菩萨即是能成如来根本。"

欲望能够产生能量,能量无法消失,只能转化,而且欲望越是强烈,能量越是强大,强行克制欲望带来的反弹与扭曲也是巨大的。正是由于洞察了欲望这一特性,对于极强烈的欲望,有大智慧的佛禅并不主张强行克制。《红楼梦》也并不主张强行克制欲望,妙玉因强行克制而走火入魔,"欲洁何曾洁,云空未必空"便很好揭示了强行克制欲望所带来的巨大反弹与扭曲。

因为能够正视强烈欲望的巨大能量,佛禅有时甚至还通过增益顺遂欲望的方式,帮助欲心炽盛之人悟道。如《增壹阿含经》卷九中讲难陀因贪爱美妻孙陀利而"欲心炽然,不能自禁",不肯修道。世尊就采用了"以火灭火"之法,先以神力将难陀带到山上,指着一瞎眼猕猴问比孙陀利如何,难陀回答说此猴甚丑,无法与美女孙陀利相比。世尊又把难陀带到天上,让难陀看到五百天女,难陀认为孙陀利与天女相比"犹如山顶瞎猕猴在孙陀利前,无有光泽,亦无有色",所以当他听到自己命终之后能生于天上,成为五百天女的夫主时大喜过望,对孙陀利自然也就无所贪爱了。世尊又把难陀带到地狱,难陀得知自己在天上享乐千年后就要下地狱中的一个大油锅,吓得"衣毛皆竖",在世尊的点化下,最终了悟"涅槃者最是快乐"。《佛说观佛三昧海经》卷八言有淫女妙意贪恋男色,世尊随顺其淫欲。缠绵六日以后,妙意痛苦懊悔。世尊幻化之人愤而自尽,七日以后只余白骨一躯,仍缠缚妙意。妙意乃求解脱。世尊趁机点化,妙意女"应时即得须陀洹道"。中国本土还有"金沙滩头马郎妇"的传说,马郎妇"于金沙滩上施一切人淫,凡与交者,永绝其淫"。这些故事都有着与《维摩诘经》中相同的教化方法:"先以欲钩牵,再令入佛智。"

　　警幻仙子点化宝玉的方法正是"先以欲钩牵,再令入佛智",宝玉悟道也与上述故事有着相同的结构:人欲心炽盛(宝玉贪爱"红尘中乐事")—增益顺遂人欲(让宝玉在"花柳繁华地,温柔富贵乡"中"受享",还让宝玉在太虚幻境中享受到了种种人间无法与之相比的欲望满足,"醉以灵酒,沁以仙茗,警以妙曲","历饮馔声色之幻","领略此仙闺幻境之风光",与"兼美"得谐鱼水之欢)—示现欲之过患(在太虚幻境中,宝玉被鬼怪拖入"迷津";在红尘中,让宝玉历"爱别离""怨憎会""求不得"等诸多之苦)—宝玉终于从欲望牵缠中解脱("跳出迷人圈子")。

概而言之，佛禅的"色空不二"包括两个层面：一方面以"色即是空"揭示"终不可得"之"空"，以根本无法摆脱的生存困境提醒人不要因追求欲望满足而产生过患，通过消解人的贪邪之欲来净化欲望；另一方面以"空即是色"揭示本体意义的"不空"之"空"，强调将欲望升华为"拔众生苦"的正能量。而在《红楼梦》中，无论是对欲望的描述还是对欲望的评价，这些欲望书写在很大程度上能够帮助我们理解佛禅"色空不二"思想观念的深层意蕴。

第三节　佛禅"本心"范畴与《红楼梦》中通灵宝玉的象征意蕴

佛禅公案与偈颂中常常提到"自家财珍"。如《坛经·机缘品》讲解《法华经》"佛之知见"时谆谆告诫："应知所有财珍，由汝受用，更不作父想，亦不作子想，亦无用想，是名持《法华经》。"大珠慧海《顿悟入道要门论》卷下称："贫道闻江西和尚道：'汝自家宝藏，一切具足，使用自在，不假外求。'我从此一时休去，自己财宝，随身受用，可谓快活。"丹霞《骊龙珠吟》言："骊龙珠，骊龙珠，光明灿烂与人殊，十方世界无求处，纵然求得亦非珠。……自迷失，珠元在，此个骊龙终不改。虽然埋在五阴山，自是时人生懈怠。不识珠，每抛掷，却向骊龙前作客。不知身是主人公，弃却骊龙别处觅。认取宝，自家珍，此珠元是本来人。拈得玩弄无穷尽，始觉骊龙本不贫。若能晓了骊珠后，只这骊珠在我身。"至于"大凡穷生死根源，直须明取自家一片田地"，"弃本逐末，区区客作，不如归去来，识取自家城郭"，"不识自家宝，随他认外尘。日中逃影质，镜里失头人"，"三佛形容总不真，眼中瞳子面前人。若能信得家中宝，啼鸟山花一样春"，"溪畔披沙徒自困，家中有宝速须还"，"不落言筌休拟议，回头识取自家珍"，"抛却自家无尽藏，沿门持钵效贫儿"……这样的禅语偈颂比比皆是。那么，佛禅所说的"自家财珍"具体是指什么呢？《红楼梦》吸收了佛禅的智慧，能够以其形象化的表达给我们提供一定的启示。

在《五灯会元》中有大珠慧海悟道的一则公案：

> 越州大珠慧海禅师，建州朱氏子。依越州大云寺智和尚受业。初参马祖，祖问："从何处来？"曰："越州大云寺来。"祖曰："来此拟须何事？"曰："来求佛法。"祖曰："我这里一物也无，求甚么佛法？自家宝藏不顾，抛家散走作么！"曰："阿那个是慧海宝藏？"祖曰："即今问我者，是汝宝藏。一切具足，更无欠少，使用自在，何假外求？"师于言下，自识本心。[①]

在这一段中，大珠慧海识得"自家宝藏"被说成是"自识本心"，已经点明了所谓"自家宝藏"就是人之"本心"。众所周知，佛禅以"明心见性"为旨归。《红楼梦》中也提到了这个术语，宝玉见到甄宝玉后说："他说了半天，并没个明心见性之谈，不过说

---

① 普济：《五灯会元》上册，第154页。

些什么文章经济,又说什么为忠为孝,这样人可不是个禄蠹么! 只可惜他也生了这样一个相貌。我想来,有了他,我竟要连我这个相貌都不要了。"① 在佛禅那里,所谓"明心见性",心为何心? 性为何性?《五灯会元》中明确指出,所明之心为本心,所见之性为本性。如《五灯会元·嵩岳破灶堕和尚》:"祖祖佛佛,只说如人本性本心,别无道理。"② 卷二十《乌巨道行禅师》:"识则识自本心,见则见自本性。"③ 所谓"本心""本性"都是本体范畴,在佛禅典籍中,属"第一义谛"的本体范畴不落名相,尽管因说法时采用方便法门而以不同的词语来表述,这些词语作为本体范畴名异实同,都指向本体世界。如前述马祖曾经有"今见闻觉知元是汝本性,亦名本心。更不离此心有别佛"之语,无为宗泰禅师更是说:"亦曰本心,亦曰本性,亦曰本来面目,亦曰第一义谛,亦曰烁迦罗眼,亦曰摩诃大般若。"④ 佛禅有这样一种义理:要成佛作祖,必须与属第一义谛的本体合而为一。本体因佛禅说法时常常采用方便法门而以不同的词语来表述,但其中很重要的一个本体范畴是"本心"。"本心"是成佛作祖的依据,人人具备、个个圆成,可谓"自家财珍"。但在具体的个体生命那里,这一"自家财珍"往往被遮蔽迷失,不能发挥其效用,而"自识本心"的过程正是寻觅"自家财珍"的过程,"识得本心"也就找到了"自家财珍"。一言以蔽之,"自家财珍"可以说是"本心"之象征。

---

① 见《红楼梦》第一百十五回,人民文学出版社 2020 年版。
② 普济:《五灯会元》上册,第 77 页。
③ 普济:《五灯会元》下册,第 1314 页。
④ 同上书,第 1267 页。

《红楼梦》中，也有"自家财珍"的隐喻。宝玉衔玉而生，贾府上下视其为命根子。还不只如此，书中写宝玉、凤姐被马道婆魔法所魇，二人奄奄一息，就在贾府乱成一团、贾母等人心如刀绞之际，书中写了一僧一道与贾政的一番对话：

> 那僧笑道："长官不须多话。因闻得府上人口不利，故特来医治。"贾政道："倒有两个人中邪，不知你们有何符水？"那道人笑道："你家现有希世奇珍，如何还问我们有符水？"①

这里说得很清楚，通灵宝玉正是贾宝玉的"自家财珍"。如前所述，在佛禅那里，"自家财珍"是"本心"之象征。通过考察佛禅义理在《红楼梦》中的具体渗透，我们能对《红楼梦》中"通灵宝玉"这一意象的象征意蕴作出新的探讨。

在《红楼梦评论》中，王国维先生曾认为"通灵宝玉"象征着"欲望"——"所谓玉者，不过生活之欲之代表而已"②，第一百十七回贾宝玉还玉暗示着："此不幸之生活由自己之所欲，而其拒绝之也亦不得由自己。"③按照这种思路，贾宝玉衔玉而生即意味着人生而有欲，这欲应该是被否定、被拒绝的。如前所述，在第二十五回中，通灵宝玉被称为"希世奇珍"，正是贾宝玉的这个"自家财珍"拯救了他。而且，茫茫大士、渺渺真人明明说通灵宝玉原本具有妙用，只因"被声色货利所迷"，所以不灵验了。二仙真持

---

① 见《红楼梦》第二十五回。
②③ 王国维：《〈红楼梦〉之精神》，载《王国维文学论著三种》，商务印书馆2010年版，第7页。

诵时又有"粉渍脂痕污宝光,绮栊昼夜困鸳鸯"之句,这些恰恰是说通灵宝玉被欲望所迷,如果说通灵宝玉本身象征着"欲望",这些根本就说不通了。

如果把通灵宝玉的象征意蕴理解为作为佛禅本体范畴的"本心",我们可以发现,《红楼梦》中的许多事象皆可得到合理的解释。

例如二仙真曾称通灵宝玉原本"天不拘兮地不羁,心头无喜亦无悲"[1],这正是对"本心"的一种暗示。"本心"在佛禅那里属本体世界,故超越于现象世界之外,不受现象世界的约束,正可称为"天不拘兮地不羁",《五灯会元》中"举手攀南斗,回身倚北辰。出头天外看,谁是我般人"[2]、"天不能盖地不载,无去无来无障碍"[3]、"天地未足为大"[4]等语也正是对"本心"之超越性的表述。同样,正因为"本心"属本体世界,所以不落现象世界"喜""悲"等具体迹象,也可称为"心头无喜亦无悲"。

除了以"天不拘兮地不羁"表现本心的超越性,以"心头无喜亦无悲"表现本心作为本体范畴不落现象世界中的具体迹象之外,《红楼梦》中还在多处对通灵宝玉乃"本心"之象征进行了隐喻暗示。

本体范畴的"本性""本心"在现象世界中是不可能存在的,只能存在于被心灵理想化的虚拟中。本体范畴的"本性""本心"

---

[1] 见《红楼梦》第二十五回。
[2] 普济:《五灯会元》上册,第 220 页。
[3] 同上书,第 119 页。
[4] 同上书,第 294 页。

其实正是对人性、人心最圆满完善状态的虚拟，可以为现象世界的人性与人心走向圆满完善提供标准与方向。这也就难怪，在禅宗那里，"本性"又可称为"佛性""真性"，"本心"又可称为"佛心""真心"，而"本性""本心"又是名异实同，因语境的不同而各有所侧重，但都指向人性、人心的圆满完善状态。可是，在现象世界中，人性、人心为什么不能处于圆满完善状态呢？佛禅的一种解释是，人心、人性本来清净，为客尘烦恼与妄想所染。如《华严经》卷五十八中说："菩萨摩诃萨知一切法本性清净、无染著、无热恼，以客尘烦恼故而受众苦；如是知已，于诸众生而起大悲，名本性清净，为说无垢清净光明法故。"《大宝积经》卷三十九中说："愚痴凡夫不觉如是自性清净，而为客尘烦恼之所染污。"达摩祖师之《大乘入道四行》中称："含生同一真性，但为客尘妄想所覆，不能显了。"《坛经》中说："人性本净，由妄念故，盖覆真如，但无妄想，性自清净。"……

何谓"客尘"？鸠摩罗什注《维摩诘经》"菩萨断除客尘烦恼而起大悲"一句时说："心本清净，无有尘垢，尘垢事会而生，于心为客尘也。"[1] 僧肇说得更是明白："心遇外缘，烦恼横起，故名客尘。"[2] 可见，引发烦恼的事物即是所谓"客尘"，侧重于烦恼的"外缘"；与佛教元典相比，禅宗更看重烦恼的内因——"妄想"，认为即使面临外来诱惑，如果妄想不生，照样可以于名利场中具自由身，于绮罗丛中得大自在。作为一种宗教，禅宗居然有着"事事

---

[1] 鸠摩罗什译、僧肇等注：《注维摩诘所说经》，上海古籍出版社2011年版，第109页。
[2] 同上书，第110页。

无碍，如意自在。手把猪头，口诵净戒。趁出淫坊，未还酒债"①，"酒色财气不碍菩提路"等不仅惊世骇俗而且似乎消解宗教意义的观念，在很大程度上就是因为这一点。而通灵宝玉本是宝玉的"自家财珍"，当贾政说"小儿落草时虽带了一块宝玉下来，上面说能除邪祟，谁知竟不灵验"时，茫茫大士给出的解释是"只因他如今被声色货利所迷，故不灵验了"②，如果我们把通灵宝玉视为"本心"之象征，这不也正是能够表示"本心灵明，为客尘（声色货利）所染"吗？再看后面，当宝玉丢失通灵宝玉的时候，他就变得昏沉疯傻，这也正可象征佛禅所说本心昧暗时，人颠倒掉举、惑乱昏狂的生命状态。尤其是《红楼梦》第一百十七回中，袭人等深恐宝玉将玉还给和尚还会犯疯傻之病，但宝玉很明确地说自己"不再病的了"，为什么呢？因为他声称"我已经有了心了"，也就是说，他已找回了曾经失去的"自家财珍"——"本心"，恢复了"本心"的灵明，跳出了声色货利等迷人圈子，从第五回所说的"迷津"中解脱出来，消除了妄想，再不会惑乱昏狂了。而所谓的"还心"，惠能《坛经》中曾两次引用《维摩诘经》中的"即时豁然，还得本心"，《红楼梦》中大概也有这样的意味。

通灵宝玉是佛禅本体范畴"本心"的象征，而如前所述，"本心"作为本体范畴，是对人性、人心圆满完善状态的一种理想化虚拟，在现象世界中不存在，在具体的个体生命那里也根本不能完全实现，"本心"只能作为标准与方向，引领被客尘、妄想所污染的

---

① 普济：《五灯会元》下册，第1255页。
② 见《红楼梦》第二十五回。

人心恢复本来具备的清净灵明。在《红楼梦》中,通灵宝玉起初在"幽灵真境界","天不拘兮地不羁,心头无喜亦无悲","灵性已通",这些都可象征"本心"本来所具备的清净灵明。后来,通灵宝玉到"花柳繁华地,温柔富贵乡"中"受享","幻来亲就臭皮囊","被声色货利所迷",这可视为清净灵明之"本心"被客尘妄想所染的过程。最终,通灵宝玉经由红尘中的历劫,终于归真返元,贾宝玉也在大彻大悟后"有了心",这也正可象征"识得本心"。可以说,从佛禅义理在《红楼梦》中的渗透来看,《红楼梦》以通灵宝玉为象征,贯穿了从"本心"为客尘烦恼所迷到明心见性的悟道修行过程。在这个过程中,禅宗非常强调谦下、自省、忏悔、改过等品性。不难看出,《红楼梦》中的贾宝玉尽管也有这样那样的弱点,却在很大程度上具有这些品性。他是皇亲国戚家的公子哥儿,有时也有点儿纨绔习气,比如喝醉酒骂乳娘撵茜雪,因丫头们开门晚而误踢了袭人,锦衣玉食不知稼穑艰难等,可是在被农庄的村姑抢白时,他不仅不以为忤,还忙丢开手,赔笑说道:"我因为没见过这个,所以试他一试。"那丫头道:"你们那里会弄这个,站开了,我纺与你瞧。"宝玉的这种谦下使他有时甚至能够颇为苛刻地进行自我反省与忏悔,例如见了秦钟之后,他心中便有所失,痴了半日,自己心中又起了呆意,乃自思道:"天下竟有这等人物!如今看来,我竟成了泥猪癞狗了。可恨我为什么生在这侯门公府之家,若也生在寒门薄宦之家,早得与他交结,也不枉生了一世。我虽如此比他尊贵,可知锦绣纱罗,也不过裹了我这根死木头;美酒羊羔,也不过填了我这粪窟泥沟。'富贵'二字,不料遭我荼毒了!"在袭人家见到袭人的两个表妹,他说:"那样的不配穿

第二章 佛禅思想与《红楼梦》的象征世界　　　　　　　　　　89

红的,谁还敢穿。我因为见他实在好的很,怎么也得他在咱们家就好了。"① 金钏儿死后,宝玉的忏悔是真诚感人的。甚至,有时宝玉还把本不是自己的过失揽在自己身上进行忏悔,例如平儿受了贾琏、凤姐两人的夹板气:"宝玉忙劝道:'好姐姐,别伤心,我替他两个赔不是罢。'平儿笑道:'与你什么相干?'宝玉笑道:'我们弟兄姊妹都一样。他们得罪了人,我替他赔个不是也是应该的。'"② 中国古代文学一向缺少忏悔意识,而《红楼梦》在很大程度上就是忏悔之作,除了对宝玉这样人物形象的塑造,第一回"今风尘碌碌,一事无成,忽念及当日所有之女子,一一细推了去,觉其行止见识,皆出于我之上。何堂堂之须眉,诚不若彼一干裙钗?实愧则有余、悔则无益之大无可奈何之日也。当此时则自欲将已往所赖上赖天恩、下承祖德,锦衣纨绔之时、饫甘餍美之日,背父母教育之恩、负师兄规训之德,已至今日一事无成、半生潦倒之罪,编述一记,以告普天下人。虽我之罪固不能免,然闺阁中本自历历有人,万不可因我不肖,则一并使其泯灭也"云云也颇能表明这一点。

从"本心"为客尘烦恼所迷到明心见性的悟道修行过程中,禅宗还很强调避免形式主义与固定僵化的做派。如《五灯会元》中,之所以对语言文字持强烈的否定态度,不惜采用棒喝殴打等激烈方式,令参禅者言语道断、心行处灭,无非还是因为语言文字不过是形式而已,悟道不可执定这些形式,如指能指月,但绝不可执指为月。《五灯会元》中还载录了大量破除偶像、权威的言行,同样是

---

①② 见《红楼梦》第十九回。

对形式主义与固定僵化的深恶痛绝，如马祖道一既说"即心即佛"，又说"非心非佛"，无非还是强调不可固定僵化任何两种看似对立的观念；临济义玄声称成佛作祖可以不看经、不习禅，无非还是认为悟道修行不可执定外在形式。《红楼梦》中，宝玉曾说过一句"内典语中无佛性，金丹法外有仙舟"①，从中颇可看出对外在形式与固定僵化的摒弃。固然，这种话要在宝玉悟道之后才能说出，但是，在《红楼梦》中，我们确实可以看到，宝玉的资质有一个很重要的特点，就是对外在形式的轻视以及对固定僵化观念的逆反。例如，他一向讨厌峨冠博带地吊庆往来，一本正经地在人前应酬，不喜尊卑分明的排场、虚与委蛇的礼节。尤三姐曾说宝玉："若说胡涂，那些儿胡涂？姐姐记得，穿孝时咱们同在一处，那日正是和尚们进来绕棺，咱们都在那里站着，他只站在头里挡着人。人说他不知礼，又没眼色。过后他没悄悄的告诉咱们说：'姐姐不知道，我并不是没眼色。想和尚们脏，恐怕气味熏了姐姐们。'接着他吃茶，姐姐又要茶，那个老婆子就拿了他的碗倒。他赶忙说：'我吃脏了的，另洗了再拿来。'这两件上，我冷眼看去，原来他在女孩子们前不管怎样都过的去，只不大合外人的式，所以他们不知道。"②尤三姐就已经看出宝玉"不大合外人的式"的背后有着一颗温柔体贴的爱心，而之所以"不大合外人的式"，换句话说不就是因为宝玉不看重别人所看重的外在形式吗？"文死谏，武死战"是当时价值观所激赏的，可小小年纪的宝玉却能够说出一番宏论："人谁不死，只要死的好。那些个须眉浊物，只知道文死谏，武死战，这二

---

① 见《红楼梦》第一百十八回，人民文学出版社 2020 年版。
② 见《红楼梦》第六十六回。

死是大丈夫死名死节。竟何如不死的好！必定有昏君他方谏，他只顾邀名，猛拚一死，将来弃君于何地！必定有刀兵他方战，猛拚一死，他只顾图汗马之名，将来弃国于何地！所以这皆非正死。""那武将不过仗血气之勇，疏谋少略，他自己无能，送了性命，这难道也是不得已！那文官更不可比武官了，他念两句书污在心里，若朝廷少有疵瑕，他就胡谈乱劝，只顾他邀忠烈之名，浊气一涌，实时拚死，这难道也是不得已！"① 这主要也是因为他能够透过献身死节的形式，看到武官的无能、文官的邀名。宝玉并非对圣人经典缺少敬畏之心，亦曾说过"除《四书》外，杜撰的太多""'明明德'外无书"之类的话，但是，对于将圣人之言固定僵化的八股制义，他有着发自内心的厌恶："都是前人自己不能解圣人之书，便另出己意，混编纂出来的。"② "拿他诓功名混饭吃也罢了，还要说代圣贤立言。好些的，不过拿些经书凑搭凑搭还罢了；更有一种可笑的，肚子里原没有什么，东拉西扯，弄的牛鬼蛇神，还自以为博奥。这那里是阐发圣贤的道理！"③ 至于他在男尊女卑的时代为女儿大唱赞歌，在等级森然的时代能够平等待人，对这些固定僵化之观念的打破就更为大家所熟知了。

---

① 见《红楼梦》第三十六回。
② 见《红楼梦》第十九回。
③ 见《红楼梦》第八十二回，人民文学出版社 2020 年版。

第三章　儒学元典与《红楼梦》中的儒学倾向

由于曾经过于强调《红楼梦》的反传统与叛逆精神，《红楼梦》中的儒学倾向在很大程度上被人们忽视了。例如，警幻仙子千方百计地点化宝玉悟道，悟后的指向是什么呢？警幻仙子说得很清楚："而今后万万解释，改悟前情，留意于孔孟之间，委身于经济之道。"① 宝玉曾说："除《四书》外，杜撰的太多。"② 又说："'明明德'外无书，都是前人自己不能解圣人之书，便另出己意，混编纂出来的。"③《红楼梦》既写了贾珍、贾琏等人一方面符合丧礼的仪式程序；另一方面寻欢作乐，违背了"礼"的真精神。又写了人皆说宝玉"不知礼"，而宝玉却很懂人伦大礼：尽管父亲对他很严厉，他却在对林黛玉表白时说父亲是他最亲的四个人之一④；走过父亲房间时，即使父亲不在，他还是要循礼而动——《红楼梦》中有这样一段："宝玉慢慢的上了马，李贵和王荣笼着嚼环，钱启周瑞二人在前引导，张若锦、赵亦华在两边紧贴宝玉后身。宝

---

① 见《红楼梦》第五回。
② 见《红楼梦》第三回。
③ 见《红楼梦》第十九回。
④ 见《红楼梦》第二十八回。

玉在马上笑道：'周哥，钱哥，咱们打这角门走罢，省得到了老爷的书房门口又下来。'周瑞侧身笑道：'老爷不在家，书房天天锁着的，爷可以不用下来罢了。'宝玉笑道：'虽锁着，也要下来的。'"① 这些例子可以表明，作者并不一味地反传统与叛逆，他对孔孟之道、儒家的礼法还是相当认同与恪守的。但是，也有人认为，这是作者的"曲笔"与"特笔"，并不能代表《红楼梦》对儒学的整体态度。那么，《红楼梦》对儒学究竟是怎样一种态度？它对儒学究竟是以认同为主还是基本否定呢？

第一节 "返回元典"与《红楼梦》中的礼教

学界曾过于夸大了明中叶以后反理学、反礼教的思想倾向。以冯梦龙为例，他作为小说家、戏曲家为人所熟知，其实，他还是位经学家。《江南通志·人物志》云："冯梦龙，字犹龙，吴县人。才情跌荡，诗文丽藻，尤工经学。所著《春秋指月》《衡库》二书为举业家所宗。"他曾任福建寿宁知县，《福建通志》列举名宦时亦提到他，称其"所著有《四书指月》《春秋指月》《智囊补》等书，为世传诵"。友人文震孟为其书作序赞叹他"得于经术者深"。《明史·艺文志》著录了他的《春秋衡库》，对明人颇多不屑的《四库全书总目》中也著录了其经学著作《春秋大全》《春秋衡库》《春秋指月》，并指出清人储欣、蒋景祁同撰的《春秋指掌》于三

---

① 见《红楼梦》第五十二回。

传注、胡安国注外，多采自冯梦龙的《春秋指月》《春秋衡库》二书，冯氏在经学领域之影响可见一斑。除这些著录之外，目前能见到的冯氏经学著作《四书指月》（残存《论语》《孟子》部分）、《麟经指月》（即《春秋指月》）、《春秋衡库》、《春秋定旨参新》就有洋洋洒洒上百万字，可见冯氏在经学领域著述颇丰。

从冯梦龙的经学思想来看，他相当维护宣扬忠孝节烈的礼教与"存天理，灭人欲"的理学伦理，我们不必夸大他根本没有起到的反礼教、反理学的历史作用。

据《左传》记载，孔子指责齐国在夹谷之会中的种种"非礼"行为，结果齐人非常羞愧，归还了在鲁国的侵地。冯梦龙于《麟经指月》中有这样一段文字："观《春秋》纪要盟归地之文，而知礼为大矣。"既然"礼为大"，冯梦龙强调"谨礼""正礼""爱礼""明礼"，反对"越礼""非礼""渎礼""废礼"当然就在情理之中了。这样的例子在冯氏的经学著作中比比皆是，姑举几例以见一斑：

> 圣人示越礼之戒，观其谨礼者可知矣。①
> 经纪内臣会伯，示谨礼之意也。②
> 以国母而出享外君，非礼之甚也。③
> 经于内君废礼，深致爱礼之意焉。④

----
① 冯梦龙：《麟经指月第二·桓公下》，载《冯梦龙全集》第17册，第133页。
② 冯梦龙：《春秋定旨参新》卷十四，载《冯梦龙全集》第18册，第583页。
③ 冯梦龙：《麟经指月第三·庄公上》，载《冯梦龙全集》第17册，第149页。
④ 冯梦龙：《春秋定旨参新》卷十四，载《冯梦龙全集》第18册，第613页。

对于"理""天理",冯梦龙也是非常强调的:

民心、天德并非两件,民心至公,即此便是天理。①
经恕外夷之复仇,存天理也。②
赦免似出一时便宜,圣人却推到性命之理上。理一也。③
经诛蔑伦之恶,而复治其党,所以训天理也。④

过去学界夸大《三言》的反礼教、反理学倾向时,往往会举出对女子的改嫁与失贞相当宽容的一些例子。其实,从比例上来讲,这些作品的数量很少,而宣传忠孝节烈的作品在数量上要比它们多得多。而且,《三言》中常常责人以不必死之死、不必苦之苦,有着非常严苛的节烈观念。

与冯梦龙类似的例子可以举出很多。

例如唐伯虎。放浪形骸、不拘礼法的唐伯虎在为节烈女子立传时主要称颂女子节烈之德而非能诗善赋之才。

例如汤显祖。论者多称赞他的以"情"反"理",肯定他对于礼教束缚的冲破,却没有注意到他在称颂忠臣、孝子、节妇、义士时,与讲学家的道德立场几乎没有什么两样。

例如李贽。他在当时被视为异端,最后甚至被迫害致死。但是,他之所以反对"以孔子之是非为是非"(《藏书·世纪列传总

---

① 冯梦龙:《麟经指月第十·昭公上》,载《冯梦龙全集》第18册,第655页。
② 冯梦龙:《麟经指月第十·哀公上》,载《冯梦龙全集》第18册,第740页。
③ 冯梦龙:《春秋定旨参新》卷十三,载《冯梦龙全集》第18册,第561页。
④ 冯梦龙:《麟经指月第十·哀公上》,载《冯梦龙全集》第18册,第745页。

目前论》），只是因为反对迷信权威，倡导独立思考："且孔子未尝教人之学孔子也。使孔子而教人以学孔子，何以颜渊问仁，而曰'为仁由己'而不由人也欤哉！何以曰'古之学者为己'，又曰'君子求诸已'也欤哉！惟其由已，故诸子自不必问仁于孔子，惟其为己，故孔子自无学术以授门人。"（《焚书·答耿中丞》）他其实非常尊重孔子，称孔子为圣人，称儒学为"圣学""圣教"，其著述中对于孔子与儒学的称颂比比皆是，就连落发出家后还在佛堂悬挂孔子像，甚至被捕入狱时，面对"惑世诬民"的问罪，他抗声曰："罪人著述甚多，俱在，于圣教有益无损。"

不过，不反礼教并不意味着便没有了过去常说的所谓"进步"思想，礼教也有合理内涵，仅仅一个简单的"反"的姿态并不能表明思想就一定是进步的。关键是看究竟是在怎样的具体层面维护或反对了礼教、理学。

《红楼梦》中，宝玉曾劝慰林妹妹道："我心里的事也难对你说，日后自然明白。除了老太太、老爷、太太这三个人，第四个就是妹妹了。要有第五个人，我也说个誓。"① 这是向心上人表白，是宝玉发自肺腑之言。而在这段话中，林妹妹在宝玉心中的地位还只能排在第四位，其父贾政则赫然排在第二位，仅次于贾母。宝玉这段话的真诚性毋庸置疑，他正在向林妹妹赌咒发誓，要突出林妹妹在他心中的地位，如果贾政在他心目中没有地位，他完全可以把林妹妹的"排名"靠前。但是，贾母是何许人也？是把他当成"心肝肉儿"的慈祥的老祖母。而贾政又是何许人也？是对他管教

---

① 见《红楼梦》第二十八回。

甚严的严父。听到这位严父的传唤，宝玉的反应常常是"好似打了个焦雷""杀死不敢去"，严父刚一离开，他"如同开了锁的猴子一般"，可见面对严父时他拘束到了何等程度。而且这位严父曾把他往死里打："贾政犹嫌打轻了，一脚踢开掌板的，自己夺过来，咬着牙狠命盖了三四十下。众门客见打的不祥了，忙上前夺劝。""只见他面白气弱，底下穿着一条绿纱小衣皆是血渍，禁不住解下汗巾看，由臀至胫，或青或紫，或整或破，竟无一点好处。"看到他身上的伤势，连"温柔和顺"的袭人都忍不住抱怨了一句："我的娘，怎么下这般的狠手！"① 可是，宝玉对严父有一句怨言吗？不仅无怨，宝玉对严父还礼敬有加。在书中，尽管周瑞告诉宝玉老爷不在家，不必从马上下来这么麻烦，宝玉却说："虽锁着，也要下来的。"② 贾政不在家，宝玉自然没有一点儿作秀的性质，他是真心恪守在父亲房门前一定要下马的礼法规定。贾母曾经道出自己疼爱宝玉最重要的原因："可知你我这样人家的孩子们，凭他们有什么刁钻古怪的毛病儿，见了外人，必是要还出正经礼数来的。若他不还正经礼数，也断不容他刁钻去了。就是大人溺爱的，是他一则生的得人意，二则见人礼数竟比大人行出来的不错，使人见了可爱可怜，背地里所以才纵他一点子。"而如果没有礼数，"只管没里没外，不与大人争光，凭他生的怎样，也是该打死的"。③ 从宝玉的实际行动来看，贾母所言不虚。

在父亲房间门前下马示敬是礼数，被父亲打得死去活来而不怨

---

① 见《红楼梦》第三十三回。
② 见《红楼梦》第五十二回。
③ 见《红楼梦》第五十六回。

也是礼数。《礼记·祭义》中云:"父母恶之,惧而无怨。"《礼记·内则》中更是明确规定:"父母怒、不说,而挞之流血,不敢疾怨,起敬起孝。"可以看出,宝玉挨打后的表现简直就是"不敢疾怨,起敬起孝"的典范。

有些读者对宝玉在金钏儿被王夫人打耳光后"早一溜烟去了"的行为非常反感,认为这是不负责任的表现。按照这种逻辑,宝玉在晴雯被王夫人逐出大观园后的表现就更过分了,他明明知道晴雯"这一下去,就如同一盆才抽出嫩箭来的兰花送到猪窝里去一般。况又是一身重病,里头一肚子的闷气。他又没有亲爷热娘,只有一个醉泥鳅姑舅哥哥。他这一去,一时也不惯的,那里还等得几日。知道还能见他一面两面不能了",还说已经有了预兆:"这阶下好好的一株海棠花,竟无故死了半边,我就知有异事,果然应在他身上。"连袭人都知道"等老太太喜欢时,回明白了再要他是正理"①,可他居然没有采取任何可以阻止王夫人的行动,眼睁睁地看着晴雯被推入火坑。其实,宝玉之所以有如此表现,还是因为他在践行礼数:"事亲有隐而无犯。"(《礼记·檀弓上》)郑玄注云:"隐,谓不称扬其过失也。无犯,不犯颜而谏。"对于有些读者来说,宝玉完全可以和王夫人据理力争从而保护晴雯,即使没有成功也可以向贾母撒撒娇、告告状,迫使王夫人收回成命。但对于宝玉来说,他真诚地恪守着礼数:即使认为母亲做得不对,也不能"犯颜而谏",更不能通过贾母向母亲施压,因为那会彰显母亲的过失。

有些读者认为在贾母为宝钗过生日时,宝钗一味地迎合贾母是

---

① 见《红楼梦》第七十七回。

一种虚伪："宝钗深知贾母年老人，喜热闹戏文，爱吃甜烂之食，便总依贾母往日素喜者说了出来。贾母更加欢悦。"① 其实，在另外一个场合，宝玉讨贾母欢心的方式与宝钗大同小异——当大家制灯谜争贺彩时，宝玉伙同贾政作弊，把答案偷偷告诉贾母，让贾母得了许多贺彩："贾母逐件看去，都是灯节下所用所顽新巧之物，甚喜，遂命：'给你老爷斟酒。'"②

其实，无论是宝钗还是宝玉，他们都是按礼法规定对贾母行孝。在儒学看来，物质层面的赡养是很低的层面，在精神上使长辈愉悦是更重要的孝道，所以当子路感叹"伤哉贫也！生无以为养，死无以为礼也"时，孔子告诉他："啜菽饮水尽其欢，斯之谓孝；敛首足形，还葬而无椁，称其财，斯之谓礼。"（《礼记·檀弓下》）也就是说，物质上只要按照自己的经济水平来赡养就可以了，但能够让长辈"尽其欢"才可被称为孝。曾子亦曾说："孝子之养老也，乐其心不违其志，乐其耳目，安其寝处，以其饮食忠养之。"（《礼记·内则》）岂止是宝钗，我们完全可以看到，被视为反封建、反礼教的宝玉不也在很多时候真诚地信奉并践履着礼数吗？

儒学元典中有所谓"礼""仪"之辨。如《左传·昭公五年》：

公如晋，自郊劳至于赠贿，无失礼。晋侯谓女叔齐曰："鲁侯不亦善于礼乎？"对曰："鲁侯焉知礼？"公曰："何为？自郊劳至于赠贿，礼无违者，何故不知？"对曰："是仪也，不

---

①② 见《红楼梦》第二十二回。

可谓礼。礼所以守其国，行其政令，无失其民者也……言善于礼，不亦远乎？"君子谓："叔侯于是乎知礼。"

另见《左传·昭公二十五年》：

> 子大叔见赵简子，简子问揖让周旋之礼焉。对曰："是仪也，非礼也。"简子曰："敢问何谓礼？"对曰："吉也闻诸先大夫子产曰：'夫礼，天之经也，地之义也，民之行也。'天地之经，而民实则之……哀乐不失，乃能协于天地之性，是以长久。"

"礼""仪"之辨实际上是"礼"的二分法：礼的实质与礼的形式。鲁侯在礼的形式上没有什么差错："自郊劳至于赠贿，礼无违者。"但他没能够把握好礼的实质，于是女叔齐称他不知礼。赵简子问"揖让周旋之礼"实际上是问礼的形式，子大叔将之称为"仪"，强调礼的实质是对于人情的有效管理："哀乐不失，乃能协于天地之性，是以长久。"

儒学元典强调礼在揖让周旋、宫室服制、笾豆玉帛等形式的背后一定要有真诚的情感，如果有真诚的情感，外在的形式根据具体情况有时可以灵活变通，这就是所谓"礼以义起"。"义"者"宜"也，是指可以便宜行事。如果没有真诚的情感，礼就沦为徒有其表的"仪"。对此，王阳明曾打过一个生动的比喻："若只是温清之节，奉养之宜，可一日二日讲之而尽。用得甚学问思辨？惟于温清时，也只要此心纯乎天理之极。奉养时，也只要此心纯乎天理之极。此则非有学问思辨之功,将不免于毫厘千里之缪。所以虽在圣人,犹加精一之训。若只是那些仪节求得是当,便谓至善,即如今扮戏子扮得许多温清奉养得仪节是当,亦可谓之至善矣。"(《传习录》上)

不难看出,宝玉从形迹上来看有时很不合礼法,如和尚们为贾敬办丧事,"他只站在头里挡着人。人说他不知礼,又没眼色",但实际上他是"想和尚们脏,恐怕气味熏了姐姐们"。他对姐姐们有着真诚的体贴关爱之情,按照"仁者爱人""人而不仁,如礼何"的义理,他当然"知礼"。又如,他在小厮前"没刚柔","喜欢时没上没下,大家乱顽一阵,不喜欢各自走了,他也不理人",小厮们"坐着卧着,见了他也不理,他也不责备"[1],还甘心为诸丫鬟充役,"连一点刚性也没有,连那些毛丫头的气都受的"[2],这种"没上下"似乎不符合"礼者别宜"(《礼记·乐记》)之效能,却实现了礼"讲信修睦"(《礼记·内则》)的更大功用。

第五十八回,耳闻目睹了藕官对菂官的奇特感情,宝玉"不觉又喜又悲,又说称奇道绝",还由藕官的"真情"撰出了"痴理",拉着芳官说:"既如此说,我有一句话嘱咐你,须得你告诉他:以后断不可烧纸,逢时按节,只备一炉香,一心虔诚就能感应了。我那案上也只设着一个炉,我有心事,不论日期时常焚香,随便新水新茶就供一盏,或有鲜花鲜果,甚至荤腥素菜都可。只在敬心,不在虚名。以后快叫他不可再烧纸了。"

第七十八回,宝玉欲祭奠晴雯,有这样一番心理活动的描写:

---

[1] 见《红楼梦》第六十六回。
[2] 见《红楼梦》第三十五回。

独有宝玉，一心凄楚。回至园中，猛见池上芙蓉，想起小丫鬟说晴雯做了芙蓉之神，不觉又喜欢起来，乃看着芙蓉嗟叹了一会。忽又想起："死后并未至灵前一祭，如今何不在芙蓉前一祭，岂不尽了礼？"想毕，便欲行礼。忽又止道："虽如此，亦不可太草率了，须得衣冠整齐，奠仪周备，方为诚敬。"想了一想："古人云，'潢污行潦，荇藻苹蘩之贱，可以羞王公，荐鬼神'，原不在物之贵贱，只在心之诚敬而已。然非自作一篇诔文，这一段凄惨酸楚，竟无处可以发泄了。"

宝玉心中所想的"古人云"是有出典的：

苟有明信，涧溪沼沚之毛、蘋蘩蕴藻之菜、筐筥锜釜之器、潢污行潦之水，可荐于鬼神，可羞于王公。①

《左传》里列举的"蘋蘩蕴藻之菜""潢污行潦之水"皆是物之贱者，然而只要祭祀者心中"有明信"，便同样能够用其来供奉地位崇高的鬼神和王公。究其原因，无非还是其看重的不是"礼"之形式，而是真诚的情感。宝玉在为晴雯写的诔文中也明言虽然祭品微薄，但能够"达诚申信"：

维太平不易之元，蓉桂竞芳之月，无可奈何之日，怡红院浊玉谨以群花之蕊、冰鲛之縠、沁芳之泉、枫露之茗：四者虽

---

① 见《左传·隐公三年》。

微,聊以达诚申信,乃致祭于白帝宫中抚司秋艳芙蓉女儿之前曰……①

如果说这几回中对于祭礼的观念还主要表现为宝玉的想法与言论,第四十三回中宝玉对金钏儿的祭祀则已表现为实践了。当时水仙庵中的老姑子"见宝玉来了,事出意外,竟像天上掉下个活龙来的一般,忙上来问好,命老道来接马……老姑子献了茶,宝玉因和他借香炉烧香。那姑子去了半日,连香供纸马都预备了来"。宝玉却说道:"一概不用。"只"拣一块干净地方儿",只借用一个香炉,只"掏出香来焚上",只"含泪施了半礼",整个祭礼可以说是简单甚至简陋,却也因"达诚申信"而感人至深。这样的例子在《红楼梦》中颇多,可以说,宝玉没有在"仪"上下功夫,但因为有着儒学元典所看重的敬、爱、恻隐、辞让等真诚感情,他其实反而更好地把握到了礼的实质。

与宝玉形成鲜明对比的是,国丧家丧期间,贾珍、贾蓉父子虽然在"仪"上做足了功夫,又是"从大门外便跪爬进来,至棺前稽颡泣血,直哭到天亮喉咙都哑了方住"②,又是"在灵旁藉草枕块,恨苦居丧"③,可是他们在国丧家丧之时不忘淫乱,这是明显的非礼行为。第六十四回中说贾珍、贾蓉父子"素有聚麀之诮",此典正出自《礼记·曲礼上》:"鹦鹉能言,不离飞鸟;猩猩能言,不离禽兽。今人而无礼,虽能言,不亦禽兽之心乎?夫唯禽兽无

---

① 见《红楼梦》第七十八回。
② 见《红楼梦》第六十三回。
③ 见《红楼梦》第六十四回。

礼，故父子聚麀。是故圣人作，为礼以教人。使人以有礼，知自别于禽兽。"很明显，《红楼梦》在这里是骂贾珍、贾蓉父子："今人而无礼，虽能言，不亦禽兽之心乎？"

另外，《红楼梦》中写秦可卿去世，对于贾珍在丧礼中的表现有这样一处细节描写：

> 贾珍此时也有些病症在身，二则过于悲痛了，因拄个拐踱了进来。邢夫人等因说道："你身上不好，又连日事多，该歇歇才是，又进来做什么？"贾珍一面扶拐，扎挣着要蹲身跪下请安道乏。邢夫人等忙叫宝玉挽住，命人挪椅子来与他坐。①

按《仪礼》《礼记》等儒学元典之礼制，拄"杖"以"辅病"在丧礼中有着严格的规定。"杖者何？爵也。无爵而杖者何？担主也。非主而杖者何？辅病也。童子何以不杖？不能病也。妇人何以不杖？亦不能病也。"（《仪礼·丧服》）能够以杖"辅病"主要在为父母守丧及为妻守丧之时。礼重孝道，"杖"正是父母去世时在礼上所要体现出的哀痛之情，所谓"杖者以何为也？曰：孝子丧亲，哭泣无数，服勤三年，身病体羸，以杖扶病也"（《礼记·问丧》），"斩衰，苴杖居倚庐，食粥，寝苫，枕块，所以为至痛饰也"（《礼记·三年问》）。而且，就算为母守丧，如果父亲还在世，也不可"杖"，这是礼有明文的："父在不敢杖矣，尊者在故也。"（《礼记·问丧》）那么，为妻守丧时如果父亲还在世，自然

---

① 见《红楼梦》第十三回。

更不能"杖"。此亦是有礼文明确规定:"父在,则为妻不杖。"(《仪礼·丧服》)而贾珍"过于悲痛了,因拄个拐踱了进来"。虽然"拄个拐"与"以杖辅病"并非完全相同,但儒学认为圣人制礼的原则是"称情而立文"(《礼记·三年问》),哪怕是表达丧亲之痛,也不能"过情"。如著名的孝子曾参执亲之丧时"水浆不入于口者七日",子思就批评他说:"先王之制礼也,过之者,俯而就之;不至焉者,跂而及之。故君子之执亲之丧也,水浆不入于口者三日,杖而后能起。"(《礼记·檀弓》)既然连执亲之丧都不能"过情",那么贾珍在儿媳丧礼上的表现确实"过于悲痛了",书中其实是隐微地揭示了贾珍之"非礼"。

《红楼梦》中宝玉对"四书"的看法似乎颇有矛盾之处:一方面他明确说过"除《四书》外,杜撰的太多""'明明德'外无书"[1];为了哄骗林妹妹自己读的是正经好书,还下意识地以"不过是《中庸》《大学》"[2]来掩饰;书中还有一段描述:"那宝玉本就懒与士大夫诸男人接谈,又最厌峨冠礼服贺吊往还等事,今日得了这句话,越发得了意,不但将亲戚朋友一概杜绝了,而且连家庭中晨昏定省亦发都随他的便了,日日只在园中游卧,不过每日一清早到贾母王夫人处走走就回来了,却每每甘心为诸丫鬟充役,竟也得十分闲消日月。或如宝钗辈有时见机导劝,反生起气来,只说'好好的一个清净洁白女儿,也学的钓名沽誉,入了国贼禄鬼之流。这总是前人无故生事,立言竖辞,原为导后世的须眉浊物。不想我生不幸,亦且琼闺绣阁中亦染此风,真真有负天地钟灵毓秀之德!'

---

[1] 见《红楼梦》第三回、第十九回。
[2] 见《红楼梦》第二十二回。

因此祸延古人，除'四书'外，竟将别的书焚了。"① 这些文本细节都能表现出他对"四书"的尊崇。然而《红楼梦》中又有这样一段：

> 这些日子，只说不提了，偏又丢生了。早知该天天好歹温习些。如今打算打算，肚子里现可背诵的，不过只有"学""庸""二论"是带注背得出的。至上本《孟子》，就有一半是夹生的，若凭空提一句，断不能背；至下《孟子》，就有大半生的。②

还有这样一段：

> 宝玉听了，赶忙吃了晚饭，就叫点灯，把念过的"四书"翻出来。只是从何处看起？翻了一本，看去章章里头似乎明白，细按起来，却不很明白。看着小注，又看讲章，闹到梆子下来了，自己想道："我在诗词上觉得很容易，在这个上头竟没头脑。"便坐着呆呆的呆想。③

宝玉温习"四书"居然有这样的烦恼与应付，岂不与他对"四书"的尊崇态度颇为龃龉吗？

其实，只要注意到宝玉烦恼与应付的真正对象是什么，这个问

---

① 见《红楼梦》第三十六回。
② 见《红楼梦》第七十三回。
③ 见《红楼梦》第八十二回，人民文学出版社2020年版。

题就迎刃而解了。

"学""庸""二论",宝玉是"带注背得出的",为什么要"带注背"?下个例子就说得更明显了,"看着小注,又看讲章",这其实已经点明此时宝玉对"四书"的温习不是"四书"本身,而是要应付从"四书"中出题的八股文课艺。宝玉之所以要温习,是因为贾政与贾代儒要考查他,而这两个人都不是要考查对"四书"元典的理解感悟,而是宝玉能不能通过熟背"四书"注疏,以及对"讲章"的揣摩,写好八股文,从而科举成功,"显亲扬名"。第九回中,贾政让李贵转告贾代儒:"那怕再念三十本《诗经》,也都是掩耳偷铃,哄人而已。你去请学里太爷的安,就说我说了:什么《诗经》、古文,一概不用虚应故事,只是先把'四书'一气讲明背熟,是最要紧的。"第八十一回中,贾政明确对宝玉讲:"你近来作些什么功课?虽有几篇字,也算不得什么。我看你近来的光景,越发比头几年散荡了,况且每每听见你推病,不肯念书。如今可大好了?我还听见你天天在园子里和姐妹们玩玩笑笑,甚至和那些丫头们混闹,把自己的正经事总丢在脑袋后头。就是做得几句诗词,也并不怎么样,有什么稀罕处?比如应试选举,到底以文章为主。你这上头倒没有一点儿工夫!我可嘱咐你:自今日起,再不许做诗做对的了,单要习学八股文章。限你一年,若毫无长进,你也不用念书了,我也不愿有你这样的儿子了。"第八十二回中,宝玉一回到家塾,贾代儒就给了他个下马威,让他讲《论语》中"后生可畏""吾未见好德如好色者也"二章以"警顽心"。第八十四回中,贾政看了宝玉的"窗课",难得地表扬了宝玉两句:"第二句倒难为你。""但初试笔能如此,还算不离。"又以"惟士为能"四字要宝玉做个"破题"。宝玉念道："天下不皆士也,能无产者亦仅矣。"贾政听了,点着头道："也还使得。以后作文,总要把界限分清,把神理想明白了再去动笔。"很明显,无论是鼓励还是鞭策,贾政、贾代儒二人要宝玉在"四书"上下功夫是以八股文为本位的。

对于宝玉来说,最深恶痛绝的就是八股文。在他看来,"除《四书》外,杜撰的太多"①,"只除'明明德'外无书,都是前人自己不能解圣人之书,便另出己意,混编纂出来的"②,"更有时文八股一道,因平素深恶,说这原非圣贤之制撰,焉能阐发圣贤之奥,不过是后人饵名钓禄之阶"③,"更可笑的,是八股文章,拿他诓功名混饭吃也罢了,还要说代圣贤立言。好些的,不过拿些经书凑搭凑搭还罢了;更有一种可笑的,肚子里原没有什么,东拉西扯,弄的牛鬼蛇神,还自以为博奥。这那里是阐发圣贤的道理"④。

宝玉的立场其实很鲜明,八股文可鄙,因为其"杜撰""不能解圣人之书""焉能阐发圣贤之奥",并非"圣贤之制撰""阐发圣贤的道理",而是"另出己意,混编纂出来的""不过是后人饵名钓禄之阶""还要说代圣贤立言",但"四书"却是"圣贤之制撰",圣贤是必须尊崇、不容否定的。

宝玉对圣贤的尊崇立场是一贯的。如书中写到他对兄弟的态度本是："兄弟们一并都有父母教训,何必我多事,反生疏了。况且

---

① 见《红楼梦》第三回。
② 见《红楼梦》第十九回。
③ 见《红楼梦》第七十三回。
④ 见《红楼梦》第八十二回,人民文学出版社 2020 年版。

我是正出,他是庶出,饶这样还有人背后谈论,还禁得辖治他了。"然而,"父亲叔伯兄弟中,因孔子是亘古第一人说下的,不可忤慢,只得要听他这句话。所以,弟兄之间不过尽其大概的情理就罢了,并不想自己是丈夫,须要为子弟之表率"①。第五十一回中,宝玉说:"松柏不敢比。连孔夫子都说'岁寒然后知松柏之后凋'呢,可知这两件东西高雅。不害臊的才拿他混比呢。"第七十七回中又说:"不但草木,凡天下有情有理的东西,也和人一样,得了知己,便极有灵验的。若用大题目比,就像孔子庙前桧树,坟前的蓍草,诸葛祠前的柏树,岳武穆坟前的松树:这都是堂堂正大之气,千古不磨之物。"第五十八回中他劝藕官不要烧纸钱寄托哀思时说:"以后断不可烧纸钱,这纸钱原是后人异端,不是孔子遗训。"第一百十八回中,针对宝钗"自古圣贤,以人品根柢为重"的规劝,宝玉以孟子之语回应:"据你说'人品根柢',又是什么'古圣贤',你可知古圣贤说过,'不失其赤子之心'?那赤子有什么好处?不过是无知无识无贪无忌。我们生来已陷溺在贪嗔痴爱中,犹如污泥一般,怎么能跳出这般尘网?如今才晓得'聚散浮生'四字,古人说了,不曾提醒一个。既要讲到人品根柢,谁是到那太初一步地位的?"

当然,宝玉口中心中的"圣贤"乃是以孔孟为代表的先秦儒家,而不是后世包括程朱在内的新儒家,更不是以"代圣贤立言"为口实、"诓功名混饭吃"的"国贼禄鬼之流";他尊崇"四书"也并非要以"四书"写八股文章,而是有着非常鲜明的"返回元

---

① 见《红楼梦》第二十回。

典"之倾向。同样，宝玉对"礼"的恪守不是被宋明理学教条化、严苛化、玄虚化的"礼学"，而是儒学元典中"礼义以为器，人情以为田"（《仪礼·丧服》）的"礼教"。

认识到《红楼梦》"返回元典"的特点还能使得我们对宝玉关于"文死谏，武死战"之"名言"有了新的理解深度。就情理而言，在小说中，小小年纪的宝玉能够说出这一番宏论（"人谁不死，只要死的好。那些个须眉浊物，只知道文死谏，武死战，这二死是大丈夫死名死节。竟何如不死的好！必定有昏君他方谏，他只顾邀名，猛拚一死，将来弃君于何地！必定有刀兵他方战，猛拚一死，他只顾图汗马之名，将来弃国于何地！所以这皆非正死。""那武将不过仗血气之勇，疏谋少略，他自己无能，送了性命，这难道也是不得已！那文官更不可比武官了，他念两句书污在心里，若朝廷少有疵瑕，他就胡谈乱劝，只顾他邀忠烈之名，浊气一涌，实时拚死，这难道也是不得已！还要知道，那朝廷是受命于天，他不圣不仁，那天地断不把这万几重任与他了。可知那些死的都是沽名，并不知大义。"）[1]，恐怕很难是其"原创"，更大的可能性是有所本再加以己意。

乾嘉以降，伴随着以"礼"反"理"，《荀子》的地位被大大抬高了，因为荀子对儒学的贡献被认为主要是在礼学方面。《荀子》中有《臣道》一篇，将臣分为"态臣""篡臣""功臣""圣臣"四类："态臣""篡臣"是被否定的，"功臣""圣臣"是被肯定的。分类标准主要有二：对上与对下。对上即指对君，对下则指对民。

---

[1] 见《红楼梦》第三十六回。

耐人寻味的是，除"态臣"之外，其他三类"臣"（包括被否定的"篡臣"）都要能够利民：其中，"功臣""圣臣"之"爱百姓""爱民"必然要利民自不必说，"篡臣"之"善取誉乎民"，如果没有利民之举那也是不可能的，如荀子所举"篡臣"中最著名的孟尝君。按这样的观点来看，"文死谏，武死战"皆无利民之举，虽然不能称为"态臣""篡臣"，但也绝不能算是"功臣""圣臣"。

再看对君的"从命"与"逆命"之别："从命而利君谓之顺，从命而不利君谓之谄；逆命而利君谓之忠，逆命而不利君谓之篡。""从命"未必就好，"逆命"也未必就不好，关键是看能否"利君"。"逆命"也未必是"忠"，逆命而利君才可称为"忠"，逆命而不利君，荀子甚至称之为"篡"。宝玉所说的"文死谏，武死战"无"利君"之举："他只顾邀名，猛拚一死，将来弃君于何地！"按"逆命而利君谓之忠"的说法来看，尽管"文死谏，武死战"，他付出了生命的代价，也不能称之为"忠"，"所以这皆非正死"。

再看"谏"与"争"之别："大臣父兄，有能进言于君，用则可，不用则去，谓之谏；有能进言于君，用则可，不用则死，谓之争。"用这样的观点来看，宝玉所说的"文死谏"根本不是"文死谏"，而是"文死争"。而且，对于"谏""争"，荀子更看重"谏"，因为他举的"谏"之代表人物是伊尹，"争"的代表人物是伍子胥，伍子胥"以是谏非而怒之"之"忠"不过是"下忠"，伊尹则属"以德覆君而化之"之"大忠"。归根结底，荀子对"以是谏非而怒之"之"忠"评价较低，何况，只顾"邀名"之"谏"还很难说是"以是谏非"，"将来弃君于何地"之"争"则甚至还不能归于"忠"。

第二节 "尊情"思潮中的儒学本位与
《红楼梦》之"以情悟道"

众所周知，明中叶以来，有着非常鲜明的尊情、重情倾向。这里需要着重指出的是，这种思潮中，尊情、重情有一种非常重要的理论依据，正是通过返回儒学元典而提出的。例如，冯梦龙明确宣扬："六经皆以情教也。"[①] 他的"情教"说正是以"六经"这样的儒学元典为本位。

冯梦龙在经学著作中曾这样论述性、情之间的关系："仁，性也；心，管性情者也。性其情，便不违仁；情其性，便违仁。"[②] 性即是仁，同为"体"，情乃性的展开与呈现，是"用"。性作为"体"具有根源性、本质性、主导性，但本身是无形无象的，当其能够主宰规范情（"性其情"）时，情作为"用"表现为与"体"的合一状态（"不违仁"）。当情未受性的主宰规范（"情其性"）而在现实中流露时，情作为"用"表现为与"体"的相悖状态（"违仁"）。于是，自然而然，冯梦龙认同了传统的"性善情恶"论："德本诸性，惑生于情。至诚而无妄者，性也……幻出而无端者，情也。"[③] 不过，与传统的"性善情恶"论不同的是，冯梦龙虽然在"体-用"结构中因"情其性，便违仁""惑生于情"而对"情"有所否定，但又在"本体-工夫"的结构中肯定了"情"。

[①] 冯梦龙：《情史·詹詹外史序》，载《冯梦龙全集》第7册，第3页。
[②] 冯梦龙：《四书指月·上论二》，载《冯梦龙全集》第15册，第74页。
[③] 冯梦龙：《四书指月·下论四》，载《冯梦龙全集》第15册，第165页。

在程朱理学中，"天理"是"如有物焉"，是圣人立下的"规矩"，被视为外在于感性个体的异己存在，把人与本体预设为紧张对立的关系。例如，程颐主张"涵养须用敬"，何为"敬"？朱熹作过概括："敬不是万事休置之谓，只是随事专一、谨畏、不放逸耳。"(《朱子语类》卷十二)"专一"也好，"谨畏"也好，"不放逸"也好，都与本体有着"敬而远之"的紧张。所谓"克己"，是要战胜与理本体相对立的人之私欲。所谓"格物"，强调的是"今日格一物，明日格一物"，不懈磨炼人的认识能力。在这个磨炼过程中，人还是要处于紧张的状态，这也就可以解释，王阳明在那个著名的"格"竹事件中会因心力的过度消耗而病倒。程朱理学以严苛而著称，其严苛在很大程度上就是因为把人与高悬在上的本体预设为紧张对立的关系。阳明心学强调"心本体"，本体不再以圣人的权威与严苛的教条来确立，而必须经由个体之心的认同，所谓"求之于心而非也，虽其言之出于孔子，不敢以为是也，而况其未及孔子者乎"(《传习录·答罗整庵少宰书》)。于是，人与本体之间紧张对立的关系被大大消解。不过，阳明心学所看重的"工夫"，如"立志""省察克治""致良知""知行合一""事上磨炼"等，还多是着眼于理性能力，对于"情"在"工夫"中所具有的作用，似乎还未给予太多的关注。

冯梦龙在经学著作中也把"天理""礼"等视为本体，但他认为本体与人之间完全是融洽和谐的关系，而且，他正是用"情"来表现这种融洽和谐关系的："从来无人情外之天理。"[①] "正在人情

[①] 冯梦龙：《四书指月·上论二》，载《冯梦龙全集》第15册，第46页。

中显出天理。"① "先王制礼以范世，未尝不准情理以为衡。故礼不禁人之甘食悦色，但食不干其和，色不乖其正，则食色亦附礼而重矣。"② 本体因其"不可见"的特点而"无下手处"③，既然"正在人情中显出"本体，那么，要经由"工夫"，使本体在现实中起到主宰规范的作用，必然要在"情"上下力。不过，冯氏虽然对"情"进行了肯定，肯定的并不是"情"的具体内容，而是"情"对于本体所具有的功效。也就是说，他从方法论的角度肯定了"情"。

冯梦龙在"体""本体"层面论及"天理""礼""心""性""仁"时，不把这些范畴视为外在的"定理"与"死套"，而是视为生机与活力的源泉。他强调的不是这些范畴强制性的主宰规范作用，而是这些范畴在"用""工夫"层面的自然流动，在有形世界中表现出的生机与活力：

性中之理，生生不息，故曰"养"……"养"云者，不断丧其生理，屈折其天机，使之日夜滋息也。④
此心生机不息，义不生心，则非义者生心矣。义生心，即为至大至刚之气；非义者生心，即为害政、害事之言。⑤
圣人之心，至神至化，万变周流，不滞方所，不囿畛域。⑥

---

① 冯梦龙：《四书指月·上论三》，载《冯梦龙全集》第15册，第138页。
② 冯梦龙：《四书指月·下孟六》，载《冯梦龙全集》第15册，第484页。
③ 冯梦龙：《四书指月·下论六》，载《冯梦龙全集》第15册，第250页。
④ 冯梦龙：《四书指月·下孟七》，载《冯梦龙全集》第15册，第503页。
⑤ 冯梦龙：《四书指月·上孟二》，载《冯梦龙全集》第15册，第326页。
⑥ 冯梦龙：《四书指月·下孟五》，载《冯梦龙全集》第15册，第446页。

盖心本活物，人能操习此心，时时还他活泼之体，不为世情嗜欲所滞碍，虽一日之间，百起百灭，而心体自若，是之谓"存"。才有滞碍，便著世情，即谓之"亡"。①

一般儒者看重的是用"礼""天理"等外在规则来约束自己的内心，从而让人们看到"非礼勿动""不动心"等外在表现。而在冯梦龙看来，就算勉强约束了内心，那也不过是"将石压草"，即使一时控制了从"未发"向"已发"的"长势"，"已发"还会通过扭曲的形式表现出来。要真正消除不良"已发"，最彻底有效的做法是"斩草除根"②。如何"斩草除根"呢？那就不能为了"不动"而强制性地阻遏"心"之生机，而是积极地"集义"，当"集义"圆满之际，"非义者"自然就不可能"生心"了。可以看出，冯梦龙并不是因"性善情恶"而忽视"已发"之情的作用，他强调的不是遏制"情"的生机与活力，而是要将"情"导向"义"：

人性寂而情萌。情者，怒生不可阏遏之物，如何其可私也！③

杜牧天性疏狂，亦由情不能制耶？④

是编也，始乎贞，令人慕义。⑤

---

① 冯梦龙：《四书指月·下孟六》，载《冯梦龙全集》第15册，第473页。
② 冯梦龙：《四书指月·上孟二》，载《冯梦龙全集》第15册，第320页。
③ 冯梦龙：《情史·情私类》，载《冯梦龙全集》第7册，第116页。
④ 冯梦龙：《情史·情豪类》，载《冯梦龙全集》第7册，第193页。
⑤ 冯梦龙：《情史序》，载《冯梦龙全集》第7册，第3页。

是能明大义，不为情掩者也。①
无情之夫，必不能为义夫。②

综上所述，冯梦龙在经学著作中强调"情"的重要作用是因为"情"具有巨大的生命力。在其通俗文学的情论中，他更是明确地将"情"称为人之"生意"："草木之生意，动而为芽。情亦人之生意也，谁能不芽者？"③

冯梦龙在通俗文学中的情论并不是肯定、张扬所有的"情"。他说："人生烦恼思虑种种，因有情而起。浮沤、石火，能有几何，而以情自累乎？"④"情犹水也，慎而防之，过溢不上，则虽江海之洪，必有沟浍之辱矣。"⑤ 对于"自累"之"情"、"过溢"之"情"等"邪情"，冯梦龙很明显持否定态度，认为应当"尽去邪情"，将具有巨大生机活力的"情"导向"义"。而要将"情"导向"义"，需要以"理"正"情"，所谓"理为情之范"⑥，"彼未参乎情理之中者，奈之何易言情也"⑦；也需要以"礼"节"情"，将男女之真情"流注于君臣、父子、兄弟、朋友之间而汪然有余乎"⑧。

---

① 冯梦龙：《情史·情贞类》，载《冯梦龙全集》第7册，第12页。
② 冯梦龙：《情史·情贞类》，载《冯梦龙全集》第7册，第36页。
③ 冯梦龙：《情史·情芽类》，载《冯梦龙全集》第7册，第550页。
④ 冯梦龙：《情史·情痴类》，载《冯梦龙全集》第7册，第233页。
⑤ 冯梦龙：《情史·情秽类》，载《冯梦龙全集》第7册，第631页。
⑥ 冯梦龙：《四书指月·上论二》，载《冯梦龙全集》第15册，第44页。
⑦ 冯梦龙：《情史·情累类》，载《冯梦龙全集》第7册，第657页。
⑧ 冯梦龙：《情史序》，载《冯梦龙全集》第7册，第1页。

《红楼梦》第一回中就开宗明义地讲此书"大旨谈情",回目中更是对"情"不断地强调。不仅回目中,在正文里,对"情"的强调更是屡见不鲜,如《红楼梦》中咏叹:"开辟鸿蒙,谁为情种?都只为风月情浓。"宝玉梦游太虚幻境时看到"孽海情天"匾额所配的楹联是"厚地高天,堪叹古今情不尽;痴男怨女,可怜风月债难偿"。神仙姐姐警幻仙子煞费苦心地对宝玉"醉以灵酒,沁以仙茗,警以妙曲",还将可卿许配于他,目的就是要宝玉"守理衷情,以情悟道"①。按照脂批的说法,《红楼梦》中还有"情榜",以人物在"情"上的不同表现品评人物,如宝玉是"情不情",黛玉是"情情"……如果说这些还只是从字面上体现出对"情"的强调,下面不妨从儒学本位对"以情悟道"的具体内涵与深层意蕴作一番探讨。

　　警幻仙子对宝玉所说的"守理衷情,以情悟道"有着特殊的指向,因为警幻仙子讲过:"不过令汝领略此仙闺幻境之风光尚如此,何况尘境之情景哉?而今后万万解释,改悟前情,留意于孔孟之间,委身于经济之道。"②"经济"绝非佛道二教之道,而"孔孟之间"更是言之凿凿地点明"以情悟道"就是以"情"悟载于儒学元典之中而非后人"另出己意,混编纂出来的"圣人之道。

　　与冯梦龙一样,《红楼梦》中也并不是一味为"情"唱赞歌,也指出了"情天情海幻情身,情既相逢必主淫","自古来多少轻薄浪子,皆以'好色不淫'为饰,又以'情而不淫'作案,此皆饰非掩丑之语也。好色即淫,知情更淫。是以巫山之会,云雨之

---

① ② 见《红楼梦》第五回。

作者学养与乾嘉章回小说的精神世界

欢，皆由既悦其色，复恋其情所致也"①，明确提出了要把"守理"与"衷情"结合在一起，而所谓"守理衷情"，又与冯氏"理为情之范""参乎情理之中"有何二致呢？

冯梦龙强调将"情"导向"义"需要以"礼"节"情"，将男女之真情"流注于君臣、父子、兄弟、朋友之间而汪然有余乎"，《红楼梦》中亦是如此。

由于精彩的爱情描写，以及"大旨谈情"的反复强调，《红楼梦》很多时候被视为讴歌爱情的小说。然而，"儿女之真情"在《红楼梦》中绝不单单指爱情，警幻仙子称宝玉为"闺阁良友"，他"和丫头们好""甘心为诸丫鬟充役""连那些毛丫头的气都受的"其实是古典文学作品中难得一见的男女之间的纯真友情。另外，他对傅秋芳的"遐思遥爱之心十分诚敬"，对子虚乌有的雪中抽柴女孩的怜惜回护，对平儿理妆的"喜出望外""怡然自得"，这种由衷的欣赏喜爱之情同样是"儿女之真情"，只不过难以被世俗理解罢了。

《红楼梦》中，第一回所言此书"及至君仁臣良父慈子孝，凡伦常所关之处，皆是称功颂德，眷眷无穷"，其实并非虚语：

元妃省亲时，读者们很容易注意到宝钗流露出对"穿黄袍"的艳羡，可是，黛玉的一个细节却很容易被忽略。黛玉平时是那么对功名富贵不屑一顾，其超凡之态甚至超过了对"钓名沽誉""国贼禄鬼"之流极为反感的宝玉，宝玉见了北静王时态度亦是非常恭谨的，可是，当宝玉献宝一样地把北静王送的御赐香串珍重取出来，

---

① 见《红楼梦》第五回。

转赠黛玉时,黛玉说:"什么臭男人拿过的!我不要他。"黛玉的言行给读者留下了深刻的印象,可是,元妃省亲时有这样一段:黛玉本安心大展奇才,将众人压倒,不料贾妃只命每人题一匾一咏,又不好违谕多作,只胡乱作一首五言律《世外仙源》应景,后见宝玉独作四律,大费神思,便替宝玉写了《杏帘在望》。其《世外仙源》曰:"名园筑何处,仙境别红尘。借得山川秀,添来景物新。香融金谷酒,花媚玉堂人。何幸邀恩宠,宫车过往频。"其被宝玉激赏的《杏帘在望》云:"杏帘招客饮,在望有山庄。菱荇鹅儿水,桑榆燕子梁。一畦春韭绿,十里稻花香。盛世无饥馁,何须耕织忙。"两首五律的共同特点是都有并不加以掩饰的"颂圣"之语。如果说仅有的两首奉命之作黛玉都"颂圣"也许不足以表明对"君仁"的"称功颂德,眷眷无穷",其实黛玉与湘云在凹晶馆月下联句时也不忘颂圣:"黛玉笑道:'虽如此,下句也不好,不犯着又用'玉桂''金兰'等字样来塞责。'因联道'色健茂金萱。蜡烛辉琼宴',湘云笑道:'金萱二字便宜了你,省了多少力。这样现成的韵被你得了,只是不犯着替他们颂圣去。况且下句你也是塞责了。'"①

作为黛玉知己的宝玉对于"颂圣"也有着一丝不苟的认真态度——当大观园试才题对额之时,宝玉和贾政有如下对话:"宝玉见问,答道:'都似不妥。'贾政冷笑道:'怎么不妥?'宝玉道:'这是第一处行幸之处,必须颂圣方可。若用四字的匾,又有古人现成的,何必再作。'"② 而且,宝玉与众姊妹在芦雪庵即景联诗,

---

① 见《红楼梦》第七十六回。
② 见《红楼梦》第十七回。

这本是非应酬性的家庭娱乐活动，可是也要以"凭诗祝舜尧"一句以"颂圣"的方式收尾。

另外，在叙事文字与人物对话中，《红楼梦》中也确实如第一回中所宣扬的此书"称功颂德，眷眷无穷"，如第四回中的"近因今上崇诗尚礼，征采才能，降不世出之隆恩，除聘选妃嫔外，凡仕宦名家之女，皆亲名达部，以备选为公主郡主入学陪侍，充为才人赞善之职"；第十六回中的"如今当今贴体万人之心，世上至大莫如'孝'字，想来父母儿女之性，皆是一理，不是贵贱上分别的。当今自为日夜侍奉太上皇、皇太后，尚不能略尽孝意，因见宫里嫔妃才人等皆是入宫多年，抛离父母音容，岂有不思想之理？在儿女思想父母，是分所应当。想父母在家，若只管思念女儿，竟不能见，倘因此成疾致病，甚至死亡，皆由朕躬禁锢，不能使其遂天伦之愿，亦大伤天和之事。故启奏太上皇、皇太后，每月逢二六日期，准其椒房眷属入宫请候看视"；第十八回中的"且今上启天地生物之大德，垂古今未有之旷恩"；第五十五回中的"且说元宵已过，只因当今以孝治天下，目下宫中有一位太妃欠安，故各嫔妃皆为之减膳谢妆，不独不能省亲，亦且将宴乐俱免"；第一百零七回中的"主上仁慈待下，明慎用刑，赏罚无差"；第一百十回中的"贾政报了丁忧。礼部奏闻，主上深仁厚泽，念及世代功勋，又系元妃祖母，赏银一千两，谕礼部主祭。家人们各处报丧。众亲友虽知贾家势败，今见圣恩隆重，都来探丧"；第一百十九回中的"皇上最是圣明仁德，想起贾氏功勋，命大臣查复，大臣便细细的奏明。皇上甚是悯恤，命有司将贾赦犯罪情由查案呈奏"。

一方面不必讳言《红楼梦》中确实表现出"称功颂德，眷眷无穷";另一方面,这里的"称功颂德,眷眷无穷"也不必简单理解为就是作者的避祸心理或对统治阶级的曲意逢迎。结合上节详细分析过的《红楼梦》中对儒学元典、孔孟之道的回归及对"礼义以为器,人情以为田"之"礼教"的践履,《红楼梦》中"称功颂德,眷眷无穷"更主要的还是特别看重"伦常所关之处"。其"大旨谈情"与冯梦龙一样,既是强调"情"尤其是"真情"的生机与活力,认识到了"自来忠孝节烈之事,从道理上作者必勉强,从至情上出者必真切",又是倡言将男女之真情"流注于君臣、父子、兄弟、朋友之间而汪然有余乎",通过以礼节情的方式将"情"导向"义"。

第四章 《儒林外史》与礼书及
颜李学派之关系

《儒林外史》第三十七回对于研究者来说是极有争议的一回。从小说的思想主旨来看，儒家礼乐是吴敬梓非常看重的，贯穿全书始终：讽刺对象多是礼坏乐崩之"末世"中的风习与人物，着力称扬四大市井奇人很明显系出于"礼失而求诸野"的感慨，颜李学派所标举的"礼乐兵农"在书中被反复强调，圣天子"求贤问道"的主要内容是"百姓未尽温饱，士大夫亦未见能行礼乐。这教养之事，何者为先"①，旌表"沉抑之人才"的祭文中亦有"金陵池馆，日丽风和，讲求礼乐，酾酒升歌"② 之句……重儒家礼乐的思想在吴敬梓那里本来是很明显的，但五四以降对封建礼教的批判使得众多研究者对吴敬梓的礼学思想讳莫如深，似乎这是保守落后乃至开历史倒车的一种表征。另外，第三十七回中不避重复、近乎枯燥地以说明性文字叙述泰伯祠祭礼的仪式过程细节，可读性与文学性不强，所以许多研究者对这一回评价不高，甚至怀疑此回并非出于吴敬梓的手笔。

对此回的轻率评价在一定程度上遮蔽了吴敬梓一些重要的思想

---

① 见《儒林外史》第三十五回，黄山书社 1986 年版。后文若无特别注明，皆据此版本。
② 见《儒林外史》第五十六回。

观念，从而使《儒林外史》本来颇能嘉惠后人的一些深刻内涵被扭曲、被轻蔑。其实，对所谓封建礼教作出反抗的姿态是很容易的，只要无视其多元与具体，一概否定、一味批评就是。但儒家礼学源远流长的历史积淀、吴敬梓作为思想家对其作出的选择与扬弃，在很大程度上为研究者提供了一个很好视角，可以使《儒林外史》研究这一熟题有了阐幽发微之新空间。

吴敬梓作为能够以小说这样一种文学样式较集中、深刻地反映出思想史重要信息的作家，在明清时期屈指可数。不少研究者都注意到，18世纪有着以"礼"反"理"的文化思潮。通过考辨探析可以看出，对泰伯祠祭礼的描写能够透露出吴敬梓对其所处时代思想文化的吸收与转化，即使在今天，也能为优秀传统文化的传承与发扬提供富有启发性的思路与方法。

无论是就主观条件还是客观条件而言，吴敬梓都与清代很有特色的一个学派——颜李学派颇有渊源：其曾祖、"探花公"吴国对任顺天学政时将李塨录取为"县学生员第一名"，并将李的文章"开雕行世"加以奖掖；吴敬梓的长子吴烺（杉亭）曾师从刘著学习历算，而刘著亦是李塨的座下门生之一；另外，颜李学派在南方的重要传人程廷祚与吴敬梓是"至契"，二人来往切磋学问过从甚密，程的《青溪文集续编》卷六中收有他写给吴敬梓的书信，文中称吴敬梓"抱义怀仁，被服名教"，将吴视为儒学同道。程廷祚的族侄孙程晋芳则明确指出吴敬梓"治经"受到了程廷祚很大的影响："绵庄好治经，先生晚年亦治经。"[①] 陈美林先生还曾指出，康

---

① 程晋芳：《勉行堂文集》卷六，清嘉庆二十五年（1820年）刻本。

熙五十九年（1720年），李塨到南京讲学，在这段时间里，吴敬梓侍父疾于南京，"恕谷在南京的讲学盛举，吴敬梓极有可能参与其事；即使未曾与会，也当能从其亲友中知悉详情"[①]。

更重要的是，《儒林外史》第三十七回对泰伯祠祭礼的详细描写其实本于颜元祭"至圣先师"孔子的仪注。

第一节　泰伯祠祀典仪注与《文公家礼》《大明集礼》之关系

商伟教授曾简明精准地指出："在关于儒家仪式的不同类型的文本中，与小说第三十七回关系最为密切的是儒家的仪注。"[②] 正是这些不避重复、近乎枯燥的说明性文字，使得读者对泰伯祠祀典的仪注了如指掌，也使第四十八回中王玉辉、吴质夫所看到的"迟衡山贴的祭祀仪注单和派的执事单"有了"历史回放"的效果。王、吴二人还只能在尘封的文字中看到仪注单的固定程式与执事单的任务分派，而读者在第三十七回中能看到"活"的人与"动"的事，这就在视角的多重切换中表达了沧桑感，又赋予了泰伯祠祀典深长的意味。

尽管语言形式主要使用白话，而且将执事单中的职事置换为人物，吴敬梓还是在第三十七回中直接借用了儒家仪注文本中的许多

[①] 陈美林：《颜李学说对吴敬梓的影响》，《南京师大学报（社会科学版）》1979年第2期。
[②] 商伟：《礼与十八世纪的文化转折：〈儒林外史〉研究》，生活·读书·新知三联书店2012年版，第39页。

文字，主要是"执事者各司其事""排班""奏乐""迎神""乐止""分献者就位""主祭者就位""盥洗""主祭者诣香案前""跪。升香。灌地。拜，兴；拜，兴；拜，兴；拜，兴。复位""退班""礼毕"等赞文，以及"初献""亚献""终献""司尊""司罍""司玉""司帛""司稷""司馔""司祝""祝版""祝文""大赞""副赞""引赞""佾舞"等祀典术语。

根据《儒林外史》中对仪注的详细记述，清人黄小田有"此段看似繁重，其实皆文公家礼，吾乡丧祭所常用者也"①的说法。今人很少能够接触本于《文公家礼》的丧祭礼仪，所以往往会取信黄氏的说法，商伟教授也只是以相当谨慎的方式对黄氏说法稍有质疑："我的结论略有不同：首先，对吴泰伯礼的文字出处还值得商榷，它可能不是出自《文公家礼》本身，而是出自后者的注本和修订补充本，也就是说，是丘濬（1421—1495）的《家礼仪节》或以《家礼仪节》为依据的其他类似著作。其次，《儒林外史》还可能参照了其他一些礼仪文献，诸如《大明集礼》这样的明代官方仪书，因为《儒林外史》中的礼仪包括了音乐和舞蹈，在规模和景观上显然超出了家礼的范围。"②

然而，黄小田的说法并不可靠。他其实只是提出很笼统的一个说法，并没有作具体的论证。至少可以看出，他以丧祭礼仪与泰伯祠比附并不恰当，祭泰伯举行的仪式当然不是品官及庶民家庭的丧祭之礼，而应当是民间的祀圣贤之礼。此外，在清代，无论是祭家祖还是祀圣贤，无论是官方还是民间，有些仪注还是大同小异的，

---

① 吴敬梓：《儒林外史》，黄小田评点，李汉秋辑校，黄山书社1986年版，第347页。
② 商伟：《礼与十八世纪的文化转折：〈儒林外史〉研究》，第47—48页。

尤其在迎神、诣神、升香、灌地、初献、亚献、终献、侑神、送神等重要环节中。当行礼的仪注相同时，并不能因为黄小田所说的"吾乡丧祭所常用"之《文公家礼》和《儒林外史》中祭泰伯仪注有相符者就说祭泰伯仪注出自《文公家礼》本身。从后面论证可以看出，丘濬《文公家礼仪节》和《大明集礼》不仅也具有与《文公家礼》和《儒林外史》中祭泰伯相符的仪注，还有其他仪注与《儒林外史》中祭泰伯相符，而这些仪注是《文公家礼》中所没有的。

以《文公家礼》中的"四时祭"为例，迎神时，《文公家礼》中的仪注是"主人以下叙立，如祠堂之仪。立定，再拜"①。洪武年间修撰的《大明集礼》在祭礼中参考了《文公家礼》，迎神时保留了"再拜"的仪节，只是在表达方式上有变化，此外，增加了"鞠躬"这一礼节。以祭孔子的"释奠"礼为例，迎神时有这样的仪注："鞠躬，拜，兴；拜，兴，平身。"② 丘濬于成化年间撰成的《文公家礼仪节》引用书目中列有《大明集礼》，还多次据《大明集礼》对《文公家礼》作了修改，如"四时祭"迎神仪注与《大明集礼》在表达形式上也完全相同："鞠躬，拜，兴；拜，兴，平身。"③《儒林外史》中对迎神仪注的描写是：

  金东崖赞："迎神。"迟均、杜仪各捧香烛，向门外躬身

---

① 朱熹：《家礼》（后世习称《文公家礼》）卷五，宋刻本。
② 徐一夔等：《降香遣官释奠孔子庙学仪注》，载《大明集礼》卷十六，明嘉靖九年（1530年）内府刻本。
③ 丘濬：《文公家礼仪节》卷七，明正德十二年（1517年）应天府刻本。

迎接。①

很明显，迎神环节中，《文公家礼》中的仪注与《儒林外史》中并不相同，《儒林外史》中倒是有《大明集礼》与《文公家礼仪节》中都有的"鞠躬"这一礼节。

迎神之后，初献礼之前，《儒林外史》中如此描写祭礼细节：

> 金东崖赞："分献者，就位。"迟均、杜仪出去引庄征君、马纯上进来，立在丹墀里拜位左右两边。金东崖赞："主祭者，就位。"迟均、杜仪出去引虞博士上来，立在丹墀里拜位中间。迟均、杜仪一左一右，立在丹墀里香案傍。迟均赞："盥洗。"同杜仪引主祭者盥洗了上来。迟均赞："主祭者，诣香案前。"香案上一个沉香筒，里边插着许多红旗，杜仪抽一枝红旗在手，上有"奏乐"二字。虞博士走上香案前。迟均赞道："跪。升香。灌地。拜，兴；拜，兴；拜，兴；拜，兴。复位。"金东崖赞："奏乐神之乐。"金次福领着堂上的乐工，奏起乐来。奏了一会，乐止。②

这段描写主要涉及了主祭者盥洗、诣神、升香、灌地等仪节。《文公家礼》在迎神之后初献礼之前有升香、灌地，但并无盥洗、诣神：

---

①② 见《儒林外史》第三十七回。

主人升搢笏，焚香，少退立，执事者一人开酒、取巾拭瓶口，实酒于注，一人取东阶卓上盘盏立于主人之左，一人执注立于主人之右，主人搢笏跪，奉盘盏者亦跪进盘盏，主人受之，执注者亦跪斟酒于盏，主人左手受盘盏，右手执盏，灌于茅上，以盘盏授执事者，出笏，俛伏兴，再拜，降，复位。①

《大明集礼》在祭孔子的初献礼之前迎神之后有盥洗、诣神、升香的仪节，而且仪注文字在表达形式上与《儒林外史》更为接近：

　　赞引引献官诣盥洗位，"搢笏""盥手""帨手""出笏"，诣文宣王神位……献官北向跪，搢笏，三上香……

《文公家礼仪节》与《儒林外史》的重合度最高，盥洗、诣神、升香、灌地皆有：

　　盥洗，诣香案前，跪上香，酹酒：子弟一人跪于主人之左，进盘盏，主人受之；一人跪于主人之右，执注斟酒于盏，斟毕，二人俱起，主人左手执盘，右手执盏，尽倾于茅沙上。②

正如丘濬在《文公家礼仪节》的序中所指出的那样，《文公家礼》为"礼"能够从官方走向民间起到了非常重要的作用："礼之

---

① 朱熹:《家礼》卷五。
② 丘濬:《文公家礼仪节》卷七。

在天下，不可一日无也。中国所以异于夷狄，人类所以异于禽兽，以其有礼也。礼其可一日无乎？……士夫之好礼者，在唐有孟诜，在宋有韩琦诸人，虽或有所著述，然皆略而未备，驳而未纯。文公先生以温公《书仪》，参以程张二家之说，而为《家礼》一书，实万世人家通行之典也。"① 然而丘濬也指出，当世"行是礼者盖亦鲜焉"。究其原因，是《文公家礼》一书"礼文深奥，而其事未易以行也"，所以他"取文公《家礼》本注，约为仪节，而易以浅近之言，使人易晓而可行"。不过，丘濬并不只是简单地删减及"易以浅近之言"，他其实参照《大明集礼》中的官方仪注对《文公家礼》作了不少修改。《四库全书总目提要》已经指出了这一点："是书取朱子《家礼》而损益于当时之制。"丘濬所处的时代，两部明代会典尚未编订，能够在文本层面体现"当时之制"的正是《大明集礼》。参以《文公家礼仪节》的具体仪注文字可以看出，此书确实本于《大明集礼》对《文公家礼》作了不少修改，且有些时候已经明确指出。以丧礼为例，《文公家礼仪节》在《文公家礼》之"初终"仪节中增加了"书遗言"，并云："问病者有何言，有则书于纸……出《大明集礼》。" 又在成服仪节中增加了哭吊仪："按哭吊仪，出《大明集礼》，今采补入。"②

有时，《文公家礼仪节》并未明确指出出处，但还是能够看出其本于《大明集礼》对《文公家礼》所作的具体修改，如前述祭礼之迎神环节中增加了"鞠躬"，在迎神之后初献礼之前增加了"盥洗""诣神"等仪节。

---

① 丘濬：《文公家礼仪节》序。
② 丘濬：《文公家礼仪节》卷四。

距丘濬时代相当接近的弘治十七年（1504年）序本《宋氏家仪部》多处明确指出所依《文公家礼》是被丘濬改造后的仪节。作为很好的个案，从《文公家礼仪节》的例证可以看出，官修礼书对民间礼仪的影响往往是间接的，《文公家礼仪节》等私修著述在很大程度上为官修礼书之仪节在民间的渗透起到重要作用。即使在《儒林外史》中能够看到与官修礼书相当接近的仪节，如祭泰伯在迎神之后初献礼之前有《文公家礼》所无而《大明集礼》却有的"盥洗""诣神"，而且连"拜，兴；拜，兴"之类的赞文也是《大明集礼》有而《文公家礼》则无，我们却既不能断言《儒林外史》中祭泰伯的仪注出自《文公家礼》，也不能得出仪注本于《大明集礼》的结论。因为，"《家礼仪节》或以《家礼仪节》为依据的其他类似著作"①已经综合了《文公家礼》与《大明集礼》中的仪注，民间祭祀即使不参照《文公家礼》与《大明集礼》，也能够以其他一些著述为媒介受到《文公家礼》与《大明集礼》的间接影响，这些作为媒介的"其他著述"才是民间祭祀仪注所本。

沿着这一思路作进一步的推究，可以论证，写于乾隆年间之《儒林外史》中祭泰伯的仪注并非本于时代较为久远的《文公家礼》与《大明集礼》，甚至也并不出自《文公家礼仪节》，与其有着最直接关系的是与吴敬梓所处时代较为接近的颜李学派关于祭礼仪注的著述。

---

① 商伟：《礼与十八世纪的文化转折：〈儒林外史〉研究》，第47页。

第二节　颜元的祭孔仪注与《儒林外史》之关系

《颜习斋先生年谱》虽是李塨所撰，但王源在序中明确指出："《谱》自三十岁以前，刚主据先生戊辰自谱及夙所见闻者为之，以后则据《日记》。"① 颜元早期笃信程朱，据《颜习斋先生年谱》记载，三十岁的"日功"还明确规定自己"若遇事，宁缺读书，勿缺静坐与抄《家礼》。盖静坐为存养之要，《家礼》为躬行之急也"②。他直到三十四岁为恩祖母居丧时尚"一遵朱子《家礼》"，在执礼过程中发现朱子《家礼》有"违性情者"，于是在礼仪实践中开始对朱子《家礼》有一定的修改。《颜习斋先生年谱》载其三十五岁以后礼仪实践的大量仪注文字，多是出自颜元本人的日记。颜元以日记的形式迁善改过，其中有不少礼仪实践的内容。

查《儒藏·史部》之明清时期的"儒林年谱"，找不到一部年谱像《颜习斋先生年谱》那样记载了如此多的仪注文字。这些文字反映出，即使在被学界称为"以礼反理"的18世纪，也很少有人像颜李学派那样将儒家礼仪如此频繁充分地渗透于日常生活中。另外，通过爬梳细览这些仪注文字，基本上可以确定，《儒林外史》中祭泰伯的礼仪细节来自颜元参以《大明会典》改订的在民间祭孔子的仪注。

---

① 王源：《颜习斋先生年谱序》，载李塨《颜习斋先生年谱》卷首，光绪五年（1879年）畿辅丛书本。
② 李塨：《颜习斋先生年谱》卷上，光绪五年（1879年）畿辅丛书本，"甲辰三十岁"。

据《颜习斋先生年谱》，颜元三十七岁时有祭"至圣先师"的仪注：

> 副通唱："执事者各司其事。排班。班齐。分献官就位。献官就位。瘗毛血。"通赞唱："迎神，鞠躬，俯伏兴，俯伏兴，俯伏兴，俯伏兴，平身。献帛。行初献礼。"引赞唱"诣盥洗所"，酌水净巾，"诣酒尊所"。司尊者举幂酌酒，"诣至圣先师孔子神位前"（祭他神随宜）。跪。献帛。初献爵。俯伏兴，平身。诣读祝位。跪。读祝文。副引跪献官之左，读祝毕，引赞唱："俯伏兴，平身，复位。"凡引赞神前唱伏兴，通赞赞陪祭者，俱同。通唱："行亚献礼。"仪注同初献，但无献帛，不读祝。通唱："行终献礼。"仪注同亚献。平身后，引唱："点酒，诣侑食位。"主人立门左，引唱："出烛。"执事者皆出，阖门。若祭家祠五祀，主妇立门之右，引唱："初侑食祝。"祝曰："请歆。"再侑食，三侑食，并同。启门，然烛，通唱："饮福受胙。"引唱："诣饮福位，跪饮福酒，受胙，俯伏兴，平身，复位。"通唱拜兴同。引通唱："谢福胙，鞠躬，俯伏兴，俯伏兴，平身。"彻馔，送神四拜，与迎神同。读祝者捧祝，执帛者捧帛，各诣燎所，焚帛，焚祝文，望揖。副通唱："礼毕。"①

这段仪注中出现了四种赞礼人员："通赞""副通""引赞""副引"。从《大明集礼》到《文公家礼仪节》再到正德与嘉靖年

---

① 李塨:《颜习斋先生年谱》卷上，"辛亥三十七岁"。

第四章 《儒林外史》与礼书及颜李学派之关系　　133

间两部传世的明会典，赞礼人员的设置与名称变化有着较清晰的轨迹。《文公家礼》中未设置赞礼人员，《大明集礼》中则设有"赞礼"与"赞引"两种，以卷十三《降香遣官祀太岁风云雷雨师仪注》为例：

> 赞礼唱："有司已具，请行礼。"唱："鞠躬，拜，兴；拜，兴，平身。"献官及在位者皆鞠躬，拜，兴；拜，兴，平身。赞礼唱"奠币"，赞引引献官，"诣盥洗位。搢笏。盥手。帨手。出笏。诣太岁神位前"。赞礼唱"跪"，献官北向跪，搢笏，三上香。①

从中可以看出，"赞礼"的功能是主持仪式，而"赞引"负责将行礼人员引领至特定位置，有时还会在位置旁唱赞，在一定程度上分担"赞礼"在某一环节的部分主持功能。

《大明集礼·蕃王朝贡》之"执事"中有"通赞"之名目，"通赞"在蕃王朝贡前期准备阶段的"迎劳"仪式中作为"接伴舍人"主持了仪式，但在后面正式的《朝见仪注》中就销声匿迹了，主持仪式的还是"赞礼"。卷三十一《蕃使朝贡》之"执事"中亦有"通赞"名目，但在所有具体仪注中都再未出现，大约只是仪式中的候补备用人员。卷三十四军礼之"大将受爵赏谢恩进表"仪式中亦有"通赞"，但全程只有一句赞词："俯伏兴，平身。"赞完，"众将官皆俯伏兴，平身，大将及宣表等官由殿西门出"。"通赞"

---

① 徐一夔等：《降香遣官祀太岁风云雷雨师仪注》，载《大明集礼》卷十三。

似乎只起到宣布仪式中某一环节结束的作用。

《文公家礼仪节》卷七祭礼仪节中设有赞礼人员"通""引",并明确指出:"通者通赞也,引者引赞也。"比对后可以看出,"引赞"功能与《大明集礼》中的"赞引"同,"通赞"则相当于《大明集礼》中的"赞礼",几乎全程主持仪式,与《大明集礼》卷十三、三十一、三十四中难得一现身的"通赞"明显不同。

万历本《大明会典》是在正德本的基础上增修补订而成,其祭孔仪注与正德本几乎全同,只是个别文字略有出入,本书以下举例主要引万历本《大明会典》中祭孔的"释奠"与"释菜"仪注,并在注中指出与正德本的细微差别。

《颜习斋先生年谱》载颜元三十六岁"著《会典大政记》,摘《大明会典》可法可革者,标目于册"①。四十五岁又有语云:"孔子修《春秋》,曰:'我欲托之空言,不如见诸行事之深切著明也。'《会典大政记》实窃取之。"② 而且,《颜习斋先生年谱》还明确载有颜元以《大明会典》修正礼仪实践的事迹。如四十岁"以《大明会典》品官祀四世,庶人祀二世,立显祖考讳子科、祖妣某氏神主,旁书'孝孙昹奉祀'及'显考讳发神主',以先生殇子赴考祔食"。由前举颜元祀孔子的例证来看,他所参照的《大明会典》应当是万历本,不仅仅因为此本距他年代更近,更重要的是,他在仪注中提到孔子的神位是"至圣先师"而非"大成至圣文宣王"③。

---

① 李塨:《颜习斋先生年谱》卷上,"庚戌三十六岁"。
② 李塨:《颜习斋先生年谱》卷下,"己未四十五岁"。
③ 嘉靖九年(1530年)更孔子封号为"至圣先师",万历本在正德本"大成至圣文宣王"后加有"今称至圣先师孔子"的小字注。

还可以看出，颜元祀孔子兼采《大明会典》中的"释奠""释菜"仪注：

其一，从"迎神""送神"仪注来看，《文公家礼》《文公家礼仪节》与《大明集礼》的祭礼中虽然也有"迎神""送神"环节，但《文公家礼》中的仪注文字是很简单的"再拜"，《文公家礼仪节》与《大明集礼》则都是"鞠躬，拜，兴；拜，兴，平身"。唯《大明会典》中"迎神""送神"是四拜。"释菜"礼规格较"释奠"礼低，无"迎神""送神"环节，故颜元"送神四拜，与迎神同"是参照《大明会典》中"释奠"的仪注。

其二，从赞文来看，前举《大明集礼》中"有司已具，请行礼"的赞文，是对执事人员做好准备进行提醒，但表达形式与《大明会典》"释奠"中的"执事官各司其事"及"释菜"中的"执事者各司其事"毕竟有着明显不同。"释奠"与"释菜"的赞文虽然只是一字之差，颜元祭孔仪注选的是"释菜"中的"执事者各司其事"而非"释奠"中的"执事官各司其事"，很明显是为了突出民间祭祀的非官方性质。《儒林外史》中祭泰伯祠是民间对圣贤的祭礼，亦有"执事者各司其事"这样的赞文。

其三，从赞礼人员来看，《大明会典》"释奠"中的赞礼人员是"典仪"与"赞引"，而颜元祭孔仪注沿用的是"释菜"中的"通赞"与"引赞"。《儒林外史》中，迟衡山明确地说他与杜少卿要作"引赞"，而从职能上来看，金东崖所任的"大赞"基本上就是"通赞"。

除了沿用《大明会典》中的有关仪注，更重要的是，颜元在礼仪实践中还"用今仪"对《大明会典》中的祭礼仪注作了修改。

除了前举颜元在祭礼时为《大明会典》中的"通赞""引赞"增加了助手"副通""副引"外，《颜习斋先生年谱》记载康熙二十八年（1689 年）颜元五十五岁时"订一岁常仪常功：凡祭神用今仪，通三献，诣位读祝，共十二拜。较《会典》减三拜者为成仪，连献五拜者为减仪"①。三献共十二拜，却较"连献五拜者为减仪"，这里的"五拜"当然不可能是三献共五拜，而是每献五拜，颜元其实是用了省略的说法。《大明会典》中以三献礼祭孔时，每献完成后一拜，较每献四拜正是"减三拜"。但这是单祭孔子②，前举《大明会典》"释奠"仪注中除祭孔之外，还祭复圣颜子、宗圣曾子、述圣子思子、亚圣孟子，每个神位前"仪并同前"，也就是和献孔子时一样，都是一拜，与孔子连献合计正是五拜。

颜元每献四拜、三献共十二拜的祭礼仪节相当独特，从目前材料来看，未能在明清时期找到采用这种仪节的证据（无论是官方还是民间）。如在明代，万历《广东通志》卷七之祭礼、天启《封川县志·先师庙祀》、崇祯时期《太常续考》所载祭孔三献礼，每献都是一拜，连献五拜，与《大明会典》同。清代从顺治到整个康熙年间，方志所载祭孔三献礼亦与《大明会典》同③，直到颜元去世后的雍正年间才出现变化，如雍正《马龙州志·学校》祭孔迎神送神时的仪节为"三跪九叩头礼"，一献完成后行"一跪一叩头礼"。私家著述如朱舜水《改定释奠仪注》所载祭孔三献礼亦与《大明

---

① 李塨：《颜习斋先生年谱》卷下，"己巳五十五岁"。
② 前引颜元三十七岁时祭"至圣先师"的仪注中便是单祭孔子，每献只有一拜。
③ 康熙六十年（1721 年）刻本《汾阳县志》卷三所载祭孔三献礼亦与《大明会典》同。

第四章　《儒林外史》与礼书及颜李学派之关系　　137

会典》同；清初廖志灏《燕日堂录》载有康熙壬午（1702年）的家族祭礼仪注，其三献礼亦是迎神时"鞠躬，拜兴四"，每献完成后是"俯伏，兴"（即一拜）；李绂乾隆年间的《议复祀先蚕典礼疏》所拟仪注是每献"叩头，兴"……总之，还未能在明清时期发现每献结束后行四拜的仪节。就算有，从概率上来看，每献四拜并非被官方或民间普遍采用。《儒林外史》中每献祭拜的仪注是"拜，兴；拜，兴；拜，兴；拜，兴"，正是每献四拜共十二拜，与颜元"用今仪"改革《大明会典》祭礼的仪注相同。吴敬梓采用这种明清时期都相当罕见的祭礼仪注，再考虑到他与颜李学派人物的密切关系，基本可以断定，《儒林外史》中每献四拜共十二拜的祭礼应当是参照了颜元祭孔子的仪注，颜李学派礼学思想对吴敬梓的影响渗透值得进一步审视。

第三节 《儒林外史》对颜李学派思想资源的吸收与转化

颜李学派以改过迁善、成就圣贤人格为人生目标。要实现这样的人生目标，颜李学派认为主要有"治""教""学"三个渠道，而这三个渠道在古圣贤那里其实是统一的整体："圣人学、教、治，皆一致也。"[①] "学也，教也，治也，后世分为三；古之圣贤只是看就一事，做成一串。"[②] 将这统一的整体一以贯之的便是"礼"：

[①] 颜元：《存学编》卷一，载《颜元集》上册，中华书局1987年版，第39页。
[②] 颜元：《四书正误》卷二，载《颜元集》上册，第170页。

"圣人无他治法,惟就其性情所自至,制为礼乐。"① "孔孟之道,不以礼乐,不能化导万世。"② "礼便是圣人之道,便是至道。君子之尊、道、致、尽、极、道、温、知,皆所以'敦厚以崇此礼'也。"③ "夫礼乐,君子所以交天地万物者也,位育着落,端在于此。"④ "'道之以德,齐之以礼',此圣贤百世不易之成法也。"⑤ "古人多学,即以礼言。"⑥"学主循礼。"⑦

"礼"能够在"治""教""学"的统一整体中起到这样的作用,与颜李学派的人性论有着密切的关系,人性论可以说是颜李学派礼学思想的重要组成部分。

在颜李学派看来,宋明理学视"气质之性"为恶,对"气质之性"中的"情"与"才"颇多厌弃,又"以性命为精,形体为累"⑧,"只用心与目口"⑨,仅把诵读、训诂、章句、手著、口谈、耳闻、静坐等作为追求圣贤之道的手段,只发挥了身心极有限的潜能:

> 当日一出,徒以口舌致党祸;流而后世,全以章句误

---

① 李塨:《颜习斋先生年谱》卷上,"己酉三十五岁"。
② 同上书,"丙午三十二岁"。
③ 颜元:《四书正误》卷二,载《颜元集》上册,第171页。
④ 颜元:《存学编》卷一,载《颜元集》上册,第54页。
⑤ 颜元:《存学编》卷二,载《颜元集》上册,第61页。
⑥ 李塨:《圣经学规纂》卷二,载《李塨文集》上册,河北人民出版社2011年版,第83页。
⑦ 李塨:《论学》卷二,载《李塨文集》上册,第89页。
⑧ 颜元:《存性编》卷一,载《颜元集》上册,第13页。
⑨ 李塨:《颜习斋先生年谱》卷上,"庚戌三十六岁"。

乾坤。①

　　徒以空言相推，驾一世之上，而动拟帝王圣贤，此伪学之名所从来也！②

　　废却孔门学习成法，便是一种"只说道理"之学，而不自见其弊者，误以读书、著书为儒者正业也。③

　　耗神脆体，伤在我之元气。④

　　他们则强调发挥"气质之性"的"作圣全体"，充分利用"气质之性"所具备的潜能。他们反复指出，"恶"并非源自"气质之性"，而是由于"气质之性"被"引蔽习染"。"引蔽"很难直接消除，"气质"也很难立即变化，而"习染"则可从当下做起，因此"为学之要在变化其习染"⑤，通过随时"习善"及纠正"习恶"来"变化气质"，从而成就圣贤人格。无论是"习善"还是纠正"习恶"，都需要多次的行动实践，才能称之为"习"。

　　与颜元的理论性语言不同，《儒林外史》中以形象化的描写异曲同工地展示出，匡超人的作恶并非由于所禀"气质"之低劣，而正是出自"引蔽习染"。他本来是一个纯朴善良、追求上进的青年，尊重长辈，"为人乖巧"，孝养瘫痪在床的老父，救助"倒三不着两"的哥哥，白天做"小本生意"，夜里读书"一直到四更

---

① 颜元：《存学编》卷一，载《颜元集》上册，第40页。
② 颜元：《存学编》卷三，载《颜元集》上册，第80页。
③ 颜元：《朱子语类评》第97则，载《颜元集》上册，第273—274页。
④ 李塨：《颜习斋先生年谱》卷上，"庚戌三十六岁"。
⑤ 颜元：《存学编》卷四，载《颜元集》上册，第89页。

鼓"……他的这些优良"气质"还博得了马二先生、潘保正与知县李本瑛的赏识提携。但到了后来，斗方名士们"引"之以名，潘三之流"蔽"之以利，他"习染"于做"枪手"、揽词讼、招摇撞骗、仗势欺人等恶行，最终堕落成一个无情、无耻、无聊、无良的恶棍。

颜元非常看重以语言文字传达"道""理""性""命"等形上范畴的限性，因此，他对宋儒及理学的批判主要集中在追求圣贤之道的"着力"处，认为其用错了"工夫"：

> 不知废却尧、舜"三事"，周、孔"三物"，不用习行工夫，而只口谈义理者，皆禅也；只笔写义理者，皆文人也。天下知二者之非儒，则乾坤有生机矣。①
> 学者只是说，不曾就身上做工夫。②
> 可惜好资性，误用了工夫也。③
> 朱子与南轩一派师友，原只是说话读书度日。④
> 盖读书乃致知中一事，专为之则浮学，静坐则禅学。⑤

在颜李学派看来，"不曾就身上做工夫"的空谈虚理必然导致"以能言者为已得"⑥，"冒称冒认"，所谓"宋家道学见解只在静言

---

① 颜元：《朱子语类评》第113则，载《颜元集》上册，第278页。
② 颜元：《朱子语类评》第155则，载《颜元集》上册，第289页。
③ 颜元：《朱子语类评》第157则，载《颜元集》上册，第290页。
④ 颜元：《存学编》卷三，载《颜元集》上册，第82页。
⑤ 李塨：《颜习斋先生年谱》卷上，"己酉三十五岁"。
⑥ 同上书，"丙午三十二岁"。

训诂，推之朝陛、疆场、齐治、均平，全不相应。而妄自冒称冒认，动言尧、舜、周、孔，众皆悦之，自以为是"①。"至所见所为，能仿佛于前人而不大殊，则将就冒认，人已皆以为大儒矣，可以承先启后矣。"② 他们甚至因此而呼吁"宁使百世无圣，不可有将就冒认标榜之圣"③。

耐人寻味的是，《儒林外史》中很明显有一个"冒称冒认"人物系列：蘧公孙冒称是高启诗的补辑者，张铁臂冒称是快意恩仇的独行侠，刘守备冒称相府作威作福，洪憨仙冒称神仙招摇撞骗，匡超人冒称考生参加科举考试；梅玖冒认是周进的学生，严贡生冒认是"汤父母"的好朋友与"周学道"的"亲家一族"，牛浦郎冒认牛布衣邀名牟利……《儒林外史》第五回与第十八回都写到士人口称八股文是"代孔子说话""代圣贤立言"，这又与颜元所说"但仿佛口角，各自以为孔、颜复出矣"④ 何其相似！那些自称"代孔子说话""代圣贤立言"的士人哪里有圣贤之人格，他们只不过是言说时与圣贤"仿佛口角"罢了，其"空言"掩盖不了"冒称冒认"圣贤以求功名富贵的实质。

颜李学派认为，着手于具体的"事""物"则难以用"空谈"来"冒称冒认""可混""可托"：

  盖言可胡涂混赖，事不可将就冒认。⑤

---

① 颜元：《朱子语类评》第138则，载《颜元集》上册，第286页。
② 颜元：《存学编》卷一，载《颜元集》上册，第42页。
③ 颜元：《存学编》卷三，载《颜元集》上册，第77页。
④ 颜元：《存学编》卷一，载《颜元集》上册，第40页。
⑤ 颜元：《四书正误》卷四，载《颜元集》上册，第206页。

> 正《书》所谓府修事和，为吾儒致中和之实地，位育之功，出处皆得致者也；是谓明亲一理，大学之道也。以此言学，则与异端判若天渊而不可混，曲学望洋浩叹而不敢拟，清谈之士不得假鱼目之珠，文字之流不得逞春华之艳。①
>
> 见理已明而不能处事者多矣，有宋诸先生便谓还是见理不明，只教人明理。孔子则只教人习事，迨见理于事，则已彻上彻下矣。②
>
> 言"学"言"为"既非后世读讲所可混，礼、乐、射、御、书、数又非后世章句所可托。③
>
> 学乃实事，非托空言；空言易全，实事难备。④

于是，对于颜李学派来说，正确的"工夫"应该是着手于具体的"事""物"：

> 周、孔似逆知后世有离事物以为道，舍事物以为学者，故德、行、艺总名曰物；明乎六艺固事物之功，即德行亦在事物内；大学明、亲之功何等大，而始事只曰"在格物"。空寂静悟，书册讲著，焉可溷哉！⑤
>
> 孟子"必有事焉"句是圣贤宗旨。心有事则心存，身有事则身修，至于家之齐，国之治，天下之平，皆有事也，无

---

① 颜元：《存学编》卷一，载《颜元集》上册，第45页。
② 颜元：《存学编》卷二，载《颜元集》上册，第71页。
③ 颜元：《存学编》卷三，载《颜元集》上册，第79页。
④ 李塨：《论学》卷一，载《李塨文集》上册，第83页。
⑤ 李塨：《颜习斋先生年谱》卷上，"辛酉四十七岁"。

事则道统、治统俱坏。故乾坤之祸莫甚于老之无，释之空，吾儒之主静。①

宋儒偏处只是废其事；事是实事，他却废了，故于大用不周也。②

为其道则有事，而学其事则有物。③

颜李学派还引据儒家经典把"事""物"坐实为"三事""三物"，并由此引发，以数字为线索，将圣贤之"治""教""学"的具体内涵概括为"三事""三物"与"四教""六府""六德""六艺""六行"：

申明尧、舜、周、孔三事、六府、六德、六行、六艺之道，大旨明道不在诗书章句，学不在颖悟诵读，而期如孔门博文、约礼，身实学之，身实习之，终身不懈者。④

道即尧、舜三事，周、孔三物，大学括为"明亲"，孔子统为"博文约礼"者是也。⑤

仁人合而为道。惟尧舜三事、周孔三物，真即人是仁，浑身都是仁，浑身都是道。人不合仁，虽满心拳拳天理，夏释也。人不合仁，虽百体日日言动，走尸也。⑥

---

① 李塨：《颜习斋先生年谱》卷上，"言卜第四"。
② 颜元：《朱子语类评》第135则，载《颜元集》上册，第285页。
③ 李塨：《大学辨业》卷二，载《李塨文集》上册，第19页。
④ 颜元：《存学编》卷一，载《颜元集》上册，第48页。
⑤ 颜元：《四书正误》卷六，载《颜元集》上册，第233页。
⑥ 颜元：《四书正误》卷六，载《颜元集》上册，第246页。

尧、舜名其道曰"三事",周、孔名其道曰"三物",殆逆知后世有无事之理、谈理之学,而预防之乎!①

"三事""六府"出自《尚书·大禹谟》:"德惟善政,政在养民。水、火、金、木、土、谷,惟修;正德、利用、厚生,惟和。""地平天成,六府三事允治,万世永赖,时乃功。""三事"指"正德、利用、厚生","六府"指"水、火、金、木、土、谷",都是舜向禹传授交流治道时使用的范畴,所以颜元云:"因悟尧、舜之道,在六府、三事。"②"三物"出自《周礼·地官司徒》:"以乡三物教万民而宾兴之:一曰六德:知、仁、圣、义、忠、和。二曰六行:孝、友、睦、姻、任、恤。三曰六艺:礼、乐、射、御、书、数。"所谓"三物"是指"德""行""艺"三者,是司徒最核心的教化内容,因相传周公制礼作乐,而"三物"的说法又出自《周礼》,所以颜元云:"周公教士以三物。"③《论语·述而》中说:"子以四教:文、行、忠、信。"所以颜元云:"孔子以四教。"④颜李学派着手于"事""物"的"工夫"论,表现出他们对行动与实践的格外看重:"言"可以"空","理"可以"虚"⑤,但要处理好"事""物",是要在行动与实践中加以检验的,只能落在实处。

与颜李学派相同,《儒林外史》对"言说"有着一以贯之的慎

---

① 颜元:《朱子语类评》第135则,载《颜元集》上册,第285页。
②③④ 王源:《颜习斋先生传》,载《居业堂文集》卷四,光绪五年(1879年)畿辅丛书本。
⑤ 除前引颜元诸多言论外,李塨亦曾批评"今之读书者,止以明虚理、记空言为尚"(郭金城《存学编》序中引)。

第四章 《儒林外史》与礼书及颜李学派之关系

重态度，甚至还认为，哪怕圣贤之言也并非抽象理念的载体，而应该是以"事"的形态等待着士人们去"实行"，成为士人们应对实际问题的规范与引领："而今读书的朋友，只不过讲个举业，若会做两句诗赋，就算雅极的了，放着经史上礼、乐、兵、农的事，全然不问！""替朝廷做些正经事，方不愧我辈所学。"① 书中对正面人物如虞博士、庄征君、杜少卿、迟衡山、萧云仙、汤镇台等的颂扬，也并非因他们对"圣贤之言"的高谈阔论（虽然庄征君、杜少卿也有经学研究的著述，诸人有时也曾在公共场合发表对儒家经典的见解），而是因为他们把"圣贤之言"付诸礼、乐、兵、农之事的实践，尽管那些实践没有给他们带来任何现实利益，反而在很多时候给他们带来了贫困、辱骂、排斥、贬黜等无妄之灾。另外，杜少卿反复推托甚至装病力辞征辟，庄尚志只因头巾中藏了一只蝎子没能及时答对便说"我道不行"，恳求恩赐还山，这些情节令人觉得颇为突兀。不过，若注意到第三十三回中杜少卿所说的一番话，所谓的"突兀"大概就能得到解释了："这征辟的事，小弟已是辞了。正为走出去做不出甚么事业，徒惹高人一笑，所以宁可不出去的好。"杜、庄二人选择"处"而非"出"，还是着眼于"事"的层面，"出"不能成事而"徒惹高人一笑"，"处"则至少还能"逍遥自在，做些自己的事"。②

《儒林外史》第四十七回中有这样一段，"话说虞华轩也是一个非同小可之人。他自小七八岁上，就是个神童。后来经史子集之书，无一样不曾熟读，无一样不讲究，无一样不通彻。到了二十多

---

①② 见《儒林外史》第三十三回。

岁，学问成了，一切兵、农、礼、乐、工、虞、水、火之事，他提了头就知到尾，文章也是枚、马，诗赋也是李、杜"，将"兵、农、礼、乐"与"工、虞、水、火"并举，视为非常看重的学问。与《儒林外史》中祭泰伯的仪注本自颜元祭孔子的仪注一样，这是吴敬梓深受颜李学派影响的又一文本确证。

颜李学派将"兵、农、礼、乐"及"工、虞、水、火"等视为实学，将它们并举实际上是其由儒家经典中"三事""三物""六府""六艺"的有关论述发挥演绎而来：其中，"水""火"与六府中的"水""火"对应；"金""射御"属"兵"，"土""谷"属"农"，"木"属"虞"。如李塨的一些话就明确具体地揭示了这种关联："言水，则凡沟洫漕挽，治河防海，水战藏冰，醝榷诸事统之矣；言火，则凡焚山烧荒，火器火战，与夫禁火改火诸燮理之法统之矣；言金，则凡冶铸泉货，修兵讲武，大司马之法统之矣；言木，则凡冬官所职，虞人所掌，若后世茶榷抽分诸事统之矣；言土，则凡体国经野，辨五土之性，治九州之宜，井田封建，山河城池诸地理之学统之矣；言谷，则凡后稷之所经营……屯田贵粟实边足饷诸农政统之矣。"① "六艺即礼乐兵农也。"② "仁义礼智为德，子臣弟友五伦为行，礼乐兵农为艺。"③ 然而，儒家经典中并没有将"兵、农、礼、乐""工、虞、水、火"并举，前举李塨所言六府的具体执掌根本就没有典籍依据，只是从字面上把"水""火""虞"之学与六府之"言水""言火""言木"联系起来，"工"则出自

---

① 李塨：《瘳忘编》，载《李塨文集》上册，第99页。
② 李塨：《传注问》卷三，清康熙雍正间刻《颜李丛书》本。
③ 李塨：《与方灵皋书》，《恕谷后集》卷四，载《李塨文集》上册，第366页。

《尚书·舜典》中舜任命垂主管"工",与"水""火""虞"出处不同,并非经典中的现成语汇,很明显是经过了对经典语汇的提炼加工。而且颜李所说"农"与"六艺"的联系也并无经典的文本依据,亦未具体论述为什么"礼乐兵农为艺",大概只能从"礼"有耕礼以劝农、"数"能在丈量田亩与兴修水利时起到作用扯上关系吧。

将"兵、农、礼、乐""工、虞、水、火"并举,作为"治""教""学"的主要内容,这可以说是具有学派特征的学术主张。倡实学并非自颜李始,顾、黄、王三大家,颜元引为"先得我心"的孙奇逢、陆世仪,以及张履祥、李二曲都标举尚实而黜虚的学术思想,但在颜元之前皆无将"兵、农、礼、乐""工、虞、水、火"并举者。其中,陆世仪与李二曲倒是有"兵、农、礼、乐"("礼、乐、兵、农")的说法,但并未言及"工、虞、水、火"这样的语汇。王夫之《宋论》卷四中倒是有"举君德民情、兵农礼乐、水火工虞,无涯之得失,穷尽之于数尺之章疏"① 一句,但《宋论》于康熙三十年(1691年)才完稿,而颜元最晚在康熙二十一年(1682年)已将"兵、农、礼、乐"与"工、虞、水、火"并举②。检索明清时期的典籍,将"兵、农、礼、乐""工、虞、

---

① 王夫之:《宋论》卷四,《船山遗书》本。
② 颜元于康熙十一年(1672年)著《存学编》时,卷一、三中已有语云:"以六德、六行、六艺及兵农、钱谷、水火、工虞之类教其门人。""身习夫礼、乐、射、御、书、数以及兵、农、钱、谷、水、火、工、虞之属而精之。""以六艺及兵、农、水、火、钱、谷、工、虞之类训迪门人。"如果说这些语句把六艺中的"礼、乐"与"兵、农、水、火、工、虞"并举,还杂有"钱、谷、射、御、书、数"等,尚不能称是严格意义上将"兵、农、礼、乐"与"工、虞、水、火"并举,他于康熙二十一年(1682年)所著的《存人编》卷三中"礼、乐、兵、农之具,水、火、工、虞之事"则完全可以说是将"兵、农、礼、乐"与"工、虞、水、火"并举了。

水、火"并举的基本上都是在乾隆年间以后,而且其中有不少正是接受了颜李学派思想影响或对颜李学派进行研究评说的典籍。与颜元年代相近的明末至康熙二十一年(1682年)间的典籍中,将"兵、农、礼、乐""工、虞、水、火"并举的典籍仅见康熙十一年(1672年)张一魁纂修《景州志》与康熙十三年(1674年)王明德自序之《读律佩觿》两种。这两种著作将"兵、农、礼、乐""工、虞、水、火"并举,但都只是泛泛提上一句,并不是要提出什么重要的学术主张,不像颜李学派在著作中反复强调,已成习语。另外,这两种著作在当时的流传和影响与颜李学派不可同日而语,吴敬梓读过的概率较小。就算读过,《儒林外史》第四十七回中将"兵、农、礼、乐"与"工、虞、水、火"并举,当然主要还是受到颜李学派的影响,而不是从这两种著作中得到启示。

  颜李学派还将"兵、农、礼、乐""工、虞、水、火"统摄于"礼"的范畴之中。《论语》中有"博学于文,约之以礼"的圣人之言,颜元将"兵、农、礼、乐""工、虞、水、火"皆视为"文",所谓:"夫'文',不独诗、书、六艺,凡威仪、辞说、兵、农、水、火、钱、谷、工、虞,可以藻彩吾身、黼黻乾坤者,皆文也。"① 李塨亦云:"博学于文所指广,兵农、礼乐射御书数、水火工虞之事,皆可学也。"② 二人都批判了将"文"狭隘化为"文墨""载籍""章句""习行经济谱"而"专在文字言语用功"③ 的思想

---

① 颜元:《四书正误》卷三,载《颜元集》上册,第190页。
② 李塨:《圣经学规纂》卷一,载《李塨文集》上册,第49页。
③ 颜元:《存学编》卷二,载《颜元集》上册,第63页。

倾向，强调"学文"并非"亟亟焉以讲学为事"①，"专以诵读为学"②，竟以"静坐""穷理"为尚，强调要把"博学于文"与"约之以礼"结合起来："礼之外固无学、无治矣。而后儒全废弃之，不学、不习、不行，从事于心头之禅宗、著述之章句，曰'道学'云云矣。其实道亡矣，非亡道也，亡礼也。学亡矣，非亡学也，亡习行也。"③"博文之后，又须约礼。"④

论"文""礼"之关系，相较于乃师，李塨言之更详，并且针对"六艺"中已有"礼"却又需在"学文"之后"约礼"的疑问作了一定的解答。在他看来，"礼"有广狭二义，狭义的"礼"指"习五礼之仪"，是"专就仪文言"；而广义的"礼"则是"统天下之理而言者"。

与颜元一样，李塨最为看重的行为实践主要包括个体层面的"修身"与社会层面的"经世"，但个体层面的"修身"并非质朴之"德行"与抽象之"穷理"，而是在人伦关系中具体展开的道德实践；社会层面的"经世"也绝非"空言""静坐"所能实现，而是必须以一定的技能"由身而推，所谓'明明德于天下也'"⑤。前者要将质朴之德提升为"明德"⑥，此正《周易》所谓"进德"；后者要掌握明明德亲民以治国平天下的技能，此正《周易》所谓

---

① 颜元：《存学编》卷一，载《颜元集》上册，第41页。
② 李塨：《论语传注》序，清康熙雍正间刻《颜李丛书》本。
③ 颜元：《四书正误》卷二，载《颜元集》上册，第174页。
④ 李塨：《大学辨业》卷三，载《李塨文集》上册，第36页。
⑤ 李塨：《大学辨业》卷二，载《李塨文集》上册，第19页。
⑥ 李塨《论学》卷一："舍六艺而为德行，即德行有成，亦只为质民之德行耳，非圣人明亲之学也。"

"修业"①。这二者都需要通过"学习"才可实现,而"学习"的具体内容在李塨那里有着不同的说法。

有时,他强调"学习"的内容是"物",称《大学》中的"格物"之"物"就是《周礼》中的"三物",也即"以六德、六行、六艺为物"。与之相应,"学习为格"②,"格物致知,学也,知也"③。

有时,他强调"学习"的内容是"事",称:"学乃实事,非托空言。"④ "则以诚正、修齐治平皆有其事,而学其事,皆有其物,周礼、礼乐等皆谓之物是也。"⑤ "修己治人,更多当学之事。"⑥

有时,他强调"学习"的内容是"文",称:"格物是学文。""格物博文,乃圣门下学实事。"⑦

有时,他强调"学习"的内容是"艺",称:"六艺为圣贤学习实事。""六德六行之实事,皆在六艺。""子以四教:文、行、忠、信。忠信即德也,行即此行也,文即艺也。"⑧ "文即礼乐兵农也,行则子臣弟友也,忠信则仁义礼智也。"⑨

不难看出,他以"事"将"物""文""艺"贯穿起来:"格

---

① 李塨《周易传注》卷五:"后儒迟钝不解世事,猥以读书穷理自文,非《易》之崇德也;礼乐不修而托于记诵著述,非《易》之广业也。"
②④ 李塨:《论学》卷一,载《李塨文集》上册,第83页。
③ 李塨:《大学辨业》卷三,载《李塨文集》上册,第27页。
⑤ 李塨:《大学辨业》卷二,载《李塨文集》上册,第21—22页。
⑥ 李塨:《圣经学规纂》卷一,载《李塨文集》上册,第48页。
⑦ 李塨:《大学辨业》卷三,载《李塨文集》上册,第33页。
⑧ 李塨:《圣经学规纂》卷二,载《李塨文集》上册,第62页。
⑨ 李塨:《论学》卷二,载《李塨文集》上册,第91页。

物博文,乃圣门下学实事。""六艺为圣贤学习实事。""六德六行之实事,皆在六艺。"他强调的是,"物""文""艺"不是载于书册、传递于口耳的语言文字,而是"学习"修齐治平之"事"的载体,是实现"修己治人"之"事"的技能。他还声称:"格物之于礼乐,学也,知也;修身之于礼乐,行也;诚意,实其行礼乐之念也;正心,养礼乐之源也。"①"博文为格物致知,约礼为克己复礼。"②"以礼学礼,则为博文;行礼则为约礼;以礼自治,则为明德;以礼及人,则为亲民。""我辈今日惟自治教家、教子弟,时时以礼检勘,则为真学。"③ 这又把"事""物""文""艺"全都统摄于"礼"之中了,也就是说,通过"物""文""艺"去学习"修齐治平""修己治人"之"事","礼"是"检勘"其成效如何的标准与规范。

明白了这样的礼学思想,就可以较好理解李塨对"文""行"关系的论述了:其一,更强调"文"的技能性内容,视"文"为"艺",为"兵、农、礼、乐、射、御、书、数、水、火、工、虞之事",强调将"文"致用于"行"。其二,以"六行"释"行",看重在人伦关系中运用所学之"文"展开道德之"行"。其三,强调"学文"的目的是"修己治人",赋予士人以崇高的责任与使命,看重士人的廉耻之心与人格尊严。其四,以"礼"检"文",强调形式上的"仪文"并非"礼"的实质;以"礼"勘"行",对破坏人伦关系之"非礼"深致谴责。

---

① 李塨:《大学辨业》卷四,载《李塨文集》上册,第39页。
② 李塨:《圣经学规纂》卷一,载《李塨文集》上册,第50页。
③ 李塨:《论学》卷一,载《李塨文集》上册,第77页。

《儒林外史》在第一回"敷陈大义"时就有这样一句话："这个法却定的不好！将来读书人既有此一条荣身之路，把那文行出处都看得轻了。"可以说，《儒林外史》很多时候都是通过士人们的"文""行"来展现其精神风貌，揭示其对待功名富贵之态度的。

　　吴敬梓也很看重"文"的技能性内容。如前所述，《儒林外史》直接从颜李学派那里拿来了"兵、农、礼、乐、工、虞、水、火"这样具有学派特征的习语，而且对书中人物技能的描写与颜李学派的很多主张如出一辙。如颜李学派看重"水学"，《儒林外史》中写有萧云仙在青枫城兴修水利①；颜李学派看重"农学"，《儒林外史》中写杜少卿的父亲任太守时强调"敦孝弟，劝农桑"的"教养"主张②，还具体描写了萧云仙的"春郊劝农"③；颜李学派驳斥重文轻武，《儒林外史》中写"椅儿山破敌""青枫取城"④以及"野羊塘将军大战"⑤。另外，书中的郭孝子很可能就是以颜元为原型的。颜元也有长途跋涉、历尽艰辛的寻亲经历，《颜习斋先生年谱》中还记载他练习武艺，五十七岁时与当时著名大侠李木天角技，只数合便将之击败："折竹为刀，对舞不数合，中其腕。木天大惊曰：'技至此乎！'"⑥而《儒林外史》中的郭孝子也是"学了一身武艺"，向往"到疆场，一刀一枪，博得个封妻荫子，也不枉了一个青史留名"，不甘心"蹉跎自误"⑦。就算没有以颜元为原

---

①③ 见《儒林外史》第四十回。
② 见《儒林外史》第三十四回。
④ 见《儒林外史》第三十九回。
⑤ 见《儒林外史》第四十三回。
⑥ 李塨：《颜习斋先生年谱》卷下，"辛未五十七岁"。
⑦ 见《儒林外史》第三十回。

型,《儒林外史》中反对读书之弊的思想倾向也与颜元如出一辙。颜元力斥读书使人"入故纸堆中,耗尽身心气力,作弱人、病人、无用人"①,"耗气劳心书房中,萎惰人精神,使筋骨皆疲软,天下无不弱之书生,无不病之书生,一事不能做"②;《儒林外史》中亦写"就坏在读了这几句死书,拿不得轻,负不的重,一日穷似一日"③。颜元抨击读书"能损人神智气力,不能益人才德"④,批判将读书视为功名富贵敲门砖的"揣摩"之学:"但问朝廷科甲,才能揣摩皆骛富贵利达。"⑤ "读讲集注,揣摩八股,走富贵利达之场。"⑥《儒林外史》中写的反面形象高翰林等人正是把"揣摩"奉为举业金针:"'揣摩'二字,就是这举业的金针了。小弟乡试的那三篇拙作,没有一句话是杜撰,字字都是有来历的。所以才得侥幸。若是不知道揣摩,就是圣人也是不中的。那马先生讲了半生,讲的都是些不中的举业。他要晓得'揣摩'二字,如今也不知做到甚么官了。"⑦ 周进劝勉范进亦只是"在寓静坐,揣摩精熟"⑧。

马二先生虽被高翰林讥为不晓得"揣摩",但视读书为功名富贵敲门砖,在实质上与高翰林等人也并无二致。他曾旁征博引经书之言指点匡超人:"你如今回去,奉事父母,总以文章举业为主。人生世上,除了这事,就没有第二件可以出头。不要说算命拆字是

---

① 颜元:《朱子语类评》第 8 则,载《颜元集》上册,第 251 页。
② 颜元:《朱子语类评》第 94 则,载《颜元集》上册,第 272 页。
③ 见《儒林外史》第二十五回。
④ 钟錂:《颜习斋先生言行录·教及门第十四》,载《颜元集》下册,第 674 页。
⑤ 颜元:《存学编》卷一,载《颜元集》上册,第 40 页。
⑥ 颜元:《朱子语类评》第 71 则,载《颜元集》上册,第 267 页。
⑦ 见《儒林外史》第四十九回。
⑧ 见《儒林外史》第七回。

下等,就是教馆、作幕,都不是个了局。只是有本事进了学,中了举人、进士,即刻就荣宗耀祖。这就是《孝经》上所说的'显亲扬名',才是大孝,自身也不得受苦。古语道得好:'书中自有黄金屋,书中自有千钟粟,书中自有颜如玉。'而今甚么是书?就是我们的文章选本了。贤弟,你回去奉养父母,总以做举业为主。就是生意不好,奉养不周,也不必介意,总以做文章为主。那害病的父亲,睡在床上,没有东西吃,果然听见你念文章的声气,他心花开了,分明难过也好过,分明那里疼也不疼了。这便是曾子的'养志'。假如时运不好,终身不得中举,一个廪生是挣的来的。到后来,做任教官,也替父母请一道封诰。我是百无一能,年纪又大了。贤弟,你少年英敏,可细听愚兄之言,图个日后宦途相见。"①颜元曾一针见血地指出"名为儒而实不解圣道"的士子们"自幼惟从事做破题,捭八股,父兄师友之期许者,入学、中举、会试、做官而已,自心之悦父兄师友以矢志成人者,亦惟入学、中举、会试、做官而已。万卷诗书,只作名利引子,谁曾知道为何物"②,吴敬梓对此也真是洞若观火,从不同侧面、不同层次活画出"名为儒而实不解圣道"的种种儒林人物。

除了"一事不能做"的"迂儒"与"骛富贵利达"的"小人儒",《儒林外史》中也塑造了虞博士、庄征君、杜少卿、迟衡山、武书、虞华轩、二余兄弟、马二先生、王玉辉等"君子儒"的形象。但是,由于作者的写实功力,这些基本上皆有生活原型的人物都或多或少地表现出因时代局限而具有的一些人格特征:如杜少卿

---

① 见《儒林外史》第十五回。
② 颜元:《存人编》卷二,载《颜元集》上册,第138页。

仗义疏财、任恤孝友，却又"贤否不明""都是被人骗了去"；迟衡山"有制礼作乐之才"，祭泰伯祠就是他的首倡，但他有时不免迂拙古板；余大先生疾恶如仇，听闻非礼之事便怒发冲冠，但他自己去朋友任上打秋风时也收受贿赂"私和人命"，还牵连兄弟代他受过；马二先生固然古道热肠、坦荡磊落，功名富贵之心却也昭然若揭；王玉辉虽然以礼自持、敦伦自任，却又亲自葬送了新寡的亲生女儿……

就连被称为"真儒"的虞博士，小说中也写了他的考场舞弊行为，以及他像杜少卿一样"贤否不明""都是被人骗了去"。①

虞博士是吴敬梓在《儒林外史》中树立的"品地为最上一层"人物，表现出来的这些人格弱点与其说是吴敬梓刻意表现，还不如说是无意流露，而正是这种无意流露，反而更能表现吴敬梓真实的思想情感。与颜李学派一样，吴敬梓很看重在人伦关系中所展开的道德之"行"。他在《儒林外史》中有意将"读书"的士人与不甚"读书"的底层人物对比：村老如秦老、荀老爹、牛老爹、卜老爹、祁太公，奴仆如邹吉甫、邹三，差役如潘保正、郑老爹，戏子如鲍文卿，穷儒如娄焕文，和尚如甘露僧……他们所表现出的浓浓人情味，无不以亲疏贵贱、恤睦姻友的人伦关系为重。

以鲍文卿为例，他为时任知县向鼎求情，使之逃过一劫，却决不肯以恩人自居，而且向鼎送他五百两银子，他也坚决拒收，理由是："这是朝廷颁与老爷们的俸银，小的乃是贱人，怎敢用朝廷的

---

① 见《儒林外史》第三十七回。

银子？小的若领了这项银子去养家口，一定折死小的。大老爷天恩，留小的一条狗命。"① 向鼎后来升官，他也决不趋炎附势，不肯收受银钱为人说情。鲍文卿的所作所为令官场中人向鼎深受感动，不仅后来对他多有周济，而且不肯因他身份卑贱而以仆役视之，称其为"老友"，并在人前对他大加赞赏：

> 而今的人，可谓江河日下。这些中进士、做翰林的，和他说到传道穷经，他便说迂而无当；和他说到通今博古，他便说杂而不精。究竟事君交友的所在，全然看不得！不如我这鲍朋友，他虽生意是贱业，倒颇多君子之行。②

吴敬梓打破尊卑观念称扬鲍文卿，着眼点正是"事君交友"的人伦关系，与颜、李二人颇为相似：颜元曾撰《佣者彭朝彦传》《笔工王学诗传》，李塨写有《冯刘二翁合传》《李以传》，都是为身份卑贱之人立传，立传的缘由也是着眼于"性质直好施"③，"割股肉，愈母疾""佣身葬父"④，"亲友有急能恢助"⑤，"持家严""乐周急"⑥ 等在人伦关系方面表现出的事迹。

鲍文卿不肯为别人的官司徇私，甚至超过了被作为正面儒林人物来塑造的余大先生：鲍文卿只要替人说情就可得五百两银子，还

---

① 见《儒林外史》第三十七回。
② 见《儒林外史》第二十六回。
③ 颜元：《佣者彭朝彦传》，载《颜元集》下册，第478页。
④ 颜元：《笔工王学诗传》，载《颜元集》下册，第480页。
⑤ 李塨：《冯刘二翁合传》，《恕谷后集》卷六，载《李塨文集》上册，第390页。
⑥ 李塨：《李以传》，《恕谷后集》卷十三，载《李塨文集》上册，第484页。

是"先兑",但他毫不犹豫地拒绝了。余大先生则曾在无为州只为了百十两银子,就为人命官司说情,若不是他兄弟余二先生替他含混过去,他自己都要吃官司了。尽管鲍文卿不愿营私舞弊,但他为学中的童生遮掩考试中的作弊行为,这与前面所提到的虞博士在科场中为作弊考生开脱也并没有什么两样。其实,虞博士所说"读书人全要养其廉耻,他没奈何来谢我,我若再认这话,他就无容身之地了"基本上已经揭开了谜底:二人为考生遮掩开脱并非要为自己邀名牟利、等人报答,而是为了养读书人之廉耻。

综观全书,儒林中寡廉鲜耻之辈何其多也!而那些不甚读书的底层人物却以他们的善良质朴,将众多儒林人物反衬得是那么形容猥琐、面目可憎。反衬仍然是在人伦关系的层面:王惠变节降贼;严贡生谋夺弟财、欺压弟妇、冒认姻亲;二王只因贪图严监生的银子便置胞妹生死于不顾;匡超人停妻娶妻;余、虞"诗礼人家"的士人不去祭拜本家族的节烈女子,却成群结队地去趋奉方盐商家的老太太入祠……吴敬梓有时还故意用人伦关系上的褒义词对儒林人物进行讽刺,如"王举人立朝敦友谊"实际上是教唆朋友不忠不孝①,而余、虞两家的"厚道"原来是如此这般:"那余、虞两家到底是诗礼人家,也还厚道,走到祠前,看见本家的亭子在那里,竟有七八位走过来作一个揖,便大家簇拥着方老太太的亭子进祠去了。"②

如前所述,颜李学派赋予士人以崇高的责任与使命,看重士人的廉耻之心与人格尊严。《儒林外史》中,吴敬梓甚至不惜设置为

---

① 见《儒林外史》第七回。
② 见《儒林外史》第四十七回。

考生作弊行为遮掩开脱的情节来表达"读书人全要养其廉耻"的理念，对士人的责任与使命不可谓不看重。当然，靠遮掩开脱的方式"养其廉耻"注定是行不通的，是天真的空想，吴敬梓在《儒林外史》中更有价值的不是给出解决问题的方案，而是以文学形式生动揭示出士人堕落或无能的深层原因，启示读者深入思考士人何以堕落无能这一重要问题。至于批判科举、官场、吏治、风俗等，不过都是探讨这一问题所触及的各个侧面罢了。

在吴敬梓看来，士人堕落或无能的原因可以用"把那文行出处都看得轻了"来概括。如前所述，他吸收了颜李学派的思想资源，认为"读书"并非就是"学文"，倡导"学文"更重要的是要学习"兵、农、礼、乐、工、虞、水、火"等"修己治人"的技能；强调要将所学之"文"致用于人伦中的"孝、友、睦、姻、任、恤"之"行"中，批判把"空言""虚理"等"文"之载体作为"荣身之路"的敲门砖，而"事君交友的所在"，则"全然看不得"。

与颜李学派一样，除了以"礼"勘"行"，对破坏人伦关系之"非礼"深致谴责外，吴敬梓也以"礼"检"文"，强调形式上的"仪文"并非"礼"的实质。

吴敬梓写范进母丧期间追随张静斋去高要县打秋风的事迹中有一个著名的细节描写，常常被作为讽刺艺术的一个典范例证：范进由于为母丁忧而不用银镶杯箸，换成磁杯与象箸后仍然"不肯举"，直到把象箸换成白竹筷后，"方才罢了"。从礼的"仪文"来看，范进"遵制"到了一丝不苟的地步，可是，他真的"居丧如此尽礼"吗？"他在燕窝碗里拣了一个大虾元子送在嘴里"这个细节构成了绝妙的讽刺。孔圣人在林放问"礼之本"时明明说过"丧，与其易也，宁戚"，范进的"戚"何在？他正是在对礼的形式的刻意追求中丧失了"礼之本"。

《儒林外史》中对方孝孺的评价同样体现出"仪文"非"礼之本"的思想观念："方先生迂而无当。天下多少大事，讲那皋门、雉门怎么？这人朝服斩于市，不为冤枉的。"① 其实李塨说过类似的话："孝孺当大敌逼至，不知治兵，且更改朝廷门制，此正不知礼者。"② 吴敬梓很可能借鉴了李塨的这种说法。《儒林外史》中还有许多说法与李塨颇为类似，如对永乐帝、建文帝的评价，李塨云："永乐以臣篡君，罪无可逭，然实天开英武，继太祖以定一代国运。不然，如建文君臣迂腐之行，不一二世而即削弱靡溃矣，欲三百年金瓯天下，得乎？"③《儒林外史》中亦曾将二人进行比较："本朝若不是永乐振作一番，信着建文软弱，久已弄成个齐梁世界了！"④ 李塨特别看重治道之"教养"，《儒林外史》中，皇帝向庄征君咨询的也主要是"这教养之事，何者为先"，庄征君虽然决意隐退，恳请放归前亦"把教养的事，细细做了十策"。李塨因其士人的责任感与使命感，虽不在其位而特喜以虚拟的方式为"君相"立法，并且有《拟太平策》《平书订》这样的著作，《儒林外史》中杜少卿也是动辄"为朝廷立法"：

小弟为朝廷立法：人生须四十无子，方许娶一妾；此妾如

---

① 见《儒林外史》第二十九回。
② 李塨：《论学》卷一，载《李塨文集》上册，第79页。
③ 李塨：《阅史郄视》续一卷，载《李塨文集》上册，第174页。
④ 见《儒林外史》第二十九回。

不生子，便遣别嫁。是这等样，天下无妻子的人或者也少几个。也是培补元气之一端。①

这事朝廷该立一个法子，但凡人家要迁葬，叫他到有司衙门递个呈纸，风水具了甘结：棺材上有几尺水，几斗几升蚁。等开了，说得不错，就罢了；如说有水有蚁，挖开了不是，即于挖的时候，带一个刽子手，一刀把这奴才的狗头斫下来。那要迁坟的，就依子孙谋杀祖父的律，立刻凌迟处死。此风或可少息了。②

虽然对颜李学派的思想观念多有借鉴，但吴敬梓也并非对颜李学派亦步亦趋。

与功名富贵相比，吴敬梓在《儒林外史》中更看重人的"品行"。如娄太爷称杜少卿"你的品行、文章，是当今第一人"③，李大人举荐杜少卿亦有"本部院访得天长县儒学生员杜仪，品行端醇，文章典雅"④之语。庄尚志辞征辟，众人对他的颂扬亦是着眼于品行："皇上要重用台翁，台翁不肯做官，真乃好品行！"⑤而虞博士之所以为人敬服，也是因为其"文章品行"⑥。小说对这三位幽榜中分据状元、榜眼、探花的人物皆赞其"品行"绝非偶然，首重"品行"可谓是全书的核心价值观，故书中被作为正面形象来塑

---

① 见《儒林外史》第三十三回。
② 见《儒林外史》第三十四回。
③ 见《儒林外史》第三十二回。
④ 见《儒林外史》第三十三回。
⑤ 见《儒林外史》第三十五回。
⑥ 见《儒林外史》第三十六回。

造的虞华轩为子择师明确提出:"举人、进士,我和表兄两家车载斗量,也不是甚么出奇东西。将来小儿在表兄门下,第一要学了表兄的品行,这就受益的多了。"余大先生称赞虞华轩"家传"时亦说道:"至于品行文章,令郎自有家传,愚兄也只是行所无事。"①另外,在谴责世风日下、礼崩乐坏时,吴敬梓也总难免流露出对世人不重"品行"的悲愤与感伤:"假使有人说县官或者敬那个人的品行,或者说那人是个名士,要来相与他,就一县人嘴都笑歪了。""余家弟兄两个,品行文章是从古没有的;因他家不见本县知县来拜,又同方家不是亲,又同彭家不是友,所以亲友们虽不敢轻他,却也不知道敬重他。"②"五河的风俗,说起那人有品行,他就歪着嘴笑;说起前几十年的世家大族,他就鼻子里笑;说那个人会做诗赋古文,他就眉毛都会笑。"③ "此时虞博士那一辈人,也有老了的,也有死了的,也有四散去了的,也有闭门不问世事的。花坛酒社,都没有那些才俊之人;礼乐文章,也不见那些贤人讲究。论出处,不过得手的就是才能,失意的就是愚拙;论豪侠,不过有余的就会奢华,不足的就见萧索。凭你有李、杜的文章,颜、曾的品行,却是也没有一个人来问你。"④

《儒林外史》中,称赞人的品行又常常用"厚道""忠厚"这样的字眼。值得注意的是,杜少卿固然以其品行为其家族赢得了"天长杜府厚道"的声誉⑤,"厚道""忠厚"在《儒林外史》中更

―――――
①② 见《儒林外史》第四十六回。
③ 见《儒林外史》第四十七回。
④ 见《儒林外史》第五十五回。
⑤ 见《儒林外史》第三十三回。

多还是表现为布衣平民、底层人物充满人情味的质朴善良，吴敬梓把这样的"厚道""忠厚"写得颇为感人，如鲍文卿赈贫济困之"恤"，牛老爹、卜老爹两亲家之"姻"，邹吉甫之温恭，甘露僧之慈良等。吴敬梓还特意将之与堕落无能的士人形成对比：《儒林外史》中，读者可以看到，吴敬梓有时用"厚道"讽刺堕落士人曰："凡事只是厚道些好。"① 有时又以"忠厚"把无能士人讽为"烂忠厚没用的人"②，"是个忠厚不过的人"③。

李塨虽然也为下层民众立传，但目的主要是矫激士人，对于下层民众的道德品行，他其实是缺少敬意的："后人多以长厚质实为德，愚民之德耳，何足以尽德乎？"④"况舍六艺而为德行，即德行有成，亦只为质民之德行耳，非圣人明亲之学也。"⑤ 李塨把吴敬梓所看重的"厚道"说成"愚民之德""质民之德行"，认为其不"足以尽德""非圣人明亲之学"。比较起来，李塨将士人的道德标准过于理想化，而对平民道德颇致轻蔑。吴敬梓则因其长期底层生活及更多与普通民众交游的经历，虽然也强调士人的使命感与尊严感，但对平民仍能抱有更多的温情与敬意，对平民道德的认识与评价也更有现实精神。

另外，颜李学派标举实学亦有些矫枉过正，对于文学艺术与审美活动的评价很低。颜元甚至还把诗文字画视为"乾坤四蠹"⑥，

---

① 见《儒林外史》第五回。
② 见《儒林外史》第三回。
③ 见《儒林外史》第十一回。
④ 李塨：《瘳忘编》，载《李塨文集》上册，第101页。
⑤ 李塨：《论学》卷一，载《李塨文集》上册，第79页。
⑥ 李塨《恕谷后集·孙氏诗钵序》："颜习斋先生尝言诗文字画为'乾坤四蠹'。"《颜习斋先生年谱》卷下"庚午五十六岁"亦载："后世诗文字画，乾坤四蠹也。"

第四章　《儒林外史》与礼书及颜李学派之关系

把文人视为"瘟疫"①，认为文人"自误一生，并误其君之社稷，民之性命"②，"此等心最可恶"③，"不能做一事，专能阻人做事"④。而从前面所举《儒林外史》称赞士人品行的例子还可以看出，吴敬梓对士人进行高度评价时常常把"品行"与"文章"并举，非常看重"文章"。《儒林外史》中的"文章"以"枚、马""李、杜"为代表——"文章也是枚、马，诗赋也是李、杜"⑤，"凭你有李、杜的文章"⑥，可见不是《论语》中"夫子之文章"的"文章"，更不是八股时文这种科举"文章"，而是"诗赋古文"⑦之类的文学作品。

　　与颜元把诗文字画视为"乾坤四蠹"、把文人视为"瘟疫"截然不同，吴敬梓在《儒林外史》中刻意标举的市井四大奇人正是以琴棋书画的文艺才能超越了世俗生活，表现出特立独行的可贵人格。他还在其"南京情结"中张扬一种质朴而动人的审美情怀。第二十九回里，从上下文来看，所谓"菜佣酒保都有六朝烟水气"是说南京的下层民众也具有一种从低贱卑琐中超拔而出的审美情怀。而这样的审美情怀在很多儒林人物那里都已经缺失了。且不说卑鄙如严贡生，钻营如臧蓼斋，诞妄如权勿用，迂拘如杨执中，也不必说"公子妓院说科场""呆名士妓院献诗"这样的荒唐场景，就说古道热肠的马二先生游西湖，《儒林外史》中用"有意味的细节"展示出，虽然西湖

---

① 颜元：《朱子语类评》第252则，载《颜元集》上册，第314页。
② 颜元：《朱子语类评》第221则，载《颜元集》上册，第306页。
③ 颜元：《朱子语类评》第216则，载《颜元集》上册，第304页。
④ 颜元：《朱子语类评》第169则，载《颜元集》上册，第293页。
⑤⑦ 见《儒林外史》第四十七回。
⑥ 见《儒林外史》第五十五回。

美景如画，但在马二先生的心里眼里，真正引起他注意的只有食物、"御书"与女人。其中，"女人也不看他，他也不看女人"一句真是绝妙的讽刺。小说中在此之前已经以马二先生的视角写了女人们的衣着打扮，还写了"也有模样生的好些的，都是一个大团白脸，两个大高颧骨；也有许多疤、麻、疥、癞的"。马二先生甚至还注意到"那些女人后面都跟着自己的汉子"这样的细节，可见马二先生不仅看了女人，还看得相当多，否则他也看不到"许多疤、麻、疥、癞的"女人；他还看得相当仔细，以至于要提醒自己不要看得那么放肆，要小心"那些女人后面都跟着自己的汉子"。不过《儒林外史》中写马二先生遇到那些富贵人家的女客时应该确实"不看女人"了，因为科举考试必读的经书中明确写有"礼不下庶人"这样的训条，对于马二先生来说，无论是皇上还是经书，是都能"给你官做"的，既然看到"御书"要"扬尘舞蹈"一番，对经书中的训条自然也应该有着同样的虔诚，那么，看看庶人女子属于"礼不下庶人"，并无失礼之处，而"那些富贵人家的女客"并非庶人，一定要"非礼勿视"。吴敬梓的写实功力真令人叹为观止，他写马二先生游西湖基本上没有直接的心理描写，但只一句"女人也不看他，他也不看女人"便传达出多少复杂而微妙的内心活动，表现出多么错综而立体的人格！在马二先生复杂微妙的内心活动与错综立体的人格中，读者看不到第二十九回中"到雨花台看看落照"的那种质朴而动人的审美情怀。可以说，尽管吴敬梓认同颜李学派对"文""行"关系的很多看法，但由于对"文章"与审美情怀的重视，《儒林外史》中的"文"也就具有了吴敬梓本人所赋予的不同于颜李学派的个性化内涵，对颜李学派思想中的偏激拘执之处有一定的矫治与超越。

第五章　吴敬梓的《诗》教观与
　　　《儒林外史》中的情感场域

与时代学术思潮相应，吴敬梓《文木山房诗说》①亦颇为重视考据。第 7 则"画工图雷"、第 13 则"群妃御见"、第 14 则"马鹿"、第 15 则"駉虞"、第 18 则"翟茀"、第 25 则"角枕锦衾"、第 31 则"《东山》之四章"、第 36 则"社"、第 37 则"辟雍泮宫"、第 38 则"阳厌"、第 42 则"太王剪商"等是专门进行文字训诂与名物考证的，至于散见于其他则中的考据性文字亦是频繁出现。但从整体上来看，吴敬梓的考据文字多是对明清学者（尤其是杨慎、冯复京、汪琬等）研究成果的大段引用甚至是全录，虽然偶尔也提出其本人的考据见解，但少有坚实之论。尤其是，吴氏之前的钱谦益、朱彝尊都已指出所谓子贡《诗传》乃明人丰坊造伪，毛奇龄还著有《诗传诗说驳义》五卷，《四库全书总目提要》称此书因丰坊伪书"托名于古，乃引证诸书以纠之"。明人虽曾被所谓子贡《诗传》蒙骗一时，但入清以来，学者们多不采信，吴敬梓还在《文木山房诗说》第 21 则"《鸡鸣》与《丰》皆齐诗"中以此书为自己的观点张本，其失考之处是很明

---

① 本书所据《文木山房诗说》采用此书发现者周兴陆《吴敬梓〈诗说〉研究》之附录三《文木山房诗说》（影印），上海古籍出版社 2003 年版。

显的。

吴敬梓不以考据见长，对《诗经》的一些具体解读与评价也只能说是见仁见智的一家之言，但是，即使《文木山房诗说》对于《诗经》学术史来说也许没有那么崇高的地位，它却是我们理解《儒林外史》思想与艺术的重要文本资料。前贤时彦对《文木山房诗说》及其与《儒林外史》的内在关联已作了不少可贵的探索，本书在此基础上论述：吴敬梓阐发《诗》之"义理"颇能突破语言与逻辑层面的局限性，看重情感体验在《诗》教中的重要作用，其创作思想与其个性化的《诗》教观有内在的一致性，使得《儒林外史》致力于对"人生况味"的执着品尝，形成了复杂而微妙、宽广而深邃的情感场域，贯穿着"戚而能谐，婉而多讽"、具有中和之美的情感基调。

第一节 《文木山房诗说》中强调"声教"之实质

《文木山房诗说》前三则"孔子删诗""四始六义之说""《风》《雅》分正变"具有总论的性质，第1则"孔子删诗"虽然只是列举司马迁、孔颖达、欧阳修的说法，对于"孔子删诗"未置然否，但第2则"四始六义之说"有"古列国之诗，劳人怨女所作，太史采而达之天子，孔子论次删存三百余篇"之语，第12则"申女"中又批评王柏"以孔子所不敢删者而彼毅然删之"，可以看出，吴敬梓是倾向于"孔子删诗"的。他在第1则中还引用司马迁高度评价"孔子删诗"的话：

> 古诗三千余篇,及至孔子,去其重,取可施于礼义……三百五篇。孔子皆弦歌之,以求合《韶》《武》《雅》《颂》之音。礼乐自此可得而述,以备王道,成六艺。

在吴敬梓看来,"孔子删诗"的标准是"可施于礼义",认为经过圣人删减过滤的《诗》不可能有违礼之作,因此他基本否定了宋儒的"淫诗"说,《诗经》中被朱熹、王柏等人视为"淫诗"的作品,他常常选择性地引用前人之说或以自己个性化的解读使之"合礼化"。如朱熹《诗集传》称《子衿》为"淫奔之诗",吴敬梓则在第22则征引毛序孔疏及程颐之说,认为此诗的主旨是"刺学校废也";朱熹谓《野有蔓草》乃"男女相遇于野田草露之间"的"淫诗",吴敬梓则在第23则引《韩诗外传》称此作品"为贤人君子班荆定交之作";王柏视《野有死麕》为"淫诗"而在《诗疑》中拟删之,吴敬梓则在第12则中将此诗阐释为"女父母恶无礼之作"。甚至,吴敬梓还常常为《诗》中人物曲为回护,务要使之不与礼义发生太大的冲突。

最为明显的当数第16则"七子之母"了。金兆燕曾在《寄吴文木先生》中云:"一言解颐妙义出,《凯风》为洗万古污。"① 他称赞吴敬梓把长期泼在七子之母身上的污水清理了。吴敬梓本人也对自己的《凯风》诗解读颇为自负,在《儒林外史》中还借杜少卿之口说:

> 即如《凯风》一篇,说七子之母想再嫁,我心里不安。古

---

① 李汉秋编著:《儒林外史研究资料集成》,上海古籍出版社2017年版,第12页。

人二十而嫁，养到第七个儿子，又长大了，那母亲也该有五十多岁，那有想嫁之理？所谓"不安其室"者，不过因衣服饮食不称心，在家吵闹，七子所以自认不是。这话前人不曾说过。①

这样的观点与《文木山房诗说》中第16则"七子之母"的解读并无二致：

窃意"不安其室"云者，或因饮食兴居稍不快意，年老妇人未免嚣诟谇。七子故痛自刻责不能善其孝养，以慰母耳。未必因思再嫁也。古者女子二十而嫁，已生七子，三年乳哺，至第七子成立之时，母年始将五十，岂有作半百老媪而欲执箕帚为新妇者哉！

吴敬梓之所以要为七子之母"洗万古污"，是出于"读孝子之诗而诬孝子之母，予心有不忍焉"这样的感情因素。在吴敬梓看来，孝子之母是不太可能过于违背礼义的，何况孟夫子还说过"《凯风》，亲之过小者也"，于是他把"不能安其室"理解为"或因饮食兴居稍不快意，年老夫人未免嚣诟谇"。另，朱熹《诗集传》释《卷耳》之"陟彼崔嵬"章为"此又托言欲登此崔嵬之山，以望所怀之人，而往从之，则马罢病而不能进。于是且酌金罍之酒，而欲其不至于长以为念也"②，吴敬梓认为太姒思夫竟然"陟岗""饮酒""携仆"实在是有伤礼义，于是认同杨慎之说，在第6

---

① 见《儒林外史》第三十四回。
② 朱熹：《诗集传》，中华书局2018年版，第5页。

则"卷耳"中把"陟岗""饮酒""携仆"的行动主体理解为文王，这样就无损于太姒这个贤后的"光辉形象"了。第 25 则"角枕锦衾"中，吴敬梓认为朱熹《诗集传》中对《葛风》的解读有"荡子行不归，空床难独守"之意，斥其"非诗人温厚之旨"，于是他引毛序孔疏及郑玄《诗笺》，虽然也承认此乃妇人思夫之作，但将思夫放置在祭祀斋戒的背景之下，使之更加显得"发乎情，止乎礼义"。第 42 则"太王剪商"是文字训诂的专论，然而其中亦有"大义"存焉：将"剪"理解为"灭"，则周之先王早就有不臣之心，与礼义大相违背；而将"剪"理解为"戬"，则周之先王"受福于商而大其国"，完全合乎礼义了。从这些说《诗》"合礼化"的例证不难看出，吴敬梓矻矻于对《诗》中"礼义"的阐发，"礼义"是吴敬梓对《诗经》进行"义理"探究的核心着眼点。这也可以解释，《文木山房诗说》中的考证文字有那么多（如第 13 则"群妃御见"、第 15 则"驺虞"、第 18 则"翟茀"、第 25 则"角枕锦衾"、第 31 则"《东山》之四章"、第 36 则"社"、第 37 则"辟雍泮宫"等）都是关乎礼制的。

  认为吴敬梓说《诗》看重"礼义"之教化没有问题，值得注意的是，在吴敬梓的《诗》教观中，有着很明显的推重"声教"之思想倾向。

  《诗经》被认为在流传过程中曾经有过一段合乐的历史阶段，其中，《礼记》与《吕氏春秋》《诗大序》等还把《诗》之合乐提升到了"声音之道，与政通矣"的高度，这种观念对后世的影响极大，吴敬梓不仅引《诗大序》肯定了这种观念，他甚至在《文木山房诗说》第 3 则"《风》《雅》分正变"中，从不少古籍中找到出处，将音乐在教化中具有的作用进一步神秘化了：

> 夫黄帝使素女鼓瑟，帝悲不止，乃破其五十弦而为二十五弦。师旷知南风之不竞，螳螂捕蝉，琴有杀声。山崩钟应，路逢牛铎，识其声为黄钟。凡此皆有声无文，可以占吉凶兴亡之理。天下不乏知音之人，必能辨之。

音乐是否真的能够在教化中具有如此神奇的作用姑且不论，不过，上述言论却足以传达出吴氏《诗》教观的一个重要思想倾向：更强调《诗》"以声为用"的"声教"，而非"以义为用"的"义教"。

《诗经》学史中曾经有过重"声教"还是尚"义教"的争论，最著名的当数郑樵的"诗在于声，不在于义"①与朱熹的"志者诗之本，而乐者其末也"②。概而言之，郑樵立足于诗乐合一的历史事实，对"义理之说日盛，声歌之学日微"颇为不满，明确提出"古诗之声为可贵也"③。而朱熹则着眼于"古乐散亡，无复不考"，已无法"以声求诗"，所以主张"以意逆志"，在《诗经》文本的语言文字与逻辑层面（吴敬梓概括为"章句""谈理"）探寻"义理"④。

吴敬梓《尚书私学序》中有云："夫圣人之经，犹天有日月

---

① 郑樵：《正声序论》，载《通志二十略》，王树民点校，中华书局1995年版，第888页。
② 朱熹：《答陈体仁》，载《朱熹集》卷三十七，四川教育出版社1996年版，第1674页。
③ 郑樵：《乐府总序》，载《通志二十略》，第883页。
④ 朱熹：《答陈体仁》，载《朱熹集》卷三十七，第1674页。

也。日月照临之下，四时往来，万物化育，各随其形之所附，光华发越，莫不日新月异。学者心思绅绎，义理无穷，经学亦日益阐明。"又批评今古文真伪之争"究何当于《书》之义理"，非常标举经学之"义理"①。吴氏对"圣人之经"的"义理"一向很看重，无论是对朋友治经的赞美，还是治经乃"人生立命处"的说法②，无不着眼于"义理"。这样的倾向性在《文木山房诗说》中当然也并不例外。不过，在《文木山房诗说》中，吴敬梓还明确提出，《诗》之义理更多蕴藏于"语言文字之外"，而"章句"与"谈理"着眼于文本的"义教"则因拘执语言与逻辑而表现出这样那样的局限性。如《文木山房诗说》第2则"四始六义之说"指出，《诗经》中的作品以语言文字为载体进行表达时，往往会"所咏在此，所感在彼。读其诗者所闻在彼，所感在此，浸淫于肺腑肌骨之间，而莫可名状"，"章句之学"则受限于"所言在此"，于是"所感即在此"，不能在"语言文字之外"体验到作品中所要传达的真实情感；第9则"汉神"中，吴敬梓以在《楚辞》中体验到的情感解读《汉广》，指责"谈理之儒"之"欲为道学，不知俱堕入俗情"；此外，吴氏还在第2则集中指出"义教"会有"拘于卷轴""循其义例""拘室不通""缪辖决裂""牵扭附会""其泥亦太甚矣"等许多弊病。

与之相应，在吴敬梓看来，《诗》之"声教"则能够借助"聆音"来"得其兴亡之故""占吉凶兴亡之理""见于几先"（第3则"《风》《雅》分正变"），大大超越了语言文字作为"义理"载体的局限性。按照他的说法，"声教"虽然"已失其传"，今人已无

---

① 李汉秋编著：《儒林外史研究资料集成》，第47页。
② 同上书，第11页。

法"聆音而知其故",但是,在人们不得不经由文本来阐发义理时,却可以借鉴"声教"以音乐作为"义理"载体所具有的优势。与语言文字相比,音乐作为"义理"载体的优势正是传达情感而不是进行抽象思辨、逻辑推演。而且,"声教"本身确实暗含着对情感体验的重视,"治世之音安以乐""乱世之音怨以怒""亡国之音哀以思"之类的说法也正是从情感体验的角度揭示"声音之道,与政通矣"的。吴敬梓所举黄帝、师旷、蔡邕等例也都是通过"聆音"的情感体验以"占吉凶兴亡之理"。可以说,看重"声教"使得吴敬梓在《文木山房诗说》中进行义理探究时有着一个重要特征:非常注重探究体验《诗经》作品中的情感内涵。

以第20则"鸡鸣"为例,吴敬梓认为朱熹与诸儒皆未得《女曰鸡鸣》一诗之"妙在何处"。在他看来,此诗之"义理"不是要在语言与逻辑层面给出缺少生命温度的标准与规范,而是让人在"乐天知命"的情感体验中受到教化。吴敬梓先是描绘了"功名富贵之念热于中"所引发的负面情感:

> 惟功名富贵之念热于中,则夙兴夜寐,忽然而慷慨自许,忽焉而潦倒自伤。凡琴瑟缶尊,衣裳弓缴,无一而非导欲增悲之具。妻子化之,五花诰、七香车,时时结想于梦魂中,蒿簪綦缟亦复自顾而伤怀矣。故王章牛衣之泣,泣其贫也。所以终不免于刑戮。即伯鸾之妻,制隐者之服,犹欲立隐之名也。

然后细致分析了诗中之"士"与其妻子"乐天知命"的具体情感状态:

> 此士与女岂惟忘其贫，亦未尝有意于隐。遇凫雁则弋，有酒则饮，御琴瑟则乐，有朋友则相赠士，绝无他日显扬之语以骄其妻女，亦无他日富贵之想以责其夫。优游暇日，乐有余闲。

最后强调若"比户尽如此士女"，都能认同并具有诗中的"乐天知命"之情，自然就能实现"风动时雍"的社会和谐，而《诗》教对"人心政治"的重要作用才能得到实现。

又如第 30 则"豳"，吴敬梓高度评价《豳风·七月》之诗"化工肖物，上下与天地同流，后之君子莫能赞一词矣"，并非称赞此诗的写实技巧，而是强调此诗写出了弥漫于天地之间的和乐之情，所谓"女服事乎内，男服事乎外。上以诚爱下，下以忠利上。父父子子夫夫妇妇，养老而慈幼，食力而助弱。其祭祀也时，其燕饔也节"，所谓"鸟语虫吟草荣木实，四时成岁。此邠之《五行志》也。衣桑食稻，敬老慈幼，室家敦和，此邠之《礼乐谱》也。染人冰人，狩猎祭飨，邦国秉礼，此邠之《宪章录》也"。在吴敬梓看来，这样的和乐之情是礼乐教化的结果，而礼乐教化绝非着眼于语言逻辑的"义教"层面进行灌输，而是通过"感以礼乐"也即唤起情感体验的方式"使之不违礼"。

吴敬梓曾经针对八股取士之科举制度质疑过"如何父师训，专储制举才"[①]，对人才的教育问题非常看重。《文木山房诗说》第 22 则"子衿"是集中探讨人才教育问题的，此外，第 34 则"菁菁者

---

① 李汉秋编著：《儒林外史研究资料集成》，第 15 页。

莪"取《诗序》之说，认为《菁菁者莪》一诗"主于育材"；第37则"辟雍泮宫"大段引述了杨慎关于学校制度变迁的考证。值得注意的是，于第22则"子衿"中探讨人才的教育问题时，吴敬梓强调，人才的败坏在很大程度上取决于"人情"的变迁：治世之时"不率教者，有至于移屏不齿"，而乱世之中"人情莫不肆情废惰，为自弃之人。虽有贤者欲强于学，亦岂能也"。

《文木山房诗说》中，举凡对义理进行阐发之时，总是离不开对情感内涵的个性化分析。除了前举典型例证之外，吴敬梓对《诗》进行"合礼化"的主要手段就是通过对主流义理阐释的重新阐释，使已发之"情"止乎礼义：第12、22、23则把一般理解的男女之情分别置换为"女父母恶无礼"、恶教育事业之荒废、贤人君子之友情等具体情感内涵，这样就使此类曾被理解为书写男女之情的作品不再有"淫诗"之嫌。至于第4则"后妃"中将"寤寐""辗转"解读为"太姒得荇菜，以供宗庙之祭"的敬慎之情；第9则"汉神"中将全诗主旨理解为"江汉之人，佩文王之德化而不得见文王，因祠汉神以致其缠绵爱慕之意，幽渺恍惚之思"；第10则"父母孔迩"将情感主体由一般所理解的"妇人"变为"仕于商纣之朝，知国事之日非，见伐木于汝水之侧者，动良禽择木之思"的"家贫亲老之君子"；第24则"魏风"中认为"《葛屦》似恶晋献之褊心不能容诸侯也。《汾沮洳》似言毕万虽美，非我族类也。《园有桃》，所南之'一砺再砺，至于数十砺也'。《陟岵》，蔡子英之歌七章也。《十亩之间》，渊明之《归去来》也。《伐檀》，西台痛哭也。至于《硕鼠》，则恶晋已极，宁适他国，不乐居此"……无不是通过对情感内涵的重新诠释来论证吴氏本人所认为的"诗"之"义理"。总之,对于吴敬梓而言,圣人经典中的"义理"不是抽象空洞的形式化之"虚理",而是渗透着情感体验的、具有感性显现的"情理"。可以说,吴敬梓强调"声教"的实质其实是推重以"情"教化。历史上,关注《诗》之"声教"者本来就有这样一种思路,且不说孔颖达在为《诗大序》作《疏》时已明言:"声能写情,情皆可见。"① "诗各有体,体各有声,大师听声得情,知其本意。"② 距吴敬梓时代较近的明末侯玄泓亦曾旗帜鲜明而又言简意赅地指出:"《诗》之为用者声也,声之所以用者情也。"③

第二节 《儒林外史》对"义教"之局限性的揭示

与"义教"对应的认知方式在把握"义理"时具有很大的局限性:只能在"章句"与"谈理"这样的语言逻辑层面进行操作,而语言与逻辑又只能以空洞抽象的方式罗列出"教条",对人之"应然"作出"指示",这就使得儒者所期待的"义理"所能够具有的规范与引领作用在现实中其实微乎其微。因为,"教条"的"指示"对于人之生命个体来说毕竟是外在、"异己"的存在,具有一定的强制性与压抑性,如果没能得到个体自我的情感认同,没

---

① 毛亨传、郑玄笺、孔颖达疏:《毛诗正义》上册,载李学勤主编《十三经注疏》,《十三经注疏》整理委员会整理,北京大学出版社1999年版,第7页。
② 毛亨传、郑玄笺、孔颖达疏:《毛诗正义》上册,载李学勤主编《十三经注疏》,第12页。
③ 侯玄泓:《与友人论诗书》,载周亮工《尺牍新钞》,岳麓书社2016年版,第312页。

能把命令式的人之"应然"内化为意愿式的人之"欲然",就算个体自我遵循了"教条"的"指示",那也只是出于对外界压力或"教条"之权威性的情感认同,归根结底还是要在情感的驱动下,才能实现"义理"所可能具有的规范与引领作用。缺少了情感的驱动,"义理"之教化不过是外部形式而已,只能体现出语言与逻辑的空洞性与抽象性,无法实现对生命个体的良性培育与塑造。吴敬梓在《儒林外史》中以小说的形象性与直观性很好地揭示了这一点。

《儒林外史》中被讽刺否定的士人言必称代圣贤立言,动辄以"理"为自己找出种种高尚的借口,他们的情感取向与具体行事却总是与圣贤之"义理"相悖离。高翰林的一席话很有代表性:

> 到他父亲,还有本事中个进士,做一任太守,已经是个呆子了:做官的时候,全不晓得敬重上司,只是一味希图着百姓说好;又逐日讲那些"敦孝弟,劝农桑"的呆话。这些话是教养题目文章里的词藻,他竟拿着当了真,惹的上司不喜欢,把个官弄掉了。①

"敦孝弟,劝农桑"居然被视为"呆话",是"教养题目文章里的词藻",不可"拿着当了真",可见,作为圣贤义理载体的语言文字对于高翰林等人来说只是为文章增色的漂亮形式而已,能够凭文章中进士才算"有本事"。也就是说,高翰林之流对圣贤义理

---

① 见《儒林外史》第三十四回。

并不认同，他们真正的情感取向乃是对功名富贵的热衷；他们的具体行事当然也不是对圣贤义理的践行，而是对功名富贵的追逐。他们对儒家经典的"章句"想必很是熟悉，他们"谈理"之时自然也是头头是道，可正是这样的熟悉与头头是道彰显了侧重于"章句"与"谈理"之"义教"的局限性：其传递的只是作为义理载体之语言与逻辑等外部形式而已，并不是义理本身，徒有其表，不能改变人内在的情感取向，更不能改变人的具体行事。尤为可悲的是，这些外部形式甚至还会沦为无良士人追名逐利的敲门砖、掩饰丑恶行径的遮羞布与欺压损害别人的棍棒凶器。

例如，明明是见钱眼开，王德、王仁兄弟凭"我们念书的人，全在纲常上做了工夫；就是做文章，代孔子说话，也不过是这个理"① 这样的说法"占据"了道德高地，只怕连他们自己也以为把赵氏扶正不是因为拿了严监生一百五十两银子，而是因为他们要伸张正义。可是，"寡妇含冤控大伯"之时，赵氏最需要他们伸张正义之际，二人却"坐著就像泥塑木雕的一般，总不置一个可否"，因为此时不仅无利可图，而且会得罪严贡生。然而此二人是不会对自己真实的情感取向有所反思的，有所反思就不难看出，他们诚心所好的不是什么"纲常"，而是利益；他们真正所恶的也不是什么悖理，而是自己受损。没有反思倒也罢了，"次日商议写覆呈"，这两人又抛出一句"身在黉宫，片纸不入公门"，不仅有"明哲保身"之效，而且又一次享受了站在道德高地俯视众生的优越之感。此时，作为义理载体之语言与逻辑等外部形式，不仅未能促进士人

---

① 见《儒林外史》第五回。

的自我反省，还会因其占据道德高地的假象遮蔽士人的良知。《儒林外史》中，范进本来有"不知大礼上可行得"的不安，却被张静斋一句"礼有经，亦有权，想没有甚么行不得处"① 打消了顾虑，也体现出了这种遮蔽。此外，匡超人本来是个孝子，起先对人也颇为厚道，当他变质堕落之后，冠冕堂皇的一席话（"本该竟到监里去看他一看，只是小弟而今比不得做诸生的时候。既替朝廷办事，就要照依着朝廷的赏罚。若到这样地方去看人，便是赏罚不明了"）也可表明他的良知已被语言与逻辑等外部形式遮蔽了。

如果说匡超人还只是被语言与逻辑等外部形式遮蔽了良知，严贡生与匡超人口吻相似的一番话则是主动地昧着良知去满足自己的私欲：

> 严贡生道："岂但二位亲翁，就是我们弟兄一场，临危也不得见一面。但自古道：'公而忘私，国而忘家。'我们科场是朝廷大典，你我为朝廷办事，就是不顾私亲，也还觉得于心无愧。"②

匡超人固然友道有亏，但毕竟还只是不去探望狱中的潘三，并未生心害友。严贡生所谓"为朝廷办事"是假，他心里也清楚自己是因为恶行败露而逃窜在外；而所谓"不顾私亲"是真，后面他果然凶相毕露地侵夺弟产。严贡生以语言与逻辑等外部形式"占据"道德高地并不是被假象遮蔽，他清楚地知道自己事实上并没有占据

---

① 见《儒林外史》第四回。
② 见《儒林外史》第六回。

道德高地。但这样的事实对他来说一点儿都不重要，他本来需要的就只是通过主动制造占据了道德高地的假象，来实现自己不可告人的目的。此时，作为义理载体之语言与逻辑等外部形式已被严贡生用为害人的凶器了。

正是因为看到了"义教"的局限性，《儒林外史》中，寄托作者人格理想的正面人物形象从来不在"章句"与"谈理"的层面论说"义理"，他们总是以情感取向与具体行事呈现着他们对"义理"的理解。

例如，以作者自己作为生活原型的杜少卿也著有《诗说》，《儒林外史》中还展示了杜少卿对《凯风》与《女曰鸡鸣》二诗的个性化解读，与《文木山房诗说》并无二致：前者出于"读孝子之诗而诬孝子之母，予心有不忍焉"这样的情感取向体贴、揣摩七子之母所谓"不安其室"究竟是怎样一种具体的情感；后者则对士君子夫妇两人"绝无一点心想到功名富贵上去，弹琴饮酒，知命乐天"的情感状态表现出由衷的欣赏钦羡。杜少卿对《溱洧》一诗的解读不见于《文木山房诗说》：

> 杜少卿道："据小弟看来，《溱洧》之诗，也只是夫妇同游，并非淫乱。"季苇萧道："怪道前日老哥同老嫂在姚园大乐！这就是你弹琴饮酒，采兰赠芍的风流了。"众人一齐大笑。①

被后人视为"淫诗"的《溱洧》在"夫妇同游"的解读下，

---

① 见《儒林外史》第三十四回。

变成了"采兰赠芍的风流",吴敬梓的情感取向还是很清楚的:认同"夫妇同游"的游赏之乐与人伦间的互敬互爱之情。这样的情感取向自然而然地引发了杜少卿携妻游山、"在姚园大乐"的举动,吴敬梓于是又以小说中人物的具体行事诠释着对《溱洧》一诗的理解。

又如《儒林外史》写王冕拒见时知县所说"段干木、泄柳的故事"出自《孟子·滕文公下》,孟子回答公孙丑"不见诸侯,何义"的问题时正是举了"段干木逾垣而辟之,泄柳闭门而不内"的例子。至于"假如我为了事,老爷拿票子传我,我怎敢不去?如今将帖来请,原是不逼迫我的意思了,我不愿去,老爷也可以相谅"的说法则暗用了《孟子·万章下》中"召之役则往役,君欲见之,召之则不往见之"的意思。孟子将"位""德"视为两套不同的价值系统:从"位"的角度来说,"士"应当恪守君臣尊卑之礼,所以"召之役则往役";从"德"的角度来说,"士"应当有"以德,则子事我者也,奚可以与我友"的自信与自尊,"位"在其上者如果"欲见贤人而不以其道","士"完全可以拒绝会见以体现"德"高于"位"的尊严。可以看出,《孟子》中的此种义理在《儒林外史》中同样没有以"章句"与"谈理"的形式呈现出来,仍是通过具体行事("段干木、泄柳的故事"及王冕不见时知县)与情感取向("我不愿去""我是不愿去的")来揭示。

第三节 "主情"的《诗》教观与《儒林外史》中的"人生况味"

宁宗一先生在《〈儒林外史〉:伟大也要人懂》一文中曾精辟地

指出,"面对人生的乖戾与悖论,承受着由己及人以及由人及己的心灵震动",《儒林外史》中"用生命咀嚼出的人生况味也许是前无古人的。吴敬梓的伟大在于他没有居高临下地裁决生活,而是以一颗悲天悯人的心灵去体察人们生活中的各种滋味。于是,《儒林外史》不再简单地注重人生的社会意义和是非善恶的简单评判,而是倾其心力于人生的况味的执着品尝,倾心地展示的是他的主人公和各色人等的人生行进中的特异感受与生命体验"。"小说从写历史、写社会、写风俗到执意品尝人生的况味,这就在更宽广、更深邃的意义上表现了人性和人的心灵深层。"宁先生言简意赅地揭示出《儒林外史》和一般的叙事作品不同,除了对历史、社会与风俗的外部描写之外,还"在更宽广、更深邃的意义上表现了人性和人的心灵深层"。《儒林外史》之所以具有这样的艺术表现力,在很大程度上是因为吴敬梓"倾其心力于人生的况味的执着品尝""执意品尝人生的况味""承受着由己及人以及由人及己的心灵震动""以一颗悲天悯人的心灵去体察人们生活中的各种滋味"。宁先生所说的"人生况味"基本上可理解为由"心灵震动""悲天悯人""生活中的各种滋味""特异感受""生命体验"等营建而成的情感场域,这样的情感场域既有吴敬梓本人生命历程中的情感体验,对"人们生活中"及《儒林外史》中"主人公和各色人等"之情感体验的感同身受,还有他"由己及人以及由人及己"的情感互动之后产生的情感体验。

　　《文木山房诗说》中对明清时人引用最多的是杨慎,共计三处,分别是第 6 则"卷耳"、第 31 则"《东山》之四章"与第 37 则"辟雍泮宫",而且都是全录,所引篇幅在整个《文木山房诗说》

中都是最多的,可见吴敬梓对杨慎的观点有较高的认同度。杨慎曾提出:"唐人诗主情,去《三百篇》近;宋人诗主理,去《三百篇》却远矣。匪惟作诗也,其解诗亦然。"① 他认为《诗经》主要是以"情"教化而非以"理"教化,明确地把"主情"视为"作诗"与"解诗"的重要原则。如前所述,吴敬梓推重"声教"的《诗》教观,其实质是强调《诗》以"情"教,与之一致,他在《儒林外史》的创作中亦像杨慎那样秉持"主情"原则。作为具有思想家气质的作家,吴敬梓在《儒林外史》中没有通过抽象的说理与空洞的议论来表达自己的思想观念,恰恰相反,《儒林外史》中的人物在说理与议论时常常正是被吴敬梓讽刺否定的。不仅前面所举高翰林、王氏兄弟、匡超人、严贡生等被吴敬梓口诛笔伐,就连古道热肠的马二先生关于"'举业'二字是从古及今人人必要做的"之长篇大论也被大加鞭挞。《儒林外史》中还以近乎笔墨游戏的文字写了陈和甫儿子的说理与议论,这并非吴敬梓的原创,是流行于扬州一带的笑话,石成金刊于乾隆四年(1739年)的《笑得好》二集中的"要猪头银子"一则所述即此笑话。扬州是吴敬梓非常喜爱与常去的地方之一,他把这样的笑话略加改变写于《儒林外史》之中,并非只是形成了一段谐趣文字,而是对说理与议论之实际效果的一种深刻揭示:陈和甫儿子的说理与议论完全符合逻辑,他所作的假设也都能推出他所说的结论。然而,孰是孰非之所以一目了然,是因为他所作的假设在实际中并不存在。进而言之,说理与议论虽然可以符合逻辑与圣贤之言等外部形式,却会缺少实

---

① 杨慎:《升庵诗话笺证》,王仲镛笺证,上海古籍出版社1987年版,第111页。

际内容，使得这些形式变成空洞与虚假之物。

吴敬梓在《儒林外史》中并不以说理议论的方式表现自己的思想智慧，而是通过情感场域的营建传达出丰富而深刻的"人生况味"，以对"人生况味"的执着品尝发人深思、启人智慧。

例如，说吴敬梓揭露、批判了科举制度对读书人心灵的毒害，这样的评语实在是太隔靴搔痒了。所谓揭露、批判，很多时候不过是一种能够做给人看的外部姿态，是简单浅薄的情绪宣泄，缺少深刻的反思与触动心灵的力量。吴敬梓则不仅写出了范进特定人生经历中的情感体验，还把自己人生经历中的情感体验投射在范进身上：吴敬梓也曾有着很强的功名心，渴望通过求取功名为家族争光。可他在十八岁考取秀才后，屡困场屋。好不容易，二十六岁那年，他去滁州参加科考预试，成绩不错，自我感觉挺好。然而他平时放荡不羁的言行传到考官耳中，吴敬梓怕会影响后面乡试的录取，求见考官，卑躬屈膝地"匍匐请收"，为了功名甚至不要人格尊严了，可见其当时功名心之强。即便如此，吴敬梓在参加乡试时还是因考官认为他"文章大好人大怪"而黜落，而且以后参加乡试都未能博得一第。直到三十四岁那年，他在《乳燕飞》词中还自责对不起"家声科第从来美"的家族，为"三十诸生成底用？赚虚名，浪说攻经史"而愧悔得痛哭流涕。总之，吴敬梓深谙科举失利、久困场屋的种种滋味，他在《儒林外史》中写范进并不是要简单地塑造一个可怜、可悲、可叹、可笑的人物形象，而是把自己亲尝亲历的特定情感体验贯注到作品之中：一方面由己及人，与作品中的人物共感同受；另一方面由人及己，在讽刺作品中人物的同时，有着对自己的嘲弄、反观与拷问。在由人及己与由己及人的情感交互中，吴敬梓描绘出科举制度所造成的刻骨铭心之"人生况味"，对科举制度阴暗面的揭露和批判才真正入木三分、撼人心魂。

再看看吴敬梓塑造杜少卿这个重要人物形象时所表现出的情感场域。众所周知，吴敬梓塑造这个人物形象是以自己为生活原型的，耐人寻味的是，他笔下的艺术真实对于其本人的生活真实作了较大的改造。

吴敬梓在《儒林外史》中塑造杜少卿这个人物形象时，略去了自己"秃衿醉拥妖童卧""老伶少蛮共卧起""伎识歌声春载酒""赢得才名曲部知"等狎优弄娈的生活经历，凸显杜少卿扶危济困、仗义疏财的一面，着意把杜少卿描绘成"海内英豪，千秋快士""天下豪士，英气逼人"[1]，"是自古及今难得的一个奇人"[2]！需要指出的是，吴敬梓对生活真实的这种艺术改造不是浅薄的自褒自赞，而是在经历了灵魂拷问与情感纠葛之后，在杜少卿这个人物形象中寄托了自己一定的人格理想与思想观念。

乾隆元年（1736年）以病辞却博学鸿词科的廷试是吴敬梓生命和心灵的转折点。这一年，经县学训导唐时琳的保举、安徽学政郑江的荐扬、安徽巡抚赵国麟的批准，吴敬梓参加了博学鸿词科的学、抚、督院的考试，其中在督院的考试中只作了一首试帖诗《赋得秘殿崔嵬拂彩霓》，并没有终场就匆匆离开了。至于吴敬梓为什么没有终场，学界一直有争论。不过，从吴敬梓辞却博学鸿词科廷试前后所创作的诗词作品来看，其思想中的"出处"立场是一个非

---

[1] 见《儒林外史》第三十三回。
[2] 见《儒林外史》第三十四回。

常重要的原因。其中经历了"治生儒者事，谋道古人心"[1]的深刻自省，触动了"可怜贫贱日，只是畏人多"[2]的悲凉感喟，饱尝了"往事随流水，吾生类转蓬"[3]的漂泊之感，引发了"回思年少日，流浪太无凭"[4]的忏悔之思……这比当年"男儿快意贫亦好""两眉如戟声如虬"[5]的少年意气增加了不少深沉与浑厚，滤去了许多浮躁与轻佻，但他并没有因此而消磨掉"抗志慕贤达"[6]"侯门未曳裾"[7]的高怀，"邺侯风骨谪仙狂，白下空台咏凤凰"[8]"嗜酒嵇中散，窥园董仲舒"[9]的雅致，"声声寄我长相思"[10]"共唱方回断肠词"[11]的深情，"修竹千竿酒千樽"[12]"幽草绿遥寻古刹"[13]的逸兴。吴敬梓生命历程中的种种情感体验净化了他的心灵，实现了他的精神成长，他塑造杜少卿这个人物形象并非美化自己的过往，而

---

[1] 吴敬梓：《遗园四首》之二，载李汉秋、项东升《吴敬梓集系年校注》，中华书局2016年版，第110页。
[2] 吴敬梓：《遗园四首》之四，载李汉秋、项东升《吴敬梓集系年校注》，第111页。
[3] 吴敬梓：《风雨渡扬子江》，载李汉秋、项东升《吴敬梓集系年校注》，第118页。
[4] 吴敬梓：《春兴八首》之三，载李汉秋、项东升《吴敬梓集系年校注》，第135页。
[5] 吴檠：《为敏轩三十初度作》，载李汉秋、项东升《吴敬梓集系年校注》，第318页。
[6] 吴敬梓：《登周处台同王溯山作》，载李汉秋、项东升《吴敬梓集系年校注》，第133页。
[7] 吴敬梓：《春兴八首》之五，载李汉秋、项东升《吴敬梓集系年校注》，第136页。
[8] 吴敬梓：《寄李啸村四首》之二，载李汉秋、项东升《吴敬梓集系年校注》，第129页。
[9] 吴敬梓：《春兴八首》之五，载李汉秋、项东升《吴敬梓集系年校注》，第135页。
[10] 吴敬梓：《杨柳曲送别沈五遂初》，载李汉秋、项东升《吴敬梓集系年校注》，第125页。
[11] 吴敬梓：《寄怀章裕宗二首》之二，载李汉秋、项东升《吴敬梓集系年校注》，第128页。
[12] 吴敬梓：《寄李啸村四首》之四，载李汉秋、项东升《吴敬梓集系年校注》，第129页。
[13] 吴敬梓：《过丛霄道院》，载李汉秋、项东升《吴敬梓集系年校注》，第146页。

是很好地表现出这样的净化与成长。

虽然吴敬梓也曾和僧人道士交往,但他整体的思想立场还是儒家的。不是说选择"处"而非"出"就是道家思想占了上风,其实儒家思想本身就有自己的"出处"立场。《儒林外史》第一回是开宗明义的《说楔子敷陈大义　借名流隐括全文》,通过王冕这个"名流"针对八股取士所说的一句话,揭橥出全文的"大义"来:士人对待功名富贵的态度应当以"文行出处"的特定立场为标准。所谓"文行出处"正是典出儒家经典:前者见于《论语·述而》:"子以四教:文、行、忠、信。"后者见于《周易·系辞上》:"君子之道,或出或处。"

在南京参加学院的考试,吴敬梓没有什么犹豫,可是,离开南京、告别亲友去安庆参加抚院的考试,他就有所沉吟了。吴敬梓开始衡量为了功名富贵奔波涉险是否值得:"独怜涉险总无端,橹声轧轧波声里。"[1] 他开始认识到功名富贵的虚幻无凭:"壮不如人,难求富贵;老之将至,羞梦公卿。""恩不甚兮轻绝,休说功名。"[2] 他开始淡化了青少年时期的愤激矫厉,心灵更趋于平和宁静:"一帘烟雨,半炉香雾,坐听流莺啭。"[3]

辞却博学鸿词科廷试前后,吴敬梓对功名富贵的态度有一定的反复。一方面,他很想冲破功名富贵的羁绊,维护士人的人格尊

---

[1] 吴敬梓:《踏莎行·麂韭香浓》,载李汉秋、项东升《吴敬梓集系年校注》,第367页。
[2] 吴敬梓:《内家娇·生日作》,载李汉秋、项东升《吴敬梓集系年校注》,第393页。
[3] 吴敬梓:《青玉案·途次怀王溯山》,载李汉秋、项东升《吴敬梓集系年校注》,第372页。

严,追求"带月卧孤篷,酾酒催三桨。也博得、十分酣畅"①,"终南太华都休问,只思寻、深洞岩壑"②,"煮茗消闲话"③,"新诗漫与。且邀得,狂朋怪侣"④,"一龛佛火,一炉茶影,一床诗卷"⑤等生活情趣。另一方面,经济的拮据、身体的病痛也使他免不了叹穷嗟卑、艳羡荣华:"夫何采薪忧,遽为连茹厄?人生不得意,万事皆怼怼。"⑥"词赋梁园客,肌肤姑射仙。何人金殿侧,簪笔祝丰年。"⑦"安得与卿登玉版,大罗天上看书碑。"⑧不过,看到参加了廷试的族兄吴檠落第之后黯然而归,看到扶病参加廷试的李希稷命殒京师,尤其是看到平生至交程廷祚不愿依附宫保大人而遭罢黜,他开始庆幸自己的选择是正确的,为自己能够"却聘"而感到自豪——"却聘尔良难"⑨,并自比为拒绝嫁入豪门的贫女:"自缘薄命辞徵币,那敢逢人怨蹇修?"⑩吴敬梓自比为自由自主的"汉皋女",而不愿做仰君王鼻息的宫中爱宠。⑪乾隆四年(1739年),他写下一首怀古诗《左伯桃墓》,诗中肯定了左伯桃与羊角哀的深挚

---

① 吴敬梓:《惜黄花·采石》,载李汉秋、项东升《吴敬梓集系年校注》,第369页。
② 吴敬梓:《桂枝香·望九华》,载李汉秋、项东升《吴敬梓集系年校注》,第378页。
③ 吴敬梓:《虞美人·贵池客舍晤管绍姬周怀臣汪荆门姚川怀》,载李汉秋、项东升《吴敬梓集系年校注》,第380页。
④ 吴敬梓:《西子妆·蒲剑方交》,载李汉秋、项东升《吴敬梓集系年校注》,第383页。
⑤ 吴敬梓:《水龙吟》,载李汉秋、项东升《吴敬梓集系年校注》,第388页。
⑥ 吴敬梓:《丙辰除夕述怀》,载李汉秋、项东升《吴敬梓集系年校注》,第181页。
⑦ 吴敬梓:《元夕雪》,载李汉秋、项东升《吴敬梓集系年校注》,第184页。
⑧ 吴敬梓:《闲情四首》之四,载李汉秋、项东升《吴敬梓集系年校注》,第193页。
⑨ 吴敬梓:《酬青然兄》,载李汉秋、项东升《吴敬梓集系年校注》,第202页。
⑩ 吴敬梓:《贫女行二首》之一,载李汉秋、项东升《吴敬梓集系年校注》,第205页。
⑪ 吴敬梓:《美女篇》,载李汉秋、项东升《吴敬梓集系年校注》,第207页。

友情,"良足敦友谊",底下却笔锋一转,批评两人汲汲于功名富贵:"胡乃急荣遇?"最后以明志述怀收束全篇:"亦有却聘人,灌园葆贞素。"① 这首诗在吴敬梓所有的作品中有着重要的意义,标志着吴敬梓已从"出""处"之间的徘徊之中走了出来,尽管后来穷困潦倒的处境并没有得到改善,他也深知这样的处境充满了痛苦坎坷②,但是他后来一直坚定地选择了"隐居以求其志",不因追求功名富贵而"降志""辱身"。领略了这样的人生况味,我们才能看到,小说中杜少卿辞征辟之潇洒果决的背后有着作者怎样的内心挣扎与最后确定下来的人生选择,看到作者一方面把自己特定的情感体验贯注到作品之中,另一方面以作品中人物的言行体现作者对"出处"观念某些具体内涵的情感认同。作者的情感与作品中人物的情感碰撞交织,整体性的人生况味与片段式的情感体验融贯互渗,形成了复杂而微妙、宽广而深邃的情感场域。这样的情感场域使得《儒林外史》中的思想观念得到很好表达,值得研究者深入探讨。

第四节 "温柔敦厚"的《诗》教观与
《儒林外史》中的情感基调

《文木山房诗说》第 25 则"角枕锦衾"中,吴敬梓批评朱熹

---

① 吴敬梓:《左伯桃墓》,载李汉秋、项东升《吴敬梓集系年校注》,第 214 页。
② 甚至在去世前不久,当得知程晋芳比以前更加贫困时,吴敬梓握着程的手,流泪感叹道:"子亦不到我地位,此境不易处也,奈何!"(程晋芳:《勉行堂文集》卷六)他并非不以自己选择的生活为苦,然而他一直没有放弃自己的选择。

对《葛风》一诗的解读"非诗人温厚之旨";《尚书私学序》里又从"气体温厚"的角度高度评价江昱之诗。这样的例证可以表明吴敬梓对"温柔敦厚,《诗》教也"之传统《诗》教观的认同与看重。

自从《礼记·经解》中出现"孔子曰:入其国,其教可知也。其为人也,温柔敦厚,《诗》教也""《诗》之失愚""温柔敦厚而不愚,则深于《诗》者也"的说法,"温柔敦厚"的《诗》教观便产生了深远的影响。本书无意梳理历史上错综复杂、众说纷纭的《诗》教观,主要是结合便于理解吴敬梓本人《诗》教观的相关言说进行论述。

《礼记·经解》谈到的是六经之教,由"其为人也,温柔敦厚"之语可知,"温柔敦厚"本是就人格特征、性情气质而言的。孔颖达《疏》最早明确阐发"温柔敦厚"的具体内涵:"温,谓颜色温润;柔,谓情性和柔。《诗》依违讽谏不指切事情,故云'温柔敦厚',是《诗》教也。"[1] 可以看出,孔颖达释"温""柔"还是就性情气质而言,但"《诗》依违讽谏不指切事情"[2] 云云则已是就《诗》之表达形式而言。《诗大序》没有直接言及"温柔敦厚",但经由郑《笺》孔《疏》,其不少说法在后世常常被认为是"温柔敦厚"之《诗》教观的一些具体体现。其中,"上以风化下,下以风刺上,主文而谲谏"就是被理解为《诗》之形式特征,如郑《笺》云:"风化、风刺,皆谓譬喻,不斥言也。主文,主与乐

---

[1] 郑玄注、孔颖达疏:《礼记正义》,载李学勤主编《十三经注疏》,第1368页。
[2] 郑玄注、孔颖达疏:《礼记正义》,载李学勤主编《十三经注疏》,第1369页。

之宫商相应也。谲谏,咏歌依违,不直谏。"① 孔《疏》云:"其作诗也,本心主意,使合于宫商相应之文,播之于乐,而依违谲谏,不直言君之过失,故言之者无罪。人君不怒其作主而罪戮之,闻之者足以自戒。人君自知其过而悔之,感而不切,微动若风,言出而过改,犹风行而草偃,故曰'风'。"② 这些说法都强调《诗》之形式特征不是"直言""斥言",而是要委婉表达,"合于宫商相应之文"。需要指出的是,此处郑孔二氏强调《诗》之合乐有着特殊意义。

"孔子时代,《诗》与乐开始在分家。从前是《诗》以声为用,孔子论《诗》才偏重在《诗》义上去。到了孟子,《诗》与乐已完全分了家,他论《诗》便简直以义为用了。"③ 孔颖达也明确指出《诗》、乐是两种不同之"教",所谓"歌其声谓之乐,诵其言谓之诗,声言不同,故异时别教"④,"若以声音、干戚以教人,是乐教也;若以《诗》辞美刺、讽喻以教人,是《诗》教也"⑤。尽管如此,诚如朱自清先生所指出的,即使在《诗》、乐分家之后,"论乐的不会忘记《诗》""论《诗》的也不能忘记乐"⑥,前述郑《笺》孔《疏》所强调的《诗》要合乐便是这种情形。只不过,由

---

① 毛亨传、郑玄笺、孔颖达疏:《毛诗正义》上册,载李学勤主编《十三经注疏》,第7页。
② 毛亨传、郑玄笺、孔颖达疏:《毛诗正义》上册,载李学勤主编《十三经注疏》,第12页。
③⑥ 朱自清:《诗言志辨》,凤凰出版社2008年版,第128页。
④ 毛亨传、郑玄笺、孔颖达疏:《毛诗正义》上册,载李学勤主编《十三经注疏》,第13页。
⑤ 郑玄注、孔颖达疏:《礼记正义》,载李学勤主编《十三经注疏》,第1369页。

于处在古乐已经失传的时代,他们强调《诗》要合乐自然不可能是依古乐歌《诗》或按照古乐作《诗》,而是别有宗旨。孔氏为《诗大序》"移风俗"所作之《疏》其实已经泄露了天机:"此序言诗能易俗,《孝经》言乐能移风俗者,诗是乐之心,乐为诗之声,故诗、乐同其功也。"① 这里说得很清楚,所谓"《诗》与乐合"是《诗》教与乐教在功效这一层面上的"同":二者皆可"移风俗"。那么,如何"移风俗"呢?孔氏云:"风为本,俗为末,皆谓民情好恶也。缓急系水土之气,急则失于躁,缓则失于慢。王者为政,当移之,使缓急调和,刚柔得中也。随君上之情,则君有善恶,民并从之。有风俗伤败者,王者为政,当易之使善。"② 也就是说,王者通过规正民情,使之"缓急调和,刚柔得中",从而"移风俗"。

儒家元典中的一些言论早就形成了一个自洽的话语系统,不仅强调要诗乐并重,还反复申明诗、礼、乐在教化中是三位一体的关系。如《论语·泰伯》中提到"兴于诗,立于礼,成于乐",点出诗、礼、乐三者相辅相成;《礼记》中,不仅《乐记》占了三卷的篇幅,《经解》篇中将"《诗》教""礼教""乐教"并举,而且礼乐合论及引《诗》为证之处比比皆是,还明确提出"诗,言其志也。歌,咏其声也。舞,动其容也。三者本于心,然后乐器从之"③,"不学操缦,不能安弦;不学博依,不能安诗;不学杂服,不能安礼"④ 等说法。

---

①② 毛亨传、郑玄笺、孔颖达疏:《毛诗正义》上册,载李学勤主编《十三经注疏》,第11页。
③ 郑玄注、孔颖达疏:《礼记正义》,载李学勤主编《十三经注疏》,第1111—1112页。
④ 郑玄注、孔颖达疏:《礼记正义》,载李学勤主编《十三经注疏》,第1057—1058页。

儒家元典中将诗、礼、乐的教化功效结合在一起本于人之情性。儒家元典一再强调礼乐之目的就是要培养规正人之情性，所谓："先王本之情性，稽之度数，制之礼义，合生气之和，道五常之行……使亲疏、贵贱、长幼、男女之理，皆形见于乐，故曰：'乐观其深矣。'"① 由于"性"较抽象，在儒家元典中，很普遍的一个现象就是以"情"言"性"，因此培养规正人之情性主要是就"情"之层面而言，孔颖达在《疏》中称王者通过规正民情以实现"移风俗"之目的是基本符合儒家元典之精神实质的。

在儒家元典中，对"情"的规正以"中和"为标准。后世言"中""和"常常混同论之，其实二者在儒家元典中的内涵虽有交叉叠合之处，但也有侧重点上的微妙差别。概而言之，"中""和"皆可描述系统中不同元素之间的均衡和谐状态，皆可描述程度上的恰到好处、"无过无不及"。但是，与"和"不同的是，"中"所描述的不一定是"直而温，宽而栗，刚而无虐，简而无傲"②，"乐而不淫，哀而不伤"③，"刚气不怒，柔气不慑"④ 等均衡和谐的情感状态，即使是"怨""怒""哀""恸"之类偏于一端的强烈情感，只要是对某些具体外感的正当合宜反应，皆可被视为合于礼义，皆可被称为"中"。如《孟子·告子下》中，高子因《小弁》之"怨"而称其为"小人之诗"，孟子反驳说："《小弁》之怨，亲亲也；亲亲，仁也。固矣夫，高叟之为诗也！""《凯风》，亲之过小

---

① 郑玄注、孔颖达疏：《礼记正义》，载李学勤主编《十三经注疏》，第1105—1106页。
② 孔安国传、孔颖达疏：《尚书正义》，载李学勤主编《十三经注疏》，第79页。
③ 何晏注、邢昺疏：《论语注疏》，载李学勤主编《十三经注疏》，第41页。
④ 郑玄注、孔颖达疏：《礼记正义》，载李学勤主编《十三经注疏》，第1105页。

者也;《小弁》,亲之过大者也。亲之过大而不怨,是愈疏也;亲之过小而怨,是不可矶也。愈疏,不孝也;不可矶,亦不孝也",指出是否合于礼义并不取决于"怨"或"不怨",当"怨"而"怨"合于礼义,当"怨"而"不怨",反而是"不孝",是非礼。同样,《论语·先进》中,颜回去世,孔子"哭之恸","从者"对此颇有微词,而孔子此时绝口不提"哀而不伤",反而说"非夫人之为恸而谁为",同样是说当"恸"而"恸"合于礼义。《礼记·乐记》中说,"夫乐者,先王之所以饰喜也;军旅铁钺者,先王之所以饰怒也。故先王之喜怒,皆得其侪焉,喜则天下和之,怒则暴乱者畏之,先王之道,礼乐可谓盛矣",明确指出礼乐并不压抑喜怒之情,"先王之喜怒,皆得其侪焉"亦能称"礼乐可谓盛矣"……总之,在儒家元典中,"教之中""以中礼防之""夫礼,所以制中也"之"中"并非只能以"和"释之,仅强调均衡和谐的情感状态,"中"还能以"正"("中正无邪,礼之质也"[1] "礼备而不偏"[2])、"义"("礼也者,义之实也"[3] "义近于礼"[4])、"宜"("礼者别宜"[5] "义者宜也"[6])等释之,强调即使不是均衡和谐的情感状态,只要所发之情具有正当性,如前举之当怨而怨、当恸而恸、当喜而喜、当怒而怒,亦可被称为"中",亦可被视为合于礼义。从这样的"中"可以推导出这样的结论:所谓"发乎情,止乎礼义"中的"情"不能仅理解为"温柔敦厚"之"情",对不合礼义者表

---

[1] 郑玄注、孔颖达疏:《礼记正义》,载李学勤主编《十三经注疏》,第1090页。
[2] 郑玄注、孔颖达疏:《礼记正义》,载李学勤主编《十三经注疏》,第1091页。
[3] 郑玄注、孔颖达疏:《礼记正义》,载李学勤主编《十三经注疏》,第709页。
[4][5] 郑玄注、孔颖达疏:《礼记正义》,载李学勤主编《十三经注疏》,第1093页。
[6] 郑玄注、孔颖达疏:《礼记正义》,载李学勤主编《十三经注疏》,第1440页。

现出怨怒之情恰恰亦是"止乎礼义"之"情"。

无论是《尚书》中的"诗言志",《礼记》中的"温柔敦厚,《诗》教也",还是《诗大序》中的"诗者,志之所之也""吟咏情性,以风其上",都或多或少提到了诗与情性之关系。不过,后世对《诗大序》着眼于情性而表现出的《诗》教观歧见最大者当数"发乎情,止乎礼义"一句。此句本是针对"下以风刺上"的"变风"而言,但其所语之"情"常常被理解为"怨而不怒""乐而不淫,哀而不伤"等均衡和谐的情感状态,认为这样的"发乎情"才称得上"止乎礼义",才符合"温柔敦厚"之"《诗》教"。这种观念采取的是以"和"释"中"的阐释方式,然而,如前所述,儒家元典还有以"正""义""宜"等释"中"的阐释方式,这样的阐释方式在后世常常被忽略了,但也并非全然绝迹,如白居易的"新乐府运动"以《诗》教为号召就很强调诗歌之"怨""怒"等情感力度与"补察时政""裨补时阙"的现实批判锋芒,虽然白氏本人没有具体展开论述何以如此,但他将"怨""怒"等情之产生视为"止乎礼义"是确凿无疑的。吴敬梓写有效法白氏的《后新乐府》六首,其中对"不合于礼义"之"士习""仳离""朋友失义""夫妇失道"颇致怨怒之情①;在《文木山房诗说》第3则"《风》《雅》分正变"中,吴敬梓也明确认同《诗》中所发不必是"温柔敦厚"之情:"'民莫不谷,我独何害',怨之至也;'取彼谮人,投畀豺虎',怒之甚也;'知我如此,不如无生',哀之甚也。"参之以《文木山房诗说》中的其他一些说法,我们可以概括出吴氏

---

① 李汉秋编著:《儒林外史研究资料集成》,第47、11、15、50—53页。

本人一些重要的《诗》教观：

其一，《诗经》经过了孔子的删定，各篇作品皆"可施于礼义"（第1则"孔子删诗"），那么，那些"怨之至""怒之甚"的作品亦是"发乎情，止乎礼义"，这就以"礼义"之名使作品中的批判精神、感情力度获得了正当性。这也可以解释为什么《儒林外史》中并不掩饰对世态之炎凉、人情之势利、士习之堕落、朋友之失义、夫妇之失道等"不合于礼义"者的怨怒之情，表现出强烈的批判精神。

其二，吴氏以"美刺"来理解《诗大序》中所说的《风》《雅》之"正变"，认为"当据一诗而各言其孰为正，孰为变，不当以国次、世次拘也。可美者为正，可刺者为变。则美之者诗之正，刺之者诗之变"。而判断正（可美者）变（可刺者）的标准仍为礼义："《诗》之所言夫妇、父子、君臣、昆弟、朋友之事，如夫妇居室为正，则淫奔为变；君明臣良为正，则篡逆为变。"（第3则"《风》《雅》分正变"）

其三，"美刺"是实现"《诗》教"的重要途径："古列国之诗，劳人怨女所作，太史采而达之天子。孔子论次删存三百余篇。自《关雎》至《殷武》，皆可佩以弦歌，见美刺，以裨政教。"对于吴氏来说，"美刺"之"刺"在内容上并不排斥"怨""怒"等不那么"温柔敦厚"的强烈情感，但是在表达形式上，他认同"《诗》依违讽谏不指切事情，故云'温柔敦厚'"的传统《诗》教观，强调以比兴寄托的方式含蓄婉转地抒情："诗之人所咏在此，所感在彼。读其诗者所闻在彼，所感在此，浸淫于肺腑肌骨之间，而莫可名状。闻男女赠答之言，而感发于朝廷之事；闻花鸟虫鱼之注,而感发于性命之功。""咏一物纪一事,而意别有在。"(第2则"四始六义之说")吴氏非常认同与主流解读不同的某些一得之见,如杨慎所认为的《卷耳》一诗写出了太姒"身在闺门而思在道途"(第6则"卷耳")的情感活动,徐光启所认为的"《四牡》《采薇》《出车》《杕杜》,皆君上之言也",君上慰劳使臣却"反托"为使臣之言,"一时臣下之隐衷伏虑,毕达于黼坐之前,而恻然推赤心以置人腹……即此可见诗中托词用意,有入神之妙"(第32则"《四牡》《采薇》《出车》《杕杜》"),吴氏对之皆大为赞赏,全文引用。究其原因,还是在他看来,杨、徐的解读通过视角的转换使"指切事情"的质实直白变成了"所咏在此,所感在彼"的含蓄婉转。《儒林外史》之所以不像后来的"谴责小说"那样笔无藏锋,而是以"婉而多讽"的方式进行批判,与前述《诗》教观有着相同的内在理路:这种《诗》教观并不是从情感内容的角度描述"温柔敦厚",而是从表达方式的角度界定"温柔敦厚"。于是,一方面,不那么"温柔敦厚"的怨怒之情作为讽刺的创作动力因于礼义而具有正当性;另一方面,含蓄婉转的表达方式能够使读者"所闻在彼,所感在此,浸淫于肺腑肌骨之间",反而使作品更有感发之功效,也增加了批判的深度与力度。

其四,对于"美刺"之"美"的情感内容,吴敬梓强调要"温柔敦厚"。如朱熹《诗集传》中认为《葛风》是"妇人以其夫久从役而不归"的思夫之作,《文木山房诗说》第25则"角枕锦衾"中,吴敬梓指出"以礼,夫不在,敛枕箧衾席而藏之",而按照朱熹的解读,妇人居然"顾衾枕而思夫",这就颇有"荡子行不归,空床难独守"之意,于礼义不合。"荡子行不归,空床难独

第五章 吴敬梓的《诗》教观与《儒林外史》中的情感场域

守"以其言情之真而在后世颇得赞誉,吴敬梓却大加指斥,称这样的强烈情感"非诗人温厚之旨"。在他看来,"斋则角枕锦衾,夫在之时用此以斋。今夫既不在,妻将摄祭,其身既斋,因出夫之斋服,故睹之而思夫也",通过这样的解读将朱熹所言之强烈情感大大淡化了之后,才能使《葛风》中的情感符合"诗人温厚之旨",从而成为"可美者"。《文木山房诗说》中,作为"可美者"的情感如第 20 则"鸡鸣"、第 30 则"豳"皆是淡定从容、仁煦和乐之情感,也具有"温柔敦厚"之特点。

同样,《儒林外史》中,被吴敬梓所"美"的虞博士、庄征君等之性情气质亦有"温柔敦厚"的特点。以虞博士为例,他"难进易退,真乃天怀淡定之君子"[1],"也不要禁止人怎样,只是被了他的德化,那非礼之事,人自然不能行出来"[2];他虽待人温和,却又不与世俗妥协,可称"温而厉";虽为人正直,却又处事随和,可称"刚而无虐";他虽救人,却非罄囊相助,而是在济人的同时给自己留有足够的余地;他虽做官,却不贪恋功名富贵,而是出处进退皆无俗虑挂怀;他治生尽心尽力,做事尽职尽责,洁身自好又能宽厚待人,矫厉士风却又不为已甚。前文已指出,在儒家元典中,诗、礼、乐共同的教化功效是要规正人之情性,而规正人之情性的标准是"中和",可以说,吴敬梓正是以"中和"来写虞博士之性情气质,虞博士表现出的"温柔敦厚"基本上可以"中和"释,而"中"又可以"和"释,而非前述之以"正""义""宜"等释。

---

[1] 见《儒林外史》第四十六回。
[2] 见《儒林外史》第四十七回。

《儒林外史》中，寄托着吴敬梓文化理想的泰伯祠在王玉辉、邓质夫闻名而来时已遍布灰尘，无人问津；到盖宽来游时更是山墙坍圮，甚至连楼板都被拆毁了。作品是在满目萧条中以感伤情调进入尾声的：

> 荆元慢慢的和了弦，弹起来，铿铿锵锵，声振林木，那些鸟雀闻之，都栖息枝间窃听。弹了一会，忽作变徵之音，凄清宛转。于老者听到深微之处，不觉凄然泪下。①

根据现有材料，虽然不能确知吴敬梓究竟何时将祖屋卖掉，捐资重修南京先贤祠，但乾隆十三年（1748年）修成的《江宁新志》尚言先贤祠"废为平地，神主皆不知所在"，按常理推断，吴敬梓等重修先贤祠应该在乾隆十三年（1748年）以后。退一步讲，就算吴敬梓等人重修先贤祠的壮举未被修志者纳入视线，他参与重修南京先贤祠不可能在他三十三岁即雍正十三年（1735年）移家南京之前，而据程晋芳乾隆十四年（1749年）的《怀人诗》，吴敬梓在乾隆十四年（1749年）之前已完成《儒林外史》的写作，并且《儒林外史》已经广为流传了。满打满算，区区十几年间，泰伯祠怎么可能衰败成书中所描写的那样？而且，在参与泰伯祠大祭的人中，最为年长的是虞博士与庄征君，这两人的生活原型分别是吴培源与程廷祚，他们是吴敬梓的长辈，而且在吴敬梓于乾隆十九年（1754年）去世后都健在，吴培源卒于乾隆三十三年（1768年），

---

① 见《儒林外史》第五十五回。

第五章　吴敬梓的《诗》教观与《儒林外史》中的情感场域

程廷祚卒于乾隆三十二年（1767年），《儒林外史》中却说盖宽访泰伯祠前虞博士等人"也有老了的，也有死了的，也有四散去了的，也有闭门不问世事的"，这当然不是写实，而是吴敬梓凭借对现实的洞察力为自己的文化理想作出了预言：礼乐文化的建设在封建末世中已难挽颓势，终究会出现"礼乐文章，也不见那些贤人讲究"①的悲剧收场。吴敬梓曾在《文木山房诗说》第35则"生刍一束"中解读《诗经·白驹》一诗为"此诗之为刺宣王不能留贤者之去，所谓'大树将颠，非一绳所维'也"，他不是不坚守自己的文化理想，但他也深知"大树将颠，非一绳所维"，于是《儒林外史》中作为全书高潮的泰伯祠大祭显得那么庄严而悲壮，作为尾声的"变徵之音"又显得那么凄婉而奇崛，这些都使得《儒林外史》中的"戚"不是肤浅单薄的一己之悲，而是以文化理想为底蕴的深沉厚重之情。

尤为难能可贵的是，即使是深沉厚重之情，吴敬梓也没有陷入"戚"中不能自拔，他还能够以"谐"与"戚"相"中和"，以欢乐与幽默超越知识分子的悲剧性命运，以制造笑柄、笑料的方式对知识分子的人格缺陷进行嘲弄与讽刺，以"乐天知命"消解种种之失意，以"安贫乐道"激励理想之坚守，这样具有中和之美的情感基调使吴敬梓在《儒林外史》中的讽刺减少了许多意气之用事、人身之攻击，增加了更多的人性之温情、自我之反省，于是，"戚而能谐，婉而多讽"不仅是一种蕴藉隽永的审美风格，还是一种闪烁着智性光芒的文化精神。

---

① 见《儒林外史》第五十五回。

第六章　乾嘉学术知识结构的改变与
《镜花缘》之"炫学"

李汝珍自己并不讳言《镜花缘》"炫学"的创作旨趣:"载著诸子百家、人物花鸟、书画琴棋、医卜星相、音韵算法,无一不备;还有各样灯谜,诸般酒令,以及双陆、马吊、射鹄、蹴球、斗草、投壶,各种百戏之类,件件都可解得睡魔,也可令人喷饭。"①《镜花缘》问世以后,其"炫学"的特点就一直为人们所关注。许乔林为此书作序称:"是书无一字拾他人牙慧,无一处落前人窠臼,枕经葄史,子秀集华,兼贯九流,旁涉百戏,聪明绝世,异境天开。"② 清末杨懋建《梦华琐簿》中指出:"嘉庆间新出《镜花缘》一书……作者自命为博物君子,不惜獭祭填写。"③ 鲁迅先生在《中国小说史略》中更是明确地把它称为"以小说见才学者",并具体揭示了其"以小说为皮学问文章之具""于小说又复论学说艺,数典谈经,连篇累牍而不能自已""罗列古典才艺,亦殊繁多""盖以为学术之汇流,文艺之列肆"等"炫学"特点。海外学

---

① 见《镜花缘》第二十三回,清道光十二年(1832年)刻本。后文若无特别注明,皆据此版本。
② 许乔林:《〈镜花缘〉序》,载李汝珍《镜花缘》,清道光十二年(1832年)刻本。
③ 杨懋建:《梦华琐簿》,载朱一玄《明清小说资料选编》下册,南开大学出版社2012年版,第675页。

者如夏志清亦把此书视为"炫耀才学的作品"①。

从交游来看，李汝珍同扬州学派的学者们过从甚密。胡适曾指出，李汝珍与凌廷堪有师生之谊："乾隆四十七年壬寅（1782），李汝珍的哥哥汝璜（字佛云）到江苏海州做官，他跟到任所。那时歙县凌廷堪（生1757，死1809）家在海州，李汝珍从他受业。论文之暇，兼及音韵（《音鉴》五，页十九）。那时凌廷堪年仅二十六岁；以此推之，可知李汝珍那时也不过二十岁上下，他生年约当乾隆二十八年（1763）。"②凌廷堪是扬州学派的大家，曾参与《四库全书》的编纂工作，撰有《礼经释例》十三卷，甚为学界所重。而且，他精通乐理，深谙音韵，其《燕乐考原》享誉一时。

李汝珍与扬州学派学者许乔林、许桂林既是姻亲，又是好友。他在海州娶的第二任妻子许氏，不仅是凌廷堪母亲的同族亲戚，还是许乔林、许桂林二人的族中堂姐。二许尤其是许桂林亦精通音韵之学。李汝珍在《李氏音鉴》中曾指出："月南为珍内弟，撰《说音》一篇，珍于南音之辨，得月南之益多矣。"③他还在给许乔林的信中有云，"《镜花缘》虽已脱稿"，"刻下本已敷衍了卷，现在赶紧收拾，大约月初方能誊清。一俟抄完，当即专人送呈斧正"④。许桂林对《镜花缘》的写作曾提过修改意见，还应邀为《镜花缘》与《李氏音鉴》写过序，在《李氏音鉴》序中，许桂林曾描述二

---

① 夏志清：《文人小说与中国文化：〈镜花缘〉新论》，载《中国叙事体文学论文集》，普林斯顿大学出版社1977年版，第23页。
② 胡适：《〈镜花缘〉的引论》，载《胡适文集》第3册，北京大学出版社1998年版，第536页。
③ 李汝珍：《李氏音鉴》卷五，清嘉庆十五年（1810年）宝善堂刻巾箱本。
④ 李汝珍：《与许乔林书》，载朱一玄《明清小说资料选编》上册，第517—518页。

人的学术交流活动："松石姊夫，博学多能。方在板浦时，与余契好尤笃。尝纵谈音理，上下其说。座客目瞪舌桥，而两人相视而笑，莫逆于心。"①

扬州学派以治学广博而著称。梁启超在《中国近三百年学术史》中评之曰："此外尚有扬州一派，领袖人物是焦里堂循、汪容甫中，他们研究的范围比较广博。"②张舜徽《清代扬州学记》亦称扬州学派的学者们"于治经之外，还研究词曲、戏剧"，"校书之外，还搜辑古代谣谚"，"博及子、史，不再仅是理学或训诂学的专门名家了"，"他们求知的范围，确已扩大"。③

两位学者所言不谬，清人自己亦作如是观。如王鸣盛《西庄始存稿》卷二十四中有《赠任幼植序》，评任大椿云："年甫逾冠，而笃志经术，覃精稽古。其于虞、夏、商、周四代郊丘、禘祫、（禘祫）宗庙之制，《周礼》井田税赋之法，遂人、匠人、五沟五涂之异同，《禹贡》五服、大司马九畿之远近以及《仪礼》之《丧服经传》，靡不留心研核，于近日昆山徐氏所刻宋元诸家经解，皆极其说之误者辨之。气盛而志锐，求诸今世，实罕辈俦。"④江藩盛赞刘台拱："学问渊通，尤邃于经。"⑤段玉裁亦称刘台拱："于

---

① 许乔林：《音鉴后序》，载李汝珍《李氏音鉴》，清嘉庆十五年（1810年）宝善堂刻巾箱本。
② 梁启超：《中国近三百年学术史》，东方出版社2004年版，第23页。
③ 张舜徽：《清代扬州学记》，广陵书社2004年版，第12—13页。
④ 王鸣盛：《赠任幼植序》，载《西庄始存稿》卷二十四，清乾隆三十年（1765年）刻本。
⑤ 江藩：《国朝汉学师承记》卷七，清刊本。

天文、律吕、六书、九数、声韵之学，莫不该洽。"① 阮元评江藩："淹留经史，博通群儒，旁及九流、二氏之书，无不综览。"② 又以"通儒"称焦循，撰《通儒扬州焦君传》。王氏父子精研文字、音韵、训诂、校勘，经史子集，无所不包，清末学者孙诒让称："乾嘉大师，唯王氏父子至为精博。"③

除了受到扬州学派的直接影响，李汝珍还不可避免地受到了乾嘉学术的其他一些潜移默化的影响，其中，乾嘉学术对知识结构的调整与《镜花缘》"炫学"之关系尤其值得关注。

第一节 博物知识与《镜花缘》之"炫学"

乾嘉时期，考据之学大行其道。乾嘉学者为了更好地考据，深切体会到"博通""闳览"的重要性。如焦循在《雕菰集·里堂道听录序》中自述治学方法云，"无论经史子集以至小说词曲，必详读至再至三。心有所契，则手录之。历二三十年，盈二尺许矣"④；阮元揄扬学人，常许之以"博大""精博""通博"；钱大昕著书立说特别强调"博学""博览""博综"……

由于有着贵博尚通的学术理念，随着考据学的盛行，知识结构发生了一定的变化，过去一些少被关注或不被关注的知识在学术中

---

① 段玉裁：《刘端临先生家传》，载《经韵楼集补编》卷上，刘盼遂辑校，来薰阁书店1936年版。
② 阮元：《定香亭笔谈》卷四，清嘉庆五年（1800年）扬州阮氏琅嬛仙馆刻本。
③ 孙诒让：《札迻·序》，清光绪二十一年（1895年）重斠正修本。
④ 焦循：《里堂道听录序》，载《雕菰集》卷十六，清道光四年（1824年）阮福岭南节署刻本。

的地位有所提升。以博物知识为例，乾嘉时期，《山海经》大受重视，吴任臣于康熙年间撰成的《山海经广注》被收进了《四库全书》，而且在乾嘉时期以多种版本刊行。这一时期对《山海经》的校勘、注疏与研究又是最多的，有汪绂《山海经存》、毕沅《山海经新校正》、王念孙《山海经校注》、郝懿行《山海经笺疏》等多部著作。只不过，学者们并非把这些作品视为小说来欣赏，而是以之为博物材料来考据地理、名物、音韵、训诂等。说到底，还是对"博通""闳览"的看重。

李汝珍《镜花缘》中所写名物多出自《山海经》。如《镜花缘》中唐敖随林之洋海外漫游遇到的第一个怪兽是第八回中的"当康"。"当康"即出自《山海经·东山经》："又东南二百里，曰钦山，多金、玉而无石。……有兽焉，其状如豚而有牙，其名曰当康，其名自叫，见则天下大穰。"之后又描写了奇禽"精卫"并言及其与"发鸠山"之关系。"精卫"与"发鸠山"皆出于《山海经·北山经》："北二百里，曰发鸠之山，其上多枯木，有鸟焉，其状如乌，文首，白喙，赤足，名曰精卫，其鸣自詨。是炎帝之少女，名曰女娃。女娃游于东海，溺而不返，故为精卫，常衔西山之木石，以堙于东海。漳水出焉，东流注于河。"

第九回《服肉芝延年益寿 食朱草入圣超凡》中提到了"祝余"草，亦出自《山海经·南山经》："南山经之首曰鹊山。其首曰招摇之山，临于西海之上。多桂多金玉。有草焉，其状如韭而青华，其名曰祝余，食之不饥。"

李汝珍写奇禽怪兽、仙草异木虽多取材于《山海经》，但主要随情节进展点缀其中，基本上不考虑《山海经》中所载产地。如第八、九两回中,唐敖、林之洋、多九公游东口山,东口山载于《山海经·海外东经》,当康虽说大致还是产于东方,却是载于《东山经》。精卫载于《北山经》,木禾载于《海内西经》,祝余载于《南山经》,这些异物在《镜花缘》中却都荟萃于东口山,似乎几近七拼八凑。然而,李汝珍的艺术构思是相当精细的,唐敖与多九公的一番对话并非闲笔。唐敖向多九公请教:"小弟闻得此鸟生在发鸠山,为何此处也有呢?"多九公回答:"此鸟虽有衔石填海之异,无非是个禽鸟,近海之地,何处不可生,何必定在发鸠一山。况老夫只闻鸲鹆不逾济,至精卫不逾发鸠,这却未曾听过。"① 言下之意就是别的物产只要不是"鸲鹆",皆可逾其原产地。这就使李汝珍让不同产地的动植物汇于一处进行描写能够自圆其说。李汝珍还对此多处提醒,如林之洋等人在元股国救过人鱼,后来在厌火国遭受火烧之厄时,人鱼又救了他们,人鱼在相隔甚远的两个地方出现,李汝珍同样安排了一段对话,让林之洋问:"厌火离元股甚远,难道这鱼还是春天放的那鱼么?"又让多九公回答:"新旧固不可知。老夫曾见一人,最好食犬,后来其命竟丧众犬之口。以此而论:此人因好食犬,所以为犬所伤;当日我们放鱼,今日自然为鱼所救。此鱼总是一类,何必考证新旧。"

李汝珍笔下对海外奇国的描写多以《山海经》为蓝本,从君子国到丈夫国,他共写了众人乘林之洋海船途经的三十二个海外奇国。其中载于《山海经》的有二十八个,只有毗骞国、长人国、智佳国、女儿国四国未见于《山海经》。先从载于《山海经·海外东经》的"君子国"开始,我们可以看到按小说中记述的顺序,二

---

① 焦循:《里堂道听录序》,载《雕菰集》卷十六。

十八国在《山海经》中所载的方位如下：君子国、大人国、劳民国，皆载于《海外东经》；聂耳国、无肠国，皆载于《海外北经》；犬封国，载于《海内北经》；元股国、毛民国，皆载于《海外东经》；无䏿国、深目国，皆载于《海外北经》；黑齿国，载于《海外东经》；靖人国，载于《大荒东经》；跂踵国，载于《海外北经》；白民国、淑士国、两面国，皆载于《大荒西经》；穿胸国、厌火国、结胸国、长臂国、翼民国，皆载于《海外南经》；豖喙国，载于《海内经》；伯虑国，载于《海内南经》；巫咸国，载于《海外西经》；歧舌国，载于《海外南经》；轩辕国、丈夫国，载于《海外西经》；三苗国，载于《海外南经》。李汝珍写相近之国的方位与《山海经》所载颇为吻合，凡写到相近之国，必在同一方位，如上述之海外东、海外北、大荒西、海外南、海外西等。然而，写林之洋海船历经各国的航线则颇有错综，如据《山海经》所载，君子国在大人国之南，而劳民国在君子国之北，林之洋海船先到大人国，这是由东而南，再由大人国至劳民国，这又是向北行驶，可谓忽南忽北；又如据《山海经》所载，穿胸国在厌火国之东，厌火国又在结胸国之东，由穿胸国经厌火国再至结胸国，本是由东至西，但长臂国又在穿胸国东面，由结胸国至长臂国分明又是向东行驶，可谓忽西忽东。对于经停路线的错综，李汝珍似乎也意识到了，不过他用做生意来为经停路线的错综作辩护，倒也能自圆其说："我们因要卖货，不问道路遥远，只检商贩通处绕去，所行之地，并非直路，所以耽搁。"①

---

① 见《镜花缘》第三十八回。

小说中写到轩辕国是一个结穴，以众国王向轩辕国国王拜寿收束，除途经的三十二国外，又补叙了七国，这七国皆出自《山海经》：长股国、三身国、奇肱国，皆载于《海外西经》；讙兜国、周饶国、交胫国、三首国，皆载于《海外南经》。众人欲赴后来没能到达的不死国与前面唐林等人未曾入境的青邱国、鬼国、寿麻国，亦皆出自《山海经》，分别是《海外南经》《海外东经》《海内北经》《大荒西经》。

从整体来看，无论是奇禽怪兽还是仙草异木，李汝珍据《山海经》敷衍异物与《山海经》中的描写比较接近，如前举之当康、精卫、祝余等。但他以《山海经》为蓝本写海外奇国则较有创意与寓意。

如《山海经》中对君子国的描写只有寥寥数字："君子国在其北，衣冠带剑，食兽，使二大虎在旁，其人好让不争。"李汝珍在小说中着眼于"好让不争"四字，作了很好的敷衍。

君子国在《镜花缘》中第一次出现于第十回末尾："不多几日，到了君子国，将船泊岸。林之洋上去卖货。唐敖因素闻君子国好让不争，想来必是礼乐之邦，所以约了多九公上岸，要去瞻仰。走了数里，离城不远，只见城门上写著'惟善为宝'四个大字。"次回又言："他这国名以及'好让不争'四字，大约都是邻邦替他取的，所以他们都回不知。刚才我们一路看来，那些'耕者让畔，行者让路'光景，已是不争之意。而且士庶人等，无论富贵贫贱，举止言谈，莫不恭而有礼，也不愧'君子'二字。"除了这些概述外，李汝珍还特意描写了小军、农夫与卖货人交易时买家抬高价钱而卖家拼命压低的奇特景观，并以唐敖、多九公耳闻目睹之后的反应烘云托月，后文又特意安排了"三以天下让"的吴泰伯之后吴之和、吴之祥兄弟登场，二人虽然"都是鹤发童颜，满面春风，举止大雅"，气度不凡，但是非常谦逊，邀唐敖、多九公至家中尽地主之谊。此时李汝珍还专门设计了一个悬念：吴氏兄弟二人自称是"闲散进士"，然而"进了柴扉，让至一间敞厅，四人重复行礼让坐。厅中悬著国正赐的小额，写著'渭川别墅'"①。读者难免会像多九公一样心中嘀咕："他两个既非公卿大宦，为何国王却替他题额？"但作者并没有马上揭开谜底，而是以第十二回整整一回的篇幅让吴氏兄弟高谈阔论，虽切中俗弊却又言语蔼然，令唐、多二人"敬服良箴"。正当众人谈兴正浓之际，书中波折又起："有一老仆，慌慌张张进来道：'禀二位相爷：适才官吏来报，国主因各处国王约赴轩辕祝寿，有军国大事，面与二位相爷相商，少刻就到。'"②又以多九公的误会为后面悬念的揭开作铺垫，几经渲染之后，作者终于揭开谜底："唐、多二人匆匆告别，离了吴氏相府。只见外面洒道清尘，那些庶民都远远回避。二人看了，这才明白果是实情。于是回归旧路。"最后多九公、唐敖二人的议论使行文余音袅袅之后又一锤定音，点出"君子"二字："多九公道：'老夫看那吴氏弟兄举止大雅，器宇轩昂，以为若非高人，必是隐士。及至见了国主那块匾额，老夫就觉疑惑，这二人不过是个进士，何能就得国主替他题额？那知却是两位宰辅！如此谦恭和蔼，可谓脱尽仕途习气。若令器小易盈、妄自尊大那些骄傲俗吏看见，真要愧

---

① 见《镜花缘》第十一回。
② 见《镜花缘》第十二回。

死！'唐敖道：'听他那番议论，却也不愧"君子"二字。'"①

又如《山海经·海内北经》中对犬封国的记述很简略："犬封国曰大戎国，状如犬。有一女子，方跪进杯食。"李汝珍又由犬封国女子"跪进杯食"受到启发，写犬封国人极善烹饪："此地乃犬封境内，所以有这酒肉之香。犬封按古书又名狗头民，生就人身狗头。……你看他虽是狗头狗脑，谁知他于'吃喝'二字却甚讲究。每日伤害无数生灵，想著方儿，变著样儿，只在饮食用功。除吃喝之外，一无所能，因此海外把他又叫酒囊、饭袋。"② 嬉笑怒骂之中，颇见讽世苦心。

需要注意的是，李汝珍据《山海经》描写海外奇国应当参考了《山海经》的注本。在他所处的年代，最为流行的是吴任臣所撰《山海经广注》，此注本不仅收录了著名的郭璞注，而且经史子集包括类书无不涉猎，可谓旁征博引。李汝珍写大人国时有这样一个细节：大人国人"能乘云而不能走"。《山海经》中并无大人国人乘云的记述，只是突出了大人国人外形上的特点："为人大，坐而削船。"郭注亦只记述大人国所在方位："朝鲜乐浪县，大人国在其东。"吴任臣则引《博物志》注曰："大人国，其人孕三十六年，生白头，其儿则长大，能乘云而不能走。"李汝珍由"能乘云而不能走"敷衍出大人国人都有云雾护足，称"此云本由足生，非人力可能勉强。其色以五彩为贵，黄色次之，其余无所区别，惟黑色最卑"；又敷衍出"原来云之颜色虽有高下，至于或登彩云，或登黑

---

① 见《镜花缘》第十二回。
② 见《镜花缘》第十五回。

云,其色全由心生,总在行为善恶,不在富贵贫贱。如果胸襟光明正大,足下自现彩云;倘或满腔奸私暗昧,足下自生黑云。云由足生,色随心变,丝毫不能勉强。所以富贵之人,往往竟登黑云;贫贱之人反登彩云";还敷衍出国中官员"因脚下忽生一股恶云,其色似黑非黑,类如灰色,人都叫做'晦气色'。凡生此云的,必是暗中做了亏心之事,人虽被他瞒了,这云却不留情,在他脚下生出这股晦气,教他人前现丑。他虽用绫遮盖,以掩众人耳目,那知却是'掩耳盗铃'。好在他们这云,色随心变,只要痛改前非,一心向善,云的颜色也就随心变换。若恶云久生足下,不但国王访其劣迹,重治其罪,就是国人因他过而不改,甘于下流,也就不敢同他亲近"①。层层递进,不仅想象奇妙,而且以"富贵之人,往往竟登黑云;贫贱之人反登彩云"的对比寓讥刺之意,以"云由足生,色随心变"寄正心之劝,构思颇为精巧。

在《山海经·海外东经》中,对劳民国的记述只涉外形:"劳民国在其北,其为人黑。或曰教民。一曰在毛民北,为人面目手足尽黑。"李汝珍对于劳民国人的外貌描述本于《山海经》没有问题,但"躁扰不定"的特点可在《山海经广注》中看到,吴任臣引《淮南子》高诱注有云:"劳民躁扰不定。"

这两个例子中,虽然"能乘云而不能走"更早的出处是《博物志》,"劳民躁扰不定"更早的出处是《淮南子》高诱注,但李汝珍描写海外奇国时主要是以《山海经》为蓝本,直接取材于当时广为流行的《山海经》注本当更为自然便捷,从小说创作的一般规

---

① 见《镜花缘》第十四回。

律来说，他不太可能因受《博物志》和《淮南子》高诱注的启发而在描写大人国与劳民国时加以敷衍。

除《山海经》外，据李剑国、占骁勇《〈镜花缘〉丛谈》与赵建斌《〈镜花缘〉丛考》，《镜花缘》中据以描写名物的博物类典籍还有《洞冥记》《十洲记》《神异经》《博物志》《拾遗记》等。《镜花缘》第一回中提到了《拾遗记》与《博物志》，并把《拾遗记》放在前面，这是很有道理的。古代典籍中记述蓬莱、方丈、瀛洲三座仙山者以《山海经》最早，然而只载有"蓬莱山在海中"（《海内北经》）。《十洲记》述三山之"珍宝""景致"较简，真正"极言其中珍宝之盛，景致之佳"的是《拾遗记》。

《镜花缘》中众才女行酒令时有语云："若照我们题目，也把古人名、地名除去，再凑一百个，何得能彀。况且你又误猜将及百条，也要除去，尤其费事。即使勉强凑出，不是《博雅》《方言》的别名，就是《山海经》《拾遗记》的冷名，先要注解，岂能雅俗共赏。我们这个好在一望而知，无须注解，所以妙了。"① 又将《拾遗记》与《山海经》并列。如此看来，《镜花缘》对《拾遗记》似乎颇为重视，然而相比较而言，《镜花缘》据《拾遗记》进行敷衍者甚少，除第九回出现的"清肠稻"以及第十五回所说的"当日黄帝时，仙人宁封吃了飞鱼，死了二百年复又重生"出自《拾遗记》② 外，《镜花缘》中罕见《拾遗记》之踪影，倒是描写较之粗

---

① 见《镜花缘》第九十三回。
② "清肠稻"最早见于《拾遗记·前汉下》："宣帝地节元年，乐浪之东，有背明之国，来贡其方物。言其乡……有明清稻，食者延年也；清肠稻，食一粒历年不饥。""当日黄帝时，仙人宁封吃了飞鱼，死了二百年复又重生"最早见于《拾遗记·轩辕黄帝》："仙人宁封食飞鱼而死，二百年更生。"

疏的《洞冥记》《神异经》等更多被李汝珍摭取加以敷衍。

《博物志》对蓬莱、方丈、瀛洲三座仙山的记述甚至比《十洲记》还要简短，李汝珍却说："后来《拾遗记》同《博物志》极言其中珍宝之盛，景致之佳。"这明显不合事实。可见，李汝珍并没有认真读过《博物志》，像蓬莱、方丈、瀛洲三座仙山在博物类典籍中皆有记述的不过就是《十洲记》《博物志》《拾遗记》三部，稍稍读过也不会记错《博物志》对三座仙山的记述最简，何况《镜花缘》已经表现出李汝珍的博闻强志。

《镜花缘》很容易给人在《博物志》中取材颇多的印象，因为《镜花缘》中有不少名物描写都能在《博物志》中找到出处。鉴于李汝珍连蓬莱、方丈、瀛洲三座著名仙山在《博物志》中是怎样记述的都不甚了了，他恐怕并不是从《博物志》中直接取材，而是以前面提到过的《山海经广注》等注本为媒介，间接地从《博物志》取材。《山海经广注》等注本引《博物志》处颇多，李汝珍在写到蓬莱、方丈、瀛洲这三座耳熟能详的仙山时，想当然地以为《博物志》会"极言其中珍宝之盛，景致之佳"，而《山海经》的注本又因为《山海经》中没有对三座仙山的记述而引《博物志》，李汝珍又没有专门再去《博物志》中核对原文，于是判断失误。

清末杨懋建《梦华琐簿》中曾批评李汝珍："自命为博物君子，不惜獭祭填写，是何不径作类书而必为小说耶？"[①] 李汝珍固然没有通过编撰类书的方式来"炫博"，但有迹象表明，他可能受到类书所载之博物知识的启发来创作小说。

---

① 杨懋建：《梦华琐簿》，载朱一玄《明清小说资料选编》下册，第675页。

《镜花缘》第十五回状人鱼被救后向人感恩之情态颇为感人：

唐敖道："小弟因此鱼鸣声甚惨，不觉可怜，何忍带上船去！莫若把他买了放生倒是好事。"因向渔人尽数买了，放入海内。这些人鱼撺在水中，登时又都浮起，朝著岸上，将头点了几点，倒象叩谢一般，于是攸然而逝。

李剑国、占骁勇《〈镜花缘〉丛谈》与赵建斌《〈镜花缘〉丛考》都列出了记载人鱼的大量古文献，但其中记载人鱼感恩最早见于《类说》卷二四引《狙异志》："待制查道奉使高丽，晚泊一山而止。望见沙中有一妇人，红裳双袒，髻鬟纷乱，肘后微有红鬣。查命水工以篙扶于水中，勿令伤。妇人得水偃仰，复身望查拜手，感恋而没。"这段描写与《镜花缘》颇似，可能为《镜花缘》所本。

又《镜花缘》第九十八回描述了朱亥以目血打虎的奇异故事，此故事出自《太平御览》卷四八三引《列士传》："秦召魏公子无忌，无忌不行，使朱亥奉璧一双。秦王大怒，将朱亥著虎圈中，亥瞋目视虎，眦皆裂血出，溅虎，虎不敢动。"

此故事系于《太平御览·人事部·怒》，李汝珍写武氏兄弟以"酒色财气"四关夺去不少反武周英雄们的性命，朱亥以目血打虎是"气"关幻化出的场景（李汝珍分别写了共工、朱亥、蔺相如等人的"怒"）之一。正如《山海经》注本因注同一名物而把相关故事、细节等汇于一处一样，类书能够通过同一门类把相关故事、细节等汇于一处，颇便采撷以"炫博"，可启发小说家的创作思路。

小学中名物人事等之训诂往往是旁征博引，也有可能比较集中而便捷地为小说家提供博物知识。例如，由于没找到出处，许多学者认为智佳国当是李汝珍的原创，其实至少有一条文献证据可以证明李汝珍写智佳国必有所本，并非杜撰。《镜花缘》第十四回有"劳民永寿，智佳短年"的口号，元黄超然之《周易通义》卷十三便有"智佳短年"之说："智佳短年，亦因地之偏于南而近于赤道也，火性炎上而其灭也易。凡近于赤道之民，其嗜欲较他州之民早也，而年亦不永也。再南则为鬼方也，既未济之鬼方，可推而言之也。"黄超然《周易通义》流传不广，李汝珍未必得睹。然而，受乾嘉学风之影响，李汝珍非常看重小学知识，他在小学知识中也可能像黄超然那样得知"智佳短年"之说，从而敷衍成文。

李汝珍甚至还从医书中采撷博物知识。

李时珍《本草纲目·兽二·果然》中引宋罗愿《尔雅翼》："罗愿云，人捕其一，则举群啼而相赴，虽杀之不去也；谓之果然，以来之可必也。"又案《南州异物志》云："交州有果然兽，其名自呼。状大于猿，其体不过三尺，而尾长过头。鼻孔向天，雨则挂木上，以尾塞鼻孔。其毛长柔细滑，白质黑文，如苍鸭胁边斑毛之状，集之为裘褥，甚温暖。"后文又有："时珍曰：果然，仁兽也。出西南诸山中。居树上，状如猿，白面黑颊，多髯而毛采斑斓，尾长于身，其末有歧，雨则以歧塞鼻也。喜群行，老者前，少者后。食相让，居相爱，生相聚，死相赴。柳子所谓仁让孝慈者是也。"

再看《镜花缘》中所写的"果然"：

只见山坡上有个异兽，形象如猿，浑身白毛，上有许多黑文，其体不过四尺，后面一条长尾，由身子盘至顶上，还长二尺有余。毛长而细，颊下许多黑髯，守著一个死兽在那里恸哭。林之洋道："看这模样，竟象一个络腮胡子。不知为甚这样啼哭？难道他就叫作'果然'么？"①

李时珍虽然引有《尔雅翼》与《南州异物志》，但是果然"多髯"这个特征是《尔雅翼》与《南州异物志》皆未提及的，李汝珍不仅写了果然"颊下许多黑髯"，还让林之洋说出"看这模样，竟象一个络腮胡子"来强化这一特征，可见本于《本草纲目》。

另外一个例子更为明显。《镜花缘》中如此写怪兽狻猊：

三人听了，忙躲桐林深处，细细偷看。原来是群野兽，从东奔来：为首其状如虎，一身青毛，钩爪锯牙，弭耳昂鼻，目光如电，声吼如雷；一条长尾，尾上茸毛，其大如斗；走到凤凰所栖林内，吼了两声，带著许多怪兽，浑身血迹，撺了进去。②

《本草纲目·兽二·狻猊》："【释名】狻猊音酸倪。《尔雅》作狻麑……〔时珍曰〕狮为百兽长，故谓之狮。虓，象其声也。梵书谓之僧伽彼。《说文》云：一名白泽。今考《瑞应图》，白泽能言语，非狮也。【集解】〔时珍曰〕狮子出西域诸国，状如虎而小，黄

---

① 见《镜花缘》第九回。
② 见《镜花缘》第二十一回。

色，亦如金色猱狗，而头大尾长。亦有青色者，铜头铁额，钩爪锯牙，弭耳昂鼻，目光如电，声吼如雷。有耏髯，牡者尾上茸毛大如斗，日走五百里，为毛虫之长。"

李汝珍甚至连《本草纲目》中"时珍曰"的一些描述性语句如"钩爪锯牙，弭耳昂鼻，目光如电，声吼如雷"都没有加以变化便直接移入小说中，足可见他写狻猊正是从《本草纲目》中采撷博物知识的。

第二节 小学知识与《镜花缘》之"炫学"

由顾炎武发端，经惠栋、戴震扬其波，小学在乾嘉时期被越来越多的学者所重视："经之至者，道也；所以明道者，其词也；所以成词者，未有能外小学文字者也。由文字以通乎语言，由语言以通乎古圣贤之心志。"[1] "经以明道，而求道者不必空执义理而求之也。但当正文字，辨音读，释训诂，通传注，则义理自见而道在其中矣。"[2] "有文字而后有诂训，有诂训而后有义理。训诂者，义理之所由出，非别有义理出乎训诂之外者也。"[3] "圣贤之言，不但深远者非训诂不明，即浅近者亦非训诂不明也。"[4] 此类观念成为共识，小学在乾嘉学界的知识结构中逐渐处在了核心地位。而在小学

---

[1] 戴震：《古经解钩沈序》，载《戴震全书》第6册，黄山书社2010年版，第375页。
[2] 王鸣盛：《十七史商榷序》，载《续修四库全书》第452册，上海古籍出版社2002年版，第138页。
[3] 钱大昕：《经籍籑诂序》，载《潜研堂文集》，上海古籍出版社2009年版，第392—393页。
[4] 阮元：《论语一贯说》，载《研经室集》上册，中华书局2006年版，第53页。

中，音韵学知识尤被强调。支伟成在《清代朴学大师列传·小学大师列传序》中指出："清儒以小学为治经之途径。学者穷经，必先识字，遂有训诂之学。识字必先审音，遂有音韵之学。自顾炎武著《音论》《古音表》《唐韵正》，刘献廷著《新韵谱》，江永著《音学辨微》《古音标准》，戴震著《声韵考》《声类表》《方言疏证》，段玉裁著《说文注》《六书音韵表》，王念孙著《广雅疏证》，王引之著《经传释词》《经义述闻》，皆为小学最初最精之著作，多发前人所未发。"①

从顾炎武"读九经自考文始，考文自知音始"②的倡导，到戴震之师江永对顾炎武"考古之功多，审音之功浅"③的批评；从戴震"字学、故训、音声未始相离，声与音义经纬衡从宜辨"④之方法论的提出，再到段玉裁"治经莫重乎得义，得义莫切于得音"⑤之大声疾呼，音韵学知识越来越被视为小学之核心知识。段玉裁是戴震弟子，是扬州学派的重要代表人物，而如前所述，李汝珍与扬州学派关系非常密切，还把自己视为戴震的再传弟子，在戴震一系学者对学界知识结构的调整过程中，他也以自己的实际行动参与其中：他对音韵学有着浓厚的兴趣，穷数年之力撰写了音韵学专著《李氏音鉴》，并把音韵学方面的知识融入小说中，在《镜花缘》中大量地铺陈描写音韵学内容，寓教于乐，普及推广音韵学知识。《李氏音鉴》在出版后的八十年中再版了三次，反响颇佳，他相当

---

① 支伟成：《清代朴学大师列传》，艺文印书馆1970年版，第299页。
② 顾炎武：《答李子德书》，载《亭林文集》卷四，清康熙刊本。
③ 戴震：《江慎修先生事略状》，载《戴震全书》第6册，第408页。
④ 戴震：《与是仲明论学书》，载《戴震全书》第6册，第369页。
⑤ 段玉裁：《王怀祖广雅注序》，载《经韵楼集》卷八，《皇清经解》第四册，清刊本。

于以小说为其学术著作做了广告。

《镜花缘》第十六、十七回中,亭亭与多九公辩难时反复强调"辩音"的重要性:

> 婢子闻得读书莫难于识字,识字莫难于辩音。若音不辩,则义不明。
>
> 要读书必先识字,要识字必先知音。若不先将其音辩明,一概似是而非,其义何能分别?可见字音一道,乃读书人不可忽略的。

当时亭亭向多九公"请教"的正是经学中的问题,所谓"读书莫难于识字,识字莫难于辩音。若音不辩,则义不明","读书必先识字,要识字必先知音。若不先将其音辩明,一概似是而非,其义何能分别",同戴震一系学者"治经莫重乎得义,得义莫切于得音"的说法并无二致,这也正是李汝珍自己在《李氏音鉴》中表达出的主张:"欲读书必先识字,欲识字必先知音。"[1]

"在清儒中,首先对声义相切的道理有所憬悟的,要推戴东原氏。他的'故训音声,相为表里',及'字书主于故训,韵书主于音声,然二者恒相因','字学、故训、音声未始相离',这些独到的见解,给后儒开辟了一条崭新的朴学路子。"[2] 戴震对音韵学中的反切特别重视,而在《镜花缘》中,反切亦是李汝珍音韵学中的重点、难点:"要知音,必先明反切,要明反切,必先辨字母。若

---

[1] 李汝珍:《李氏音鉴》卷三。
[2] 林尹:《训诂学概要》,正中书局1972年版,第122—123页。

不辨字母，无以知切；不知切，无以知音；不知音，无以识字。以此而论，切音一道，又是读书人不可少的。但昔人有言，每每学士大夫论及反切，便瞪目无语，莫不视为绝学。若据此说，大约其义失传已久。所以自古以来，韵书虽多，并无初学善本。"① 面对紫衣女子"吴郡大老倚间满盈"的讥讽，即使是博闻强识的多九公也要到书中两回之后才猛然醒悟："唐兄：我们被这女子骂了！按反切而论：'吴郡'是个'问'字，'大老'是个'道'字，'倚间'是个'于'字，'满盈'是个'盲'字。他因请教反切，我们都回不知，所以他说：'岂非问道于盲么！'"② 可见反切之学对一般学者而言是较难把握的。书中还描写歧舌国把音韵学视为国宝，乃"不传之秘"，"禁止国人，毋许私相传授"，"如有希冀钱财妄传邻邦的，不论臣民，俱要治罪"，由于多九公先后治好世子与两位王妃的伤病，国王才勉强将谜团一般的音韵表作为重礼相赠，该音韵表其实就是讲反切的，第三十一回《谈字母妙语指谜团　看花灯戏言猜哑谜》中有云："下面那些小字，大约都是反切。"

《李氏音鉴》之"凡例"称此书共六卷，第二卷便主要是"释字母反切阴阳粗细之类"，另外卷三"第二十四问初学入门总论"中明确指出："欲知音必先反切，欲明反切则非字母不可。"为了以字母明反切，李汝珍以"中母"之"二十二字求之"，如是则"一母熟余可不睹而知其音，亦如五声之类，识其一二，莫不以类而推"。李汝珍还独创了一套以"中母"之"二十二字求之"的特殊读法，将"中母"之"二十二字"分为两段，"每段十一音，分为

---

① 见《镜花缘》第十七回。
② 见《镜花缘》第十九回。

三句","首句四字,中句四字,末句四字",前两日将每段的三句"以万遍为度",第三日"以前之所读两段合而为一,亦读万遍,必须字句联贯,一气流通,《化书》所谓'一气之和合,若一神之混同是也'。俟能倒诵如流,则将末卷所列秧因雍淤之类随意呼之,如能不假思索,随口而出,是已融会而喻音归一母,由斯而求切音,又何难哉"!李汝珍所说两段中的上段三句分别是"张真中珠""招斋知遮""诂毡专",我们不难在《镜花缘》中清楚地看到他对自己独创之"读法"的通俗化描写:

> 多九公道:"首句是'张真中珠',次句'招斋知遮',三句'诂毡专',这样明明白白。还要教么?你真变成小学生了。"三人读到夜晚,各去安歇。林之洋惟恐他们学会,自己不会,被人耻笑;把这十一字高声朗诵,加念咒一般,足足读了一夜。
>
> 二人复又读了多时,唐敖不觉点头道:"此时我也有点意思了。"林之洋道:"妹夫果真领会?俺考你一考:若照'张真中珠','冈'字怎读?"唐敖道:"自然是'冈根公孤'了。"林之洋道:"'秧'字呢?"婉如接著道:"'秧因雍淤'。"①

李汝珍还在《李氏音鉴》中注"周"之反切为"张鸥","庄"之反切为"珠汪",又举了这样一些例子帮助入门者以读法体会反切:"张庄二字连呼数过,其音自得矣;如张庄不得则以渣挓数过,

---

① 见《镜花缘》第三十一回。

第六章 乾嘉学术知识结构的改变与《镜花缘》之"炫学"

渣挝不得其音则以蒸中连呼数过，如是以类而求，莫不洞明其义矣。"（卷三"第二十四问初学入门总论"）这在《镜花缘》中也有体现：

>　　兰音道："据女儿看来：下面那些小字，大约都是反切，即如'张鸥'二字，口中急急呼出，耳中细细听去，是个'周'字；又如'珠汪'二字，急急呼出，是个'庄'字。下面各字，以'周、庄'二音而论，无非也是同母之字，想来自有用处。"唐敖道："读熟上段，既学会字母，何必又加下段？岂非蛇足么？"多九公道："老夫闻得近日有'空谷传声'之说，大约下段就是为此而设。若不如此，内中缺了许多声音，何能传响呢？"唐敖道："我因寄女说'珠汪'是个'庄'字；忽然想起上面'珠洼'二字，若以'珠汪'一例推去，岂非'挝'字么？"兰音点头道："寄父说的是。"林之洋道："这样说来，'珠翁'二字，是个'中'字，原来俺也晓得反切了。妹夫，俺拍'空谷传声'，内中有个故典，不知可是？"①

其中所说的"空谷传声"在《李氏音鉴》卷五之第三十问中亦有具体的操作说明，本是李汝珍为初学音韵者所设计的寓教于乐的游戏，在《镜花缘》中不过就是将"击鼓射字"变成了"击掌射字"而已。

《李氏音鉴》中格外关注多音字的现象："以珍观之一字数音

---

① 见《镜花缘》第三十一回。

固亦有之，然其中岂无一二为古今之异哉？"（卷一"第七问古今音异论"）《镜花缘》中体现"一字数音"的情况出现在第十六回："按这'敦'字，在灰韵应当读堆，《毛诗》所谓'敦彼独宿'；元韵音惇，《易经》'敦临吉'；又元韵音豚，《汉书》'敦煌，郡名'；寒韵音团，《毛诗》'敦彼行苇'；萧韵音雕，《毛诗》'敦弓既坚'；轸韵音准，《周礼》'内宰出其度量敦制'；阮韵音遁，《左传》'谓之浑敦'；队韵音对，《仪礼》'黍稷四敦'；愿韵音顿，《尔雅》'太岁在子曰困敦'；号韵音导，《周礼》所谓'每敦一几'。除此十音之外，不独经传未有他音，就是别的书上，也就少了。幸而才女请教老夫，若问别人，只怕连一半还记不得哩。"紫衣女子道：'婢子向闻这个"敦"字倒象还有吞音、俦音之类。'"① 居然能如数家珍地将一个"敦"字古今十数个音一一列出，由此可见李汝珍不俗的音韵学造诣。

《镜花缘》中还有以音韵学知识进行考据以读经的实例，如亭亭曾对《论语》"颜渊、季路侍"一章中"衣轻裘"之"衣"究竟应该读平声还是去声侃侃而谈："'子华使于齐……乘肥马，衣轻裘'之'衣'，自应读作去声，盖言子华所骑的是肥马，所穿的是轻裘。至此处'衣'字，按本文明明分著'车''马''衣''裘'四样，如何读作去声？若将'衣'字讲作穿的意思，不但与'愿'字文气不连，而且有裘无衣，语气文义，都觉不足。若读去声，难道子路裘可与友共，衣就不可与友共么？这总因'裘'字上有一'轻'字，所以如此；若无'轻'字，自然读作'愿车马衣裘与朋

---

① 见《镜花缘》第十六回。

友共'了。或者'裘'字上既有'轻'字，'马'字上再有'肥'字，后人读时，自必以车与肥马为二，衣与轻裘为二，断不读作去声。况'衣'字所包甚广，'轻裘'二字可包藏其内；故'轻裘'二字倒可不用，'衣'字却不可少。今不用'衣'字，只用'轻裘'，那个'衣'字何能包藏'轻裘'之内？若读去声，岂非缺了一样么？"①虽说辩难时多九公因撑门面而没有予以承认，但后来也对唐敖说："刚才那女子以'衣轻裘'之'衣'读作平声，其言似觉近理。若果如此，那当日解作去声的，其书岂不该废么？"可见李汝珍对自己以音韵学知识考证经书的研究成果颇为自得。下文又写了唐敖针对多九公"若果如此，那当日解作去声的，其书岂不该废么"之问的回答："九公此话未免罪过！小弟闻得这位解作去声的乃彼时大儒，祖居新安。其书阐发孔、孟大旨，殚尽心力，折衷旧解，有近旨远，文简义明，一经诵习，圣贤之道，莫不灿然在目。汉、晋以来，注解各家，莫此为善，实有功于圣门，有益于后学的，岂可妄加评论。即偶有一二注解错误，亦不能以蚊睫一毛，掩其日月之光。"② 有论者认为，此处"祖居新安"的"大儒"及"尊崇孔子之教，实出孟子之力；阐发孔、孟之学，却是新安之功"说的都是戴震，这是一个误解。戴震的著作中没有一处曾论及"衣轻裘"之"衣"读去声，倒是朱熹在《四书集注》中对《论语》之"赤之适齐也，乘肥马，衣轻裘""愿车马衣轻裘与朋友共"两处皆注"衣"读去声，李汝珍这里所写的"大儒"当然指的是朱熹。不过，李汝珍也许正是巧妙利用了戴震与朱熹同为徽州人士的

---

① 见《镜花缘》第十七回。
② 见《镜花缘》第十八回。

特点，表达对戴震的崇敬之情：虽然朱熹将《孟子》升格为"四书"之一，大大提高了《孟子》学的地位；但在戴震及其追随者心目中，真正能阐发孟子"性善之本量""有功圣门"的还是《原善》《孟子字义疏证》诸作。从这个角度说，"阐发孔、孟之学，却是新安之功"可以是对戴震的暗中颂扬。而且从实际效果来看，这样的颂扬还是能让后人心领神会的。

音韵学之外，《镜花缘》中还涉及了其他一些小学知识。以第十七回为例，"按《论语》自遭秦火，到了汉时，或孔壁所得，或口授相传，遂有三本，一名《古论》，二名《齐论》，三名《鲁论》。今世所传，就是《鲁论》，向有今本、古本之别。以皇侃《古本论语义疏》而论，其'贫而乐'一句，'乐'字下有一'道'字，盖'未若贫而乐道'与下句'富而好礼'相对"[①]，这是以版本学、校勘学知识推论《论语》中应该是"未若贫而乐道，富而好礼"而非"贫而乐道，富而好礼"。"老夫记得郑康成注《礼记》，谓'季秋鸿雁来宾'者，言其客止未去，有似宾客，故曰'来宾'。而许慎注《淮南子》，谓先至为主，后至为宾。追高诱注《吕氏春秋》，谓'鸿雁来'为一句，'宾爵入大水为蛤'为一句，盖以仲秋来的是其父母，其子羽翼稚弱，不能随从，故于九月方来；所谓'宾爵'者，就是老雀，常栖人堂宇，有似宾客，故谓之'宾爵'。鄙意'宾爵'二字，见之《古今注》，虽亦可连；但按《月令》，仲秋已有'鸿雁来'之句，若将'宾'字截入下句，季秋又是'鸿雁来'，未免重复。如谓仲秋来的是其父母，季秋来的

---

① 见《镜花缘》第十七回。

是其子孙，此又谁得而知？况《夏小正》于'雀入于海为蛤'之句上无'宾'字，以此更见高氏之误。据老夫愚见，似以郑注为当"①，这是以训诂学知识斟酌古训进行考证。"自汉、晋以来，至于隋季，讲《易》各家，据婢子所知的，除子夏《周易传》二卷，尚有九十三家"，这是目录学知识，而且小说中让亭亭将九十三家注疏的注家名姓、卷帙都记得非常清楚，这也正是乾嘉学者非常强调的目录学基本功，王鸣盛在《十七史商榷》中考证《史记》时就曾忍不住对没有这种基本功的人冷嘲热讽："或问予曰：'读书但当求其意理，卷帙离合有何关系，而子断断若此？'予笑而不能答。"

甚至，李汝珍还在才女们的游戏闲谈中渗入各种小学知识，如第八十回，众女在猜谜的过程中引经据典，言谈中包含很多小学知识，其中亭亭以"橘逾淮北为枳，橘至江北为橙"为谜面打一个州名，吕祥蓂便指出此句虽出自《淮南子》，但《淮南子》也是从《晏子春秋》而来，而蔡兰芳则指出《晏子春秋》也"未必就是周朝的书"。又如第八十二回中才女们以音韵学中的双声叠韵知识行酒令。此回中锦云的一句笑谈"小春姐姐把'爽爽快快'读做'霜霜快快'，把'转弯磨角'读成'转弯磨禄'，满口都是古音，他还说人讲究古音"，实际上渗透着李汝珍自己的一些小学考证成果——他在《李氏音鉴》卷一"第八问平仄音异论"及"第七问古今音异论"中分别有载："《道德经》云'五味令人口爽；驰骋畋猎，令人心发狂'，是以'爽'为

---

① 见《镜花缘》第十七回。

'霜'也。""李济翁《资暇录》云：'角'音'禄'。"总之，乾嘉学术对知识结构的调整大大影响了李汝珍对《镜花缘》的创作，他在小说中对"附庸遂蔚为大国"的小学知识进行了刻意的"炫学"。

第三节 实学知识与《镜花缘》之"炫学"

乾嘉时期，实学被大大强调。固然，在不同人那里，实学有着不同的具体内涵：有人强调实学是因为看到了伪道学的可恶，呼吁要有真诚的道德实践；有人强调实学是因为不满"束书不观，游谈无根"之空疏，倡导以文献实证的态度纠正学风之弊；有人强调实学是因为有经世之志，看重有利于国计民生的实用知识。本节所说的实学主要是指最后这一种。

学界对乾嘉学术的评价曾经有一个误区，认为学者们兀兀穷年、矻矻致力于故纸堆中的烦琐考证是对现实的消极逃避，是躲在象牙塔中的不问世事，是对时弊民瘼的漠不关心。然而实际上并非如此，乾嘉时期的经世思想如今也已受到越来越多学者的关注，周积明在《乾嘉时期的学统重建》一文中对此有着很精辟的总结："王鸣盛、钱大昕、赵翼以史学考据表述他们的'经国远图'；章学诚以'六经皆史'论张扬史学经世的旗帜；邵晋涵欲重修《宋史》，'其宗旨大要，乃在维系世道人心之重，而非仅仅以空文著述为繁复也'；戴震著《孟子字义疏证》，'其志愿确欲为中国文化转一新方向。其哲学之立脚点，真可称二千年一大翻案'；凌廷堪'以礼代理'，'其目的是要把儒学思想从宋明理学的形上形式，转向礼学治世的实用形式';纪晓岚则一再强调:'以实心励实行,以实学求实用。'"①

值得注意的是,如果说经学经世、史学经世、礼学经世还是在传统知识结构的"旧瓶"中装了"新酒",重实学则在一定程度上改变了当时的学术知识结构,一些过去被边缘化的学科知识于乾嘉时期得到了重视,在知识结构中的地位被大大提升了。

例如医学。由于上古时期巫医不分,导致后世正统儒者视医为方技,卑之贱之。《论语·子路》中载孔子曾经引南人之语:"人而无恒,不可以作巫医。"朱熹《四书集注》曰:"巫所以交鬼神,医所以寄生死,故虽贱役,而犹不可以无常。孔子称其言而善之。"真德秀之《四书集编》中与此说相同。再如陈祥道《论语全解》:"荀卿曰:趋舍无定谓之无常,巫医贱技,然人所委听,犹不可以无常,况不为巫医者乎!"蔡节《论语集说》:"巫所以交鬼神,医所以寄生死也,人而无恒,虽巫医之贱犹不可为也,况其他乎!"胡炳文《四书通·论语通》:"南国之人甚言无恒之不可,巫交鬼神,医寄生死,虽贱事也尚不可为,况学者乎!"张居正《四书集注阐微直解》:"这等的人,虽巫医贱役亦不可以为。""小道,如农圃医卜之属。"……皆视医为人所不齿。甚至,连医生自己都自薄其术,如明代名医袁仁便曾明确地说:"医,贱业。"②

再看正史中的官修书目:

《汉书·艺文志》中将典籍分成"六略","方技"居于"六略"之末,而属于医学的"医经""经方"又列于"方技"之末。

---

① 周积明:《乾嘉时期的学统重建》,《江汉论坛》2002年第6期。
② 徐象梅:《两浙名贤录》卷四十四,明天启刻本。

由《汉书·艺文志》至《南史》《北史》，正史中皆无《艺文志》，至《隋书》方又以《经籍志》著录书目。《隋书·经籍志》中，医学书目被著录于子部中，子部分十四类：儒、道、法、名、墨、纵横、杂、农、小说、兵、天文、历数、五行、医方。医学书目又被置为子部之末，连在《汉志》中被称为"小道"的"小说"亦遥遥在其之前。

《旧唐书·经籍志》中，子部在分类上对前代史志作了较大的改造，其类十七：一曰儒家类，二曰道家类，三曰法家类，四曰名家类，五曰墨家类，六曰纵横家类，七曰杂家类，八曰农家类，九曰小说类，十曰天文类，十一曰历算类，十二曰兵书类，十三曰五行类，十四曰杂艺术类，十五曰类书类，十六曰经脉类，十七曰医术类。医学书目分为经脉、医术两类，虽名称与前不同，但还是被置于子部之末。

《新唐书·艺文志》除了变"经脉类"为"明堂经脉类"外，在分类上全袭《旧唐书·经籍志》，医学书目还是被置于子部之末。

《宋史·艺文志》子部也分为十七类，只是类目略有变化：一曰儒家类，二曰道家类（释氏及神仙附），三曰法家类，四曰名家类，五曰墨家类，六曰纵横家类，七曰农家类，八曰杂家类，九曰小说家类，十曰天文类，十一曰五行类，十二曰蓍龟类，十三曰历算类，十四曰兵书类，十五曰杂艺术类，十六曰类事类，十七曰医书类。医学书目还是被置于子部之末。

综上所述，清以前所修正史中，医学书目皆被置于子部之末。到了清人修明史的时候，从《艺文志》当中可看出，医学书目在正史子部中的著录位置有所改变：一曰儒家类，二曰杂家类（前代

《艺文志》列名法诸家,然寥寥无几,备数而已。今总附杂家),三曰农家类,四曰小说家类,五曰兵书类,六曰天文类,七曰历数类,八曰五行类,九曰艺术类(医书附),十曰类书类,十一曰道家类,十二曰释家类。医学书目的著录位置得列于类书、道家、释家之前,终于不是最后一位了。

《明史》于乾隆四年(1739年)进呈,到了乾隆五十四年(1789年)《四库全书总目提要》写定,从目录学的角度,可以清楚地看到,医学的地位在当时已被大大提升。

《四库全书总目提要·子部·总叙》中有云:

> 儒家尚矣。有文事者有武备,故次之以兵家,兵刑类也。唐虞无皋陶,则寇贼奸宄无所禁,必不能风动时雍,故次以法家。民,国之本也;谷,民之天也,故次以农家。本草经方,技术之事也,而生死系焉;神农黄帝,以圣人为天子,尚亲治之,故次以医家。重民事者先授时,授时本测候,测候本积数,故次以天文算法。以上六家,皆治世者所有事也。[①]

《四库全书总目》的子部分为儒家、兵家、法家、农家、医家、天文算法、术数、艺术、谱录、杂家、类书、小说家、释家、道家,共计十四类。医家与儒家、兵家、法家、农家、天文算法属同一等级,被视为"治世者所有事也"。而"术数"及以下又有两个等级:一是包括术数、艺术、谱录、杂家四家在内的"旁资参考

---

① 纪昀等:《四库全书总目提要》,河北人民出版社2000年版,第2331页。

者"，二是被视为"外学"的释家、道家。可以看出，医家已跻身子部目录当中的最高等级，从目录学的角度来看，医学的地位与以前相比已不可同日而语。

乾嘉时期的学者也非常看重医学，如徐大椿亲自编撰《难经经释》《神农本草经百种录》《医学源流论》《伤寒论类方》《兰台规范》《医贯砭》《慎疾刍言》《洄溪医案》等多部医书，还通过考据的方式高度评价古方，认为："古人制方之义，微妙精详，不可思议。盖其审察病情，辨别经络，参考药性，斟酌轻重，其于所治之病，不爽毫发，故不必有奇品异术，而沉痼艰险之疾，投之辄有神效，此汉以前之方也。"① 著名经学家孙星衍辑校有《华氏中藏经》《素女方》《秘授清宁丸方》《千金宝要》《服盐药法》等医书，由于他精于校勘考据，这些医书尤其是《神农本草经》最称善本。钱大昕任职翰林院时志修元史，后出于种种原因，其事遂废，但他将做的一些准备工作进行整理，其中就有所拟之《元史·艺文志》，并于嘉庆十一年（1806年）刊行。从此志来看，虽说医学书目在子部中的位置并不靠前，但收录的医书数量却是最多的，据笔者统计，共有一百七十六种，比子部中排名第一的儒家类书目（一百零六种）多出七十种。而且，他曾经为医书写序，《十驾斋养新录》卷二十五里收录有他的《医谱序》。此外，王文诰所辑嘉庆十一年（1806年）刊出的《唐代丛书》收有医书三种，张海鹏所辑嘉庆十七年（1812年）刊出的《借月山房汇抄》收有医书五种。

与李汝珍关系最为密切的扬州学派中至少有两人与医学结下了

---

① 徐大椿：《医学源流论》，载《徐灵胎医书全集》，赵蕴坤等校勘，山西科学技术出版社2001年版，第96页。

不解之缘。

一是阮元。他曾主持编纂了大型丛书《宛委别藏》，收录未入《四库全书》的一百七十五种善本典籍，其中共有医书九种：《难经集注》《华氏中藏经》《脉经》《广成先生玉函经》《陈氏小儿病源方论》《严氏明理论》《千金宝要》《类编朱氏集验医方》《史载之方》。这些医书相当经典，作者有大名鼎鼎的秦越人、华佗、杜光庭、孙思邈等。

二是焦循。阮元撰写的《通儒扬州焦君传》称他"于治经之外，如诗词医学形家九流之书，无不通贯"，这并非溢美之词。焦循从《太平御览》及他书所引辑校华佗高弟吴普之《吴氏本草》，并在序中称赞"黄帝、岐伯、医和、扁鹊之说，唯是书见其梗概，断圭碎璧、良足宝矣"。他的《雕菰集》卷十五收有《医经余论序》，褒美自己的朋友罗浩"以通儒治经之法用以治医经，开从来医家未有之径，学者由是充之，而医之术明，而医之道亦由是而尊"。他自己还撰有《种痘书》《沙疹吾验篇》《医说》等医学专著，并热情洋溢地为吴中名医李炳撰写医案《李翁医记》。

在这样的风气之下，《镜花缘》中，李汝珍同样十分看重医学。第二十四回写淑士国"考试之例，各有不同：或以通经，或以明史，或以词赋，或以诗文，或以策论，或以书启，或以乐律，或以音韵，或以刑法，或以历算，或以书画，或以医卜。只要精通其一，皆可取得一顶头巾、一领青衫。若要上进，却非能文不可；至于蓝衫，亦非能文不可得"[①]。医学被纳入考试科目，成为荣身

---

① 见《镜花缘》第二十四回。

之阶。

在第四十回《入仙山撒手弃凡尘　走瀚海牵肠归故土》写武则天颁布的十二条恩旨中，又非常前卫地提出了设立女医的社会福利政策，而且，小说中反复地把行医布方称为"济世"之举：

>　　且众姊妹虽以花卉为名，并非独供玩赏，其中隶于药品济世的亦复不少，若都废了，何以疗疾？①

>　　多九公道："可惜老夫有个妙方，连年在外，竟未配得。"唐敖道："是何药品？何不告诉我们，也好传人济世。"②

>　　话说多九公道："林兄，你道是何妙药？原来却是'街心土'。凡夏月受暑昏迷，用大蒜数瓣，同街心土各等分捣烂，用井水一碗和匀，澄清去渣，服之立时即苏。此方老夫曾救多人。虽一文不值，却是济世仙丹。"

>　　多九公点头道："唐兄赐教极是。日后老夫回去，定将此方刊刻流传，并将祖上所有秘方也都发刻，以为济世之道。就以今日为始，我将各种秘方，先写几张，以便沿途施送，使海外人也得此方，岂不更好！"③

>　　老夫于岐黄虽不深知，向来祖上传有济世良方，凡跌打损

---

① 见《镜花缘》第四回。
② 见《镜花缘》第二十六回。
③ 见《镜花缘》第二十七回。

伤，立时起死回生。

老夫前者虽揭黄榜，因舟中带有药料，可治世子之病，原图济世，并非希图钱财。①

唐敖道："前在巫咸，九公曾言要将祖传秘方刊刻济世，小弟彼时就说：'人有善念，天必从之。'果然到了歧舌，就有世子王妃这些病症，不但我们叨光学会字母，九公还发一注大财。可见人若存了善念，不因不由就有许多好事凑来。"②

无奈多九公因在歧舌得了一千银子，颇可度日；兼之前在小蓬莱吃了灵芝，大泻之后，精神甚觉疲惫，如今在家，专以传方舍药济世消遣，那肯再到海外。③

丽春道："此方乃人家必需，万不可少的，妹子意欲济世，所以都记在心里……"

丽春道："昨日师母因家父做过御医，命宝云姐姐告诉我，当日老师有位姨娘，因产后瘀血未净，以致日久成痞去世，惟恐别位姨娘再患此症，所以问我可有秘方。恰好我家祖传有这'生化汤'古方……大家记了，即或自己不用，传人济世，也是好的。"④

---

① 见《镜花缘》第二十九回。
② 见《镜花缘》第三十一回。
③ 见《镜花缘》第四十三回。
④ 见《镜花缘》第九十一回。

李汝珍不仅看重医学，对于药方和医术也颇有研究，《镜花缘》中出现过大量的医方、药方，如七厘散、保产无忧散、铁扇散、忍冬汤等，还非常详细地开列出药的配方。据赵建斌《〈镜花缘〉丛考》统计，《镜花缘》中共有"单味药七种，详细写明配伍的复味药方二十三种"①。

《镜花缘》中还有对于药材的考据，如在第三十回中，多九公就征引两种《本草》辨识忍冬药性：

> 多九公道："这是医家不能深究药性，岂可尽信。昔人言：'忍冬久服，长年益寿。'若果寒凉，岂能如此？况古本《本草》言'忍冬味甘性温'，近世《本草》虽有'微寒'之说，不过因其清热败毒，岂是泄火大凉之物。"

甚至在描写品茶之时，李汝珍也引证医书，对茶叶的药性娓娓道来："按《本草》言：柏叶苦平无毒，作汤常服，轻身益气，杀虫补阴，须发不白，令人耐寒暑。盖柏性后凋而耐久，实坚凝之质，乃多寿之木，故可常服。"②

需要指出的是，受乾嘉学术崇古思想倾向的影响，清代许多医家过于抬高《神农本草经》，以朴学方式校勘、集注、阐发《神农本草经》，产生了张石顽《本经逢原》、徐灵胎《神农本草经百种录》、陈修园《本草经读》、姚球《本草经解要》等大量著述，但《本草纲目》鲜有问津，而李汝珍对《本草纲目》非常重视。本章

---

① 赵建斌：《〈镜花缘〉丛考》，山西人民出版社2010年版，第343页。
② 见《镜花缘》第六十一回。

第一节已论述过《镜花缘》中有一些博物知识采摭于《本草纲目》，其实如果将《镜花缘》中的药方、药性与《本草纲目》进行对照就可以发现，大部分都可以在《本草纲目》中找到相近的记载。书中第三十回称忍冬"微寒"的"近世《本草》"也正是指《本草纲目》，因为《本草纲目》在列举了忍冬药性"甘，温，无毒"的古说之后，又肯定"小寒"之说，称"云温者，非也"。对李时珍的这种药性判断，《镜花缘》是认同的："近世《本草》虽有'微寒'之说，不过因其清热败毒，岂是泄火大凉之物？"

　　乾嘉时期看重的实学还有水利学知识。惠栋是乾嘉学者中开宗立派的人物，虽然他对于汉学的大力推崇颇受争议，却并非埋首书斋、皓首穷经的腐儒。在他看来，通经是为了致用，是为了从圣人经典中学得"经术"。他曾引阎若璩语，认为"以《禹贡》行河，以《洪范》察变，以《春秋》断狱，或以之出使，以甫刊校律令条法，以三百五篇当谏书，以《周官》致太平，以《礼》为服制，以兴太平"[1] 才可称得上是"经术"。而在"经术"中，他首重"以《禹贡》行河"，对水利之学非常看重，并且写有《河议》一文，在此文中，他以深厚的学养勾勒出黄河从大禹直到明清时期水道的变迁，认为治理黄河有着"北流则安，东流则败"的历史经验与教训，最后针对现实情况，有针对性地提出了"前代治河，今兼治淮；前代治河以除害，今兼治潜以利用"的水利主张。与他齐名的戴震一向标举求道于六经之中，又强调"古贤圣之所谓道，人伦日用而已矣，于是而求其无失，则仁义礼之名因之而生"[2]。对于

---

[1] 惠栋：《经术》，载《九曜斋笔记》卷二，广陵古籍刻印社1982年版。
[2] 戴震：《孟子字义疏证·道》，载《戴震全书》第6册，第200页。

关乎日用民生的学问，他是非常重视的。虽然他校《水经注》是否抄袭赵一清为学界悬而未决的一个疑案，但他长期关注水地之学并在此领域用力甚勤是不争的事实。他撰写《水地记》三易其稿，参修《直隶河渠书》，并通过撰写《读禹贡札记》《赝书传所言水道地名》《匠人沟洫之法考》等注目于水道沟洫的考据之文，为后人提供了丰富的水利学资料。如戴震所言，他关注水地之学并非为考据而考据，而是有着很鲜明的经世倾向，是针对"利民病民者"①。这其实也是许多乾嘉学者在其地理学研究中特别关心水道沟洫的原因，如洪亮吉撰《贵州水道考》，孙星衍重校《水经注》，钱大昕纂《鄞县志》尤为人所赞的是"疆域之沿革，农田水利之废兴无不详也"②，阮元编刻《广东通志》对以前志书的最大修改就是因"古人不曰志而曰图经，故图最重"而"今则一县一州为图，沿海洋汛又为长图"③，最能从中受益的自然还是运输防汛等水利工程的建设。

恐怕不是偶然的巧合，与李汝珍最有关涉的扬州学派中有不少人颇为关注水利之学。

李汝珍姻亲许乔林在《送李松石县丞汝珍之官河南》一诗中有"河工二十载，人有清官叹"之句，颂美自己的父亲徐阶亭对于水利事业的突出贡献。徐阶亭不仅有治河实际，还著有《河防秘要》一书，他应该是与李汝珍关系最近的一位水利专家。扬州学派有

---

① 戴震:《应州续志序》，载《戴震全书》第6册，第331页。
② 陈钟琛:《鄞县志序》，载钱维乔修、钱大昕纂《鄞县志》，清乾隆五十三年（1788年）刻本。
③ 阮元:《重修广东通志序》，载《研经室集》上册，第589页。

"通儒"之称的焦循编撰有《北湖小志》,记述了家乡的水利状况,其后阮元从弟阮先又辑录了《北湖续志》《北湖续志补遗》等。焦循曾在《北湖小志》中为家乡水利学家孙兰立传,并收录了孙兰针对现实问题所提出的水利建设策略:在淮河古道各处疏通设闸,"水大则开以泄水,水小则闭以济运","不使涓滴入高宝湖,坏堤以坏民田"。另外,由瓜埠逆淮开河以更运道①。继孙兰之后,朱泽沄撰有治河三策,回顾了黄、淮水道的历史变迁,建议改黄河水道向北,避免"淮不胜黄,黄再南徙,势如奔马,无可控御,挟淮合江"。②如果说孙兰、朱泽沄对于水利建设还只是以建议为主,王念孙则不仅有更为丰富系统的水利知识和成熟的治水理念,而且有长期的治水实践。他从嘉庆四年(1799年)至嘉庆十五年(1810年)十一年中,先后任职于淮安漕运、济宁漕运、直隶永定河道、山东运河道等,其中奉旨督办河间河工、河南衡家楼河工、山东台庄河务成效尤为显著,嘉庆帝曾称赞他"于水利讲求有素"。王念孙还著有《导河议》,提出治水害的同时保障河运之利的策略。另一位扬州学者刘台斗撰有《黄河南趋议》,核心主张是:以疏通河道为主,导黄河水于场河,如此则"场河以外,形如釜边,场河以内,形如釜底,以釜底泄入釜边,必须抬高水面,方成建瓴,若以挑河之土坚筑两岸之堤,则地势虽内低外仰,而水面仍内高外下也。如此则有沟有防,表里相应,诚一劳永逸之计也"③。

把《镜花缘》中唐敖治水的主张与《黄河南趋议》作一番对

---

① 焦循:《北湖小志》,孙叶锋点校,广陵书社2003年版,第42—43页。
② 朱泽沄:《治河策》下,载《皇朝经世文编》卷六十,清道光刻本。
③ 阮元:《江西铜鼓营同知刘台斗传》,载《研经室集》上册,第515页。

比，其"疏"字诀及"以盘形变成釜形，受水既多，自然可免漫溢之患了"与刘台斗的治水主张何其相似！阮元撰《江西铜鼓营同知刘台斗传》没有标明上书《黄河南趋议》给两江总督铁保的具体日期，但后文最早提到的日期是嘉庆丁卯也即嘉庆十二年（1807年），铁保升任两江总督是嘉庆十年（1805年），那么刘台斗《黄河南趋议》最晚也写于嘉庆十一年（1806年），《镜花缘》定稿则是在嘉庆二十二年（1817年），李汝珍在《镜花缘》中写唐敖治水就算没有受到刘台斗的直接影响，那也可说得上是"英雄所见略同"了。

乾嘉时期看重的实学还有算学知识。天文历法催生出了古代的算学，从事天文演算的学者，被称作"畴人"。乾嘉时期"畴人"数量众多，入选阮元《畴人传》和罗士琳《畴人传续》的就有二百多人，梁启超《中国近三百年学术史》中《清代学者整理旧学之总成绩》亦云："经师者，初非欲以算学名家，因治经或治史有待于学算，因以算为其副业者也。……自余考证家，殆无一人不有算学上常识，殆一时风尚然矣。"[1]

戴震在《九数通考序》中云："古者九数，司徒掌之，以教万民；保氏掌之，以教国子。与五礼、六乐、五射、五御、六书之伦，合而谓之道艺。夫德行以为之体，道艺以为之用。故司谏巡问民间，则以时书其德，行道艺辨其能，而可任于国事者。由是言之，士有国事之责，期在体用赅备有如是。"[2] 其以经义为体，以算学术数为用，而且着眼于"国事"，将算法知识视为经世

---

[1] 梁启超：《中国近三百年学术史》，第370页。
[2] 戴震：《九数通考序》，载《戴震全书》第6册，第553页。

实学。

再如焦循博采众长，会通中西，著有《加减乘除释》八卷、《天元一释》二卷、《释弧》三卷、《释轮》二卷、《释椭》一卷、《开方通释》一卷、《乘方释例》五卷（图一卷）等。而焦循对于算学的研究兴趣，很大程度上是为了易学研究的需要："盖《易》学全是算学，其'参伍错综'，非明少广、方程、盈不足、句股、弧矢之理，不能得其头绪。弟以天算之苦心全付诸《易》。"[1] 他把算学视为经学之跬步，非常看重算学"实测"之功效："天不可知，以实测而知。"[2]

又如钱大昕素有"一代儒宗"之称，"在中书任暇，与吴杉亭、褚鹤侣两同年讲习算术，得宣城梅氏书读之，寝食几废。因读历代史志，从容布算，得古今推步之理"[3]。而在吸收中国古代算学知识的同时，钱大昕的算学认识还深受西方影响，曾从传教士利玛窦、南怀仁、汤若望等人学习。他看到了西方算学胜于中国之处，并希望改变中国"中法之绌于欧罗巴也，由于儒者之不知数也"的现状，号召士大夫学习算学、天文等实测知识，并希望能把历算之学纳入儒家正统。

又如阮元认为："九数为六艺之一，古之小学也。……后世言数者，或杂以太一、三式、占候、卦气之说，由是儒林之实学，下与方技同科，是可慨已。庶常……罔罗算氏，缀缉遗经，以绍前

---

[1] 焦循：《里堂札记·辛未手札·答汪孝婴》，载《焦循杂著九种》，刘建臻整理，广陵书社2016年版，第624页。
[2] 焦循：《易图略·叙目》，载《易学五书》下册，凤凰出版社2016年版，第839页。
[3] 钱大昕：《竹汀居士年谱》，载《嘉定钱大昕全集》第1册，凤凰出版社2016年版，第13页。

哲,用遗来学。盖自有戴氏,天下学者乃不敢轻言算数,而其道始尊,然则戴氏之功又岂在宣城下哉!"① 他高度赞扬了戴震等人在算学上的成就贡献,明确地把算学称为"儒林实学"。总之,众多乾嘉学者都表示过对于算学的重视,算学在学术知识结构中的地位比以前大有提升。

流风所至,在《镜花缘》中,李汝珍同样重视算学,并将算学、刑法、天文、书画等杂学与经史并置,看作士人的晋身途径之一。比如书中提到的淑士国就有这样的制度:"考试之例,各有不同:或以通经,或以明史,或以词赋,或以诗文,或以策论,或以书启,或以乐律,或以音韵,或以刑法,或以历算,或以书画,或以医卜。只要精通其一,皆可取得一顶头巾、一领青衫。"② 淑士国之外,小说中还讲述了智佳国国民费尽心血精研天文演算,以致三四十岁就发须皆白。

更能体现李汝珍在算学方面学养的集中在众才女聚在一起研究算法的描写中,涉及了很多经典算法内容,如"盈朒算法":"廖熙春道:'因谈算法,忽然想起前在家乡起身时,亲戚姐妹都来送行。适值有人送了一盘鲜果,妹子按人分散,每人七个多一个,每人八个少十六个,诸位姐姐能算几人分几果么?'司徒妩儿道:'此是盈朒算法,极其容易:以七个、八个相减,余一个为法;多一个、少十六个相加,共十七个为实。法除实,为人数。这帐'一'为法,一归不须归,十七便是人数。以十七乘七个,得一百一十九

---

① 阮元:《畴人传》卷四十二,载阮元等《畴人传汇编》,广陵书社2009年版,第489页。
② 见《镜花缘》第二十四回。

个；加多一个，是一百二十个。乃十七人分一百二十果儿。'熙春道：'向来算法有筹算、笔算、珠算，今姐姐一概不用，却用嘴算，又简便，又不错。'"①

众才女中的米兰芬是一位有家传算法的大家之女，很多难度较高的算法都是从她口中说出，比如以"圆内容方"、雉兔同笼的算法来算灯球数量，从玛瑙的方寸大小算出重量，甚至还可以测算雷声远近这样涉及光速与声速的内容：

> 兰芬道："此是诳话。但这雷声倒可算知里数。"月辉道："怎样算法？"兰芬指桌上自鸣钟道："只看钞针就好算了。"登时打了一闪，少刻又是一雷。玉芝道："闪后十五秒闻雷，姐姐算罢。"兰芬算一算道："定例一秒工夫，雷声走一百二十八丈五尺七寸。照此计算，刚才这雷应离此地十里零一百二十八丈。"……奶公道："离此只得十里。那打人的地方离墩还有半里多路。我在那里吃了一吓，也不敢停留，一直赶到十里墩才把衣服烘干。"②

正如书中对于擅长算法的才女的评价："珠走谙勤拨，筹量算慎持。乘除归揣测，默运计盈亏。"③ 在李汝珍眼中，算法是能够表现出聪明才智甚至是理解经义必须借步的学问，这一点与乾嘉时期算学在学术知识结构中所处地位的变化是分不开的。

---

① 见《镜花缘》第七十六回。
② 见《镜花缘》第七十九回。
③ 见《镜花缘》第九十回。

第七章　乾嘉学术"崇正辟邪"思想发展态势中的《野叟曝言》

上章第三节已谈到乾嘉时期与以前相比，医学与算学在学术知识结构中的变化，这种变化同样体现在夏敬渠的《野叟曝言》中。

据统计，《野叟曝言》"涉及疾病及医学卫生知识的描写达十二万字，约占全书的十分之一。共使用各种医学术语一百余条，描写各种疾病近百种，方剂五十余个，药物一百多种，描述完整和比较完整的中医病案三十余个"①，书中几乎涉及中医药体系的各个方面，提及内、外、妇、儿、伤、骨、五官、精神、皮肤、传染、针灸、急救、种子、养生、法医等科内容。从医学理论来讲，《野叟曝言》中也有值得称道的疗疾理念，如在第九、十九、三十六回数次提到"不药为中医"，第三十六回中文素臣好友说："文老爷常说，不药为中医。"可见，这是文素臣的一贯主张。从小说中的描写来看，与病人病后再大展神技将其治愈相比，夏敬渠更推崇"避风寒，节饮食，省勤劳，待其正气自充以祛之"② 等病前的预防与养生。第二十一回以兵家喻医家所谈及的医术也颇有可观，从

---

① 陈敏：《〈野叟曝言〉与中医药》，《医古文知识》1995年第2期。
② 见《野叟曝言》第八十八回，中华书局2004年版。后文若无特别注明，皆据此版本。

此回文素臣对医法的议论还可看出，他最推崇的医典正宗是《素问》《灵枢》《难经》《脉诀》以及张仲景的《伤寒杂病论》，这与他在《浣玉轩集》卷二所载《医学发蒙序》中的观点是一致的："余此书于《灵》《素》外，一宗长沙；而参以洁古、东垣诸子。"《医学发蒙序》中的"长沙"即指张仲景，仲景曾为长沙太守；"洁古"是指金代名医张元素，曾与其子张璧合撰《洁古注叔和脉诀》十卷，可见《野叟曝言》中的《脉诀》很看重张元素的注本；"东垣"即张元素高弟李杲，字明之，晚年自号"东垣老人"，与张元素同为"金元四大家"中名医。李杲对张仲景的《伤寒杂病论》多有发明，夏敬渠对他的推崇并不偶然。夏敬渠在序中还言："儒曷昉乎？昉于伏羲氏。医曷昉乎？昉于神农氏。儒之学曷阐乎？阐于陶唐、有虞氏。医之学曷阐乎？阐于岐伯、轩辕氏。伏羲画八卦，开儒之宗，而阐精一之传者，唐、虞也；神农尝百草，开医之宗，而阐《灵》《素》之传者，轩、岐也。儒也医也，同源而共其本也。儒者以全人心性为业，医者以全人躯命为业，两者缺一，则形虽存而神已亡，神欲存而形已敝，均之无生也。儒与医之重若此。"其宣称儒医同源共本，标举儒医并重，赋予医学在学术知识结构中以极高的地位。

　　《野叟曝言》中也很看重算学。第八回中，文素臣曾言及这样的心愿："我生平有四件事略有所长，欲得同志切磋，学成时传之其人。如今历算之法，得了你，要算一个传人了。我还有诗学、医宗、兵法三项，俱有心得，未遇解人。将来再娶三个慧姬，每人传与一业，每日在闺中焚香啜茗，不是论诗，就是谈兵，不是讲医，就是推算，追三百之风雅，穷八门之神奇，研《素问》之精华，阐

《周髀》之奥妙，则尘世之功名富贵，悉付之浮云太虚耳！"算学是他生平比较看重的"四业"之一。小说在叙事中插入算学知识主要在以下几回：第七回写到文素臣对璇姑进行了"九章算法"与"三角算法"的讲授："素臣欢喜道：'那签上写着《九章算法》，颇是烦难，不想你都会了。将来再教你《三角算法》，便可量天测地，推步日月五星。'璇姑大喜道：'小奴生性，最爱算法，却不知有《三角》名色，万望相公指示。'素臣道：'《三角》只不过推广《勾股》，其所列四率，亦不过异乘同除。但其中曲折较多。还有《弧三角法》，更须推算次形。我家中现有成书，将来自可学习，也不是一时性急的事。'当将钝角、锐角，截作两勾股，与补成一勾股之法，先与细细讲解。正讲到割圆之法，大郎夫妇已收拾早饭进房，令璇姑同吃。"第八回又有了"量天测地，推步日月五星"的进一步展开："素臣与璇姑讲到日月五星，说：'那七政里面最难算者是水星，因其与金星同附太阳而行，实测更难于金星，故成书定本轮半径为六分之五，均轮半径为六分之一，亦止得其大概，须以仪器晨夕两测，再测多方以定之，其余则竭汝聪明，与成书推证，兼以实测，自无差谬。'璇姑问：'七政去地远近，何以能灼知无疑？'素臣道：'此从诸曜之掩食得之。人从地仰视，而月能食日，是月近于日也。月食五星，是月近于五星也。五星又互相食，是五星各有远近也。五星皆食恒星，是恒星最远也。日为外光，故不能食火、木、土及恒星，而独隔地影以食月，故食必于望。又宗动天之气，能挈七政左旋，其行甚速。故近宗动天者，左旋速而右移迟；远宗动天者，左旋迟而右移速。右移之度，惟恒星最迟，土次之，木次之，火又次之。日、金、水较速，而月最速。是又以次而近之证也。夫恒星与宗动较,而岁差生;太阳与恒星会,而岁实生;黄道与赤道出入,而节气生;太阳与太阴循环,而朔望盈虚生;黄道与白道交错,而薄蚀生;五星与太阳离合,而迟疾顺逆生;地心与诸圜之心不同,而盈蚀生。其大略也。测算并用,心目两精,循序渐进,毋有越思,斯得之矣。'"此回还写了历家所宗的"整驭零之法",以及九章算术中的"加、减、乘、除、平方、立方之式"与"带纵平方、立方之法"。第一百十一回中,写文素臣到困龙岛营救被靳直劫持的皇帝时,夏敬渠还让算学知识在军事行动中大显身手:"素臣令成全带着绳索,从船边下海,屈曲而行,至岛后观日铜柱陡壁之下立住,把绳头拴缚自己腰内,拿着长竿盘上大桅,另用绳索绑缚,凑长起来,那长竿便直透出沙碛外去。素臣头结明珠,复盘上长竿之末,把眼光看准铜柱之首,定了测表,将腰间绳头解下,与成全扯直,便把桅接长竿作股,绳作弦,用弦股求勾法,算出自船至铜柱下陡壁之脚为勾,共五百四十丈;复令伏波持绳头立于碛内船边,把船放出碛外海中,仍上桅竿,定了测表,将绳与伏波扯直,仍用弦股求勾法,算出自船至碛计九百丈;再用重测法测出铜柱高一千六百二十三丈,除去铜柱,约长三丈。以高一千六百二十丈为股,两测共一千四百四十丈为勾,以勾自乘、股自乘,两数相并,得四百六十九万八千丈,平方开出弦数二千丈有奇。"文素臣用"弦股求勾法"算出上岛攀缘需用绳索的长度,成功地救出皇帝,荡平贼寇。

  医学、算学亦是《镜花缘》中所炫之"学",兵学之"炫"则可谓是夏敬渠在《野叟曝言》中所具有的个性化特点,这与乾嘉时期学术知识结构的变化也是一致的。

《汉书·艺文志》之六艺、诸子、诗赋、兵书、数术、方技"六略"中，"兵书"不在"诸子"中，被置于"诗赋"之后，"数术"之前。

由《汉书·艺文志》至《南史》《北史》，正史中皆无《艺文志》，至《隋书》方又以《经籍志》著录书目。《隋书·经籍志》中，兵学书目被著录于子部中，不仅无法与道、法、名、墨、纵横、杂、农诸子并肩，还被置于"小说"之后。

《旧唐书·经籍志》中，子部在分类上对前代史志作了较大的改造，在小说类与兵书类之间加上了天文类与历算类。《新唐书·艺文志》在分类上全袭《旧唐书·经籍志》，兵家的著录位置没有发生什么改变。《宋史·艺文志》的子部十七类中，兵家的地位反而下降了，除天文类与历算类之外，在兵家前面又增加了五行类与蓍龟类。

清人所修《明史·艺文志》，兵家的著录位置有所提升，子部十二类中，兵家位列第五，除了小说家类之外，隋志以后提在前面的天文、历数、五行等类皆被置于兵家之后，恢复了汉志中兵家在"数术"之前的著录传统。

到了《四库全书总目》，兵家在史志的著录位置可谓发生了质的变化。《四库全书总目》的子部十四类中，兵家不仅把汉志以后一直没能超越的小说类远远抛在后面，而且在诸子当中仅次于儒家，在十四类中位列第二。

据源远堂《江阴夏氏宗谱·文辞》，夏敬渠好友在《与二铭二兄书》中有言："至于《纲目举正》及他著作，如《所见录》等书，卷帙减于《曝言》，秋间尹儒尚拟北来，倘能携以示我，则照乘之珠、连城之璧不足道也。"此封书信写于乾隆四十一年（1776年），可见至迟在此年《野叟曝言》已成书。而《四库全书总目提要》要到乾隆五十四年（1789年）才写定，可见夏敬渠对当时学术知识结构的变化颇具慧眼，能得风气之先。

《野叟曝言》中，文素臣颇为自豪的"四业"之一就有兵家之学。不过，夏敬渠《野叟曝言》中所"炫"兵家之学倒并不是人们一般会以为的兵书中的行兵布阵之法，而是从经史中总结出的军事艺术。

夏敬渠《浣玉轩集·左传论》中有颇多对兵法的总结："春秋时，惟郑瘠生最知兵，惟左邱明能传之。如伐许，许溃，传其能用先也；伐戴取师，传其能用后也；克段，传其能料敌而用奇也；繻葛，传其能摧弱而乱强也；至祝聃衷戎师一传，则寥寥数行，而瘠生兵法之妙，无不抉露。""盖三覆以待，祝聃实居中覆，当寇者遇戎诈败而速去，戎逐之，其前者遇后覆而奔，中覆之祝聃乃出而衷戎师。衷师者，横截其师之中间，而前后覆合击以尽殪之也。此衷之之法，能使敌人怔怯扰乱，首尾不相顾而必败。其城濮之战，原轸却秦以中军，公族横击之，即是法也，后之名将效此以克敌者，指不胜屈。""惟遇后覆而奔，中覆者出而衷之，后覆追而击其前，前覆遏而击其后，中覆者衷而横截其中，戎徒郑车前后中三道兵车如坚城然，分截其前后之师而夹攻之，戎师腹背受敌，进退无路，不殪何待？"而在《野叟曝言》中，不难看到文素臣在"辽东除孽""广西破妖""灭浚班师""诛狗定峡""诛逆迎銮""擒王靖房"等军事行动中展现的"用先""用后""料敌而用奇""摧弱而乱强""衷师"等兵法。《野叟曝言》第三十五回中，文素臣告诉边将林士豪的料敌制胜之法是:"昔武侯南征,马谡进言曰:'为将之道,攻心为上。'苗之与蛮,初无二致,不攻其心,苗不可得而平也。《书》曰:胁从罔治。《传》曰:敌可尽乎?文王因垒而崇降,士丐还师而齐服,此道得也……不掳一子女,不杀一老弱,降则抚之以诚,叛则厉之以耻,警其豪猾而恤其孤穷,毁其险厄而完其家室。"仍然是通过引经据史来宣讲兵法。第六十六回中,文素臣又对粗通文墨的飞熊说道:"你读过《四书》就好了,《四书》上只'暴虎冯河'一节,为将的就终身用之不尽!诸如'足食足兵,民信之矣';'天时不如地利,地利不如人和',皆兵家第一至言。我要你读书,也像秀才一般,无书不议吗?只须把《四书》理熟,做了根子;再看《孙子》十三篇、《吴子》七篇这两种书,以为行军应敌之用,就可成名将。"他居然把"四书"看成为将之道的"根子"。总之,与其说《野叟曝言》是在"炫"兵家之学,还不如说是在"炫"经史之学。

乾嘉可谓是经史之学的极盛时期,学者们大多有着坚定而鲜明的以儒学为本位的学术立场,排佛老,斥异端,使这一时期学术之"崇正辟邪"思想形成了一定的发展态势。下文便在这样的发展态势中考察《野叟曝言》,并不试图坐实夏敬渠受到了乾嘉学术哪些具体的影响,因为这样的探究往往会由于"事出有因,查无实据"而无法坐实,研究者也无法仅从文本语句的相似甚至相同就得出二者之间必然是影响与被影响的关系,毕竟,不谋而合在人们的思想观念中是常常会发生的。在乾嘉学术"崇正辟邪"思想发展态势中,下文考察《野叟曝言》注重的是,探究《野叟曝言》在这样的态势中表现出怎样的个性化思想内涵,对《野叟曝言》的这些思想内涵可以作出怎样的评价。

第一节 "崇正辟邪"与《野叟曝言》中的人伦观

《野叟曝言》一开篇就推出一位"既不信仙，尤不喜佛""止崇正学，不信异端"的"道学先生"文素臣。此人一生以"崇正辟邪"为己任，所到之处，务必要弘扬儒学，而视佛老如寇仇。他对佛老甚至还不只是排摈而已，必欲剪灭而后快。在夏氏笔下，佛老之徒往往面目可憎，笔法虽然不尽相同，但对和尚道士等佛老之徒的憎恶之情却是一成不变的。

外貌还不过是"形状，末也"，在《野叟曝言》中，佛老之徒们往往是心恶行邪，坏事干尽：第一回就出场的行昙和尚强奸民女，行凶伤人，勾结官府，逍遥法外；第二回出场的松庵和尚亦是好色之徒，在寺中设有密室囚禁抢来的女子供其淫乐；第十二回中的百空和尚"专一结交书吏，写得绝好呈状，替人包打官司。庵里造着盆堂，宰杀贼牛贼马，开场放赌，扎囮诈钱。山东一带大道上的土妓，每月有他的常例，若少缺了，官府就差人下乡驱逐。遮莫干下些不公不法的事，官府捕捉要紧，只买得动他收留在庵，应捕人等便不敢去拿。更有一桩伤天理的事是酷好男风，庵里绝标致的沙弥有五七个尽他受用，兀自在外搜括，但是瞧见清秀小伙，便设计弄入庵中取乐，又最喜奸弄幼童"；第四十六回中，尼姑是景府长史吴凤元迷奸美貌女子的帮凶；第五十二回中，宝华寺恶僧强行剃度县民，伪称是活佛，哄骗愚民布施，而且此寺中也有暗室藏着年轻女子；第六十七回中，道士叶自法奸杀民女与男童，并挖掉男童的心与民女的胎儿埋在石台之下，以符咒拘禁，令鬼魂永世不得出头；第八十六回中，龙虎山道士韦半仙以食精之术导致许多男子被吸精而死……而且大量的僧道归附于意图谋反的景王与宦官靳直，更是犯下了十恶不赦的大罪。于是，在《野叟曝言》中，佛老之徒的性命被视如草芥，夏敬渠似乎总在宣泄着对佛老之徒斩尽杀绝的快感，总喜欢倾听佛老之徒被劈砍削斫时的声音，如第四十三回："低头看时，见道士大腿上着的一刀，饶是侧闪，便已削去半腿，皮肉鲜血淋漓。和尚的脚朵骨平截两半，头落在地，伶伶俐俐的，休想沾带着一丝皮儿肉儿筋兑骨儿。"第六十五回："因拔出刀来，把和尚一刀，连肩都削去了一半。作忠咋舌惊叹。"第八十二回："素臣吩咐把捆获受伤的五名和尚、两名道士并捧脚被获之内，审出有五名道士，俱即时斩首。"第一百零八回："法王、真人正在殿中一同作法，素臣、红须大吼跃入。法王忙掣锡杖，真人忙举宝剑，两颗头颅，已经落地。"……小说中还让文素臣前后三次如出一辙地在寺庙中搜出大量钱财与女子，焚烧寺庙，将奸僧们成批杀死。总之，《野叟曝言》中，由于文素臣的"崇正辟邪"，不仅华夏皆奉正学，就连远在九万里之外的欧罗巴洲也被"用夏变夷"，凡有土木之处皆无佛老之徒的容身之地。

《野叟曝言》中的"崇正"即崇奉儒学，而所谓"辟邪"主要是辟佛老异端。小说第一回中就让文素臣明确宣称自己的平生之志是"扫除二氏，独尊圣经"，第七十五回中又有："三教堂不知始自何年，邪正不分，圣狂并列，可恶可笑！辟去佛、老二主，弟之素志也。"还有第一百四十七回："本国与意大里亚、波而都瓦尔、依西把尼亚，各率附属小国，降附大人文国主，受其节制。俱秉天朝正朔，亦如中国之制，除灭佛、老，独宗孔圣，颁下衣冠礼制，用夏变夷。"

"扫除二氏，独尊圣经"的思想倾向与夏敬渠《浣玉轩集》有着高度的一致，而且，《野叟曝言》中借人物之口的大量议论在文本上与《浣玉轩集》存在着明显的互文关系。

《浣玉轩集》卷一中，夏敬渠《经史余论·中庸论》是他颇为自豪，也是被友人大加赞誉的，他辟佛老的一个重要着眼点就是佛老的"反中庸"：

> 《中庸》一书，为万世阐性学、明治道，而无忌惮之小人足以乱性学而坏治道，故尤重于严辨君子小人而为万世立邪正之防。
> 君子者，尧、舜、禹、汤、文、武、周公也，小人者，老与佛也。
> 中庸之道，莫大于五伦。而老佛敢于废君臣，弃父子，绝夫妇，尽去昆弟朋友之交，而别求其昆弟朋友，其废之弃之绝之而尽去之者，反之至也，其敢于废之弃之绝之而尽去之者，无忌惮之至也。

《中庸》有云："君子中庸，小人反中庸。君子之中庸也，君子而时中；小人之反中庸也，小人而无忌惮也。"夏敬渠以"无忌惮"来论"反中庸"，认为佛老便是"无忌惮"之"小人"。

在夏敬渠看来，佛老之"反中庸"首先表现为"反五伦"。

《中庸》有"中也者，天下之大本也；和也者，天下之达道也"与"君臣也，父子也，夫妇也，昆弟也，朋友之交也，五者天下之达道也"的说法，而所谓"君臣也，父子也，夫妇也，昆弟也，朋友之交也"又被古人称为"五伦"，所以夏敬渠说"中庸之道，莫大于五伦"并非空穴来风，而是有着儒学元典的依据。既然"五伦"是"中庸之道"最大的"达道"，那么，佛老摒弃"五伦"自然是"反中庸"了，这是夏敬渠斥佛老为"无忌惮"之"小人"的首要论点。

夏敬渠在《野叟曝言》中也正是着眼于佛老摒弃"五伦"来"辟邪"的。他以小说中人物的言论大力指斥佛老的弃"五伦"。如第十回中，文素臣在与法雨和尚进行儒释之辨时有这样的说法："儒家即有败类，尚不至无父无君，全乎禽兽。释氏则不识天伦，不服王化，弃亲认父，灭子求徒。其下者，行奸作盗，固国典所必诛；其上者，灭类绝伦，亦王章所不宥。"第四十九回中，文素臣又指责了道教为求一身之寿而抛弃伦常的罪恶："老庄为道教之祖，其男女饮食未与人殊，至后世乃有出家之事，殄其宗祀，灭其子孙，而求一身之寿，悲矣！无论变化之道，断无息而不消之理；即幸获长年，而割子孙千万之蕃衍，以延一身数百岁孑立之光阴，亦得不偿失耳。"

为了强调"五伦"不可摒弃，夏敬渠还刻意设计了一些颇为荒诞的情节细节。如第九十七回中，文素臣感念玉儿的种种善行，不忍其终为石女，于是以纯阳之体暖其纯阴，居然真的使玉儿恢复了正常，而且后来嫁给干珠后每胎皆是孪生，还连生二十八子。此处强调的是"五伦"中的"夫妻"之伦不可废弃。

第六十二回中，文素臣对"穿着白绸衫儿，衫上勒着一个红绫裹肚，赤着双足，手上带一副小金镯儿，顶心半边，留着一片胎发"的长子文龙命令道："做男女的都要听父母的话，不可违拗。我如今教你笑，你就该笑，方是孝顺儿子。"结果奇迹发生了，之前在水夫人及田氏、文姬、紫函、玉奴诸人各种逗引下怎么都没有笑的文龙，听了父亲这句话之后，"两只小眼，看定素臣，就像懂得说话，等素臣说完了话，便嘻的笑了一声。田氏等无不诧异，连水夫人亦以为奇"。此处强调的是"五伦"中的"父子"之伦不可废弃。

第六十六回中，文素臣不满闽地契哥契弟之习俗，了解到此习俗的始作俑者是"好南风的祖宗夏德海"，他便在夏德海神像到来之际"瞋目怒视，那泥身直倒下地，跌得粉碎，土木相离，肠脏抛落，金银珠宝，滚撒满地。吓得在会之人，魂飞魄散，一齐围裹拢来，四面跪拜，磕头如捣蒜。一面收拾地上抛撒的土木肠脏，一面将轿绰回庙中，把坐庙的浑身抬来。那知方到素臣面前，平空的又直撞出来，一般跌得粉碎"。又如第一百二十七回中，文素臣长子文龙在浙江任官，审理了一个弟弟举报哥哥逼奸邻女的案子，文龙的判决是："逼奸之有无不可知，兄弟之名义不可绝。律载：告期亲尊长，虽得实，杖一百。"他审案并不在乎事实到底如何，而是弟弟告发哥哥本身就是罪过，与前面不满闽地契哥契弟之习俗的例子一样，都是强调"五伦"中的"兄弟"之伦不可废弃。

"五伦"之中，夏敬渠首重"君臣"之伦。尽管他把文素臣塑造成不断制造奇迹的人，在写到"君臣"之伦时，却常常让文素臣在困境中显出"天下第一忠臣"的本色。小说中多次写到他和家人在厄难中面临着"忠"与"孝"的两难选择,虽然内心非常痛苦,但终究还是要把"忠"放置在"孝"之上。他的母亲水夫人更是被塑造成深明大义的"圣母",反复提起"孝始于事亲,终于事君"的话头,谆谆告诫文素臣与其他家人不要因"小节"之孝而忘"大义"之忠。

夏敬渠在《野叟曝言》中对于"朋友"之伦的描写倒是少涉荒诞,不过从中可看出文素臣对"朋友"之伦强调的是"劝善规过"的友道:"所赖乎朋友者,正在劝善规过耳!友直、友谏所益最宏,若匿其本怀而不加督责,人己俱失,非友道也。昔武侯云:'事有不至,至于十反。'况弟之暗劣乎?诸兄切勿弃而不教,则幸甚矣。"① 而"劝善规过"的内容,小说中还是以"忠君"为主——当犯颜而谏触怒皇帝时,文素臣在临刑前不忘叮咛朋友以更好的方式向皇帝进谏:"弟无以谢二兄,请以将死之言为赠二兄,他日倘复立朝,不可以弟为前车之鉴,当以弟为前事之师,非宛转进言,即涕泣入告,总以冀君心之一悟而已。若惟知不可为,国家安赖有此等臣子耶?"② 当结交绿林好汉、草莽豪杰时,文素臣也总念念不忘规劝他们为君尽忠:"你这相貌,岂是落薄之人?该留心学习武艺,俟边方用人,可替朝廷出力,封侯拜将,荫子荣妻,方不枉了你这般相貌!"③ "你们重义轻生,不同草寇,已感我心。如今看这些禁约,更觉心中怜爱。你们相貌魁梧,心地明白,将来大有出头,断不可自暴自弃,须要反邪皈正,替朝廷出力,博个封

---

① 见《野叟曝言》第一百二十五回。
② 见《野叟曝言》第三十四回。
③ 见《野叟曝言》第五回。

妻荫子,显亲扬名。比如方才被我所杀,替你们细想,非但作刀头之鬼,不空担一个污名了么?"①"你有此本领,可惜不遇识者,致为群儿所侮;但不可灰颓志气,以致消磨;尤不可错走路头,以伤忠孝!目下烽烟不靖,边陲需人,你当投效九边,替国家出力,博个荫子封妻,荣宗耀祖,切勿磋错跎乱,负我一片热肠也!"②"你兄弟们有如此忠心,将来必有好处。包管着功名显达,荫子封妻。只今日这箭一折,早把靳仁魂魄,暗暗折落一半也。"③……

乾嘉学者们"崇正辟邪"时一般也都着眼于人伦,如戴震、程瑶田常常在人伦日用的层面论"道"或"物则"。钱大昕批判佛教轮回说时云:"夫天地之生人与生物同,而人独灵于万物者,以其有人伦也。五伦以孝为先,人无愚不肖,未有不爱其父母者,以其身为父母之身也,故终其身而不敢忘父母。自有轮回之说……于是乎视父母如路人,不以为恩而转以为累。必出家学佛,而后可免于轮回之苦,此其惑人,计甚狡而言甚巧矣。而人之习其教者,昧其可孝、可弟之心,甘为不孝、不弟之事,靡然从之,千有余年而不悟,可不为大哀乎!"④凌廷堪指出佛教"言心言性,极于幽深微眇,适成其为贤知之过。圣人之道不如是也"⑤。那么,圣人之道是怎样的呢?"记曰:'仁者,人也,亲亲为大。义者,宜也,尊贤为大。亲亲之杀,尊贤之等,礼所生也。'此仁与义不易之解也。又曰:'君臣也,父子也,夫妇也,昆弟也,朋友之交也,五者天

---

① 见《野叟曝言》第十三回。
② 见《野叟曝言》第十九回。
③ 见《野叟曝言》第二十四回。
④ 钱大昕:《轮回论》,载《潜研堂文集》,第36页。
⑤ 凌廷堪:《复礼下》,载《校礼堂文集》,中华书局2016年版,第31页。

下之达道也。知、仁、勇，三者天下之达德也。'此道与德不易之解也。不必舍此而别求新说也。夫人之所以为人者，仁而已矣。凡天属之亲则亲之，从其本也，故曰：'仁者，人也，亲亲为大。'亦有非天属之亲而其人为贤者，则尊之，从其宜也，故曰：'义者，宜也，尊贤为大。'"① 这是引儒典强调五伦是"天下之达道也"。

值得注意的是，乾嘉时期，尽管专制制度依旧肆虐，文字狱制造了种种血腥，人伦观却也呈现出这样一种发展势态：在冰天雪地中开始吹入了温情化、人性化、宽容化、平等化的春风。《野叟曝言》则是拒绝融化的一块坚冰。

先来看一看夏敬渠最为看重的"君臣"之伦。《野叟曝言》中，文素臣被东宫太子、后来的明孝宗亲口许为"天下第一忠臣"，这一名号还被写成得到了天下人的认同。文素臣每次朝见天子或者东宫，小说中都要写到他对圣眷宠渥的感激涕零，写到他哪怕已经位极人臣、权倾天下，却都会诚惶诚恐、汗流浃背。小说中还写到即使宪宗昏庸无道，文素臣也要把责任推给逆党和佛道对君上的蒙蔽②；即使皇帝将要杀掉犯颜直谏的自己，文素臣心中也没有丝毫的怨念与谴责，得知皇上没有株连自己的母亲与亲人，他还在受刑之前千恩万谢地跪拜，口口声声说自己将感圣恩于地下。

小说中还把对君上无条件的服从写成文素臣的家风。第四十回中，文素臣因直言罹罪，其母水夫人听说后，对儿媳说："玉佳之祸，轻则谪戍，重则诛戮，今但安置辽东，深感皇仁解网矣。……

---

① 凌廷堪：《复礼中》，载《校礼堂文集》，第29页。
② 见《野叟曝言》第一百三十五回。

今蒙皇上天恩，祖宗福庇，得免西市刑诛，遐荒窜逐，我与你礼当叩谢。"第一百回中，因太监靳直的陷害，隐姓埋名的文家人遭到官府的拿问。虽然文府中多有习武之人，但因官役们是奉旨缉拿，水夫人便吩咐全家人不许抗拒。而当靳直等人公报私仇，命令文家女眷赤足过堂以折辱她们时，文素臣的长子文龙怒不可遏，要冲进衙门，水夫人怒喝："汝欲何为？"龙儿跪地泣禀："孙儿誓不与靳直俱生，欲进朝击碎校尉之首耳！"水夫人大怒，复喝道："校尉奉旨而来，汝乃思碎其首，大逆无道，死有余辜矣！"令兵役重加锁链。水夫人并非不知道这番灾祸是靳直故意陷害，也知赤足过堂的命令是"强暴之凌辱"，但就因为官役声称"奉旨"，她便毫不抗拒，虽不愿受辱，但也绝不会反抗，只想着自己在受辱之前撞死台前。"死有余辜"的明明应该是公报私仇、恶贯满盈的靳直，水夫人却甚至觉得反抗旨意的长孙文龙更可恶。

可以看出，夏敬渠所强调的是臣子单方面的"忠"，而并没有丝毫对君王的要求。他认为，即使遭逢昏君，臣子也应当舍生忘死地去尽忠，被动地等待昏君能够稍有悔悟。夏敬渠并不在乎"忠"的结果如何，格外强调的是尽忠这种行为本身。到了小说的结尾，文素臣位极人臣，百姓甚至视之如神，尽管声望比天子更盛，但他仍然严守君臣之礼，没有丝毫僭越的想法。总之，在夏敬渠看来，"君臣"关系中，臣所处的地位是非常卑微的，只能尊君，没有自尊，只有臣道，没有君道，臣对君的"忠"表现为无条件的绝对服从，而君应该有什么样的道德底线与基本义务，根本不可能在臣的任何考虑之中。

其实，在孔孟元典中，臣对君的"忠"是有前提的，臣并不是要无条件地对君效忠,如果君没能够"使臣以礼",那么臣就不必"事君以忠"。甚至,如果"君视臣如草芥",那么臣可以"视君如寇仇"。到了后世,按照凌廷堪在《封建尊尊服制考》中的说法,"宋以后儒者因陋生妄",把儒学元典中的"尊贤"之"尊尊"异化成了"尊势位"之"尊尊",国君只因有"势位"就可以要求臣子无条件效忠,这就完全改变了原始儒学的"礼意"。虽然没有明说,但凌廷堪对这样的"忠"无疑是持否定态度的。而且,从内在理路上来讲,乾嘉时期通过返回儒学元典及复兴礼学以"崇正辟邪"的学术思潮,本身就蕴含着"君使臣以礼,臣事君以忠"的君道要求;再从乾嘉时期的历史实际来看,对于"君臣"之伦,乾嘉时期还出现了这样一些人伦观念:

其一,针对"忠臣不事二君",提出了"不事二君未必是忠臣"的忠君观念。以钱大昕为例,他明确提出:"忠臣不事二君,而不事二君者未必皆忠。""逢君以危社稷,虽捐躯不为忠也。"[①]在钱氏看来,只是绝对服从命令的"逢君"如果置江山社稷于不顾,这样的人不能称为忠臣。阮元在"不事二君者未必皆忠"的立论基础上又提出了"事二君者可以为仁"的观点。《论语》中,子路和子贡曾因管仲"不死子纠"而事二君提出了管仲是否为"仁"的疑问,孔子肯定了管仲的"如其仁"。对此,阮元提出了自己的看法:"管仲不必以死子纠为仁,而以匡天下为仁。盖管仲不以兵车会诸侯,使天下之民无兵革之灾,保全生民性命极多,仁道以爱人为主,若能保全千万生民,其仁大矣,故孔子极许管仲之仁,而

---

① 钱大昕:《功过相除》,《十驾斋养新录》卷十八,载《嘉定钱大昕全集》第7册,第490页。

略其不死公子纠之小节也。"① 管仲"不死子纠"之不忠被视为"小节"略而不谈,"保全生民性命极多"之"仁"被阮元高度评价。夏敬渠无条件服从君主意志的忠君观与钱、阮二氏比起来可谓不啻河汉。

其二,对君提出了"敬大臣"的君道要求,在一定程度上提升了臣的地位与尊严。如《论语》中:"仲弓问仁,子曰:'出门如见大宾,使民如承大祭,己所不欲,勿施于人,在邦无怨,在家无怨。'"阮元如此解说:"仲弓问仁,孔子告以如见大宾诸语,似敬恕之道,与仁无涉,不知古天子诸侯之不仁者,始于不敬大臣,不体群臣,使民不以时,渐至离心离德,甚至视臣如草芥,糜烂其民而战之,若秦隋之杀害群臣,酷虐百姓,行不顺,施不惠,家邦皆怨,是不仁之至也,究其始不过由不敬不恕,充之以至于此。浅而言之,不爱人,不人偶人而已。若有见大宾承大祭之心,行恕而帅天下以仁者,岂肯少为轻忽哉!此所以为孔门之仁也。"② 又如汪中在《贾谊新书序》中把"敬大臣"视为极重要之礼,称之为"先王之成法""周公旧典,仲尼之志"③。

其三,强化了"修身"的君道要求。《大学》中说:"自天子以至于庶人,壹是皆以修身为本。"乾嘉时期,天子之"修身"被大大强调了。王鸣盛由《尚书·洪范》中的"五事"发挥道:"人

---

① 阮元:《论语论仁论》,载《研经室集》上册,第190页。
② 阮元:《论语论仁论》,载《研经室集》上册,第184—185页。
③ 汪中:《贾谊新书序》,载《述学》,戴庆钰、涂小马校点,辽宁教育出版社2000年版,第46页。

君之职在修身,修身之道在五事。"① "特欲见休咎君臣共致,君当修身以取人。"② 张惠言如此阐发《周易》复卦之义:"复在君道,为拨乱反正,修身下仁,改过从道,皆君德也。"③ 孙星衍指出:"皋陶以修身睦族告禹。"④ 钱大昕谆谆告诫不修身会导致君之被弑:"圣人修《春秋》述王道,以戒后世,俾其君为有道之君,正心修身齐家治国,各得其所,又何乱臣贼子之有若夫。""君诚有道,何至于弑,遇弑者皆无道之君也。"⑤ 阮元则举出了具体的反面例证:"纣自恃有天命,逸欲不修身敬德,以祈永命,所以祖伊言:'惟王自绝天命也。'盖罪多者天以永命改为不永,不能向天责命,此祈命之反也。"⑥ ……

其四,对君提出了仁治、仁政的君道要求。如戴震云:"君不止于仁,则君道失。"⑦ 阮元认为"颜渊问仁""仲弓问仁""樊迟问仁"三章"皆言王者以仁治天下之道"。焦循指出:"帝王务本,孝弟即仁,忠恕一贯,明德新民,圣道圣学,此之谓神。"⑧ 孙星衍称:"安诸侯,尊天子,霸王之道,皆本于仁。"⑨ ……

将《野叟曝言》放置在乾嘉时期人伦观的发展态势之中进行

---

① 王鸣盛:《洪范后案上》,载《西庄始存稿》卷十九。
② 王鸣盛:《尚书后案》卷十二,清乾隆四十五年(1780 年)礼堂刻本。
③ 张惠言:《虞氏易事》卷上,清仰视千七百二十九鹤斋丛书本。
④ 孙星衍:《尚书今古文注疏》第二上,清冶城山馆本。
⑤ 钱大昕:《答问四》,载《潜研堂文集》,第 85 页。
⑥ 阮元:《性命古训》,载《研经室集》上册,第 193 页。
⑦ 戴震:《孟子字义疏证·道》,载《戴震全书》第 6 册,第 202 页。
⑧ 焦循:《读书三十二赞》,载《雕菰集》卷六。
⑨ 孙星衍:《六艺四下》,载《孔子集语》卷五,清平津馆丛书本。

观照，夏敬渠人伦观之迂拘固陋便无所遁形了。《野叟曝言》中的人伦观常常表现为维护上者、尊者的强权专制，苛求下者、卑者的奴性服从。如果说第六十二回中文素臣对留着胎发还不会说话的幼儿发出"做男女的都要听父母的话，不可违拗。我如今教你笑，你就该笑，方是孝顺儿子"的命令还有些玩笑的性质，他对女性大谈"从夫""从子"的礼法就绝对是一本正经的布道了：

> 女子四德三从，四德是妇德，妇容，妇言，妇功，三从是在家从父，出嫁从夫，夫死从子。粗粗的合你讲说：妇德要婉婉顺从，在家孝顺父母，出嫁孝顺翁姑，敬重丈夫，和睦妯娌，不可骄奢淫佚。妇容要端庄静正，梳洗洁净，不可涂脂抹粉，举止端重，不可扭捏轻狂，衣必周身，虽盛暑不可露体，出必蔽面，虽亲戚不可妄见。妇言要安详慎密，非礼之言不出于口，不可有嘻笑之声，不可有粗暴之言。妇功要调和饮食，纺织丝麻，洗涤衣裳，或帮夫生活，或教女针黹，一日到晚俱不可贪闲图懒。在家则从父，父字内包着祖父母、父母、伯叔、兄嫂，有父母则从父母，无父母则从兄嫂，自己婚姻之事及一切家务，俱听主张，不可违逆。出嫁以后即从丈夫，嫁鸡随鸡，凡事俱要顺从，但若遇又全这等丈夫，却又不可一味顺从，要保守自己节操，宁死不辱，方是正理。夫死之后便须从子。从子与从夫、从父不同，父与夫有过失，小者屈意勉承，大者委曲讽谏，若子有过失，当严切训戒，不可任其胡行，但将此身命与子胶粘一片，贫富苦乐，安危生死，分拆不开，便

是从子。①

甚至，文素臣本来有着那么极端的儒学本位立场，到了第一百十八回中，他的妹妹遗珠好儒，但其夫好道，当两人产生分歧的时候，文素臣居然如此"丧失"立场地劝导妹妹：

> 夫唱妇随，居室之正道。夫以好唱之，妇即以夫之所好随之，则夫妇之好合，而如鼓瑟琴之和矣。若好不合，则不和，不和则虽克竭敬爱，而貌合情离，与从夫之义悖矣。夫如好非所好，违理蔑义，则当几谏如子之事父母，感之以诚，谕之于道，委曲以匡救之。若但所见不同，无害于理，即当凛从夫之义，屈志以就之。故梁君有举案之妻，鲍子有挽鹿之妇，皆随夫唱以垂令名。妹夫沮溺之见，亦今之梁、鲍也，妹子何独执己见而不从其所好耶？

《野叟曝言》常常让女子"现身说法"地自觉维护妇道：

> 石氏说："夫妻是五伦之一，由天注定，岂是掂得斤、播得两的？只凭着父母兄长一言而定终身，就不可更变，嫁鸡逐鸡，嫁犬逐犬，那里好论才貌？就是丈夫下流不肖，也只可怨命，不可怨及父母兄长……"璇姑道："父母兄长固无可怨，但怨命也不安分。只该苦口劝谏，诚心感动，改得一分便尽得

---

① 见《野叟曝言》第七十回。

自己一分道理。不可诿之于命,况可有怨心乎?"石氏连连点首道:"姑娘竟是女中圣贤,讲得如此透顶……"①

焦氏哭道:"奴本愚妇,见理不明,只认出嫁从夫,便以死为君父。君恶如纣,被囚者尚有天王明圣之思,则夫虽不淑,为妾者不可有怨怼违逆之念矣。特以妇人之义,从一而终,桑濮之风,国人所耻。所不改者一身之节,此外捶楚困辱,甘之如饴,自以为能尽妾妇之道。老爷既杀奴之夫主,奴便认定老爷是仇人,所以给奴养膳,一毫不敢沾染。几年来都是靠着针指度日,若接凑不来便甘心忍饿。奴手无缚鸡之力,方才出来行刺,原自侥幸万一,幸则报夫主之仇,不幸则毕一己之命,谓必如此,始有面目见亡夫于地下。"②

《野叟曝言》中还刻意塑造了两个死后成神的节烈女子。一个是第五十回中出场的黄铁娘,她被父亲卖给赵贵做童养媳,她婆婆见她颇有姿色,就命她接客赚钱,但铁娘宁愿遭受毒打也坚决不从。后来景州长史吴凤元看中了她,强行将她抢去藏在府内,还买通她的婆婆与丈夫,让他们帮忙说服铁娘。铁娘十分倔强,尽管她婆婆与丈夫百般殴打,甚至用烤红的鞋底烙她肚皮,用滚烫的热水浇她双腿,她仍然宁死不从。后来,由于官府的介入,铁娘的婆婆对自己的罪行供认不讳,铁娘却一口咬定婆婆与丈夫并无过失,自己身上也没伤,不愿验身,最后伤重而死。她死后,"正斋发出全副执事以送其丧,各官俱往吊送,城中绅衿耆约无不到坟焚化楮

---

① 见《野叟曝言》第二十七回。
② 见《野叟曝言》第一百十回。

钱，男妇聚观者不下万人，作诗作赋、作传作词赞颂者真可汗牛充栋。黄铁娘之名，登时传遍了北直隶一省，真个童叟皆知，贤愚共识"；她葬后，"建坊立祠、勒碑志墓，种种恩荣"。[①] 而且，到了第七十二回出现了一个神仙"香烈娘娘"，常常在海中搭救溺水之人，灵圣且慈悲。这香烈娘娘原来就是黄铁娘。对于铁娘死后成神一事，文素臣还有一番解释："圣贤忠孝、节义贞烈之人，他那一股正气，至大至刚，有充塞天地之势，生而为人，死而为神，孔子所谓其气发扬于上，为昭明焄蒿凄怆者是也。天津贞妇黄氏，其学问则几于圣贤，其节烈则超于今古。"

还有一个节烈女子是白玉麟家仆陈渊的女人慎氏。在第七十六到七十七回中，已经死去的慎氏附身在红瑶乳母的身上，道出自己生前的冤屈。原来她的丈夫陈渊曾经离家三年，在此期间，她却生了一个孩子，主人白玉麟认为她与人私通，施以家法，但慎氏坚称自己没有奸夫。后来，慎氏自缢而死。文素臣对慎氏的魂魄进行了询问，才知道原来慎氏生前跟自己的大儿子夜里共用同一溺器小解，其子之阳气蒸入慎氏身体，这才成胎。按小说中的说法，这样生出来的孩子是有肉无骨的，文素臣将慎氏生的那孩子抱来查验，证明慎氏所言非虚，为她洗清了冤屈。到了第九十五回，慎氏在苗地做了峒神，苗地的百姓为她建了庙，求签祈福无不灵验。

在《野叟曝言》中，夏敬渠借小说虚构之便，为黄铁娘和慎氏创设了极端奇特的情节以突出她们的贞烈，并在她们死后，用"成神"的结局作为对她们的虚幻褒奖。

---

① 见《野叟曝言》第五十三回。

夏敬渠认为节烈女子应当流芳百世、死后成神，与之相应，不贞之女子就应该遭到彻底的否定。第七十七回中，文素臣与白玉麟等观剧论史，对一代才女蔡文姬，文素臣便大加贬斥："至文姬，以屡醮之妇，不过小有聪慧，而范氏谬厕列女，与桓少君、王霸妻等贤孝节义诸妇同传，两先生以'愁诉'丑之，忘结发之仲道，鄙现婿之董祀，而独忆壮跷之匈奴，胡笳十八，愈拍愈愁，愈愁愈诉，愈诉愈丑，亦以正范史之失也。"当时在场的女子飞娘说得更是直截了当："蔡文姬原算不得人！"

耐人寻味的是，与夏敬渠的傲慢与偏见相比，乾嘉时期有一些学者已经能够跳出男尊女卑的狭隘视角，对女性表现出富于人道精神的悲悯乃至救助。例如汪中就认为未婚妻不必为死去的未婚夫守节，还主张设立救助寡妇的贞苦堂；钱大昕支持寡妇改嫁；袁枚驳斥"女子无才便是德"的世俗偏见；纪晓岚对女子的贞节表现出相当的宽容……

这些乾嘉学者恰恰正是以"崇正辟邪"的旗号表现出对女性的悲悯乃至救助。他们的基本思路是：通过返回儒学元典，指出对女性的种种道德绑架不符合先王礼制、孔孟之道，是歪理邪说。以汪中为例，他就以自己的考据成果指出，根本就没有未婚妻为未婚夫守节的古礼，强迫未婚妻为未婚夫守节本身就是"非礼"，至于为什么要设立救助寡妇的贞苦堂，他又从《孟子》中找到了依据——《孟子》中明明讲过："老而无妻曰鳏，老而无夫曰寡，老而无子曰独，幼而无父曰孤。此四者，天下之穷民而无告者。文王发政施仁，必先斯四者。"

"崇正辟邪"还不过是个旗号而已，真正使他们能够同情救助弱势群体而对上者、尊者提出种种约束的内驱力是对恕道的认同与强调。以钱大昕为例，他甚至主张君主与臣民之间应当是一种平等的朋友关系："天子之视庶人，犹朋友也，忠恕之至也。"而实现这种理想化的人伦关系正是通过恕道："天子修其身以于上，庶人修其身以于下，不敢尊己以卑人，不敢责人而宽己，不以己之所难者强诸人，不以己之所恶者加诸人，夫然，故施之于家，而亲爱、贱恶、畏敬、哀矜、敖惰无辟也；施之于国与天下，而上下、前后、左右无拂也。"[①]

历史上一般把恕道理解为孔子所说的"己所不欲，勿施于人"。"己所不欲，勿施于人"似乎很简单，但它一方面通过对别人设身处地之感同身受而深化了对别人的理解，另一方面在与别人的双向互动中促进了对自我的认识与反省，而且，"己所不欲，勿施于人"本身就是一种很好的人际交往态度：对己自省而克制，对人尊重而宽容，用钱大昕的话来说就是，"不敢尊己以卑人，不敢责人而宽己，不以己之所难者强诸人，不以己之所恶者加诸人"[②]。钱大昕之外，戴震的"以情絜情"说、焦循的"忠恕一贯"说、程瑶田的"和厚让恕"说、凌廷堪的"好恶"说，还有众多乾嘉学者对《大学》中"絜矩"一词的反复引用标举，这些都是对恕道的强调。而正是由于对恕道的忽略，夏敬渠在《野叟曝言》中表现出的人伦观缺少对他人的尊重宽容，是以"意见"之知对他人的道德绑架。鲁迅先生称《野叟曝言》"是道学先生的悖慢淫毒心理的结晶"，此言不谬。

[①][②] 钱大昕：《大学论上》，载《潜研堂文集》，第23页。

第二节 "崇正辟邪"与《野叟曝言》中的经权观

夏敬渠《经史余论·中庸论》认为佛老之"反中庸"还表现为"反天地"。

> 人为天地所生，宜忌惮者，莫如天地，而佛老则无一不与天地相反：天地之大德曰生，佛老则反之使不生，天地之大数曰死，佛老则反之使不死，天地以仁义礼智赋于人为性，而佛老则以为贼与障而尽灭以反之，天以耳目与人，而堕黜以反之，天以须发与人，而髡鬎以反之，天以阴阳与人，而闭塞以反之，天命有德，天讨有罪，而造作因果忏悔之说以反之，无忌惮若此，至矣，尽矣，蔑以加矣！

所谓"反天地"，不过是把夏敬渠本人认为是天经地义的道德与习俗以"天地"的名义加以固化，本身是缺少说服力的。当然，夏敬渠不会这么认为，他还见缝插针地把这样的观点渗透在《野叟曝言》中。如"圣人之主静无欲，岂不可以保生寡过，何假老、庄？且保生而生理已绝，寡过而过大难掩，老、庄之害人心也大矣"①，"佛教所以得罪于圣人，正为把这生理划灭，使天地之气化不

---

① 见《野叟曝言》第六十二回。

行"①,"天以生物为心,而佛以出家闭绝生理,是逆天心也"②,"佛、老弃蔑人伦,戕害天理,率人入兽,生机久绝于天下"③ 等,无非是阐发《中庸论》中的"天地之大德曰生,佛老则反之使不生";又如"无论变化之道,断无息而不消之理;即幸获长年,而割子孙千万之蕃衍,以延一身数百岁孑立之光阴,亦得不偿失耳"④,"孔子曰:'老而不死,是为贼!'其即老、庄之谓乎"⑤,"老、佛则贪生怕死,而言长生,言太觉矣,皆隐怪而非庸也,即非中也"⑥,"夫所恶于佛、老者,自私自利,异于吾儒胞与之量也。若绝其情,与老氏之无摇尔精,乃可以长生;佛氏之无色声香味依法何异"⑦ 等,无非是阐发《中庸论》中的"天地之大数曰死,佛老则反之使不死"。在《野叟曝言》中,"使彼苍命德讨罪、万古有常之法,一变而为裂纲毁纪、万恶必赦之法!故尝历数其罪而责之如:背叛君亲、捐弃妻子,是沦三纲也;科头跣足而无礼,割肉舍身而无义,布施乞食而无廉,髡发剃须而无耻,是绝四维也","君以瘅恶为法,而佛以丛林极纳亡叛,是抗王法也。不耕而食,不织而衣。是蠹国而病民也"⑧之类的说法其实都是陈词滥调,在历史上的反佛老言论中屡见不鲜。夏氏真正有些新意的是由"天地之大德曰生,佛老则反之使不生"生发出的"性情"论。

---

① 见《野叟曝言》第七十一回。
②⑧ 见《野叟曝言》第一百三十一回。
③ 见《野叟曝言》第一百三十八回。
④ 见《野叟曝言》第四十九回。
⑤ 见《野叟曝言》第六十二回。
⑥ 见《野叟曝言》第八十七回。
⑦ 见《野叟曝言》第一百四十四回。

夏氏的著作颇多，然而在他生前都没能刊行，《野叟曝言》也只是以抄本的形式在民间长期流传。其曾侄孙夏子沐经历战火之后将其残存的经史研究与诗文著作汇编而成《浣玉轩集》，目前还不能考知《野叟曝言》中的"性情"论是否在夏氏其他著作中有阐发，但至少在《浣玉轩集》没能看到。撮其旨要，《野叟曝言》中的"性情"论强调，有性必有情，灭情即灭性。人而无情，"如槁木，如顽石，虽生犹死"，是断绝生机、生理，与"天地之大德曰生，佛老则反之使不生"没什么两样。知人情之必有，故不能像佛老那样"一切放弃，而并绝夫情"[①]；知人情有过与不及，故不能像世俗那样"溺于情""徇私情"[②]。情之枢要在"裁制"，裁制得法，则"发而皆中节"[③]。裁制之法是"有礼以品节之"，从而使情返于正[④]。

不难看出，夏氏之"性情"论与戴震、程瑶田、凌廷堪、汪中、焦循、阮元、钱大昕等人以"礼"反"理"诸说颇有相通之处，都肯定了"情"在人生中的必要性与重要性，也都认为治人情之枢机在于"礼"，"礼"具有调节情之过与不及使之中和的功能。就这一点上来说，夏氏的"性情"论并没有与乾嘉时期通过返回儒学元典及复兴礼学以"崇正辟邪"的思想发展态势相悖离。

夏氏认为《中庸》里变"和"言"庸"的观点也在一定程度上与乾嘉时期"崇正辟邪"的思想发展态势保持了一致。

对于变"和"言"庸"的观点，不仅夏氏自己颇为自得，时

---

①④ 见《野叟曝言》第一百四十四回。
②③ 见《野叟曝言》第四十回。

人也予以高度评价。他曾游幕于湖广总督孙嘉淦处,据《浣玉轩集》书前附录的潘永季《经史余论序》载,孙嘉淦对其《中庸》之论大为赞赏:"谓有功补圣人者大。养以大烹、尊以南面,且设坛四拜以致敬曰:'为后世学者拜夏君惠也!'"夏氏几乎是把《中庸论》里的变"和"言"庸"的观点全部移植到了《野叟曝言》第八十七回中,且添以枝叶、推波助澜。

夏氏此说确是有得之见。当然,他神化孔子、子思,认为二人因预见到异端会乱圣学而变"和"为"庸"完全是无稽之谈。不过,他强调"庸德之行,庸言之谨"是儒学区别于异端之学的重要标准,这也确实是乾嘉时期"崇正辟邪"的思想发展态势中表现出的一个重要特点。

无论是汉宋之争,还是对理学的批判,宋儒学说最受乾嘉学者非议的主要有二:一是其理论方面的形上追求,二是其行为规范的严苛迂阔、不近人情。前者不是"庸言",后者不是"庸行"。为了使对"庸言"与"庸行"的诉求更具有合理性与说服力,乾嘉学者越过宋儒,返回儒学元典去寻找文本依据。于是,他们出于"庸言"的诉求而以"性与天道,圣人罕言"为口实对抽象玄虚的宇宙论、本体论避而不谈;也出于"庸行"的诉求把行为规范落实到儒学元典所看重的民生日用层面,并以"人之常情"来衡量:"不过人之常情,不言理而理尽于此。"[①] 他们也因此而更多地注意到宋儒从佛老二氏那里渗透进来的异于儒学的因子,把不符合"庸言""庸行"的内容视为异端之说,从而"崇正辟邪"。

[①] 戴震:《孟子字义疏证·理》,载《戴震全书》第6册,第153页。

有的乾嘉学者在对儒学进行义理建构时，不仅关注儒学元典中关乎民生日用、"人之常情"的思想资源，而且注重从语言形式的平实浅近处入手对儒学元典进行阐释。例如，凌廷堪就明确指出："盖圣人之言，浅求之，其义显然，此所以无过不及，为万世不易之经也。深求之，流入于幽深微眇，则为贤知之过以争胜于异端而已矣。"① 他也确实把自己的这种观点用于阐释儒学元典的实践当中，如他就是通过"浅求之"的方式揭示出儒学元典中"仁义道德"的要义："记曰：'仁者，人也，亲亲为大。义者，宜也，尊贤为大。亲亲之杀，尊贤之等，礼所生也。'此仁与义不易之解也。又曰：'君臣也，父子也，夫妇也，昆弟也，朋友之交也，五者天下之达道也。知、仁、勇，三者天下之达德也。'此道与德不易之解也。不必舍此而别求新说也。"② 阮元更明确地表达出对"庸言"以及"庸行"的诉求，他在列举"曾子所学，较后儒为博，而其行较后儒为庸。颜子曰'博我以文，约我以礼'，孔子曰'庸德之行，庸言之谨'"后说："后世学者当知所取法矣。"③ 他也确实在阐释儒学元典时表现出对"庸言"的取法，居然曾以这样的语言形式解经："我先自己好，自然要人好。我要人好，人自与我同作好人也。"④

夏敬渠也明确地表达了对"庸言""庸行"的诉求，他选择以通俗小说的形式来"崇正辟邪"，大概也是对"庸言"的一种具体

---

① 凌廷堪：《复礼下》，载《校礼堂文集》，第32页。
② 凌廷堪：《复礼中》，载《校礼堂文集》，第29页。
③ 阮元：《曾子十篇注释序》，载《研经室集》上册，第46页。
④ 阮元：《论语论仁论》，载《研经室集》上册，第181页。

实践吧？他在小说里有不少淫亵描写，大概也是由于视之为"庸行"而不刻意回避吧？论述到这里，不妨对《野叟曝言》中的"理""欲"冲突作一番探究。

《野叟曝言》中，多次提及程朱，如第十一回、第六十二回、第一百零八回等处。从中不难看出程朱在夏敬渠心目中的地位是相当高的。另外，小说第六十二回中，不仅让水夫人这位"女圣人"大谈朱子的格物穷理之说，还仿郑玄婢能语《诗经》的典故，让丫鬟们谈论朱陆异同，对陆九渊大肆嘲骂，而对朱子则礼敬有加。

此回中水夫人谈朱子的格物穷理之说时提到了理欲之辨："《大学》之道，必从穷理入手，故格物为第一义，犹《中庸》必从择善入手，而以学问思辨为第一义也。不穷理，则心如无心之称，无真知矣，意安得而诚？故欲诚其意，必先致知，欲致其知，必先格物，格得一物，即致得一知。事事真知灼见，不同禅悟支离恍惚。今日格一物，明日格一物，久自豁然贯通。知无不致，意乃可得而诚。如以为物欲之物、格拒之格，则未有穷理之功，安识理欲之辨？必有以欲为理，以理为欲，而当拒不拒，不当拒而反拒者矣！"

夏敬渠尊奉程朱，又在《野叟曝言》中让人物言及理欲之辨，而且，据源远堂《江阴夏氏宗谱》及《浣玉轩集》，夏敬渠发妻早逝，继妻多病，自己又长期困苦、颠沛流离，但他束身颇严、待人诚笃。可是，他在小说中居然有那么多篇幅描写文素臣的艳遇，尤其是第六十七至七十四回写文素臣陷入李又全之局被又全诸妻妾丫鬟淫亵，充斥着性变态、色情狂的描写。第一百三十二回中以详细的淫戏描写表现文素臣的"改常"，直到第一百三十七回中的七年之后才交代，原来文素臣的"改常"是为了"避祸"，虽然给文素臣的淫戏找出了理由,那理由终究太过勉强,让人觉得作者更多的是在渲染淫亵场面。另外,小说中写僧道、逆蕃、叛党、倭人、苗人等常有淫欲视角,文素臣甚至在临阵对敌时还把"以淫止淫"作为制胜之道。

对于小说中的理欲冲突,夏敬渠本人并非全无觉察。他消解小说中理欲冲突的策略是以经权观念为文素臣的艳遇与淫亵进行辩护与遮掩。如第六十七回文素臣被李又全下药,遭李家许多女子的淫戏,他起初的想法是"岂不耻辱?不如早寻一死,以全清白",小说中接着又写:"想到那里,心痛异常,却流不出泪来。忽又转念:'这是飞来横祸,非我自招。我的身命上关国家治乱,下系祖宗嗣续,老母在堂,幼子在抱,还该忍辱偷生,死中求活,想出方法,跳出火坑,方是正理!招摇过市,大圣人尚且不免于辱,我岂可守沟渎之小节而忘忠孝之大经乎?'""沟渎之小节"典出《论语·宪问》:"子贡曰:'管仲非仁者与?桓公杀公子纠,不能死,又相之。'子曰:'管仲相桓公,霸诸侯,一匡天下,民到于今受其赐。微管仲,吾其披发左衽矣。岂若匹夫匹妇之为谅也,自经于沟渎,而莫之知也。'"管仲不为公子纠死节,做出了"一匡天下"的事业,得到孔子的高度评价。到了第六十九回中,此典再次出现,并且在第七十回中又申之以经权之说:"你这一念,便是人兽之分了!不要说你以女子而与男子同睡一床为可耻,即我以读书守礼之人而与你一少年女子同睡一床,又岂不可羞可辱?但事有经权,拘沟渎之小节而误国家之大事,又断乎不可!不瞒你说,我受东宫厚恩,欲为他出一番死力,所以忍辱偷生。"

经权观念在《野叟曝言》中还被反复强调:"素臣又把守经行

权的道理,讲了一会。鸾吹欢喜非常,毫无倦意,与素臣亲热之中,更加敬重。"① "世兄侃侃而谈,词严义正,孩儿汗下通体!并将守经行权之道,细细开示,令孩儿拨云见天,孩儿已认世兄为亲兄,尚未禀知。"② "贤者守经,圣人行权。"③ "常则守经,变则从权。到不得不坐怀之时,方可行权。今日乃守经之日,非行权之日也。若自恃可以而动辄坐怀,则无忌惮之小人矣!"④ "一死何难,但事有轻重,道有经权。"⑤ "礼有常变,事有经权。"⑥ "处常处变,事各不同;守经行权,理无二致。小姐以沾身着肉为嫌,此但知处常而不知处变,但识守经而不识行权。"⑦ ……

一般认为,经权观念源自孔孟之说与《春秋公羊传》。

《论语·子罕》:"可与共学,未可与适道;可与适道,未可与立;可与立,未可与权。"《论语·微子》:"虞仲、夷逸,隐居放言,身中清,废中权。我则异于是,无可无不可。"

《孟子·离娄上》:"嫂溺不援,是豺狼也。男女授受不亲,礼也;嫂溺,不授之以手者,权也。"《孟子·尽心上》:"子莫执中,执中为近之。执中无权,犹执一也。所恶执一者,为其贼道也,举一而废百也。"

最早将"经""权"并用的是《春秋公羊传·桓公十一年》:"权者何?权者反于经,然后有善者也。权之所设,舍死亡无所设。

---

① 见《野叟曝言》第四回。
② 见《野叟曝言》第六回。
③ 见《野叟曝言》第九回。
④ 见《野叟曝言》第二十五回。
⑤ 见《野叟曝言》第四十回。
⑥ 见《野叟曝言》第五十五回。
⑦ 见《野叟曝言》第七十七回。

行权有道,自贬损以行权,不害人以行权。杀人以自生,亡人以自存,君子不为也。"

夏敬渠最为尊崇的程朱对经权观念颇多发挥。程颐很重视"权",明确提出:"《春秋》以何为准?无如《中庸》。欲知《中庸》,无如权,须是时而为中。"① "中无定体,惟达权然后能执之。"② 对于经、权之间的关系,他反对汉儒以来的"反经合道"说,认为:"夫临事之际,称轻重而处之以合于义,是之谓权,岂拂经之道哉?"③ 这便是著名的"权即是经"之说。尽管程颐很重视"权",他也告诫说"权"很容易变质:"古今多错用权字,才说权,便是变诈或权术。不知权只是经所不及者,权量轻重,使之合义,才合义,便是经也。"④ 他主张"权"不可滥用:"多权者害诚,好功者害义,取名者贼心。"⑤ 朱熹在《四书集注》中曾引程颐对汉儒的批评:"汉儒以反经合道为权,故有权变权术之论,皆非也。权只是经也。自汉以下,无人识权字。"⑥ 他自己也批评汉儒"说权遂谓反了经,一向流于变诈,则非矣",认为"经是万世常行之道,权是不得已而用之","经者,道之常也;权者,道之变也。道是个统体,贯乎经与权","经是常行道理。权则是那常理行不得处,不得已而有所通变底道理",并加强了对行权条件的限制:"然须是圣人,方可与权。若以颜子之贤,恐也不敢议此。""所谓

---

① 程颐:《遗书》卷十五,载程颢、程颐《二程集》上册,王孝鱼点校,中华书局2004年版,第164页。
② 程颢、程颐:《二程集》下册,中华书局2004年版,第1182页。
③ 同上书,第1176页。
④ 程颐:《遗书》卷十五,载程颢、程颐《二程集》上册,第234页。
⑤ 程颐:《遗书》卷十五,载程颢、程颐《二程集》上册,第318页。
⑥ 朱熹:《论语集注·子罕第九》,载《四书集注》,凤凰出版社2016年版,第112页。

经，众人与学者皆能循之；至于权，则非圣贤不能行也。"①

《野叟曝言》第九回中，当文素臣兄长文古心劝水夫人行权允许文素臣纳璇姑为妾时，水夫人怫然道："我读史书，最恼汉儒牵扯'行权'二字。子臧云：'圣达节，贤守节。'贤且不能，妄言达节耶！假权之名，行诈之实，真乃小人之尤。"这段话对汉儒的批评与程朱并无二致。至于《野叟曝言》中"贤者守经，圣人行权"，以及将"常""变"与"经""权"分别对应"常则守经，变则从权""礼有常变，事有经权""处常处变，事各不同；守经行权，理无二致""但知处常而不知处变，但识守经而不识行权"等说法，也正是继承了朱熹的衣钵。夏敬渠尊崇程朱，于此又可见一斑。而知道了朱熹说过"至于权，则非圣贤不能行也"这样的话，就不必指责夏敬渠写文素臣行权是在为文素臣纵欲贪欢文过饰非，因为夏敬渠在《野叟曝言》中就是把文素臣作为大圣人来进行形象塑造的，而按照朱熹的说法，文素臣当然有资格行权，夏敬渠的写法至少在逻辑上是自洽的。

不过，夏敬渠的这种写法确实并不能消解小说中的理欲冲突，甚至还有些欲盖弥彰。简单地用白日梦式的心理补偿来解释夏敬渠在小说中表现出的理欲冲突没有太大的意义，把夏敬渠在《浣玉轩集》与《野叟曝言》中的经权观放置在乾嘉时期经权观的发展态势中，大概能够得到一定的启示。

乾嘉时期的经权观可以戴震与焦循为代表。戴震《孟子字义疏证》中对"权"字有疏证五条，焦循《雕菰集》中有《权说》五

---

① 黎靖德编：《朱子语类》，王星贤点校，崇文书局2018年版，第739—740页。

篇，都比较集中地体现了他们的经权观，也都对宋儒的经权观进行了批判。由于焦循对戴氏之说非常服膺，其经权观所论虽有自己治《易》的独到心得，但本书所涉及的对宋儒经权观的批判，戴震言之更详细、更系统，所以下面只以戴震之说分析夏敬渠之经权观以及《野叟曝言》中表现出的理欲冲突。

戴震批判了宋儒经权观具有"执理无权"的特点。程朱对"权"究竟是"经"还是反"经"有分歧，程颐认为"权即是经"，而朱熹则认为如果"权"就是"经"，圣人也就没有必要再把"权"与"经"区分开来而谈常时守"经"变时行"权"了。其实，两人的这种分歧只是因为在具体论述时对于"经"的界定不同：程颐批评汉儒"反经合道"是把"经"界定为"合义"，所谓"才合义，便是经也"，从而把"经"与"权"统一在同一个整体也即"义"之中，消解了二者之间的对立；朱熹则把"经"视为"道之常"而把"权"视为"道之变"，在论说时着眼的是同一个整体也即"道"之中"经"与"权"的差别，强调"经"是"常"而"道"是"变"。二人只是在具体论述时对"经"的着眼点不同，但其实都把"经"与"权"统摄在一个更高的整体之中。无论是程统摄在"义"之中，还是朱统摄于"道"之中，又都可以用他们那个无所不包、其大无外的"理"将二者贯穿在一起。从这个角度来讲，戴震以"执理无权"批判程朱的经权观是犀利而深刻的。

戴震对程朱"执理无权"的批判集中在二人把"理"和"欲"简单地二元对立起来："宋儒程子、朱子，易老、庄、释氏之所私者而贵理，易彼之外形体者而咎气质；其所谓理，依然'如有物焉宅于心'。于是辨乎理欲之分，谓'不出于理则出于欲，不出于欲则出于理'，虽视人之饥寒号呼，男女哀怨，以至垂死冀生，无非人欲，空指一绝情欲之感者为天理之本然，存之于心。"① 这种二元对立在戴震看来就是孟子所说的"执中"之外的"执理"，他引孟子之语"所恶执一者，为其贼道也，举一而废百也"②，进一步指出"执理无权"的危害："是其所是，非其所非；执显然共见之重轻，实不知有时权之而重者于是乎轻，轻者于是乎重。其是非轻重一误，天下受其祸而不可救。"③ "必害于事，害于政，天下被其祸而莫之能觉也。"④ 在戴震看来，程朱等宋儒虽然"笃行"，但展现的无非是真诚地追求"无欲"之一面，他们因为自己的"笃行"、真诚地追求"无欲"而心无愧怍，自信真理在握，殊不知"自信之理非理也"⑤，另外由于"世又以躬行实践之儒，信焉不疑"⑥，因此程朱的经权观具有更大的蒙蔽性。

戴震还针对宋儒的理欲之辨，批判其经权观："空有理之名，究不过绝情欲之感耳，何以能绝？"⑦ "治己以不出于欲为理，治人亦必以不出于欲为理，举凡民之饥寒愁怨、饮食男女、常情隐曲之感，咸视为人欲之甚轻者矣。轻其所轻，乃'吾重天理也，公义也'，言虽美，而用之治人，则祸其人。至于下以欺伪应乎上，则曰'人之不善'，胡弗思圣人体民之情，遂民之欲，不待告以天理

---

① 戴震：《孟子字义疏证·权》，载《戴震全书》第6册，第209页。
② 戴震：《孟子字义疏证·权》，载《戴震全书》第6册，第208页。
③⑤ 戴震：《孟子字义疏证·权》，载《戴震全书》第6册，第210页。
④ 戴震：《孟子字义疏证·权》，载《戴震全书》第6册，第213—214页。
⑥ 戴震：《孟子字义疏证·权》，载《戴震全书》第6册，第215页。
⑦ 戴震：《孟子字义疏证·权》，载《戴震全书》第6册，第214页。

公义，而人易免于罪戾者之有道也！"①"此理欲之辨，适成忍而残杀之具。"② 他深刻地揭示出，宋儒的理欲之辨误把"无欲"当作"理"来坚持，却根本没有意识到"天下必无舍生养之道而得存者，凡事为皆有于欲""何以能绝"③，其根本就不具有现实操作性。戴震又把宋儒理欲之辨和先王圣贤作了对比："圣贤之道，无私而非无欲。"④"夫尧、舜之忧四海困穷，文王之视民如伤，何一非为民谋其人欲之事！""古之言理也，就人之情欲求之，使之无疵之为理。"⑤

讽刺的是，戴震对宋儒"经权"之说、"理欲"之辨的批判正是对宋儒把佛老之学杂入"圣学"的批判，是从"崇正辟邪"的立场对宋儒的批判，因为宋儒之"无欲"主张正是佛老的核心主张："老、庄、释氏主于无欲无为，故不言理；圣人务在有欲有为之咸得理。是故君子亦无私而已矣，不贵无欲。"⑥ 而前述夏敬渠之"性情"论对佛老"戕灭情性"的批判正是着眼于"天地之大德曰生，佛老则反之使不生""把这生理划灭""闭绝生理""久绝生理""戕害天理，率人入兽，生机久绝于天下"。这样的着眼点与戴震"天下必无舍生养之道而得存者，凡事为皆有于欲"⑦在实质上也并无歧异。只不过，戴震以浅近之语揭示出一个简单的真理：无欲则无生。而夏敬渠只是抽象悬空地从理论上对佛老"戕灭情性"展开批判，对这一真理却视而不见。

---

①⑤ 戴震:《孟子字义疏证·权》，载《戴震全书》第6册，第215页。
② 戴震:《孟子字义疏证·权》，载《戴震全书》第6册，第214—215页。
③⑥⑦ 戴震:《孟子字义疏证·权》，载《戴震全书》第6册，第214页。
④ 戴震:《孟子字义疏证·权》，载《戴震全书》第6册，第209页。

其实夏敬渠的"性情"论也像佛老一样主张"无欲",只不过他将圣人之"无欲"与佛老之"无欲"作了区别:"圣人之无欲,一私不扰也;老氏之无欲,一念不萌也。"① 这个总结倒也符合程朱理学的"无欲"之说,程朱理学所说的"存天理,灭人欲"并不是要否定一切欲望,用他们的话来说,"灭人欲"之"欲"是"私欲"。可是,正如戴震所批判的,程朱理学把维持人类生存的基本欲望如"饥寒愁怨、饮食男女、常情隐曲之感"皆"视为人欲",不考虑如何保障天下人生存的基本需求,反而苛责天下人有这些基本欲望,难免会导致"以理杀人"的人间惨剧。总之,程朱理学"不出于理则出于欲,不出于欲则出于理"、将理欲简单对立起来的理欲之辨存在着重大的理论缺陷,这种理论缺陷靠夏敬渠一句轻描淡写的"圣人之无欲,一私不扰也;老氏之无欲,一念不萌也"是无法弥补的,而他在《野叟曝言》中表现出理欲之冲突也就不难理解了。

---

① 见《野叟曝言》第八十七回。

第八章　场屋之学在《歧路灯》中的
　　　　　文本渗透

　　与诗、词、曲、赋、古文等文体不同，中国古代书志目录将某些作品归入"小说"或"小说家"并非出于文体上的考虑，无论是称其"小道可观"还是"道听途说"，无论是把小说视为"史之补"还是"子之余"，都是从内容的角度定位小说。也正因为此，并不具备叙事性的《青史子》《鲁史欹器图》、谱录、辩订箴规、俚俗诗词等都曾被古人视为小说。古人有时也会从形式的角度将某些作品称为小说，但那只是以极笼统的"丛残小语""琐语""俚俗"等说法描述小说的形式特征，也并未着眼于小说的文体，因为无论是叙事还是议论、说明、抒情的文体，都可以呈现出琐碎俚俗的形式特征。白话小说因承"说话"艺术而具有了分章回、韵散相间、使用说书人口吻等文体特点，但这样的文体特点是我们在接受了西方小说观念之后、以今人视角加以观照而得出的结论，古人并没有以自觉的文体意识来写作小说，常常是为了使自己想要宣扬的内容更易于被人接受或者只是为了娱乐而采用那些较为大众喜闻乐见的形式。这也就可以解释，为什么清代的许多善书虽然从形式上来看和章回小说或话本小说并无二致，但都不愿被视为小说。一言以蔽之，中国古代小说一直缺少文体独立的环节，古人看待与写作小说时并没有文体上的自觉与强调。而今人对小说进行文体研究时，常常因西方小说观念强调小说的虚构性而把具有超现实描写的史传与古文传记视为小说，对古人将非叙事性文本划入小说门类缺少"同情"之了解，斥之为荒谬错讹，忽略了中国小说观念所形成的历史传统。于是，研究中国古代小说文体不仅有古与今的错综、中与西的碰撞，还有名与实的纠结。复杂的历史与现实原因使呈现在研究者视域里的中国古代小说表现出"文备众体"的特点，简单地以某个术语概括中国古代小说的文体特征，往往会挂一漏万且很难得其要领。从中国古代小说的具体性与个体性的文体特征着手，既参照西方的小说观念，又尊重中国古代小说的历史传统，"齐古今""等中西""综名实"，这样的研究策略庶几能够以添砖加瓦的方式建构中国古代小说文体研究的华宅美厦。本章通过场屋之学在《歧路灯》中的文本渗透，考察《歧路灯》所具有的文体特点，在文体特点中把握《歧路灯》所具有的具体思想内涵，是一种把内容研究与形式研究结合起来的具体尝试。

李绿园的祖父李玉琳"博学，性纯孝。精治麟经，著《春秋文汇》"[①]。其孙李于潢在追念先祖的《述先德自励诗》中又有"当日穷经只伴僧"之句。另外，其祖父与叔祖父及其父李甲都当过塾师，而且这一职业很可能是数世相传。[②] 栾星先生曾做过翔实的《李绿园交游考》，据其考证，李绿园一生交游可考知者共有二十六

---

① 李于潢：《方雅堂诗集》卷四，清道光十七年（1837年）大梁书院刻本。
② 参阅栾星：《歧路灯旧闻钞》，载栾星编著《歧路灯研究资料》，中州书画社1982年版，第118页；栾星：《李绿园家世补订》，载中州古籍出版社编《〈歧路灯〉论丛》（第二集），中州古籍出版社1984年版，第298页；李延年：《〈歧路灯〉研究》，中州古籍出版社2002年版，第57页。

人，其中刘青芝是中原名儒，闭门著书三十年，著有《尚书辨疑》《学诗阙疑》《周礼质疑》等著作，并与方苞、彭启丰等人谈经论文。刘青芝十分赏识李绿园，曾为李绿园的制义作序，称其制义"果希正学之旨为之"，对李绿园的八股制义给予了很高的评价。

刘伯仁，刘青芝次子，因过继给刘青芝的兄长青莲，故刘青芝以侄称之。刘伯仁与李绿园同为丙辰举人，交情甚笃。李绿园与刘青芝的师生情谊也因刘伯仁而起。

宋足发，字若愚。乾隆四年（1739年）岁贡，官开封府儒学训导。著有《四书批注》《性理粹言录》《读史随笔》《律诗权舆》等，其《性理粹言录》为课授弟子所用，为人所推崇。李绿园曾为《性理粹言录》作跋，盛赞了宋足发的场屋之学超越流俗。《歧路灯》中屡次写娄潜斋、谭孝移、程嵩淑等人在一起论文说经，这也是李绿园与刘青芝、刘伯仁、宋足发等人交游往来的一种映射。

从李绿园的家世生平与交游来看，"场屋之学"在其生活中打下了深深的烙印。他出身于塾师世家，自己也长期以塾师身份课读，参加科举考试中过举人，还曾将他的制义辑录成册，名为《李孔堂制义》。再从其著述来看，《绿园文集》今已不存，仅栾星先生于《李绿园诗文辑佚》（卷三）中辑得五篇，分别为《性理粹言录跋语》、《宝丰宋村宋统制牛伯远祠碑记》、《绿园诗钞自序》（残）、《歧路灯自序》、《李秋潭遗墨幅间题语》。其中，《宝丰宋村宋统制牛伯远祠碑记》中反复致意的是儒家经传所宣扬的"忠孝"；《性理粹言录跋语》中所谓的"性理粹言"，正是儒家经传中精彩语句的摘录与阐发；《绿园诗钞自序》中则不厌其烦地标榜诗作要"裨名教""于伦常上立得足""读之，使人孝悌之心油然于唇吻喉臆间"。

《绿园诗钞》，今已散佚。1928年前后，河南鲁山籍学者、诗人徐玉诺先生受好友冯友兰先生委托，曾专门拜访李绿园故居，并在其五世文孙李炇处索得《绿园诗钞》，但该书为残卷。而后他于当年下半年发表了《〈歧路灯〉及李绿园先生遗事》，次年发表了《墙角消夏琐记》（二则），后将《绿园诗钞》交与冯友兰先生。栾星先生后从冯友兰先生处得到此书，并据此辑出《李绿园诗文辑佚》中多首古体诗。其诗还见录于《国朝中州诗钞》《中州诗征》《清诗会》中，共有一百零二首诗歌。吕公溥在序中评其写史之诗"论断严确，可以论世"[①]，写宦游之景又"物理人情，体验入微，可备职方之采"[②]。所谓"职方之采"，正是《周礼》中所记述的官学。

《四谈》，今不存。徐玉诺先生在拜访时亦得见《四谈》抄本，知其包括《谈大学》《谈中庸》《谈文》《谈诗》，并为"豫西一带塾师喜为传抄演唱"[③]。因《中庸》《大学》幼学不易理解。李公把它浅释成戏，活泼有趣易懂"[④]，"人物角色有老生、小生、书童等"[⑤]，采用师生一问一答的讲唱方式，将儒家经典通俗、活泼地讲授出来。

徐玉诺先生在得读《四谈》抄本时，也得见了《东郭传奇》残版，并评价："唯先生不谙填词，调极简单；但词白尖俏挖苦，

[①][②] 栾星：《歧路灯旧闻钞》，载栾星编著《歧路灯研究资料》，第134页。
[③][④][⑤] 徐玉诺：《〈歧路灯〉及李绿园先生遗事》，载中州古籍出版社编《〈歧路灯〉论丛》（第二集），第271页。

可与傅青主骄其妻妾曲比美。"① "骄其妻妾"典出《孟子·离娄下》中的《齐人有一妻一妾》，其内容可能与此有关。后栾星先生于1982年亦到宝丰访问，并由绿园七世孙李春林处探听到鲁山县张官营刘寨一位年逾八十的退休教师张孝裕幼时曾目见此剧本，演的是"《孟子》第八篇故事"②。结合徐玉诺先生的说法，大致可以判断其内容即为敷衍《孟子》"一妻一妾"之事。

至此，可对本书所说的"场屋之学"作一界定。所谓"场屋之学"，在本书中是指，围绕科举考试，在对儒家经传阅读、教学及"为圣贤代言"的阐发论述过程中形成的学养。之所以不用"经学素养"或"儒家经传"等词来代替这里的"场屋之学"，是因为"经学素养"还包括文字、音韵、文献考证等与李绿园无涉的学养，而他对"儒家经传"的理解接受以及阐发论述又是为举业服务的，用"场屋之学"一词对此也能够有更好的概括。

李绿园有《家训谆言》（八十一条），从中颇可以看出李绿园因"场屋之学"而形成的个性化的经学素养以及对儒家经传的立场与看法。此书并未单独刊行，《歧路灯》乾隆抄本将之附于书首，并附有过录人题识："学者欲读《歧路灯》，先读《家训谆言》，便知此部书籍发聋振瞶，训人不浅，非时下闲书所可等论也。"③ 可以说，《家训谆言》为《歧路灯》的注脚。例如：

---

① 徐玉诺：《〈歧路灯〉及李绿园先生遗事》，载中州古籍出版社编《〈歧路灯〉论丛》（第二集），第271页。
② 栾星：《李绿园家世生平再补》，载江苏省社会科学院文学研究所编《明清小说研究》（第三辑），中国文联出版公司1986年版，第267页。
③ 李绿园：《歧路灯》（下），中州古籍出版社2012年版，第679页。

第一条　读书必先经史而后帖括。经史不明，而徒以八股为务，则根底既无，难言枝叶之畅茂。①

《歧路灯》第十一回写谭孝移从京城回到家里，见到谭绍闻的老师侯冠玉，就问："端福的《五经》读熟不曾？讲了几部呢？"侯冠玉认为不必读经书，谭孝移就说："穷经所以致用，不仅为功名而设；即令为功名起见，目不识经，也就言无根柢。"

又如：

第二条　读书之法，先《春秋》，次《书经》，次《诗经》，次《礼记》，次《易经》。此中有深意，难遽殚述，尔辈遵之可也。专经则主《春秋》。②

第三条　六经精义，多在总注。如《诗经》之精义，尽在国风、雅、颂及某章章几句之下。陋师只令读比兴赋及诗柄而已，完部矣，程子所谓未读时是此等人，既读时仍是此等人。

第四条　吾乡学究陋习，于《四书》重出之文章，大笔涂去，如"三年无改""主忠信""巧言令色""不在其位"诸节是也。于朱注引证之文，亦大笔涂去，如《春秋传》吾谁适从、齐师违谷七里、魏徵献陵之对、承宗敛手削地之类是也。试思圣人不敢增夏五、删已丑，而庸人敢如此乎？无忌惮甚矣！尔辈慎勿效尤。自范紫登《体注》一出，遂有朱子故辂圈外之说，亦属作俑。不知《四书》精义，多在圈后之注，何可

---

①②　李绿园：《家训谆言》，载栾星编著《歧路灯研究资料》，第141页。

珞之而不经心也？嗣后亦以为戒。

  第七条 小学生读书，一定先要讲《小学》。一生用之不尽，如树之有根，如墙之有址。如不知《小学》，则无根者必萎，无址者必颓。

  第八条 读《小学》要与他讲明，只如俗说讲去。一遍不解，再讲一遍。再读时再讲。其好处不可殚述。①

李绿园认为不能忽视经后之注，亦重视朱子《小学》，认为这是学生读经的基础，这皆是以场屋之学的立场持论。这些论点在《歧路灯》中也有体现：

  （孝移）又向阎相公道："先生者子弟之典型。古人易子而教，有深意存于其间焉。嗣后子弟读书请先生，第一要品行端方，学问淹博。至于子弟初读书时，先叫他读《孝经》及朱子《小学》，此是幼学入门根脚，非末学所能刱见。王伯厚《三字经》上说的明白，'《小学》终，至《四书》。《孝经》通，《四书》熟，如《六经》，始可读'。是万世养蒙之基。如此读去，在做秀才时，便是端方醇儒；到做官时，自是经济良臣；最次的也还得个博雅文士。"②

由上述可知，李绿园出于场屋之学的立场，不停地训诫子侄要

---

① 李绿园：《家训谆言》，载栾星编著《歧路灯研究资料》，第141—142页。
② 见《歧路灯》第十一回，中州古籍出版社2012年版。后文若无特别注明，皆据此版本。

熟读儒家经传,并对读经之法多有指点。李绿园一生中虽未像其祖父一样有经学专著,但如前通过对其著述的梳理可以发现,他的许多著述都体现出场屋之学的痕迹。本书着重考察场屋之学在《歧路灯》中的文体渗透。

第一节 场屋之学与《歧路灯》中的人物语言

儒家经传中的许多语词已经融入日常用语,只不过被人们习焉不察,未必知道其出处。这些语词在《歧路灯》中亦大量出现,但并不足以体现李绿园在场屋之学上的造诣。然而,当李绿园在小说中让熟读经传的柏永龄、谭孝移、程嵩淑、娄潜斋、孔耘轩等人开口讲话时,所使用的儒家经传语词就需要加以考释才能明白其在《歧路灯》中的意旨了。如第七回至第十回,谭孝移进京觐见皇帝,借住在柏永龄宅的"读画轩"。柏永龄做过京官,为人豪爽又厚道。一日柏公与谭孝移谈论到嘉靖年间"礼仪之争"时说道:"若拘于嫡庶之说,则齐王之子,其傅何为之请数月之丧矣?"典出《孟子·尽心上》:"王子有其母死者,其傅为之请数月之丧。"王子指的是齐宣王的庶子,因其生母死时尚有嫡母在,按制不能为其生母终丧,故其傅为其请数月之丧。孟子认为这是"欲终之而不可得",是符合人情的,与齐宣王的"莫之禁而弗为者"完全不同。这里是柏公由明世宗时"继嗣"和"继统"争论而发出的议论,他认为明世宗的做法是出于对自己生父生母的孝,是人情所安、天理所在,因此杨廷和等人的主张是不合情理的。

第十回中,柏永龄和娄、谭二人告别时道:"别敬乃现任排场,弟已告休,二公尚待另日,何必为此?但愿二公再来京时,我若未填沟壑,还到南书房居住,或者也显得'观近臣以其所为主';若是没了我,只望到门前一问,不敢求脱骖之赠。""观近臣以其所为主"典出《孟子·万章上》:"吾闻观近臣以其所为主。"意谓观察在朝的臣子,看他所接待的客人。柏公身份是退休京官,引此典有礼貌地表明自己能够接待像娄、谭这样的客人非常荣幸。"脱骖之赠"典出《礼记·檀弓上》:"孔子之卫,遇旧馆人之丧,入而哭之哀,出,使子贡脱骖而赙之。"后遂以"脱骖"代指以财物助丧。小说于此处用该典,既与上文"我若未填沟壑"相照应,又符合柏公经术之士的身份,还表现出其爽朗幽默的个性。

第十二回中,谭孝移去世,王氏要家人"躲殃",孔耘轩引了"俨见忾闻"指斥"躲殃"之说的荒唐。"俨见忾闻"典出《礼记·祭义》:"祭之日,入室,俨然必有见乎其位;周还出户,肃然必有闻乎其容声;出户而听,忾然必有闻乎其叹息之声。"孔耘轩在此强调祭礼最重要的是要有真诚的哀思,仿佛能看到已故亲人的身影,能听到已故亲人的叹息之声。

第七十一回中,谭绍闻去娄潜斋处打秋风,娄潜斋留其在此处读书,谭绍闻心想:"……我学业久既荒废,只怕出辞气时,那鄙、倍二位尊客,笔尖儿一请即来。如何是好?""鄙、倍"典出《论语·泰伯》,孟敬子探病于曾子,曾子曰:"出辞气,斯远鄙倍矣。"倍,通"背",违背事理,即君子注意自己的言辞,就能避免鄙俗和违背事理。谭绍闻经匪类引诱,流连于赌场,久已不读书,自知写出来的定是一些粗鄙又悖理的文章。

第六十二回中,程嵩淑制止谭绍闻迁祖坟时引了《尚书·大禹谟》中的"惠迪吉,从逆凶,惟影响",意即人顺应天道为善则吉,从恶则凶,吉凶之报如影随形、如响应声。

值得注意的是,与一些"炫学"小说中常常长篇大论的"掉书袋"不同,《歧路灯》中引用经传语词往往比较简短,即使有时也让作品中的人物旁征博引,如此回中程嵩淑指责迁葬之荒唐,但无堆砌之感,读来也符合人物的身份与性格特点。另外,一些"炫学"小说如《野叟曝言》其实是将作者文集中的经论生硬地移植于作品中人物之口,没有进行口语化、通俗化的加工,与作品中所描写的情境又往往是脱节的。而《歧路灯》无论是征引还是化用经传语词,多能将其自然地融入文本之中,如此回中,李绿园虽然让小说中的人物接连援引了多处经传语词,却并非恃才炫博,而是为了很好地表现出程嵩淑这一人物形象博学善辩、诚挚恺切的特点,又很好地描绘了他开导劝诫故人之子的情境。小说中人物对经传语词不是生硬引用,而是加以自己的概括与解说:"求福免祸,原是人情之常,人断没有趋祸而远福者。但祸福之源,古人说的明白:福是自求多的,祸是自己作的。再迟十万年,也是这个印板样儿。如耕田的粪多力勤,那收成就不会薄了。如以火置于干柴乱草之中,那火必不能自己灭了。所以圣人说个'自'字。"[①] 这就将经传语言平实化,而且,虽是旁征博引,引用的每个片段却非长篇累牍,而且用一个"自"字画龙点睛,将散碎的经传语词用言简意赅的线索贯穿起来,这就更易于读者的理解和接受,具有较好的表达

---

① 见《歧路灯》第六十二回。

效果。这样的特点颇似一位塾师循循善诱地讲解着儒家经传。

　　小说中一些被鞭挞讽刺的人物有时也会引用儒家经传。如第十二回中,谭孝移病逝,娄潜斋、孔耘轩二人帮忙料理后事。到了饭时,二人要回去,孝移之仆王中欲留娄、孔二人吃饭,二人不肯,此时侯冠玉说:"你不懂得,'子食于有丧者之侧,未尝饱也'。不如我们一同去罢。""子食于有丧者之侧,未尝饱也"语出《论语·述而》。何晏集解说:"丧者哀戚,饱食于其侧,是无恻隐之心也。"① 这里侯冠玉是说,谭府新丧,娄、孔二人在哀戚的谭家人旁边,且丧者又是自己挚友,不免动恻隐之心,饭就吃不饱了,故不如一同家去。文中,义仆王中诚心留饭,娄、孔二人坚执不肯。耐人寻味的是,二人并没有征引经传来谢绝王中的邀请,因为他们真心哀悼好友过世,不仅"食于有丧者之侧,未尝饱也",吃不下饭,而且连话也不愿多说,哪里有心情"掉书袋"。倒是侯冠玉这样为了遮掩学问空疏的底色倒常常要引经据典,哪怕是面对根本听不懂经传语词的仆人。此处对"子食于有丧者之侧,未尝饱也"的征引既表现出娄潜斋、孔耘轩与侯冠玉三人不同的性格特点,又非常符合当时的情境。

　　第三十一回中,夏逢若替谭绍闻挨了板子,王中便许诺给其银两,下一回中,夏逢若便遣人送书来讨要。他在信中写道:"目今蒙羞,难以出门,家中薪米俱空,上无以供菽水,下无以杜交谪。"其中"菽水"典出《礼记·檀弓下》:"啜菽饮水,尽其欢,斯之谓孝。"后世即用"菽水"来代指供养父母。小说中夏逢若是一个

---

① 何晏注、邢昺疏:《论语注疏》,载李学勤主编《十三经注疏》,第87页。

典型的市井无赖,谭绍闻就是在他的引诱之下学会了赌博。然而为了钱财,一个俗人也煞费苦心地引经据典,这种反差当是李绿园有意为之,将夏逢若善钻营、无利不图的特点描写得淋漓尽致。

第五十四回中,谭绍闻因不慎买到了赃物被捉,孔耘轩、惠养民等人去找县公边玉森为之求情,惠养民说:"这个小徒从门生受业时,曾说过诚正话头,还祈老父母'众恶必察'。""众恶必察"典出《论语·卫灵公》:"子曰:'众恶之,必察焉。众好焉,必察焉。'"王肃曰:"或众阿党比周,或其人特立不群,故好恶不可不察也。"① 意为人们对一个人的喜恶有时不能真正地代表此人品质的好坏,因此必须要进一步考察。李绿园笔下的惠养民,是一个总将"正心诚意"挂在嘴边却言行相反、无甚真学问而又爱乱引经传的人。如第五十五回中,因为王中始终对谭家忠心无比,程嵩淑等人便建议将王中的名字改为"王象荩",然后规定"自此以后,无论当面背后,有人叫王中者,罚席示惩"。后来惠养民不小心犯了规定,众人要罚席,他便说:"'犯而不校',何以罚为?""犯而不校"典出《论语·泰伯》:"曾子曰:'以能问与不能,以多问于寡;有若无,实若虚,犯而不校。昔者吾友尝从事于斯矣。'"这是曾子赞赏其好友颜回之语,其中"犯"作侵犯、冒犯解,"校"为计较解,即被别人冒犯却不计较,而不是惠养民所误以为的犯了错不用受惩罚之意。

第六十一回中,谭绍闻为给父亲挑选茔地,便请了一个风水先生胡其所。李绿园一向对阴阳术士持否定态度,在此便写了胡其所

---

① 何晏注、邢昺疏:《论语注疏》,载李学勤主编《十三经注疏》,第215页。

牵强附会引用经书以讽刺阴阳术士。如胡其所让谭绍闻在堂楼上盖间屋子以保平安，并说："儒书上也是如此说，'方寸之木，可使高于岑楼'。夫道一而已矣。"典出《孟子·告子下》："不揣其本，而齐其末，方寸之木可使高于岑楼。"胡其所又说："迁不得！书本上说，'迁乎其地而弗能为良'。"此句典出《周礼·考工记》序："郑之刀，宋之斧，鲁之削，吴越之剑，迁乎其地而弗能为良，地气然也。"原本是指地方特产如果换个地方生产品质就会降低，而此处，胡其所却把"迁"附会为迁坟。这些说法其实都是胡其所比附经传以售其奸，若谭绍闻用心读书，自会看出胡其所引用经书对原意的扭曲，便也不会听从胡的意见要做出迁祖坟这样不合礼的事了。李绿园表面只写一人的荒唐，实际却讽刺了两人。

　　《歧路灯》中，还让人物语言通过对儒家经传的征引与化用，表现出人物的雅谑，从而根据具体情境营造轻松愉快的谈话氛围或调节叙事节奏，能很好地表现出小说人物的性格特点。如第五回中，祥符县副学陈乔龄道："昨日备的祭酒，未必用清。我就叫门斗再带一罐儿酒去。"程嵩淑听了此话便说："老师既赐以一罐之传，门生们就心领神会。"其中"一罐之传"是化用了孔子对曾子说的"吾道一以贯之"（《论语·里仁》），即孔子将自己的道以一个中心来贯穿，也就是接下来曾子说的"夫子之道，忠恕而已矣"。程嵩淑在这里要表达的并不是《论语》中此话的原意，而是借"贯"与"罐"同音，来戏谑地回应陈乔龄的话，符合程嵩淑直爽风趣的性格，故接下来正学周东宿忍不住笑道："舌锋便利，自然笔锋健锐。"

　　第十回中，谭孝移在京等待觐见时，因念及家人，心中颇为郁闷，娄潜斋为解其"胸中痞闷"，在看《西游记》戏曲时，便问孝移："孝老看见豕腹彭亨么？"孝移笑道："今日方解得'豕人立而啼'。""豕人立而啼"出自《左传·庄公八年》："见大豕。从者曰：'公子彭生也。'公怒，曰：'彭生敢见！'射之，豕人立而啼。"其时，娄、谭二人所看《西游记》正好演到了唐僧师徒路遇女儿国，八戒喝了女儿国的水便有了身孕，"移步蹒跚可笑，抱腹病楚可怜"。于是娄潜斋便借此打趣，以开解宽慰好友。这里一则表现出了娄潜斋对朋友的关心，也体现出即使是开玩笑，君子之间也无亵语的原则，与书中"比匪"之间的粗言俗语形成了对比。

第十二回中，在孔、娄二人制止"躲殃"时，也引了经传中的话语："奈何弃未寒之骨肉，而躲的远去，这岂不是'郑人以为伯有至矣，则皆走，不知所往'么？"此句典出《左传·昭公七年》："郑人相惊以伯有，曰：'伯有至矣！'则皆走，不知所往。"这则故事比较离奇可笑，孔耘轩在此句之前引用了《论语》和《礼记》中比较严肃的话，因而在此处引一句相对轻松诙谐的话语，更为谭绍闻母子接受，也体现出孔耘轩此人虽严正却又不古板的性格特征。

第七十九回中，在谭绍闻母的庆生宴上，程嵩淑、苏霖臣拿张类村家中争风吃醋之事来打趣他，因为当时他们正在听戏，便拿"旦"和"生"来影射。苏霖臣说道："'旦旦而伐之'，岂不怕人！"张类村道："并不是旦，直是一个白丑，一个黑丑，就叫老生有几分唱不成。"典出《孟子·告子上》："亦犹斧斤之于木也，旦旦而伐之，可以为美乎？"在这里，苏霖臣由戏曲的"旦"角，将张类村的侧室杜氏和丫头杏花儿比作"旦"，而张类村则认为家事闹到这般地步真是出丑了，但又不知如何处理。他在此处以白丑和黑丑比杜氏和杏花儿，以老生自比，这是"一群苍髯老友"的"闺阁谑语"。张类村欲回家，程嵩淑打趣他说可以住在"外"，因为张的妾杏花儿即租住在谭家的小院。张类村笑道："休说唱外，就是唱'末'，如今也成了'吾末如之何也已矣'。""吾末如之何也已矣"点化自《论语》中两处——《子罕第九》："子曰：'说而不绎，从而不改，吾末如之何也已矣。'"《卫灵公第十五》："子曰：'不曰"如之何，如之何"者，吾末如之何也已矣。'"张类村如此说，其实是对自己家室争风吃醋的调侃与自嘲。

第二节　场屋之学与《歧路灯》的命名艺术

第九十五回中，谭绍衣为谭绍闻儿子起名时用了《尚书》中的典故："董之用威，即以用威为名，以寓教思。""董之用威"出自《尚书·大禹谟》，是大禹向舜帝所献教养民众之方法。董，督促之意。李绿园借此名字强调对犯错之人的教育与督责，使之改过从善。

李绿园对小说中人物的命名有不少都是"以寓教思"的。如谭绍衣和谭绍闻族兄弟二人的名字来自《尚书·康诰》："今民将在祇遹乃文考，绍闻衣德言。"孔安国传曰："今治民将在敬循汝文德之父，继其所闻，服行其德言，以为政教。"谭绍衣和谭绍闻皆出自"极有根柢人家"，但绍闻青少年时期有很长一段时间却并没有像其名字所寓意的那样"继志述事"，而是将父亲"用心读书，亲近正人"的遗训抛于脑后，赌博狎妓，以致家业凋零；而绍衣则人如其名，始终铭记祖上遗训，最后功成名就、显亲扬名。谭绍闻又字念修，第五十五回程嵩淑一语道破"念修"之寓意："尊公名以绍闻，必是取'绍闻衣德'之意，字以念修，大约是'念祖修德'意思了。""念祖修德"出自《尚书·太甲》之注疏："言先祖勤德，致有天下，故子孙得大承基业，宜念祖修德。"当谭绍闻的行为与名字寓意背道而驰时，名字就有了极强的反讽意味。而当他浪子回头、迁善改过后，其人品才与名字寓意相合。其名其行相互发明，生动形象地刻画出谭绍闻不同阶段的性格特点。

上述命名的寓意在小说中被明确揭示出来，还有很多人物命名的寓意虽未直接点出，却也出自儒家经传，如张绳祖的名字典出《诗·大雅·下武》："昭兹来许，绳其祖武。"意谓继承先辈业绩。而张绳祖是个败家子弟，贻羞先人，人物的名与其言行、性格特色便形成了强烈的反差与对比，从而在很大程度上增强了作品的讽刺意味。"逢若"典出《左传·宣公三年》："故民入川泽山林，不逢不若，魑魅魍魉，莫能逢之。"书中反用其典，既然又"逢"又"若"则魑魅魍魉定能逢之，这是暗示夏逢若是魑魅魍魉式的人物。夏逢若的住址又正与此寓意互为表里："我在瘟神庙邪街住。"

此外，谭绍闻之父谭忠弼，字孝移，寓意"忠乃孝移"，典出《孝经》："移事父孝以事于君，则为忠矣。"谭绍闻长子谭篑初，寓意"自强不息"，典出《论语·子罕》："譬如为山，未成一篑，止，吾止也；譬如平地，虽覆一篑，进，吾往也。"朱子集注："盖学者自强不息，则积少成多。中道而止，则前功尽弃，其止其往，皆在我而不在人也。"谭绍闻之师娄昭，号潜斋，典出《中庸》："诗云：潜虽伏矣，亦孔之昭。"谭家仆人王中，字象荩，典出《诗经·大雅·文王》:"王之荩臣。"朱熹集传:"荩,进也。言其忠爱之笃,进进无已也。""象",法也,效法之意。《尚书·微子之命》:"崇德象贤。"谭绍闻之友盛希侨、盛希瑗昆仲,寓意"希贤"。"侨"乃子产之名,"瑗"乃蘧伯玉之名,皆春秋之际贤人。《史记·仲尼弟子列传》:"孔子之所严事:于周则老子;于卫,蘧伯玉……于郑,子产……"张维城字类村,寓意"卫道明善"。《诗经·大雅·板》:"宗子维城,无俾城坏。"《诗经·大雅·皇矣》:"克明克类。"朱熹集传:"克类,能分善恶也。"小说中张类村主要事迹是刻印《阴骘文注释》劝善……作为"教育小说",《歧路灯》中这些人物的命名都是本自儒家经传"以寓教思"。

在《歧路灯》中还写有不少为场屋之学所拟的科举考试题目,姑举几例:

"无友不如己者"出自《论语·学而》——子曰:"主忠信。无友不如己者。过则勿惮改。"

"孝弟也者,其为人之本与?"出自《论语·学而》——有子曰:"君子务本,本立而道生。孝弟也者,其为人之本与?"

"吾与点也"出自《论语·先进》——夫子喟然叹曰:"吾与点也!"孔子与弟子们谈论志向,曾皙说希望浴沂咏而归,孔子赞同曾皙的这种志向。而曾皙的浴沂咏归其实也包含着亲近正人的交友之乐:"莫春者,春服既成,冠者五六人,童子六七人,浴乎沂,风乎舞雩,咏而归。"

"君子不重则不威"与前"无友不如己者"出自一处,即《论语·学而》——子曰:"君子不重则不威,学则不固。主忠信。无友不如己者。过则勿惮改。"其对君子修身提出五个要求:要庄重,要学习，做一个品行忠信的人，不要与不同于自己的人交友，有了过错不怕改正。

"因不失其亲，亦可宗也"出自《论语·学而》——有子曰："信近于义，言可复也。恭近于礼，远耻辱也。因不失其亲，亦可宗也。"即人的言行交际，应当慎始虑终，重义讲礼，依靠的是他该亲近的。

"一篑为山赋"典出《论语·子罕》——子曰："譬如为山，未成一篑，止，吾止也。"此处，孔子是取《尚书》中"为山九仞，功亏一篑"，告诫人们在学习时，应当积少成多、有始有终，倘若自己中途放弃的话，便会前功尽弃。

"君子不器"出自《论语·为政》——子曰："君子不器。"各种器皿有各自的用途，彼此之间不能相同，如朱熹注《论语》时所言："器者，各适其用而不能相同。"所以君子之学，不能自我设限于一技一艺，而应该成为通儒，不能像器皿一样。

明清科举考试命题多从"四书"中摘句，但李绿园所拟的题目，却不是随便而为。谭孝移在临终前留下了"用心读书，亲近正人"的"八字小学"，并叮嘱谭绍闻一定要谨遵这八个字。然而谭绍闻在其父去世后，却把这八个字丢开，结交匪类，不修学业，赌博狎妓。所以作者便安排书中人物借这些与之相关的经传语词来唤醒谭绍闻，使其记起父亲临终前的嘱托，从而用心于学业，结交良师益友，自此改志。

可以看出，李绿园在小说中通过拟科举题目的方式将散见于经书中的语词系统化，将那些本来零碎的语词按特定的主题集中起来加以突出：如"无友不如己者""'君子不重则不威'全章""因不失其亲，亦可宗也"是强调经传中的择友、交友之道；"吾与点也"是称赞因择友有道而自然具有的交友之乐；"孝弟也者，其为人之本与""因不失其亲，亦可宗也"是强调经传中的孝道；而"'君子不重则不威'全章""一篑为山赋""君子不器"连缀在一起则寄托着这样的寓意：谭绍闻结交匪类、耽于游乐违背了其父的"八字小学"，不合孝道，也不合经传中的友道，所以应当"过则勿惮改"，且要持之以恒，否则"为山九仞，功亏一篑"。小说中谭孝移曾言："至于子弟初读书时，先叫他读《孝经》及朱子《小学》，此是幼学入门根脚，非末学所能创见。王伯厚《三字经》上说的明白，'《小学》终，至《四书》。《孝经》通，《四书》熟，如《六经》，始可读'。是万世养蒙之基。如此读去，在做秀才时，便是端方醇儒；到做官时，自是经济良臣；最次的也还得个博雅文士。"[1] 书中还反复强调不能自限于"时文学问"，仅将八股文的揣摩套拟作为平生事业，而应当"君子不器"，成为端方醇儒、经济良臣，即使只做一个文士也还可被称为"博雅"。可以看出，李绿园的场屋之学并不是仅仅以科举考试作为功名富贵的敲门砖，而是强调在儒家经传的浸淫中"穷则独善其身，达则兼济天下"。自然，上述科举题目并非随意给出，而是李绿园寄托寓意的一种比较巧妙的表现手法。

李绿园还在居室名称中寄托寓意。祥符县县令衙署中有"斯未亭"[2]，为县令与幕友议事之地。"斯未"典出《论语·公冶长》："子使漆雕开仕。对曰：'吾斯之未能信。'子说。"孔子让漆雕开

---

[1] 见《歧路灯》第十一回。
[2] 见《歧路灯》第六十五回。

出仕，漆雕开表示，自己对此还没有信心。孔子对他的态度很满意。县令将其向幕友请教的处所命名为"斯未亭"，也正是表示其未敢自信的态度，强调临事而惧，要敬慎地对待为官治民之事。

《歧路灯》中一再强调"临事而惧"、敬慎，如谭孝移这个人物形象虽于第十二回便已退场，但李绿园还是借塑造此人物来强调"临事而惧"、敬慎。小说中的谭孝移是一个谨密小心之人，"心里只有一个怕字"。他曾自评："论我的生平，原不敢做那歪邪的事，其实私情妄意，心里是尽有的。只是想一想，怕坏了祖宗的清白家风，怕留下儿孙的邪僻榜样，便强放下了。各人心曲里，私欲丛杂的光景，只是狠按捺罢了。"① 除了淡然无欲的圣人，私欲每人都有。但谭孝移因上怕坏了祖宗门风，下怕教坏子侄，于是就"强放下""狠按捺"。这样一种"怕"即是一种敬慎，一种对自我的道德约束。他不仅自己"临事而惧"、谨言慎行，对儿子谭绍闻也是以此严格要求。族人谭绍衣的仆人梅克仁想抱谭绍闻上街走走，谭孝移说以前"轻易不曾叫他上街"；吹台三月三大会，王氏想让谭绍闻也去热闹热闹，谭孝移不应允，王氏说其"芝麻大一个胆儿，动不动说什么坏了家教"。然而后来谭绍闻在父亲过世后，整日于热闹处厮混，令其父老友们慨叹："方知吹台看会，孝老之远虑不错。"故而后来程嵩淑对谭绍闻说："令尊在世之日，你也该记得那个端方正直，一言一动，都是不肯苟且的。直到四五十岁，犹如守学规的学生一般。"②

除了以塑造谭孝移这个人物形象来强调"临事而惧"、敬慎外，

---

① 见《歧路灯》第六回。
② 见《歧路灯》第十四回。

只出现了两三回的柏公也是一个"临事而惧"的敬慎之人。他说自己"日日到部里，谨慎小心，办的事赶紧办完，只怕有破绽，惹出处分来"；在谈到于"礼仪之争"事件中被廷杖和贬谪的几位正人君子时，他说："这几位老先生，偏偏要出来和他们兑命。……只有奉身而退，何必定要叫老虎吃了呢？"①《诗经·小雅·小旻》言："不敢暴虎，不敢冯河。"而这些偏要搏虎的人，没有做到"临事而惧"，所以最后既没有成事，又没能保存实力以图东山再起。

与"临事而惧"相对比的是"小人而无忌惮"（《中庸》）。如小说中写了夏逢若、虎镇邦等一干"比匪"，他们无所畏惧，恣意妄为，喝酒狎妓，打架斗殴，诓人钱财。李绿园在书中告诫道："学生定要择地而蹈，宁可失之严，不可失之纵也。试看古圣先贤，守身如执玉，到临死时候，还是一个'如临深渊，如履薄冰'光景。难道说，他还怕输了钱，被人逼债么？……只要你心坎上添上一个怕字。"②据《论语·泰伯》记载，曾子在有疾时召弟子，用"战战兢兢，如临深渊，如履薄冰"来说明自己一生为人行事之谨慎。李绿园在此处借曾子之典来告诫人们时刻自警，敬慎行事，否则就会招致灾祸。第七十二回中，谭绍闻去昔日恩师娄潜斋处打秋风，结果路遇土匪，被抢走了银两还险些丧命，李绿园对此评论道："敬慎从无凶险至，纵恣难免错讹来。坦途因甚成危径？放胆一分祸已胎。"综上所述，"斯未亭"虽说只是对议事之地的命名，但并不随意草率，而是本自儒家经传，对小说中一再强调的某些

---

① 见《歧路灯》第十回。
② 见《歧路灯》第五十八回。

"教思"旁敲侧击、明呼暗应，从而更好地表达特定的思想观念。类似的例子还可见盛希侨家中之"退思亭"与娄潜斋署中之"补过处"，俱见于回目：第六十八回"退思亭盛希侨说冤"，第七十一回"补过处正言训门徒"。"退思""补过"皆本之《孝经》。《孝经·事君》："君子之事上也，进思尽忠，退思补过，将顺其美，匡救其恶，故上下能相亲也。"《歧路灯》故事的主线就是谭绍闻从堕落到改过的历程："我今为甚讲此一段话？只因有一家极有根柢人家，祖、父都是老成典型，生出了一个极聪明的子弟。他家家教真是严密齐备，偏是这位公郎，只少了遵守两个字，后来结交一干匪类，东扯西捞，果然弄的家败人亡，上天无路，入地无门。多亏他是个正经有来头的门户，还有本族人提拔他；也亏他良心未尽，自己还得些耻字悔字的力量，改志换骨，结果也还得到了好处。"[①]可以看出，"退思""补过"这些命名有着点明小说主题的作用，小中见大，于细微处见精神，颇有四两拨千斤之妙。

第三节　儒家经传与《歧路灯》中穿插的诗词韵文

"有诗为证""诗曰"是中国古代通俗小说一个非常重要的文体特征，作者常在讲述完人物故事时，于回末或回中穿插诗词来对情节或人物进行进一步的说明或评价。《歧路灯》中，李绿园几乎于每一回都专门插入诗词来总结情节或抒发议论，有时一回中甚至

---

① 见《歧路灯》第一回。

有两首以上的诗词。在这些诗词中，李绿园大量运用儒家经传中的典故，如第二十回回末诗写道："冲年一入匪人党，心内明自不自由。五鼓醒来平旦气，斩钉截铁猛回头。""平旦气"典出《孟子·告子上》："其日夜之所息，平旦之气，其好恶与人相近也者几希。"即昼夜相交之时，因为不与物接，气是清明的，此时最宜自省改过。在这一回中，谭绍闻于席间听了几位父执的教导后，于夜深人静之时有心痛改前非。然而正如《孟子·告子上》中接下来所言："则其旦昼之所为，有梏亡之矣。"没几日，谭绍闻又与夏逢若等人厮混在一起。

又如第二十三回回末诗写道："药栏花砌尽芳荪，俗客何曾敢望门；西子只从蒙秽后，教人懒说苎萝村。"此语典出《孟子·离娄下》："西子蒙不洁，则人皆掩鼻而过之；虽有恶人，斋戒沐浴，则可以祀上帝。"本义为美善要保持勿失，丑恶要自省改过。这里是指用来读书的碧草轩，如今却堆满了戏箱，好比是西子蒙秽。

再如第二十五回回末诗写道："自古曾传夜气良，鸡声唱晓渐回阳；天心徐逗滋萌蘖，依旧牛山木又昌。"此典故出自《孟子·告子上》，与前"平旦之气"同属一章，讲牛山本来树茂草盛，是屡遭砍伐和牧牛羊才变样。孟子以牛山喻人之本性，强调人性本善，作恶之人如果有心改过，仍会回归善的本质。在小说中，谭绍闻看着母亲为自己担心的样子，不由良心发现，所以在下一回中，谭绍闻对着仆人王中发誓改过。

将诗词穿插于小说中是章回小说的共性特征，但大量以经传语词及典故入诗词不能不说是《歧路灯》的个性化特点，这也能够在一定程度上体现出儒家经传在《歧路灯》中的文本渗透。

穿插于《歧路灯》中的诗词用典最多的经传是《诗经》，共计三十九处。这本在情理之中，毕竟，《诗经》收录的本就是诗歌，融入诗词中更容易。

《歧路灯》有时会在短短诗词中连用数篇《诗经》作品。如第三十五回的回末诗中，李绿园写了两首诗来赞美孔慧娘和冰梅："皙皙小星傍月宫，兰馨蕙馥送仙风。分明一曲霓裳奏，惟有《葛覃》雅许同。""竹影斜侵月照棂，喃喃细语入倾听。召南风化依然在，深闺绣帏一小星。"

"小星"取义于《诗经·召南·小星》。《诗小序》曰："小星，惠及下也。夫人无妒忌之行，惠及贱妾，进御于君，知其命有贵贱，能尽其心矣。"而在小说中，孔慧娘为谭绍闻之妻，冰梅为妾，孔慧娘贤良淑德，待冰梅如亲妹，而冰梅亦敬重慧娘，两人又常一起劝诫谭绍闻从善，三人的关系恰如《小星》一诗。故李绿园在此处将冰梅比为小星，而"傍月宫"的"月"自然指的就是孔慧娘。

《葛覃》为《诗经·周南》中的一篇，《诗小序》称其"后妃之本也。后妃在父母家，则志在于女红之事，恭俭节用，服浣濯之衣，尊敬师傅，则可以归安父母，化天下以妇道也"。故"惟有《葛覃》雅许同"一句是在规劝女性应学习女红、家务之事。

"召南"是《诗经》十五国风之一。召是周时召公奭统治的领地，"得贤人之化者，谓之召南"。故儒者认为"召南"属于"风之正经"，其诗多言后妃之德。李绿园在此引用《诗经》中关于后妃贤德的典故皆用于赞扬孔慧娘和冰梅。

虽然《歧路灯》连用《小星》、《葛覃》、"召南"中言后妃之德的作品等数篇，却杂而不乱，因为用女德之教化这样一条主线将这些作品贯穿起来了。

不过，更常见的是一首诗词只用《诗经》中的一篇作品：

如第四十回中，李绿园在本回的中间部分穿插了一首诗："许国夫人赋《载驰》，村姑刁悍那能知？娘家兄弟多穷苦，常想帮扶武三思。"许国夫人指的是春秋时期的许穆夫人，为卫宣姜的女儿。《载驰》出自《诗经·鄘风》，为许穆夫人"闵其宗国颠覆，自伤不能救也"①而作。闵公二年（公元前660年），卫国被狄人所灭，许穆夫人心念宗国，驰驱前往漕邑悼唁，但"在礼：妇人父母既没，不得宁兄弟"②，故受到了许国大夫的制止，于是许穆夫人作此诗以表达其对宗国的忧思和对许国大夫的不满。这一回描写的是惠养民之妻滑氏，总是想拿丈夫的束金来接济自己的兄弟滑玉。故李绿园在此处以许穆夫人爱国之志行，来对比总想为娘家谋私利的"刁悍村姑"滑氏。

再如，第六十八回的回末诗为："伯仲堪怜同阋墙，脊令那得胜鸳鸯？但知自己内助悍，《常棣》该添第九章。"《常棣》出自《诗经·小雅·鹿鸣之什》，"脊令"即出于其中："脊令在原，兄弟急难。"后来也用"脊令在原"来指兄弟急难时相互帮助扶持。《诗小序》言："常棣，燕兄弟也。"这是一首写燕乐兄弟、兄弟友爱的诗歌。在这首诗中，手足之情是高于夫妻之情的，诗中先言"凡今之人，莫如兄弟"，而后才有"妻子好合，如鼓琴瑟"。正如

---

① 毛亨传、郑玄笺、孔颖达疏：《毛诗正义》上册，载李学勤主编《十三经注疏》，第210页。

② 毛亨传、郑玄笺、孔颖达疏：《毛诗正义》上册，载李学勤主编《十三经注疏》，第211页。

钱锺书先生所说："观《小雅·常棣》，'兄弟'之先于'妻子'，较然可识。"① 本回主要描写了盛希侨不听妻子的挑拨，仍然友爱兄弟，孝敬母亲。李绿园在此以《常棣》来表达对盛希侨这样一种"孝弟"行为的赞赏。因原诗为八章，所以李绿园在此说"该添第九章"。

李绿园还以《周易》语词典故入小说中诗词。这些语词典故有的已经融入日常生活语言，比较浅显，如第十八回的诗中有"霎时换帖即金兰"之句，"金兰"典出《易·系辞》："二人同心，其利断金；同心之言，其臭如兰。"后来用于形容友人之间相交契合，也将换帖结拜称为结金兰。又如第三十一回回末诗赞县尊时有"折狱唯良只片言"之句，"折狱"典出《易·丰》，其《象》辞曰："君子以折狱致刑。""折"为断之意，"狱"即狱案，"折狱"即断案。

但有些语词典故则非具备一定的场屋之学素养而不能知。如李绿园于第十三回回末诗中写道："忠臣义仆一般同，匡弼全归纳牖功；若说批鳞方是直，那容泄尽一帆风。""纳牖"出自《易·坎》："六四：樽酒簋贰，用缶，纳约自牖，终无咎。""纳"作进献解，"约"为结好，"牖"意为导、通。《象》曰："樽酒簋贰，刚柔际也。"即处危时，要以柔克刚，这样就能避免咎患。在本回中，王中出言制止谭绍闻买画眉这种闲物，阎楷指出王中说话过于刚硬，会产生适得其反的效果，而应该以柔和的方式来劝导他。这也是李绿园一向认同的下对上的劝谏方式。"忠臣义仆一般同"，前几

---

① 钱锺书：《管锥编》第 1 册，中华书局 1986 年版，第 84 页。

回中,他就借柏公之口批评了"礼仪之争"时杨廷和之类"批鳞"式的谏言方式。于此处用该典,也可算作照应前文。

称赞忠仆王中还有诗云:"中孚能感格,端属至诚人。"①"中孚"为卦名,《象》曰:"有孚挛如,位正当也。"此句指忠信之人能以其德感化他人。王中被谭绍闻赶出家门,却依然心念主人,而他忠信的行为也最终感动了谭绍闻和王氏。这是对王中的赞扬之词。

第二十四回,李绿园在叙写妓女红玉引谭绍闻吃酒狎戏时,因李绿园作此书为"教人子弟"之意,且他一向厌恶那些虽"存惩欲意"却又满篇淫辞的小说,所以他在《歧路灯》中竭力避免淫辞秽语,于此处并没有作更详细的描写,而是穿插了一首诗来暗示。诗中有"《周易》金夫象"之句,"金夫象"出自《易·蒙》:"六三。勿用取女。见金夫,不有躬,无攸利。"这是对蒙童的一个告诫。李绿园在此处用此典,既能起到惩欲之用,又无淫辞,可谓一举两得。

《尚书》语词典故入小说中诗词在《歧路灯》仅见一处。第三十三回的回末诗中有"自古三风并十愆"之句。"三风十愆"典出《尚书·伊训》。《尚书·伊训》为伊尹告诫太甲所作。"三风"指巫风、淫风、乱风,"十愆"指舞、歌、货、色、游、畋、侮圣言、逆忠直、远耆德、比顽童。这"三风十愆","卿士有一于身,家必败"。

《论语》亦仅见一处。第三十五回中,作者写孔慧娘和冰梅二人互敬友爱,共同规劝谭绍闻,便由此生发出了关于择偶的感慨:

---

① 见《歧路灯》第八十一回。

"联姻莫使议村姑,四畏堂高挟丈夫。"其中,"四畏"是由"三畏"化用而来。孔子曰:"君子有三畏:畏天命,畏大人,畏圣人之言。"① 后来人们因为嘲笑惧内的人,便将这一"畏"也加入其中,变成了"四畏"这种戏谑的说法。

整体来看,《歧路灯》在韵文中对儒家经传的征引用典并非有意识地以此来增强作品的文学效果,而是李绿园场屋之学在作品中的自然流露。虽然这些征引用典并不精工,但大量出自儒家经传这一特点在明清小说中并不多见,也算是李绿园自身学养的一种体现。

---

① 何晏注、邢昺疏:《论语注疏》,载李学勤主编《十三经注疏》,第228页。

第九章 《蟫史》与《绿野仙踪》中的作者学养

鲁迅先生曾说《蟫史》"虽华艳而乏天趣,徒奇崛而无深意也"①,确实如此。此书颇为独特,是第一部文言章回小说;此书想象奇崛,黄人先生甚至称赞"奄有《水浒传》《西游记》《金瓶梅》诸特色,而无一语袭其窠臼","小说界中之富于特别思想者,除《西游补》外,无能逮者"②,但如果对此书进行内容研究,可观之处相当有限。小说用文言写成的原因,除了作者的炫才之外,就某种程度而言,也与作者要表现的内容有关。小说中写了当时一些真实的历史人物与事件,如邝天龙、海盗老鲁等真有其人,对南交海寇和回部的征战等真有其事,屠绅还在小说中穿插了大量诏诰章奏、公文告示、牒报碑檄等,且名书以"蟫史",用文言更接近史册之书写形式,这是有意比附于史。小说中颇多艳情之描写,同治七年(1868年)丁日昌在吴地禁"淫词小说",此书名列禁单。以文言写艳情,一方面更可炫才;另一方面,文言之蕴藉雅致可遮饰内容上的淫亵猥鄙。小说中还写了神怪内容,与艳情的结合又颇合传统文人著小说、读小说所追求的"艳异"之趣。所以,此书虽然光怪陆离、荒诞不

---

① 鲁迅:《中国小说史略》,人民文学出版社2006年版,第253页。
② 载《小说林》1907年(清光绪丁未年十二月)第8期,"评林"栏,第5页。

经，多芜杂散乱之堆垛，少巧思缜细之裁成，究其内容之大要，不出史、艳、异三端。黄人先生称《蜃史》"奄有《水浒传》《西游记》《金瓶梅》诸特色"，斯言不谬。只不过，他只是在内容上将白话小说与文言小说作比较，有些忽略了《蜃史》的文体特征。

《蜃史》在文体上别具一格，然而新奇有余，无多意蕴。最可非议者是其人物语言，多以骈文写成，又侈陈典故，常常使文气不畅、节奏滞阻，且使人物语言千人一腔，缺少个性化的口吻与对不同性情的多样表达。《红楼梦》第一回中批评才子佳人小说"鬟婢开口即者也之乎，非文即理。故逐一看去，悉皆自相矛盾，大不近情理之话"，按照这个标准来看，《蜃史》更是糟糕。小说中的人物岂止是"者也之乎，非文即理"，还引经据典，屠绅为炫才而炫才，在其笔下，人人均为文人，即使是粗鄙的敌寇、服侍人的婢女、苗地的平民也可以引用大量的典故说出文人化的语言，不仅无此情理，而且人物身份、年龄、性别、个性的不同，都被屠绅统一化、程式化的人物语言消解了。

除了人物语言，屠绅还在上谕、诏诰、榜文、表疏、章奏、告示、书札中大量使用骈文。除了少数骈文能够起到总结上文、衔接下文、承前启后、推动情节发展等一定作用之外，《蜃史》中的骈文徒为炫才，意义不大。不过，屠绅本人精娴乐律，其友洪亮吉《屠大令绅以报最入都话旧赋赠四首》之四及《闻谢大令聘由固始擢守郑州却寄》等诗中都称赞了他的"善度曲"。再加上他游宦滇粤时很能留心于当地的民歌乡曲①，《蜃史》叙事中穿插的曲类作

---

① 《蜃史》卷三中，桑蝈以男童、女童行反间计，宴会中男童、女童两段唱词的音节就来自屠绅在广州任官时搜集的民歌："近日广州小儿，多能学唱，儿辈喜新而仿其音节耳。"

第九章　《蜃史》与《绿野仙踪》中的作者学养

品颇有可观之处。如卷十七中，解鱼将潜入敌营执行九死一生的任务，临行前，他请为众人歌曲以告别，歌曰：

> 万古听风萧，太无聊，仰天而啸。樊于期仇也难报，太子丹心也徒劳，只博得燕人血染秦庭草，寒水滔滔。热肠尽洗天将老，莫夸年少，坐上衣冠都白了，竟千年变徵哭荆高。虎狼当日相遭，奈何尝试屠狗刀，掷龙泉剑读龙韬，便教舞阳亦作好儿曹！

歌毕，小说中还让听者大赞："歌剧好！"观此曲之辞，以开口呼字为韵脚，音调铿锵；句式长短变化曲尽其妙，以五、七言为主，短有三、四言，长不过九、十言，短者顿挫，长者悠扬，长句短句此呼彼应、相得益彰，很好地表现出人物内心情感的起伏跌宕。屠绅还特地在小说中强调此句"须《大石调》歌之"。按《中原音韵》，《大石调》的特点是"风流酝藉"[①]。若根据《蟫史》中离别的场面、悲壮的氛围来看，这种风格似乎不合适。然而据《宋史·律历志》第二十四"太簇商俗名大石曲"，商歌则正是以悲音为主。屠绅不为《中原音韵》似是而非的说法所限，对曲调的别称、风格非常了解，并将之妥帖自然地运用到小说创作中。而且，此曲在小说叙事中也起到了很好的作用：整曲大力渲染了荆轲刺秦、渐离悲歌的悲剧性氛围，暗示解鱼同荆轲一样一去不复返的悲壮结局。解鱼明知此去凶多吉少，却毅然前往，更体现其深明大

[①] 周德清：《中原音韵》卷下，清文渊阁四库全书本。

义。而且，荆轲不过是为报答燕太子丹而选择"士为知己者死"，解鱼是为了平息战争而选择以身报国。另外，《蟫史》中也设置了"高渐离"般的人物，在解鱼死后，与他有"三生情缘"的余述祖亦殉他而死。按小说中的描写，此殉不仅是殉（同性）恋人，更是殉知己。

总之，《蟫史》在文体与文字等形式因素方面颇有"华艳""奇崛"之美，然而在内容方面相对来说较为单薄，其取材对象除了自己亲历的游宦见闻、粤地习俗之外，更多的是以古籍中的语典、事典为"前文本"，在"前文本"的基础上进行改写敷衍。可以说，屠绅对"前文本"之改写敷衍是他在《蟫史》中塑造人物、开展情节甚至描绘细节最重要的构思方式，也最能体现出这部文言小说的作者学养，需要重点关注。此为本章第一节的内容。

本章第二节则深入探讨《绿野仙踪》所体现的作者学养。《绿野仙踪》以冷于冰的学仙历程为线索贯穿全书，虽是神魔小说，却颇能描绘人情冷暖之态、芸芸众生之相，有着较为广阔深厚的社会生活内容，但这些更多是作者人生阅历、思想观念、创作才力的体现。若要探讨作者学养与这部神魔小说之间的内在关联，无法绕过对《绿野仙踪》中的道教元素的揭示与阐发：无论是神魔之间的斗法斗宝场面及法术符咒，还是文本中直接提到的道教修炼语汇，抑或是小说中呈现出的神仙谱系与妖魔特征，都可以在《绿野仙踪》中找到丰富的道教元素。本章第二节对《绿野仙踪》中道教元素的揭示与阐发，力图避免泛泛而谈的概述、浮光掠影的扫描、大而化之的评价，而是着眼于道教经典在《绿野仙踪》中的具体现身，探讨评价作者以道教经典来建构文本的利弊得失。

第一节 "前文本"在《蟫史》中的
意义生成

　　《蟫史》中的"龙女"是主人公甘鼎麾下一员出生入死、屡建奇功的女将，出场频次颇高，但此人物形象的设置颇简明，主要是以北朝民歌《木兰辞》与唐传奇《柳毅传》为"前文本"，捏合二者的部分情节架构而成。

　　从官方的宗教立场来看，乾嘉时期有着崇佛抑道的整体倾向。藏传佛教尤其是其中的格鲁派僧人常常被敕封为国师，皇亲国戚、达官贵人们向国师问道时无不甚为礼敬，就连乾隆、嘉庆对国师也非常虔信，如乾隆就曾请章嘉国师为其主持灌顶仪式，甚至还亲自采用颂密咒的方式企图镇压教民的起义。[①] 藏地番僧喇嘛的社会地位也很高，颇受各阶层人士的尊崇。乾隆三年（1738年），中国最后一部官刻汉文佛藏完成，影响非常巨大，佛教在当时的地位由此可见一斑。道教相对来说颇受官方冷遇，一个非常突出的例子就是，乾隆五年（1740年），朝廷敕封的正一真人张遇隆依旧例要赴京为乾隆祝寿，朝廷居然以"道流卑贱，不宜滥厕朝班"的理由中止了道教真人参加朝觐筵宴。[②]

　　屠绅颇有自己个性化的宗教立场。与官方的宗教立场不同，他笔下的道流往往是正面人物，在平定广州王邝天龙、海盗黑鱼头、回部、九苗、交阯、五斗米教等的叛乱中大显身手，而且书中宣扬

[①] 松筠：《卫藏通志》，西藏人民出版社1982年版，第98页。
[②] 赵尔巽等：《清史稿》志九十八职官三，民国十七年（1928年）清史馆本。

道教思想观念之处颇多。佛教人物如锁骨菩萨、刚上人、娄万赤、唎哑喻等都曾在叛军中助纣为虐，书中所宣扬的也主要是"以淫止淫"之类（屠绅用来为自己之好色纵欲作辩护）的佛教观念。古代小说中的"龙女"形象有道教与佛教两个系统。佛教系统的"龙女"在六道轮回中属于"畜生"类，形容丑陋、身份卑贱，见到人之后往往会自惭形秽，以得人身为庆幸。如《大唐西域记》中讲述了一个龙女因"福力所感"而变化人形的故事，当她能变化人形的时候，她的心理感受是"深自庆悦"。她虽然已能变化人形，但由于宿业还未全消，在和心上人亲热时还不免会露出龙的丑陋形状，令她大为痛苦。另外，在《宅生佛》中，四手龙女已经成为佛教女护法，却无法改变丑陋凶恶之外形：全身黑色，两右手持剑和骷髅念珠，两左手持盛满鲜血的头骨碗和三叉戟，就连她的坐骑罗刹驴的鞍鞯亦是以人皮制成。

《蟫史》中的"龙女"则很明显属于道教系统。道教系统中的龙女属于神仙，被视为"天女"，地位比人尊贵多了。"龙女"在《蟫史》中首次亮相出现在卷二（《蟫史》中每卷一个回目，共二十卷二十个回目），她自报家门时已经把自己的道流身份说得很清楚了："儿紫府仙家，丹山凤胄。"书中对她的容貌描写也正是女仙、天女之形象："羽衣玉佩，水色云容。"除了这些与《柳毅传》基本相同之外，《蟫史》还保留了《柳毅传》中龙女嫁泾阳君次子并遭夫家厌薄虐待的情节，并嫁接以《木兰辞》中木兰女扮男装的桥段，只不过把木兰的替父从军移植为替夫征战。有意思的是，"龙女"在卷二就早早出场，统辖百名水族部属附于人身，以白练裙擒妖，逐伪军师娄万赤，灭广州王邝天龙，大获全胜。在卷三中她因功勋卓著而被勒碑志名、奏请封号,但在朝廷册封她为"天女"之前,她已翩然而去。到了卷四,甘鼎驰援征剿回部的官军,行至泾阳,陕西统军告诉他此处已聚结的有四路大军,甘鼎取各将名册观之,发现"泾阳卫官龙芝,卧疾不能行,以弟木兰代"。此时书中有一伏笔:"甘君寻思木兰古女名,从征必有异能矣。"等到了与木兰相见,书中又写:"甘君甚识其人,而记忆不及,叱从者且退,木兰当是故人。言未毕,木兰揖而言曰:'甲子别来无恙,自东徂西,又复男女易服。宜明公熟视而若无睹矣。'甘君转疑,以礼命坐,曰:'小戎之女子知兵遗风也。但石湾相援之天女,胡为至此,仆实不足以知之。'"几经点染之后,让龙女自己揭穿谜底。原来,她所嫁的泾阳君次子"入世为龙芝",但此子涵于声色、贪于货财,已受叛军之贿,不思友军之援,称病不赴征战。而龙女深明大义,"更名木兰,请于泾原帅员君,云以弟代兄也"。经过这样的情节设置,《柳毅传》中的龙女形象得到升华,由原来家庭矛盾中的受害者变为富有家国情怀且更具责任担当的女英雄。

蛮女庆喜则是屠绅以佛教传说为"前文本"敷衍而成的一个人物形象。《蟫史》卷七回目是《锁骨菩萨下世》,又在此卷让庆喜自报家门:"我锁骨菩萨也,唐世为洛阳妇人,交八十一男而死,已证菩提果矣。今应劫运复出,当夭四秀才、杀五进士以应一九之数;又淫六十三健儿以应七九之数。为假后九月,反本还原,再不入尘世也。"这些都点明庆喜这一人物形象来自锁骨菩萨的佛教传说。在中国,较早载有锁骨菩萨传说的有唐李复言之《续玄怪录·延州妇人》,言一美貌延州女子"孤行城市,年少之子,悉与之游,狎昵荐枕，一无所却"，后有僧人在她墓前礼敬赞叹，众人不解，僧人云此为锁骨菩萨，"乃大圣，慈悲喜舍，世俗之欲，无不徇焉"。为了表明墓中非"淫纵女子"而是"圣者"，僧人请众人破土查验，墓中尸骨果然"钩结皆如锁状"。学界曾指出中国载有锁骨菩萨传说的文献除《续玄怪录》之外，还有北宋叶廷珪《海录碎事》、北宋黄庭坚《观世音赞》、南宋释志磐《佛祖统纪》、元杂剧《观音菩萨鱼篮记》、明宋濂《鱼篮观音画像赞》、佚名《鱼篮宝卷》、明冯梦龙《喻世明言·月明和尚度翠柳》等，这些传说表现出这样的演化趋势：一是《续玄怪录·延州妇人》中锁骨菩萨徇世俗之欲以传佛道的纵欲色彩淡化并消失，变为"凡与交者，永绝其淫"，或是把诵读佛经、持斋、修善等作为自己的出嫁条件，诱导世人入佛道。二是锁骨菩萨的传说与观音菩萨的传说合流，锁骨菩萨变成了观音菩萨的一个化身，是观音菩萨点化世人出离色欲的一种具有象征意味的表现形态。另外，在这些传说中，锁骨菩萨基本上都保留了陕右一带的地域身份，但在俗文学如《观音菩萨鱼篮记》中，锁骨菩萨有洛阳渔妇的身份传说。《蟫史》中称锁骨菩萨在唐世交八十一男而证菩提果，又以大量笔墨写锁骨菩萨下世肉身之种种淫纵场面，此当以《续玄怪录·延州妇人》为"前文本"，但称锁骨菩萨为洛阳妇人，这恐怕就是以俗文学为"前文本"了。前文曾提及屠绅"善度曲"，也颇留心于游宦之地的乡歌民曲，还需指出的是，屠绅之《蟫史》乃以古文辞写小说，颇为"奇崛""古奥"，连人物对话都不顾其身份、年龄、个性、气质而多以骈文出之，但在诸多古文辞中却杂有少数俚俗之语，多是小说中人物在唱俗曲，如卷一中常大溜以"粤中土音"所唱之《摸鱼歌》：

阿娘勿见小娃娃,叫他的爹,快些与我找还家。阿爹说道:"娃娃自去寻荔枝吃,我和你不如吊海唱个《浪淘沙》。"浪淘沙,做话把,阿娘掀开海口水多些。阿爹狠力撑篙下,娃娃走到拍手叫阿爹:"阿爹你何苦屈臀好像弯弓样,弄得阿娘身子好像死虾蟆。"

沙小溜听了此曲后说"太俚",但从上下文来看这里的"俚"主要是就内容而言,他所唱之歌颂文天祥的《寄生草》在内容格调上比常大溜高了许多,但语言还是很通俗的,亦是"太空青苍,吹来天籁"的粤地民歌:

行人来在五坡下,五坡不见文爷爷。那五坡,愁云惨雾教人怕。那文爷,祠堂正气生梧槚。不崩的五坡,不坏的那文爷。宁可移五坡,不可夺文爷。移了五坡,放去了文爷。阿呀,这其间碧海千年泻,那其间碧血千年化。

这些俚俗语言与《蟫史》的整体风格不太谐和,但屠绅依然在小说中杂有俗曲俚歌,且卷十二写噩青气与刚上人宴饮亦有"歌惟杂剧,兴甚藏钩"之语,很可表明他对曲类通俗文学的浓厚兴趣,那么,他颇有可能接触过《观音菩萨鱼篮记》之类的戏曲,在小说中赋予锁骨菩萨洛阳妇人的身份便不难理解了。

屠绅以古文辞写艳冶场面在很大程度上淡化了色情文学的猥亵之感。卷七中,锁骨菩萨的下世肉身庆喜与五进士、四秀才淫纵,其间有一赌赛:"请执杯为一韵句,有淫意,不可有淫语。淡远者受上赏，登坛作盟主；奇奥者受次赏，美味必及之；庸琐者罚执役，残杯冷炙，只受人怜耳。"这段文字颇可概括屠绅以古文辞描写色情的创作心态：屠绅本人好色纵欲，这种"淫意"也表现在其小说创作之中，但他认为"淫意"不可以"淫语"为载体，不可写得"庸琐"，描写色情应当有"淡远"之韵、"奇奥"之趣。以屠绅自己的品评标准来看，他以古文辞作艳冶语较多表现出"奇奥"的特点，有时不免流于"庸琐"，至于"淡远"，似乎在《蟫史》中难以发现。

屠绅以锁骨菩萨的传说作为"前文本"有着利用佛教"以淫止淫"观念为自己之"淫意"作辩护的创作意图。《蟫史》卷七回目是《锁骨菩萨下世》，卷八回目为《点金道人遭围》，所谓"点金道人"是指针、砭二师，针、砭皆是古人治病的工具，二师名号的寓意非常清楚，是指对世人的疗救。卷七、八的回目形成对仗，表明"锁骨菩萨"与"点金道人"有一定的对应关系，卷八之"诠"的一番议论其实已经揭示了这种对应关系——"菩萨之神通，即道人之智慧"，"道人而为世点金，则以杨而入于墨矣。墨者摩顶踵以利天下，泂菩萨之舍身"，明确指出针、砭二道人疗救世人的智慧其实也就是锁骨菩萨舍身以徇世俗之欲的神通。言下之意即是说，锁骨菩萨在人间的"淫"也是一种疗救手段，是"以淫止淫"。在《蟫史》中，把"淫"视为疗救手段还有专门的情节设置：卷五中，儒生明化醇因"不淫而丧精"，而一位神女却"以淫而疗疾"拯救了他，使他悟出"无欲以观，不如有欲；即色皆是，何故即空"的道理。

但屠绅其实对佛教是颇为不屑的，卷四《争锦缎织女秘三绝》

中，甘鼎路遇"缁流"打扮的赵成安君陈馀为他讲述前生事迹，原来甘鼎前生曾是战国时赵国名将李牧，被害之后与赵高同门学仙，但后来发现学仙只不过让赵高成了"兽仙"，于是又"转婆罗门，修烦恼行"，和陈馀一起学佛，陈馀"有鉴于刎颈之交"，也就是他因与张耳的爱恨情仇而无心再入人间，但他对学佛颇为自惭形秽，盛赞"儒之道，充实光辉，非徒冥悟，亦自知其无以尚之"，对甘鼎的"屡树勋猷，业已循英杰之途，登圣贤之岸"大致艳羡。屠绅对"三教"的整体看法是：儒最上，道居中，释最下。小说中最重要的人物甘鼎是儒之代表，是征伐叛乱的主帅，道流是甘鼎的辅佐，"缁流"除陈馀等少数过场人物之外则多是助乱之人。而且，小说中助甘鼎平叛贡献最巨的矮道人起初学的是"金刚禅"，已入辟支佛之果位，具"幻五里之雾，驱四山之风"的神通，却不免为山神所刖，而其"皈依于正"的标志就是弃佛学道，"出世扫邪魔，扶忠义，当完阳九之数"，"阴行善事，斯为阴功；道得于心，斯为道德"。[①] 同样，庆喜"前身作佛"，不免堕落于叛贼之中；"后果为仙"，则是对她弃暗投明降了官军并在平叛中战功颇著的赞美。[②] 同在此卷，屠绅还写了关于佛道论争的一段文字，进行论争的是官军阵营的刘元海与叛军阵营的唎哑喻。前者是道流代表，后者则修学"梵教"；前者义正词严，指责后者"为仙佛之羞，以狗为虎画；当彝伦之辐，如蚁乱牛声"，警告后者如果怙恶不悛将有"辟支果遂少传宗，忉利天曾无绝业"之后果。后者则捉襟见肘，只能勉强辩称自己依附叛贼与"佛图之依石，罗什之附姚"不同，

---

① 见《蟫史》卷二，人民文学出版社1992年版。后文若无特别注明，皆据此版本。
② 见《蟫史》卷十四。

是为了弘教。就在两人争论后不久，《蟫史》中又写了仙人阴长生调解佛道之争，调解的结果好像是双方皆心悦诚服，但紧接着又以超现实的"冰天小槽酿"检验出唎哑喻的"图反"之心，并预言了他"历劫将尽"也就是不久之后就要灭亡的结局，对他"自铤于顽，睫蔽秋毫，不归于极"的冥顽不灵颇致惋惜，并声称使其脱胎换骨的"冶铸之功"还需道流人物。佛、道二者何者在屠绅心目中地位更高，在《蟫史》中还是表达得很清楚的。

也许正是由于对佛教不屑，屠绅在《蟫史》中犯有常识性错误：甘鼎与陈馀一起学佛是在楚汉战争时期，而据正史记载，佛教于汉明帝永平年间才传入中国。固然，《拾遗记》卷四有这样的记载："燕昭王七年，沐胥之国来朝，则申毒国之一名也。道术人名尸罗……善衒惑之术，于其指端出浮屠十层，高三尺，及诸天神仙，巧丽特绝……咒术衒惑，神怪无穷。"申毒国即古印度的一个名称，元释祥迈《辨伪录·冒名僭圣伪第十二》中云："又张骞奉使西穷河源，至于大夏。闻雪山南有申毒国，其人奉浮图，不杀罚，乘象而战。申毒即今印度也。"不过，《拾遗记》毕竟是小说家言，虽说屠绅亦以文言撰小说，但依屠绅的儒学本位立场，他的佛教知识似乎更应该以正史中的记载为据吧？就算他以《拾遗记》为据认为佛教在楚汉战争之前就已传入中国，他对佛教的鄙视态度在小说中表达得还是很明显的，他对佛教"以淫止淫"的思想观念也缺少了解。

概而言之，与小乘佛教相比，大乘佛教对于欲望与修行之间的关系有着更加深刻而圆通的认识：并不是一味地压抑欲望，而是认为"受用五欲乐，不为彼缠缚"（《父子合集经》卷二），"在欲而行禅"(《维摩诘经·佛道品》),才是更好的修行、更高的境界。而《蟬史》中的"以淫止淫"居然是应杀劫:"儿亦应运主杀劫者,独天女哉!""今应劫运复出,当殀四秀才、杀五进士以应一九之数;又淫六十三健儿以应七九之数。"小说中沉湎于色欲的众人根本不是"在欲而行禅",而是"在欲而行淫",被度之人受用色欲之乐甚至"为彼缠缚"到了"以色度人而戕其身""以诲消欲而益其毒"①的程度,这些都不符合佛教"以淫止淫"之教义,更多的是屠绅在为淫纵行为文过饰非。

对于大是大非,《蟬史》中主要是以儒学的思想观念为标准的。道流之所以助官军平叛是为了"扶忠义"②,而"缁流"为佛教脸上贴金也免不了要比附儒学经典:"镠即余明,乃至大至刚之光景。"③尤其是《蟬史》中着墨较多的佛教人物除娄万赤、庆喜、唎哑喻之外,还有一刚上人,对这一人物形象的设置与评价居然主要是以儒学经典作为"前文本"的。

刚上人,法号智镠。小说卷十二中借曾为士人的乐般之口说:"《尚书》注云:'镠,刚铁也。'讵不信然。"这里引《尚书》之注点明刚上人之名号在儒学经典中的出处。屠绅其实犯了一个错误:《尚书》注疏中没有释"镠"为"刚铁",倒是在释"镂"时提到了"刚铁"。如《尚书·禹贡》中有这么一段:"厥贡镠、铁、银、镂、砮、磬。"郑玄注云:"黄金之美者谓之镠。镂,刚铁可以刻镂也。"大概因为注中镠、镂相距较近,屠绅误记了。然而这样的失

---

① 见《蟬史》卷七。
② 见《蟬史》卷二。
③ 见《蟬史》卷十四。

误恰恰可以表明，屠绅在构思刚上人这个人物形象时，以儒学经典作为"前文本"，他千方百计要把刚上人与儒学经典扯上关系。

"刚"之一字在《孟子》当中是用来形容浩然之气的："其为气也，至大至刚，以直养而无害，则塞于天地之间。其为气也，配义与道；无是，馁也。是集义所生者，非义袭而取之也。"唎哑喻为刚上人即智镠开脱时也正用了《孟子》中的这番话："镠即余明，乃至大至刚之光景。"在《论语》中，"刚"也是好字眼。如《子路》篇中的"刚毅木讷，近仁"，又如《公冶长》篇中，孔子把"刚"视为很难达到的一种境界："子曰：'吾未见刚者。'"当有人提出申枨大概可以称为"刚者"的时候，孔子予以了否定，说："枨也欲，焉得刚？"屠绅正是以《论语》中论"刚者"的这一番话作为"前文本"，把刚上人设计成一个"多欲"的妖僧，从而否定其真正具有儒学经典中甚为称许的"刚"之境界。

屠绅似乎唯恐读者看不出自己所据之"前文本"，卷十二中还安排了这样一段：

> 季孙闻其言异，知犷儿善变，乃为隐语曰："君知者耶？"曰："然。"又问："申枨何往乎？"曰："在。"季孙乃少进饮食，小猱去，犷儿曰："以明镜来，枨也不足惧矣。"

司马季孙与犷儿的隐语中，正是以申枨指代刚上人，以孔子所说的"枨也欲，焉得刚"隐指"刚上人欲，焉得刚"。

小说中多次写到刚上人之欲：他曾拜唎哑喻为师，竟然淫其师之女弟子，为唎哑喻所"呵逐"；投奔官军，"自陈得道在灭火真人之前"，号称要帮官军平苗，谁知与"故人"明化醇相见伊始便欲淫明化醇之妾谢鬘儿，由于老道刘元海与木兰二人早有安排，刚上人"禅伯变阉奴"，谢鬘儿才幸免于难；即使被宫之后，刚上人依旧多欲，垂涎"猥艳数人"之"荐寝"，向噩青气请求"女猥百人授我"，临阵时甚至还对木兰口吐秽言，声称要生擒木兰让她代替谢鬘儿，甚至在兵败之穷途，明明知道"楼中冶容，雌雄所化"，居然还"径变海客"与群妖淫乱……小说卷十四还有这样一段插曲：刚上人之师唎哑喻变成木兰被众人识破并被缚于甘鼎营帐，甘鼎以过人之量亲自为他松绑并邀请他一同饮宴，席间唎哑喻有一番关于《易》的高谈阔论，并向众人询问："兹之讲《易》，比智镠弟子之谈禅也何如？"明化醇夫妇回答道："刚上人之多欲，诚不足以及其师。"明确点出刚上人之"多欲"。小说卷十二中，刚上人变化形貌欲骗取玛知古之宝镜，玛知古询问其姓名，刚上人回答说："真无欲。"小说这里很明显是在反讽。刚上人后来之所以被杀，也是因为谢鬘儿利用他对美色的贪欲骗走了他赖以救命的神盒。

除了《孟子》《论语》之外，《蟫史》还以其他儒学经典为"前文本"描写刚上人的性格特点。《礼记·乐记》中强调："刚而无怒。"《蟫史》中就写刚上人的种种易怒，卷十三中，连他所投靠的噩青气都嘲讽他："屈都督来，吾自以礼释，亦何与方外事，贪嗔若此，有愧于上人之称名。"《尚书·舜典》中强调："刚而无虐。"《蟫史》中就写刚上人的种种残暴，他最后的结局很悲惨，不仅被杀，而且被挫骨扬灰，在一定程度上恐怕还是屠绅对他的

"以暴易暴"。

卷十九之《生心盗竟唊俗儒心》中的"生心盗"在小说中是个颇值得关注的人物设置。此卷中对于"生心盗"从出场到被杀的整个过程描写得非常简短，不到四百六十字，在全卷万余字的篇幅中所占比例甚小，然而此卷居然以《生心盗竟唊俗儒心》作为回目。此是可关注者一。这段描写的引出是由于矩儿夫妇因斛斯贵所率官军战事吃紧而火速驰援，矩儿却不使用其母送给他的宝物"行地锦"，居然选择步行，在"投小家宿"时才遭逢了"生心盗"。虽然矩儿以"吾岂忘诸，直不敢贪母氏之成劳耳"解释其不使用"行地锦"的原因，但从上下文来看这个解释难以成立：矩儿在军情紧急时频繁使用"行地锦"，那些时候怎么就"贪母氏之成劳"？说来说去，无非还是要以矩儿夫妇的行踪引出"生心盗竟唊俗儒心"的情节。此是可关注者二。另外，本卷主线是写官军与叛军之战，矩儿遭逢并击杀"生心盗"不过是其中一个极小的插曲，可是卷首之赋对战事全不提及，却写"是衣冠之盗，柳下季亦尚有兄；为乡曲之儒，鲁诸生不如无友。其愚也可笑，安知问俗以入门；而唊之何心，不惮为牺之在庙"，分明还是着眼于"生心盗竟唊俗儒心"，卷尾之诠也都是对"生心盗竟唊俗儒心"的大发议论。此是可关注者三。

此卷之诠中"生心之为言性也，性善则入为圣，性恶则出为狂""俗儒之召灾酿变也久矣，生心害政，亟当以生心之盗唊之"等语其实已揭示出屠绅写"生心盗竟唊俗儒心"的"前文本"。此"前文本"即《孟子·公孙丑》中的"诐辞知其所蔽，淫辞知其所陷，邪辞知其所离，遁辞知其所穷。生于其心，害于其政；发于其政，害于其事"。

　　孟子论性善时强调人的"本心"之善，但人的"本心"也会出现迷失与放逸的状态，用孟子的话来说就是"失其本心"与"放心"。除了"失其本心""放心"之外，孟子还指出了"生心"，那就是"诐辞""淫辞""邪辞""遁辞"等歪理邪说会在人心中生发，从而危害政事。"生心害政"后来还成了一个典故，在古人的很多著作中都能看到，此卷之诠中"俗儒之召灾酿变也久矣，生心害政，亟当以生心之盗唊之"的说法也用到了这个典故。屠绅在卷十九临近全书结尾时，刻意在紧张的战事中穿插一段"生心盗竟唊俗儒心"的描写，其创作意图并非把"生心盗"作为一个人物形象来塑造，否则也不会让他在临近结尾时才仓促登场，而且甫一登场又猝然殒命，人物的性格、心理活动等内在描写根本来不及深入与展开。其创作意图也并非以扣人心弦的故事情节设置悬念，"生心盗竟唊俗儒心"的穿插其实颇为生硬，对主体情节的展开没有起到什么作用，即使没有这一段也一点儿都不妨碍主体情节的继续进行。屠绅对"生心盗竟唊俗儒心"如此大费周章，更主要的是欲以儒学经典作为"前文本"，生发出他本人所看重的一定寓意。本卷之诠有云："史氏于荆棘满林，烟尘弥望之际，逗出生心盗，示人以明心见性，则乱庶遄已。"这在一定程度上能够帮助我们理解"生心盗竟唊俗儒心"在文本中的寓意。

　　儒学传统中，思孟学派比较看重心性之学，更易于与佛道的心性之学互鉴会通。对于儒、释、道三教，如前所述，《蟫史》首重儒，其次是道，释最下。然而，对于儒，屠绅并非一概肯定；对于释，屠绅也并非全然抹杀。如卷十四中，尽管是兵戎相见的死敌，道流代表刘元海却也与"缁流"代表唎哑喻惺惺相惜,甚至说:"凡有智慧,我与尔权之;凡有神通,吾与尔研之。"阴长生在为两人调停时也肯定了两人"皆获至道,各立崖岸。于一二妙谛,俱有所发明",对唎哑喻的评价相当之高。另外,虽说对佛教"以淫止淫"的教义未必有深入的了解,但屠绅既然以锁骨菩萨为"淫意"作辩护,说明他不仅肯定了佛教的某些教义,而且对其有所取资。

屠绅对"道"的评价高于"释",然而,《蟫史》中最重要的人物、代表屠绅儒学本位立场的甘鼎于前生之中曾经学仙却又放弃,说明屠绅对"道"亦是有所否定的。岂止是"道",甚至对于"儒",屠绅也颇有微词。总之,对于儒、释、道三教,屠绅一方面有所褒贬,另一方面不因株守门户而流入简单的意气之争,虽然他有着明显的儒学本位立场,但他对于儒学之末流也颇有批判反思之处。

《蟫史》中,常常可以看到对"腐儒""伪儒""俗儒""迂儒"等的调侃与否定,如卷二之"已见公输制木鸢,腐儒墨守论便便",卷三之"老徒狡狯伎俩,宁不能援总帅出死入生,而效儒者伪恭乎",卷六之"儒者泥于《易》象,而不知变通,不太迂耶",卷八之"腐儒之气,不足以胜骄儿",卷十之"盖腐儒足以致蝇,躁客足以召蝎,相因之理,有固然者",卷十四之"腐儒努目辨方隅,对浑天仪不能量",等等。

尤其是与卷十九插入"生心盗竟哄俗儒心"之情节相类,卷九也插入了与情节进展毫无关系的"麻犵狫厕上弄筳",也将其作为回目;卷首之赋与卷尾之诠也都无视情节主线而着眼于游离在情节主线之外的小插曲;另外,若将《蟫史》之二十卷一分为二,"生心盗竟哄俗儒心"与"麻犵狫厕上弄筳"所处的位置也都一样,都是临近最后一卷的前卷位置，正好可以遥相呼应。这些迹象表明，"生心盗竟唊俗儒心"与"麻犵狫厕上弄筵"经过了屠绅的精心设计，绝非侈陈神怪，随意挥洒。卷九插入的"麻犵狫厕上弄筵"如果从人物形象塑造与情节设置的角度去分析会觉得莫名其妙，但从寓意寄托的角度去分析便豁然开朗了。

"麻犵狫厕上弄筵"的"前文本"是题蝇类诗赋以及《玄怪录》中"厕中设筵"的情节模式。《诗经·小雅》中有《青蝇》之篇，孔颖达在《疏》中认为诗中以蝇喻"谗佞之人"。后世有西晋傅咸之《青蝇赋》，其刻画蝇之特性有"既反白而为黑，恒怀蛆以自盈；秽美玉之鲜洁，盘佳肴之芳馨"之句，描述的同样是"谗佞"。此卷卷首之赋中有云："蛍声在棘樊之下，遂有谗人；托迹于藩溷之间，非无热客。"亦是着眼于"谗佞"。而且，"蛍声在棘樊之下"的出典就是《诗经·小雅·青蝇》中前二章之首句"营营青蝇，止于樊"与"营营青蝇，止于棘"。另外，小说中赴厕筵的杜承瓘咏诗云"身心并焚孰能与？为姜戎氏歌青蝇"，慕炜骂"此殆交乱四国之徒也"，亦与《诗经·小雅》中的《青蝇》之篇大有关涉：《诗·小序》称《青蝇》乃是"大夫刺幽王也"，《青蝇》之第二章便有"谗人罔极，交乱四国"之句。

《玄怪录》中有《滕庭俊》一篇，叙文明年间，毗陵掾滕庭俊患热疾多年，每发身如火烧，热数日方定，医不能治。后滕有事外出投宿一道旁庄家，主人外出后，滕颇岑寂有感，咏有"为客多苦辛，日暮无主人"之句，一"须发甚秃，衣服亦弊"之老父听后大加称赞，力邀滕去随其饮宴清话。滕叩以姓氏，答曰："仆忝浑家扫门之客，姓麻，名束禾，第大，君何不呼为麻大。"滕随麻大去，与麻大及另一客人和且耶饮宴赋诗，后庄家主人见滕久未归宿，遣人寻来呼唤，滕应诺一声，"而馆宇并麻、和二人一时不见，身在厕屋下，傍有大苍蝇、秃帚而已。庭俊先有热疾，自此后顿愈，不复更发矣"。在这个故事当中，虽然麻大也是厕中设筵，但全无秽污描写，还治好了滕庭俊积年的热疾。应该说，"麻犹狳厕上弄筵"采用了《滕庭俊》作为"前文本"，借鉴痕迹比较明显者至少有三：其一，邀人赴厕筵的皆是麻姓；其二，筵中人都曾联句赋诗；其三，筵中人都得过热疾，而且发现真相后热疾就好了。《滕庭俊》在开篇就写滕"患热疾积年"，"麻犹狳厕上弄筵"亦写赴筵的杜承瓘、慕炜"两人倦而寝，天明得热疾，各为谵语……两人相扶起，乃卧厕上，其下诸秽不可名状。幸未大嚼，而呕哕恶沥，热疾顿消，旁一麻蝇集不去。恍然曰：'其麻犹狳乎？'离厕出，杳无村落"。

虽对《滕庭俊》有所借鉴，但"麻犹狳厕上弄筵"写了人与物怪在酒席上的冲突，又突出"两人鼻观殊难为情""酒浮瓮蛆，肴多越宿味，两人各攒其眉""顷见蟰转粪""其下诸秽不可名状"等对污秽之物的描写，反讽意味是很明显的。结合卷十之诠中的"腐儒足以致蝇"一语与对"麻犹狳厕上弄筵"之"前文本"的分析，这种反讽的具体内涵也就呼之欲出了：原来，屠绅是在嘲弄"腐儒"会招致"谗佞之人"，会导致"交乱四国"之恶果。一言以蔽之，屠绅并不是要对小说中具体的人物进行评价，他只是通过对"前文本"的改写敷衍表达了自己对于儒学末流的反思与批判。

屠绅对儒学末流的反思与批判颇有忧患意识，卷四中甚至还有"侠以武犯禁，禁在士师而终不能犯；儒以文乱法，法在宫府而卒

第九章　《蟫史》与《绿野仙踪》中的作者学养

致之乱;则岂非禁行而法阻,儒之害甚于侠哉"之语。就在此卷中,屠绅还特地设置了这样一个细节:员夫人乃是织女临凡,其所织锦缎有回文璇玑之图,巧妙绝伦,曾有大破敌军之功效,但就在甘鼎请她出世勤王的时候,织女声称"俗患才少,仙患才多,是以断机裂帛,宁使天宫绝业,不示世人。将懵懂以归真,勿纷华而入妄,固其所矣",以"断机裂帛"的方式止息人间对其锦缎的纷争。此卷之诠点出了织女锦缎的象征意蕴:"铜头不见,锦缎聿兴,武事之终,复为文事,而争之者何也?人自夸其腕中之锦缎,则内争;人共逞其胸下之锦缎,则外争;争之不已,而刀枪剑戟,突至交加,必幻铜头于胸中,而不畏人之争。""锦缎之争也,所谓文事之祸,切于盗贼刀兵,关乎阴阳水火,非锦心之织女,孰与拯之,以秘息争,乃正本清源之道。"诠中所说的"铜头"是指蚩尤,上卷的回目即《忏铜头蚩尤销五兵》,"铜头"象征着叛乱引发的"武事";与之对应,锦缎自然象征着"文事"。"文事"又何来纷争呢?源于人自夸"文事"之机巧。在屠绅看来,"文事"之争"切于盗贼刀兵","儒以文乱法"甚于"侠以武犯禁",所以小说中,织女要"秘三绝"(此卷回目即《争锦缎织女秘三绝》)以止锦缎之争,言下之意即宁使"文事"朴拙也不要追求"文事"之机巧,从而引发祸乱。

屠绅本人有着鲜明的儒学本位立场,《蟫史》也颇有炫弄才学之创作意图,但他还是表现出这样一种思想观念:儒学固然当尊,"文事"也固然重要①,但一定要警惕儒学、"文事"之负面因素所

---

① 卷四中,织女止"文事"之争的立场是很坚定的,但她同样特别强调"文事"的重要性,非常明确地告诉甘鼎:"总帅平苗,宜用文士,日中之司马季孙,相如后人,才真不世,命之持檄谕祸福,蜀中之苗,当不烦血刃,此心战之地,武事不胜用也。"

导致的恶果，要以更开放而非拘守的方式发挥儒学、"文事"之正面效用，要善于吸收、利用他家之长以济儒学、"文事"之穷。例如，小说卷五中明确提出："以儒通墨，久得诵《金刚经》不烂之舌，羿彀必志，虞机善迎，非邀谕蜀之功，实佐平蛮之略耳。"卷四中，不仅织女向甘鼎指出文事武事需兼济，而且，织女在人间的儿子员矩儿的真身是"斗宫第七星招摇之精"，屠绅在《蟫史》中反复提醒此星乃文星，如卷六中："会使镜光诛赤帝，可能剑术祸文星。"卷十中："矩儿大笑曰：'兄自无心云，姊为欲落石。'乐般与化醇皆鼓掌曰：'此文星之所以为文也。'"卷十三中："璜儿敛容对曰：'父母亦未尝生身……儿初欲与文星合，以入尘世而结俗缘，非本来想，故愿相从以归。他日有可以佐戎行者，不敢忘天孙母训。'甘君喜，命军中称之曰员少夫人。"卷十四中："于是矩儿横两椎入景死门，漓老珪老出敌。皆曰：'文星何为亦与尘世事？'矩儿答曰：'以父母之命，解国家之忧，安得不执干戈，御魑魅乎？'"对于这样一个文星，《蟫史》中居然刻意将之设置为一个骁勇善战的武将，还在卷四中让员矩儿自己说"儿实斗宫第七星招摇之精，不知者辄号司文，儿欲以武备救文事之穷。故降生猎徒，为母氏所育"，明确提出了"以武备救文事之穷"。另外，《蟫史》中辅佐官军平叛的刘元海虽说是道流领袖，但《道藏》《续道藏》的神仙谱系中并没有他的位置，一般的神怪小说当中也没有写到他，而屠绅在《蟫史》中却把他设置为最重要的道流人物，恐怕还是因为历史上的刘元海名刘渊，是五胡乱华时前赵的开国皇帝，此人正是文武全才，《晋书》中还载有他这样一段高论：

>吾每观书传，常鄙随陆无武，绛灌无文。道由人弘，一物之不知者，固君子之所耻也。二生遇高皇而不能建封侯之业，两公属太宗而不能开庠序之美，惜哉！

不难看出，此段高论与《蟫史》中"以武备救文事之穷"的观念是相当一致的。论述到这里，卷十九中"生心盗竟啖俗儒心"的寓意也就可以基本理解了：屠绅非常警惕"俗儒"会以"诐辞""淫辞""邪辞""遁辞"招致"生心害政"的"文事"之祸，呼吁通过"诐辞知其所蔽，淫辞知其所陷，邪辞知其所离，遁辞知其所穷"来"明心见性"，消除祸端。"生心之盗"可喻因接受了种种歪理邪说而"害政"的叛乱分子，屠绅强调，"生心害政"的"文事"之祸一方面需要"武事"之征服来平定叛乱，"以武备救文事之穷"；另一方面，要辟除"俗儒"们"生心害政"的"诐辞""淫辞""邪辞""遁辞"，从根本上消弭祸乱，也即所谓"生者盗心，啖者儒心，理既不容并立，以生心之盗，啖俗儒之心，机亦有以相因"①。可以看出，屠绅对儒学末流的批判与反思有其深刻之处，是盛世之中的居安思危，颇有忧患意识，对《蟫史》的炫才争巧不可简单评价，一味贬低。

第二节 道教经典对《绿野仙踪》的文本建构

李百川有一定的道教学养。不过，其在《绿野仙踪》自序中

---

① 见《蟫史》卷十九。

说:"继得江海幽通、九天法箓诸传,始信大界中真有奇书。"① 他称自己广读道教典籍,明显是言过其实。

《绿野仙踪》第四十五回写太上八景宫中所藏天书有"《正一威盟录》一千九百三十部,《三清众经》三百余部,符箓、丹灶秘诀七十二部,《万法渊鉴》八百余部,率皆玉匣锦装,摆列在架上"。《正一威盟录》、《三清众经》、"符箓、丹灶秘诀七十二部"之名目并非李百川凿空虚构,而是渊源有自。《历世真仙体道通鉴》卷十八言张道陵从太上老君那里得到了"《三清众经》九百三十卷,符录、丹灶秘诀七十二卷",可是《绿野仙踪》中所写天书并非以《历世真仙体道通鉴》为蓝本,而是本于《消摇墟经》卷一中所写的道书名目:"《正一盟威秘录》,《三清众经》九百三十卷,符录、丹灶秘诀七十二卷。"从前引文字来看,《历世真仙体道通鉴》中的道书名目就比《消摇墟经》少了《正一盟威秘录》,《绿野仙踪》中的《正一威盟录》当然是本于《消摇墟经》了。如果不是笔误,《绿野仙踪》将"正一盟威"写为"正一威盟",暴露出李百川道教学养薄弱的一面。不少道教经典都提到了太上老君授张道陵《正一盟威秘录》或《正一盟威录》,如《犹龙传》《混元圣记》《太上老君年谱要略》《太上混元老子史略》《太上说南斗六司延寿度人妙经》《太上玄灵北斗本命延生真经注》等。其实《历

---

① 使用现代标点的各版本《绿野仙踪》常常给"江海幽通""九天法箓"加上书名号,误以为是两部道教典籍。其实李百川所言"江海幽通"是说道教经典所载内容遍天地、通鬼神,《绿野仙踪》第一百回还有"书吏一千五百名,撰拟四海八极幽明敕诏,兼批发诸仙神圣水陆奏章",可作参照。"法箓"本就是道书,"九天法箓"其实是提高道书地位的一种说法而已。"诸"者多也,李百川此段话实际上是说自己读了不少道教典籍。

世真仙体道通鉴》中也提到了《正一盟威秘录》，只不过离提到《三清众经》、"符箓、丹灶秘诀七十二部"的文字较远：

> 老君曰："卿等三五功曹乎，速为吾开紫阳南宫玉宸内殿，取《正一盟威秘录》，吾欲传授。"俄顷之间，南方起二十四生气，祥光瑞彩，泱然满空。其中各列玉童，捧一玉函，贮录一品，皆玉札金文及都功版券职录，以授真人。谓真人曰："与卿千日为期，后会闻苑。"老君复以《三清众经》九百三十卷，符录、丹灶秘诀七十二卷……

另外，《仙苑编珠》《太上妙始经》《正一法文天师教戒科经》《正一天师告赵升口诀》《上清天心正法》《清微元降大法》《要修科仪戒律钞》《无上秘要》《云笈七签》等有"正一盟威法""正一盟威之录""正一盟威之道""正一盟威之宗""正一盟威之法"等说法，皆作"正一盟威"，无一例作"正一威盟"者。

如果说把"正一盟威"写成"正一威盟"还无法判断是不是笔误，第一百回中，李百川把媚兰说成王母之次女，这就暴露出他所读道教经典比较偏狭的弱点了。

第一百回中，冷于冰至瑶池拜见王母，底下是这样一段描写：

> 王母赐宴元台，令火龙、于冰列坐两傍，自己居中独坐一席，下面华林、媚兰、青娥、瑶姬、玉卮五女相陪。又诏董双成吹云和之笛，王子登弹八琅之璈，许飞琼鼓太虚之簧，安法兴歌玄灵之曲。宴罢，火龙同于冰叩谢。王母道："冷于冰风

度端凝，造就不可限量。郑东阳得此弟子，大长赤霞门面矣。我亦无以为赠，知于冰尚未有府第，可于罗浮山鸣鹤洞居住。此洞系吾次女媚兰修道之所，洞内外颇有奇景，堪寓饮岚卧石之仙。"于冰顿首拜谢。

以《汉武帝内传》为始，董双成、王子登等在宴席上奏乐助兴的描写在道教经典中颇有异文：

> 于坐上酒觞数过，王母乃命侍女王子登弹八琅之璈，又命侍女董双成吹云和之笙，又命侍女石公子击昆庭之钟，又命侍女许飞琼鼓震灵之簧，侍女阮凌华拊五灵之石，侍女范成君击洞庭之磬，侍女段安香作九天之钧。于是众声澈朗，灵音骇空。又命侍女安法婴歌元灵之曲。（《汉武帝内传》）
>
> 于是王母命侍女王子登弹八琅之璈，董双成吹云和之笙，石公子击昆庭之玉，许飞琼鼓震灵之簧，婉凌华拊五灵之石，范成君扣洞阴之磬，段安香作九天之钧，法婴歌玄灵之曲，众声激朗，灵音骇空。（《墉城集仙录》）
>
> 《汉武内传》：王母命侍女王子登弹八琅之璈，董双成吹云和之笛，许飞琼鼓灵虚之簧，安法婴歌玄灵之曲。（《三洞群仙录》）
>
> 是日命侍女董双成吹云和之笛，王子登弹八琅之璈，许飞琼鼓灵虚之簧，安法兴歌玄，以为武帝寿焉。（《搜神记》）
>
> 于是命王子登弹八琅之璈，董双成吹云和之笙，石公子击昆廷之玉，许飞琼鼓震灵之簧，婉凌华拊五灵之石，范成君拍

第九章　《蟫史》与《绿野仙踪》中的作者学养

洞阴之磬,段安香作九天之钧,安法婴歌玄灵之曲。众声激清,朗音骇空。(《历世真仙体道通鉴后集》)

是日,命侍女董双成吹云和之笛,王子登弹八琅之璈,许飞琼鼓灵虚之簧,安法兴歌玄灵之曲,为武帝寿焉。(《消摇墟经》)

《绿野仙踪》中的描写与《消摇墟经》中的文字最为接近,仅一字之差,只是把"许飞琼鼓灵虚之簧"中的"灵"字改为"太"而已。不仅如此,《绿野仙踪》中所说的王母之"华林、媚兰、青娥、瑶姬、玉卮五女"亦在《消摇墟经》卷一中有载:"女五:华林,媚兰,青娥,瑶姬,玉卮。"《消摇墟经》并没有明言媚兰为王母次女,倒是《墉城集仙录》卷五、《真诰》卷二、《历世真仙体道通鉴后集》卷三中都载媚兰字申林,乃王母第十三女。《绿野仙踪》中之所以把媚兰说成王母次女,当还是据《消摇墟经》卷一中"女五:华林,媚兰,青娥,瑶姬,玉卮"的说法。虽然此段并没有明言媚兰的排行,但在五女的排列顺序中,媚兰仅次于华林排在第二位,李百川大概就是因此而想当然地视媚兰为王母次女了。《墉城集仙录》《真诰》《历世真仙体道通鉴后集》在道教典籍中并非罕僻之书,李百川居然会误下此判断,可以表明他读道教典籍绝非他自夸得那样广博。从整体来看,他描写道教元素主要取材于《消摇墟经》。

《消摇墟经》由明洪自诚在万历年间辑道教典籍中仙传仙话而成,本是其《仙佛奇踪》一书中的一卷,后来被《万历续道藏》从《仙佛奇踪》中析出成为独立一书,并作为道教经典刊行于世。

《消摇墟经》不足三万字，但把道教神仙谱系中的神仙们钩玄提要地汇为一编，简明又具体而微，以较小的篇幅支撑出一定的系统性与整体性，对于道教修行小说的创作确实颇堪取材。李百川以此书作为描写道教神仙、名物的蓝本，是颇为明智的一个选择。《消摇墟经》也在一定程度上启发了《绿野仙踪》中的情节设计：张道陵、许真君以积阴功的修行方式斩妖除魔，在《绿野仙踪》中屡见不鲜，而且被诛杀的妖孽亦是以水怪为主，斗法场面的描写除了详略之别外亦颇多类似；吕洞宾之"一梦到华胥"的悟道经历在《绿野仙踪》中被拓展为冷于冰让温如玉入梦华胥国三十余年以导其入道的六七回篇幅；钟离权"十试"吕洞宾在《绿野仙踪》中亦被敷衍为冷于冰对猿不邪、连城璧、锦屏、翠黛、金不换、温如玉众弟子的道心考验……总之，虽说李百川所体现出的道教学养并不那么深厚，他对于《消摇墟经》这么一部道教经典之选本的运用还是比较轻灵爽利的。

《绿野仙踪》中对道教元素的描写文字较多以《消摇墟经》为蓝本，而阐发道教思想的议论性、说明性文字则几乎全采自《长生诠经》。《长生诠经》亦是洪自诚《仙佛奇踪》中的一卷，《万历续道藏》亦将其从《仙佛奇踪》中析出，使其作为一部独立的道教经典刊行于世。现在还没有充分的证据能够断定《绿野仙踪》取材的《消摇墟经》与《长生诠经》究竟是据《万历续道藏》本还是《仙佛奇踪》本，但这一点并不重要，重要的是，李百川确实有着以道教经典建构小说文本的创作倾向。

只要分别列出《绿野仙踪》第十回中火龙真人传授冷于冰道教修炼方法的两大段文字及其与《长生诠经》中相对应的道教经典之

节选文字，比对一下就可以清楚地看出，《绿野仙踪》中的两大段文字采自《长生诠经》无疑。

先看《绿野仙踪》第一大段文字：

> 大抵人体好清，而心扰之，人心好静，而欲牵之。诚能内观其心，心无其心；外视其形，形无其形；远观其物，物无其物。三者既悟，唯见于空。观空亦空，空无所空，所空既无，所无亦无，无无亦无，湛然常寂。盖生者死之根，死者生之根；有动之动，出于不动；有为之为，出于无为。无为则神归，神归则万物云寂。不动则气泯，气泯则万物无生；耳目心意俱忘，即象妙之门也。故对境忘境，不沉于六贼之魔；居尘出尘，不落于万缘之化。须知神是气之子，气是神之母；如鸡、卵不可须臾离也。你看草木根生，去土则死；鱼鳖水生，去水则死；人以形生，去气则死。

《长生诠经》中与其相对应的道教经典之节选文字为：

清净经

> 夫人神好清，而心扰之，人心好静，而欲牵之。常能遣其欲而心自静，澄其心而神自清。内观其心，心无其心；外观其形，形无其形；远观其物，物无其物。三者既悟，唯见于空。观空亦空，空无所空。所空既无，无无亦无。无无亦无，湛然常寂。

阴符经

> 心生于物，死于物，机在目。

生者死之根，死者生之根。恩生于害，害生于恩。

洞古经

有动之动出于不动，有为之为出于无为。无为则神归，神归则万物云寂，不动则气泯，则万物无生。

忘于目则光溢无极，泯于耳则心识常渊，两机俱忘，众妙之门。

养其无象，象故常存；守其无体，体故全真。全真相济，可以长生。天得其真故长，地得其真故久，人得其真故寿。

大通经

静为之性，心在其中矣；动为之心，性在其中矣。心生性灭，心灭性现，如空无象，湛然圆满。大道无相，故内不摄于有；真性无为，故外不生其心。如如自然，广无边际。对境忘境，不沉于六贼之魔；居尘出尘，不落于万缘之化。

定观经[①]

胎息经

胎息铭

太上日用经

日用饮食，禁口端坐，莫起一念，万虑俱忘，存神定意，眼不视物，耳不听声，一心内守，调息绵绵，渐渐呼出，莫教间断，似有若无，自然心火下降，肾水上升，口裏津生，灵真附体，得至长生。十二时中常要清净。神是气之子，气是神之母，如鸡抱卵，存神养气，能无离乎？

[①]《绿野仙踪》中第一大段文字未采此经之节选文字，故略。但为了表明《长生诠经》所选道教经典之次序，所以还是列出经名，下同。

心印经

水火真经

文始经

洞灵经

玉枢经

冲虚经

三茅真经

卫生经

洞神真经

元道真经

  草木根生，去土则死；鱼鳖沉生，去水则死；人以形生，去气则死。是故圣人知气之所在，以为身宝。

  可以看出，《绿野仙踪》第一大段文字分别采用了《长生诠经》中选自《清净经》《阴符经》《洞古经》《大通经》《太上日用经》《元道真经》的语句，而且，征引这些道教经典的先后顺序与它们在《长生诠经》中的先后顺序完全一致，无一例外。《绿野仙踪》第二大段文字"故修炼内丹，必须采二八两之药，结三百日之胎，全是心上工夫；坐中炼气，吞津咽液，皆末务也。只要照吾前所言行为，于无中养就婴儿，阴分添出阳气，使金公生擒活虎，姹女独驾赤龙；乾夫坤妇而媒嫁黄婆，离女坎男而结成赤子。一炉火焰炼虚空，化作半丝微尘，万顷水壶照世界，形如一粒黍米；神归四大，乃龟蛇交合之乡；气人四肢，正鸟兔郁罗之处；玉葫芦进出黄金液，红菡萏开成白玉花；际此时超凡入圣，而金丹大道成矣"

采用了《长生诠经》中所选白玉蟾的语录，同样符合其在《长生诠经》中的排列顺序。可以看出，如果《绿野仙踪》采用的是《清净经》《阴符经》《洞古经》以及白玉蟾语录等原典中的语句，这些语句在《道藏》中分属相当繁杂的门类，非常分散，不可能与《长生诠经》所选道教经典的排列顺序如此一致。

而且，当《长生诠经》与所选道教原典存在异文时，《绿野仙踪》采用的总是《长生诠经》中的文字。如原典《清净经》中为"内观于心，心无其心；外观于形，形无其形；远观于物，物无其物"，《长生诠经》作"内观其心，心无其心；外观其形，形无其形；远观其物，物无其物"，《绿野仙踪》中亦是如此；又如《真诠》《天仙正理直论增注》《仙佛合宗语录》《脉望》《颐生微论》等都载有丘长春语且表述形式皆同，"息有一毫之不定，命非己有"，《长生诠经》则作"息有一毫之不定，形非我有，散而归阴，非真铅也"，《绿野仙踪》中亦是与《长生诠经》同。[①]

另外，《绿野仙踪》中征引道教经典阐发道教思想的文字中还未能发现超出《长生诠经》所收录者。综上所述，《长生诠经》是李百川用以建构其小说文本的非常重要的道教经典。

固然，李百川的文字功底与写作技巧颇为不错，如前所述，他能把这两大段阐述道教修炼方法的文字较为巧妙地融化于人物的对话及叙事语句的整合之中，读来并无生硬滞碍之感，就连清人对《绿野仙踪》的评点都丝毫没有觉察李百川对大量道教经典中语句的采用，还以为他是以自己的语言来阐发道教思想。不过，这种按

[①] 见《绿野仙踪》第十四回，北京大学出版社 1986 年版。后文若无特别注明，皆据此版本。

先后顺序征引连缀《长生诠经》语句的写作方式，充其量不过是对已有道教文本所作的较顺畅美观之剪裁拼搭而已，缺少对道教思想观念融会贯通之后的深刻理解与精准表达。

还好，这种按先后顺序征引连缀《长生诠经》语句的写作方式在《绿野仙踪》中也就仅见于第十回。从整体来看，虽然仅征引连缀《长生诠经》语句来阐发道教思想略显单薄贫乏，李百川以道教经典对《绿野仙踪》进行文本建构还是颇有一些可圈可点之处的。

在《绿野仙踪》之前，《西游记》《封神演义》《韩湘子全传》《飞剑记》《铁树记》等都曾以道教经典对小说进行文本建构。《绿野仙踪》与《西游记》《封神演义》的叙事艺术有一定距离，此处不必赘论。不过，与前述其他小说比较起来，《绿野仙踪》以道教经典对小说进行文本建构有以下一些特点与长处：

其一，《韩湘子全传》《飞剑记》《铁树记》等用来进行文本建构的道教经典相对来说比较单一，如《韩湘子全传》主要采自《悟真篇》，《飞剑记》主要采自《吕祖志》，《铁树记》主要采自《铜符铁卷》。《绿野仙踪》则以《长生诠经》为媒介，间接地采用了多部道教经典对小说进行文本建构。

以前述第十回为例，李百川通过征引《长生诠经》，先后以《清净经》《阴符经》《洞古经》《大通经》《太上日用经》《太上老君太素经》[①] 中的语句对小说进行文本建构。

---

① 《长生诠经》对"草木根生，去土则死；鱼鳖沉生，去水则死；人以形生，去气则死。是故圣人知气之所在，以为身宝"一段标明的出处是《元道真经》，但查阅《正统道藏》，在《元道真经》原典中根本找不到此段语句，但在《太上老君太素经》中可以找到，《长生诠经》中有误。

《绿野仙踪》对《长生诠经》在篇幅上征引最多是在第七十二回，征引的字数为千字左右。此回中，冷于冰受天狐之托，向天狐的两个女儿锦屏、翠黛传授"性命"之学，李百川通过征引《长生诠经》先后以陈虚白、陈泥丸、李道纯、魏伯阳、张紫阳、王重阳、白玉蟾的语录或著作对小说进行了文本建构。

　　此外，通过征引《长生诠经》，《绿野仙踪》第九回以《洞古经》，第十四回以丘长春、张紫阳、郝太古语，第三十七回以虚静天师语、《洞灵经》、中黄真人语，对小说进行了文本建构。

　　虽然李百川直接征引的只是《长生诠经》，但是，由于《长生诠经》乃辑录道教经典中养生思想之集锦式选本这一特殊性质，属于不同道教派系[①]、有着不同思想倾向的多部道教经典得以在客观上共同参与到《绿野仙踪》的文本建构中，因此《绿野仙踪》中阐发的道教思想更为复杂多元。

　　以《绿野仙踪》对《长生诠经》在篇幅上征引最多的第七十二回为例，此回中，李百川通过对《长生诠经》的征引，在客观上以陈虚白、李道纯、陈泥丸等的语录或著作，建构了小说中冷于冰指授锦屏、翠黛的具体内容，包含了复杂多元的道教思想。

　　冷于冰所说由"神与气乃一身上品妙药"至"此炼药之火候也"，阐述的是内丹药物理论。《长生诠经》中标出处为"陈虚白"，只点明为陈虚白语，经查阅可知，此段对应陈虚白《规中指

---

① 按经典来分，《清净经》《阴符经》属《道藏》之洞真部本文类，《洞古经》属洞真部玉诀类，《大通经》属洞玄部本文类，《太上日用经》《洞灵经》属洞神部本文类，《太上老君太素经》属正一部。按人来分，魏伯阳是丹鼎道派祖师；张紫阳、陈泥丸、白玉蟾属内丹道派的南宗；王重阳是全真教祖师；丘处机是全真教龙门派祖师；李道纯本是白玉蟾的二传弟子，属内丹道派的南宗，后来加入了全真道。

第九章　《蟫史》与《绿野仙踪》中的作者学养　　343

南·药物》。《绿野仙踪》通过征引《长生诠经》，使得陈虚白《规中指南·药物》在客观上建构了小说中所阐发之内丹药物理论中的以下几个方面。

一是药物总论："神与气乃一身上品妙药，其妙重在不亡精。故修道者炼精成气，炼气化神，炼神合道。此即七返九还之妙药也。"

二是寻药之本源说："修道者于未采药之前，先寻药之本源。西南有乡土，名曰'黄庭'，恍惚有物，杳冥有精。先仙曰：'分明一味水中金，可于华池仔细寻。'此即寻药之本源也。"

三是采药之时节说："垂帘塞兑，窒欲调息，离形去智，几于坐忘。先仙曰：'劝君终日默如愚，炼成一颗如意珠。'此采药之时节也。"

四是制药之法度说："天地之先，浑然一气。人生之初，与天地同。天以道化生万物，人以心肆应百端。先仙曰：'大道不离方寸地，功夫细密要行持。'此制药之法度也。"

五是入药之造化说："心中无心，念中无念。注意规中，一气还祖。先仙曰：'息息绵绵无间断，行行坐坐转分明。'此入药之造化也。"

本来，入药造化说之后，《长生诠经》与陈虚白《规中指南·药物》都是阐发内丹药物理论之火功说。陈虚白丹药物理论之火功说是如此论述的："清静药材，密意为丸，十二时中，无念火煎。金鼎常令汤用暖，玉炉不要火教寒。此炼药之火功也。"《长生诠经》中略有不同："清净药材，密意为先，十二时中，气炼火煎。金鼎常教汤用暖，玉炉不使火少寒。此炼药之火功也。"《绿野仙踪》本《长生诠经》,却将"火功"改为了"火候"。这种改写一方面表现了李百川征引道教经典有着为我所用的主体意识,另一方面暴露出他对道教经典并不那么有研究。陈虚白《规中指南》卷下之首篇《内丹三要》中明确指出:"内丹之要有三,曰玄牝、药物、火候。"《药物》篇之后紧接着便是《火候》篇,《长生诠经》在节选了《药物》篇中的文字后也节选了《火候》篇。而李百川由于后面也征引了《长生诠经》所节选的陈虚白之内丹火候理论,为了使前后说法过渡更加自然,擅自将"火功"改为了"火候",但与此同时把属于内丹药物理论的"火功"与内丹火候理论的"火候"混为一谈。其实,按照陈虚白的内丹理论系统,《绿野仙踪》从"采时谓之药,药中有火焉;炼时谓之火,火中有药焉"到"圣人传药不传火之旨,尽于此矣。何条要之有",才应该算是进行了内丹火候理论的阐发。

冷于冰所说"调龙虎之道有三"一段又征引了《长生诠经》,《长生诠经》标示得很清楚,选的是陈泥丸语。查阅《正统道藏》,可以看出选的乃是陈泥丸之《养生秘录》,原文作:"上品丹法以神为炉,以性为药,以定为水,以慧为火。中品丹法以神为炉,以气为药,以日为火,以月为水。下品丹法以身为炉,以气为药,以心为火,以肾为水。"《长生诠经》中作:"修仙有三等,炼丹有三成。上品丹法,以身为铅,以心为汞,以定为水,以慧为火,在片饷之间可以凝结成胎。中品丹法,以气为铅,以神为汞,以午为火,以子为水,在百日之间可以混合成象。下品丹法,以精为铅,以血为汞,以肾为水,以心为火,在一年之间可以融结成功。"李百川全据《长生诠经》,只不过在结尾处又云:"先仙曰:'调息要调真息息,炼神须炼不神神。'则龙降虎伏矣。"这里的"先仙曰",《长生诠经》中标示的是李道纯语,具体选自李道纯《中和集·述工夫》诗十七首中的《调燮》。

冷于冰所说"婴儿姹女产育之道"一段又征引了《长生诠经》,《长生诠经》标示选的是魏伯阳语,但在《正统道藏》查阅不到具体出处,且此段语言浅俗,与魏伯阳著作中的语言风格殊为不类,疑是《长生诠经》假托或有误。

冷于冰所说"眼不视而魂在肝,耳不听而精在肾,舌不声而神在心,鼻不香而魄在肺,四肢不动而意在脾,是为五气朝元。精化为气,气化为神,神化为虚,是为三化聚顶"一段又征引了《长生诠经》,《长生诠经》标示选的是张紫阳语,具体选自张紫阳《金丹四百字》。无论是《长生诠经》还是《金丹四百字》,都是"三花聚顶"而非"三化聚顶",《绿野仙踪》中写成"三化聚顶",只怕是由"精化为气,气化为神,神化为虚"望文生义而来。

冷于冰所说"心者神之舍,心忘念虑,即超欲界;心忘缘境,即超色界;心不着空,即超无为界。故入手功夫,总以清心为第一"一段又征引了《长生诠经》,《长生诠经》标示选的是重阳祖师语,具体选自《重阳立教十五论》之第十三论"超三界"。

冷于冰所说"坏道必先于坏念,念头一坏,收拾最难;回光反照,亦收拾念头之一法耳"一段又征引了《长生诠经》,《长生诠经》标示选的是白玉蟾语,但在《正统道藏》中查阅不到白玉蟾有此语,倒是陈虚白《规中指南》之后序有云:"夫所谓玄关一窍者,不过使神识气,使气归神,回光反照,收拾念头之一法耳。"《长生诠经》可能有误。

其二,《韩湘子全传》《飞剑记》《铁树记》等对道教经典的征引没能和小说文本较好地融合在一起,更像是寄生文本,如《韩湘子全传》主要在回首诗或回末诗中征引《悟真篇》,《飞剑记》在"有诗为证"后征引《吕祖志》,《铁树记》在"诀曰"后征引《铜符铁卷》。另外,其都在道教修炼方法的授受场面中较集中地征引道教经典,形式上比较单一呆板,而且常常与人物形象塑造及情节发展脱节。而在《绿野仙踪》中,虽然对道教经典的征引主要出现在道教修炼方法的授受场面中,《绿野仙踪》与《韩湘子全传》《飞剑记》《铁树记》等相比却有了很大的改进。《韩湘子全传》《飞剑记》《铁树记》中道教修炼方法的授受场面较少,一般就一两次,而且师徒之间几乎没有什么互动,往往是师傅长篇大论地说了之后弟子被动地接受,对道教经典的征引显得生硬呆板。在《绿野仙踪》中,道教修炼方法的授受频次明显增加,有授受场面的至少能够举出第九回、第十回、第十四回、第三十七回、第七十二回。而且授受双方并不像《韩湘子全传》《飞剑记》《铁树记》等那样比较固定,而是富于变化。如第九回是和尚与冷于冰,第十回是火龙真人与冷于冰,第十四回是火龙真人、紫阳真人与冷于冰,第三十七回是冷于冰与连城璧、金不换,第七十二回是冷于冰与锦屏、翠黛。另外,李百川征引道教经典时不是堆砌而出,而是把道教经典中的文字组合成长短不同的语段,疏密有致地将之融合于人物描绘与叙事推进之中,读来并无突兀滞硬之感。

如第九回写冷于冰急于寻找仙师求道,遇到了一个"身在空门心在凡,也知打坐不参禅"的和尚,那和尚说了一番高深莫测的话:"道也者,不可须臾离也,可离非道也。道本无形、无声,故老子有道可道，非常道；名可名，非常名。又言：恍兮惚兮，如见其像；依焉稀焉，如闻其声。修身者，要养其无形、无声，以全其真，天得其真，故长；地得其真，故久；人得其真，故寿。"

这番话不长，其中还夹杂了对《中庸》与《道德经》中习见典故的征引，但"修身者，要养其无形、无声，以全其真"一句既承前道之无形无声的特点，又提炼概括了《长生诠经》所节选《洞古经》中的"养其无象，象故常存；守其无体，体故全真。全真相济，可以长生"之语，随即接入《洞古经》中的"天得其真故长，地得其真故久，人得其真故寿"，忽而平实易懂，忽而玄之又玄，虚中有实，实中有虚，水分中又露出一些看得见的"干货"，使求道心切的冷于冰信以为真，中了圈套。这里对《长生诠经》的征引极简短，却有很好的艺术效果，刻画出和尚巧舌如簧、故弄玄虚的嘴脸。

到了第十回，冷于冰终于遇到了真正的仙师火龙真人，火龙真人向他传授道教修炼方法，此时小说中对《长生诠经》的征引在数量上较多，但这是符合小说叙事之内在逻辑的：冷于冰久慕仙师而久不能一遇，还刚遇到了那个冒充仙师的和尚并吃亏不小，火龙真人传授给他的道教修炼方法多一些且极内行、极权威，才能一慰冷于冰渴怀并显示出火龙真人是真正的仙师。而且万事开头难，火龙真人引领冷于冰入道自然要多费些功夫，所以火龙真人初遇冷于冰有一番长篇大论的指授顺理成章。小说此时通过对《长生诠经》的征引，以《清净经》《阴符经》等道教经典中的文字以及白玉蟾语建构火龙真人指授冷于冰的具体内容是比较成功的，诸多道教经典中的精粹内容被"集锦"式呈现，使小说中对火龙真人之人物语言的描写非常符合其身份特点，也与当时授受道教修炼方法的情境非常契合。

　　小说中还把火龙真人对冷于冰的指授内容分成两段，第一段较多，第二段略少，长短有致，又以"大抵""诚能""盖""你看""故""只要"等过渡性语言把《长生诠经》中不相连属或不同道经的语句颇为巧妙地缀合起来，并以"随向于冰耳边授了几句话，于冰心领神会，顿首拜谢"这样的叙事性语句，以及"吾道至大，总不外'性命'二字。佛家致虚守寂，止修性而不修命；吾道立竿见影，性命兼修。神即是性，气即是命"，"金丹一道，仙家实有之。无如世俗烧炼之士，不务本原，每假黄白术坑人害己；天下安有内丹未成，而能成外丹飞升者"等《长生诠经》之外的议论文字，把两段阐述道教修行方法的文字隔开，让人读起来不至于有冗长板滞之感。

　　第七十二回冷于冰指授锦屏、翠黛道教修炼方法是征引道教经典篇幅最多的，但是，李百川不是让小说中的冷于冰唱独角戏，而是让锦屏、翠黛不停地发问，大大增强了授受双方的互动性，并以问题意识引领小说中人物对道教思想的具体阐发，多警醒之句，无沉闷之感。小说中对道教经典的征引除了陈虚白《规中指南》中引文较多外，其他引文都较短，且因所引出处的变化而不断切换语言风格，颇为灵动。对于较长的引文，小说中又划分为内丹药物论、内丹火候论、"调龙虎之道"、"婴儿姹女产育之道"、"五气朝元三化聚顶之道"、"超三界之道"、"收拾念头之一法"等成分。甚至，在次级成分中有时还有三级成分的划分，如内丹药物论中又分为"药物总论""寻药之本源""采药之时节""制药之法度""入药之造化""炼药之火候"等成分，既以化整为零的方式将长篇大论予以拆解，又层次清晰、线索分明，使被拆解的成分不是彼此无关的碎片，而是此呼彼应、相得益彰，共同组成了有机的整体。

其三，《韩湘子全传》《飞剑记》《铁树记》等对道教经典的征引长则沉闷板滞，短则琐碎杂乱、不成系统。《绿野仙踪》以《长生诠经》为媒介，在客观上间接地采用了多部道教经典对小说进行文本建构，在呈现出较复杂多元的道教思想的同时，进行了一定的系统化处理。

《绿野仙踪》中对内丹非常看重，如第十回中火龙真人对冷于冰言："金丹一道，仙家实有之。无如世俗烧炼之士，不务本原，每假黄白术坑人害己；天下安有内丹未成，而能成外丹飞升者？故修炼内丹，必须采二八两之药，结三百日之胎，全是心上工夫；坐中炼气，吞津咽液，皆末务也。"但是，《绿野仙踪》中亦兼重外丹，如火龙真人甫见冷于冰就以易骨丹助其修道。第三十八回中冷于冰又对猿不邪说："久欲炼几炉丹药，用佐内丹。""仙家到内丹胎成，而必取资于外丹者，盖非此不能绝阴气归纯阳也。"第四十五回中，天狐雪山道人对冷于冰说："贫道细看先生骨气，内丹已成六七，所缺者外丹一助。"第九十三回中，冷于冰更是大谈"绝阴丹""返魂丹""易骨丹""固形丹""隐身易形丹""靖魔丹""辟谷丹"等外丹修炼，并以守外丹丹炉作为考验众弟子的一种方式。

《绿野仙踪》中非常强调"性命之学"，如第十回中火龙真人指授冷于冰："吾道至大，总不外'性命'二字。"第七十二回中，冷于冰又对锦屏、翠黛说："我今日此来，所欲传者，乃性命之学，非法术之学也。盖法术之学，得之止不过应急一时；性命之学，得之便可与天同寿。"但是,《绿野仙踪》中亦有不少对"法术之学"的描写,如第十回中火龙真人授冷于冰收鬼之法,并赠其冰葫芦、木剑、雷火珠等宝物;第十一回中冷于冰收超尘、逐电二鬼,诛狐妖皆是使用法术;第十二回中冷于冰得到紫阳真人的神书《天箓宝章》,学会了更多法术;第六十二回中又得《天罡总枢》,法术本领"一日大如一日";冷于冰降妖伏魔、惩治权奸、救世济人,也都离不开法术。

《绿野仙踪》第七十二回中冷于冰说"调龙虎之道有三",而"上等以身为铅,以心为汞,以定为水,以慧为火",更看重"心上工夫",我们也不难看到,《绿野仙踪》中对服气导引之术并不忽视。如第十回火龙真人对冷于冰说:"故炼气之道,以开前后关为首务;二关既开,则水火时刻相见,而身无凝碍矣。当运气时,必先吐浊气三口,然后以鼻尖引清气一口,运至关元;由关元而气海分循两腿,下至足涌泉;由涌泉提气而上至督脉,由督脉而泥丸,由泥丸而仍归于鼻尖,此谓'大周天'。上下流行,贯串如一,无子午卯酉,行之一时可,行之一昼夜可,行之百千万年无不可也。"对服气导引之术的描写相当具体。第十六回冷于冰授予连城璧"导引吸气法",木仙与冷于冰谈论修炼之术时亦提到"其理则同,其运则不同。先生以呼吸导引为第一,餐霞吸露次之;我辈以承受日精月华为第一,雨露滋润次之。至言呼吸导引,不过顺天地气运,自为转移可也"。第三十七回冷于冰遇见温如玉称先要授他导引之法。第三十八回冷于冰称:"此服气之功也,积久可以绝食矣。"第七十一回又有"此时颇能服气,也是断绝了烟火食水"……

第九章　《蟫史》与《绿野仙踪》中的作者学养

这些在道教修炼方法上既有侧重又兼顾其他的思想观念在《绿野仙踪》中比比皆是，《绿野仙踪》绝少门户之见，对属于不同道派的道教思想颇能兼收并蓄，如前所述，虽然对某些道教思想的表述较为肤浅，有时还有似是而非的情况，但小说中也确实涉及较为复杂多元的道教思想。

《绿野仙踪》对道教思想的阐发具有这样的特点，主要还是由于李百川对《长生诠经》这样一部集锦式道教经典之选本的大量征引，使得诸多分属不同教派的道教经典得以在客观上参与到小说的文本建构之中，在小说中渗透了复杂多元的道教思想。

《长生诠经》节选诸多分属不同教派的道教经典当然有自己的编选标准，书名之"长生"已经一语道破。不过，李百川在小说创作中又对《长生诠经》中被泛化的"长生"二字所贯穿起来的道教思想进行了提炼会通，进行了自己的系统化处理。具体说来，他先以"性命"二字使"长生"具体化，在《绿野仙踪》第七十二回中称："盖法术之学，得之止不过应急一时；性命之学，得之便可与天同寿。"所谓"与天同寿"，仍是"长生"，但"性命之学"就比"长生诠"更具体，而且仍然能够兼及"内丹之学"与"外丹之学"，因为"内丹之学"与"外丹之学"虽然侧重点不同，但都有自成系统的"性命"理论。然后，他又以"神气"二字使"性命"进一步具体化，在《绿野仙踪》第七十二回中称："其要领在于以神为性，以气为命。神不内守，则性为心意所摇；气不内固，则命为声色所夺。此吾道所以要性命兼修也。"这其实也能兼及高妙的"心上工夫"与服气导引之基础修炼，因为虽然高妙的"心上工夫"与服气导引之基础修炼对"神""气"的界定不同，侧重点不同①，二者却都是以"神""气"两个范畴描述与指导各自之修炼方法的。

---

① "心上工夫"注重"神"在修炼过程中的引领作用，是通过"神"对于"道"的感悟进行修炼，而且不把"气"视为形下的具体的"呼吸之气"，而是形上的本体的先天真一之气。服气导引则把"气"视为"呼吸之气"，是通过调息进行修炼；"神"则被视为修炼时的干扰性因素，强调对"神"的净化与清空。

结　语

乾嘉时期出现章回小说的繁荣局面并非偶然，与这一时期的学术氛围、思想态势大有关系，作者学养在小说创作中起着非常重要的作用。

《红楼梦》的作者学养有着儒、释、道三教会通的特点。然而，《红楼梦》并没有成为各家思想的传声筒，而是以"小说的智慧"使得各家思想变成了可视可感的风度、气质、情怀、操守、人格特征、生活方式，于是，种种抽象思想得到感性显现，晦涩的哲学表述变成活泼泼的生活诉求，灰色的理论经由活色生香的生命引发心灵的共鸣，从而帮助我们接近各家思想所达到的精神高度。

《红楼梦》对道家思想有着很好的吸收与转化。例如，《庄子》所说的"无情"有特指，强调不因主观好恶"内伤其身"，是对非理性情绪的消解，对宇宙万物其实有着"爱人利物""与物为春"的"多情"；道家以审美情怀超越世俗功利的追逐，并将超越精神与现实精神和谐统一起来，以出世的精神作入世的事业；道家以生命立场作为价值立场，揭示功利立场、道德立场对人的种种异化，追求"灵性"生命……本书第一章揭示出，《红楼梦》以其生动性与直观性对这些思想智慧有着丰富而深刻的展现。

《红楼梦》还体现出作者丰厚的佛禅学养。本书第二章揭示出，

《红楼梦》中以佛禅"色即是空"的观念对贪欲进行了有力消解，又对"沉空""著空""空病""空执"有着警惕与否定，以佛禅"色空不二"的正解塑造人物、展开细节，发人深省、助人感悟。《红楼梦》又以通灵宝玉象征佛禅之"本心"范畴，通过相应的情节与细节形象地体现出，从"本心"为客尘烦恼所迷到明心见性的悟道修行过程中，谦下、自省、忏悔、改过以及反固定僵化等所起到的重要作用。

第三章则着重揭示《红楼梦》与儒学之内在关联，指出宝玉对原始儒学的礼法规定其实是非常信奉并恪守的，《红楼梦》不反儒学，只不过体现出明中叶以来所具有的"返回元典"之思想倾向，尊奉原始儒学，而对号称"代圣贤立言"的士人以及歪曲原始儒学的后儒们颇有质疑与批判。本章还以问题意识为引领，论证了《红楼梦》之思想观念与以"情"教化而非以"理"责人及荀学受到重视等时代思潮的一致性。

本书第四章指出，尽管《儒林外史》对颜李学派的人性论与礼学思想、"文行"观念颇多借鉴，吴敬梓还是以其对"文章"与审美情怀的重视，对颜李学派思想中的偏激拘执之处有一定的矫治与超越。另外，颜李学派将士人的道德标准过于理想化，而对平民道德颇致轻蔑。吴敬梓则因其长期底层生活以及更多与普通民众交游的经历，虽然也强调士人的使命感与尊严感，但对平民能抱有更多的温情与敬意，对平民道德的认识与评价也更有现实精神。

第五章则强调，吴敬梓之《文木山房诗说》阐发《诗》之"义理"颇能突破语言与逻辑层面的局限性，看重情感体验在《诗》教中的重要作用，其创作思想与其个性化的《诗》教观有内在的一致性。与推重"声教"之实质是强调《诗》以"情"教相一致，吴敬梓在《儒林外史》的创作中亦秉持"主情"原则。作为具有思想家气质的作家，吴敬梓在《儒林外史》中并不以说理议论的方式表现自己的思想智慧，而是以对"人生况味"的执着品尝发人深思、启人智慧，形成了复杂而微妙、宽广而深邃的情感场域，贯穿着"戚而能谐，婉而多讽"、具有中和之美的情感基调。这使吴敬梓在《儒林外史》中的讽刺减少了许多意气之用事、人身之攻击，增加了更多的人性之温情、自我之反省，于是，"戚而能谐，婉而多讽"不仅是一种蕴藉隽永的审美风格，还是一种闪烁着智性光芒的文化精神。

第六章主要探讨《镜花缘》中所炫之"学"与乾嘉时期博物知识、小学知识被重视，以及医学、算学、水利学等实学知识在学术知识结构中的地位得到空前提升所具有的一致性，其中还详细考察了《镜花缘》中这些知识的具体来源与李汝珍在小说创作中所作的个性化改造。

乾嘉可谓是经史之学的极盛时期，学者们大多有着坚定而鲜明的以儒学为本位的学术立场，排佛老，斥异端，使这一时期学术之"崇正辟邪"思想形成了一定的发展态势。第七章便在这样的发展态势中考察《野叟曝言》表现出怎样的个性化思想内涵，对《野叟曝言》的这些思想内涵可以作出怎样的评价。

所谓"场屋之学"，在第八章中是指围绕科举考试，在对儒家经传阅读、教学及"为圣贤代言"的阐发论述过程中形成的学养。之所以不用"经学素养"或"儒家经传"等词来代替这里的"场屋之学"，是因为"经学素养"还包括文字、音韵、文献考证等与李绿园无涉的学养，而他对"儒家经传"的理解接受以及阐发论述又是为举业服务的，用"场屋之学"一词对此也能够有更好的概括。第八章着重揭示了场屋之学对《歧路灯》中人物设置、命名艺术、物象描摹、诗词穿插等所起到的重要作用。

对《蟫史》进行内容研究，可观之处相当有限。本书以第九章中一节的篇幅，探讨"前文本"在《蟫史》中的改写敷衍，指出屠绅在《蟫史》中据以改写敷衍的"前文本"以儒学经典为主，另有史传、志怪传奇、载有佛教传说的俗文学等。通过分析"前文本"在《蟫史》中的改写敷衍，揭示出屠绅的宗教立场及其不拘门户之见而对儒学末流表现出的深刻反思与批判。

第九章又以一节的篇幅，主要是以考证的方式揭示出，李百川《绿野仙踪》中对道教元素的书写主要取材于《逍摇墟经》与《长生诠经》两部道教经典，并对李百川以这两部道教经典建构小说文本所体现出的思想艺术特点及其利弊得失作了较为细致的分析。

总之，本书以学术史、思想史为参照系，考察作者学养与乾嘉朝章回小说精神世界之关系，通过研读学术史、思想史中的卓越著作提升研究者的思想水平。一方面以时代思潮之光照亮小说文本，发掘小说中的思想资源；另一方面在思想观念发展的历史脉络中把握一定的趋势与走向，考察作者对趋势与走向的具体回应，从而能够更好地理解小说中具体的思想观念。

参考文献

一、古代文献

红楼梦［M］. 庚辰本.
八家评批红楼梦［M］. 冯其庸, 重校. 青岛: 青岛出版社, 2014.
〔清〕吴敬梓. 儒林外史会校会评本［M］. 李汉秋, 辑校. 上海: 上海古籍出版社, 1984.
〔清〕吴敬梓. 儒林外史［M］.〔清〕黄小田, 评点, 李汉秋, 辑校. 合肥: 黄山书社, 1986.
〔清〕吴敬梓. 文木山房诗说笺证［M］. 周延良, 笺证. 济南: 齐鲁书社, 2002.
〔清〕李汝珍. 镜花缘［M］. 刻本. 1832（清道光十二年）.
〔清〕夏敬渠. 野叟曝言［M］. 北京: 中华书局, 2004.
〔清〕李绿园. 歧路灯［M］. 郑州: 中州古籍出版社, 2012.
〔清〕磊砢山人. 蟫史［M］. 张巨才, 校点. 北京: 人民文学出版社, 1992.
〔清〕李百川. 绿野仙踪［M］. 侯忠义, 整理. 北京: 北京大学出版社, 1986.
余嘉锡. 世说新语笺疏［M］. 北京: 中华书局, 2007.
金瓶梅: 会评会校本［M］. 秦修容, 整理. 北京: 中华书局, 1998.
张竹坡评点《金瓶梅》辑录［M］. 陈昌恒, 整理. 武汉: 华中师范大学出版社, 1986.
〔清〕俞达. 青楼梦［M］. 北京: 华夏出版社, 2013.
〔东晋〕郭璞, 注,〔清〕毕沅, 校. 山海经［M］. 上海: 上海古籍出版社, 1989.
〔清〕吴任臣. 山海经广注［M］. 王兴芬, 整理. 南京: 凤凰出版社, 2018.
〔汉〕郭宪. 汉武帝别国洞冥记［M］. 北京: 中华书局, 1991.
穆天子传 神异经 十洲记 博物志［M］. 上海: 上海古籍出版社, 1990.
〔东晋〕王嘉. 拾遗记［M］. 北京: 中华书局, 1991.

春秋左传注［M］．杨伯峻，注．北京：中华书局，2016．
〔三国·魏〕王弼．周易注疏［M］．北京：中华书局，2020．
〔清〕孙星衍．周易集解［M］．上海：商务印书馆，1937．
李学勤．十三经注疏［M］．《十三经注疏》整理委员会，整理．北京：北京大学出版社，1999．
〔清〕孙星衍．尚书今古文注疏［M］．清冶城山馆本．
〔汉〕赵岐，注，〔宋〕孙奭，疏．孟子注疏［M］．上海：上海古籍出版社，1990．
〔汉〕何休，解诂，〔唐〕徐彦，疏．春秋公羊传注疏［M］．上海：上海古籍出版社，2014．
〔清〕郭庆藩．庄子集释［M］．北京：中华书局，2012．
〔清〕王先谦．荀子集解［M］．北京：中华书局，2013．
〔汉〕班固．汉书［M］．〔唐〕颜师古，注．北京：中华书局，2002．
〔汉〕高诱，注，〔清〕毕沅，校．吕氏春秋［M］．上海：上海古籍出版社，2014．
〔后秦〕鸠摩罗什，译，〔后秦〕僧肇，等，注．注维摩诘所说经［M］．上海：上海古籍出版社，2011．
〔唐〕慧能．六祖法宝坛经［M］．台北：毗卢出版社，2011．
〔唐〕李鼎祚．周易集解［M］．上海：商务印书馆，1937．
〔后晋〕刘昫，等．旧唐书［M］．北京：中华书局，2010．
〔宋〕欧阳修．新唐书［M］．北京：中华书局，2013．
〔宋〕李昉，等．太平御览［M］．北京：中华书局，1960．
〔宋〕李昉，等．太平广记［M］．北京：中华书局，1961．
〔宋〕曾慥．类说［M］．上海：上海古籍出版社，1993．
〔宋〕郑樵．通志二十略［M］．王树民，点校．北京：中华书局，1995．
〔宋〕程颢，〔宋〕程颐．二程集［M］．王孝鱼，点校．北京：中华书局，2004．
〔宋〕朱熹．家礼［M］．宋刻本．
〔宋〕朱熹．诗集传［M］．北京：中华书局，2018．
朱熹集［M］．成都：四川教育出版社，1996．
〔宋〕黎靖德．朱子语类［M］．王星贤，点校．武汉：崇文书局，2018．
〔宋〕朱熹．四书章句集注［M］．北京：中华书局，2011．
陆九渊集［M］．北京：中华书局，2020．
〔宋〕真德秀．四书集编［M］．四库全书本．
〔宋〕陈祥道．论语全解［M］．四库全书本．

〔宋〕蔡节. 论语集说［M］. 四库全书本.

〔宋〕赞宁. 宋高僧传［M］. 北京：中华书局，1997.

〔宋〕普济. 五灯会元［M］. 北京：中华书局，2010.

〔元〕脱脱. 宋史［M］. 北京：中华书局，2012.

〔元〕胡炳文. 四书通［M］. 四库全书本.

〔元〕黄超然. 周易通义［M］. 四库全书本.

〔明〕朱棣. 金刚经集注［M］. 济南：齐鲁书社，2007.

〔明〕徐一夔，等，纂修. 大明集礼：五十三卷［M］. 内府刻本. 1530（明嘉靖九年）.

〔明〕申时行，〔明〕赵用贤，纂修. 大明会典［M］. 内府刻本. 1587（明万历十五年）.

〔明〕丘濬. 文公家礼仪节：八卷［M］. 应天府刻本. 1517（明正德十二年）.

〔明〕朱之瑜. 舜水先生文集［M］. 刻本. 1712（日本正德二年）.

王阳明全集［M］. 上海：上海古籍出版社，1995.

〔明〕杨慎. 升庵诗话笺证［M］. 王仲镛，笺证. 上海：上海古籍出版社，1987.

〔明〕王艮. 王心斋全集［M］. 南京：江苏教育出版社，2001.

〔明〕张居正. 四书集注阐微直解［M］. 刻本.

冯梦龙全集［M］. 南京：凤凰出版社，2007.

汤显祖诗文集［M］. 徐朔方，笺校. 上海：上海古籍出版社，1982.

〔明〕李时珍. 本草纲目. 武汉：崇文书局，2008.

〔清〕顾炎武. 亭林文集［M］. 清康熙刊本.

〔清〕顾炎武. 顾亭林诗文集［M］. 北京：中华书局，1959.

〔清〕顾炎武. 日知录集释：全校本［M］. 黄汝成，集释，栾保群，吕宗力，校点. 上海：上海古籍出版社，2006.

〔清〕王夫之. 船山全书［M］. 长沙：岳麓书社，2011.

〔清〕黄宗羲. 宋元学案［M］. 北京：中华书局，2009.

〔清〕黄宗羲. 明儒学案［M］. 郑氏补刊本. 1739（清乾隆四年）.

〔清〕周亮工. 尺牍新钞［M］. 长沙：岳麓书社，2016.

颜元集［M］. 北京：中华书局，1987.

李塨文集［M］. 石家庄：河北人民出版社，2011.

〔清〕王明德. 读律佩觽［M］. 康熙刊本.

〔清〕程晋芳. 勉行堂文集［M］. 刻本. 1820（清嘉庆二十五年）.

〔清〕廖志灏. 燕日堂录［M］. 康熙刊本.

〔清〕惠栋. 九曜斋笔记［M］. 扬州：广陵古籍刻印社，1982.

〔清〕惠栋. 周易述［M］. 北京：中华书局，2007.

戴震全书［M］. 合肥：黄山书社，2010.

程瑶田全集［M］. 陈冠明，等，校点. 合肥：黄山书社，2008.

新编汪中集［M］. 田汉云，点校. 扬州：广陵书社，2005.

〔清〕汪中. 述学［M］. 戴庆钰，涂小马，校点. 沈阳：辽宁教育出版社，2000.

〔清〕凌廷堪. 校礼堂文集［M］. 北京：中华书局，2016.

凌廷堪全集［M］. 合肥：黄山书社，2009.

焦循全集［M］. 扬州：广陵书社，2016.

〔清〕焦循. 雕菰集［M］. 阮福岭南节署刻本. 1824（清道光四年）.

〔清〕焦循. 雕菰楼易学五种［M］. 陈居渊，校点. 南京：凤凰出版社，2012.

焦循杂著九种［M］. 刘建臻，整理. 扬州：广陵书社，2016.

〔清〕焦循. 北湖小志［M］. 孙叶锋，点校. 扬州：广陵书社，2003.

焦循算学九种［M］. 刘建臻，点校. 扬州：广陵书社，2016.

〔清〕钱大昕. 潜研堂文集［M］. 上海：上海古籍出版社，2009.

嘉定钱大昕全集［M］. 南京：凤凰出版社，2016.

〔清〕王鸣盛. 西庄始存稿［M］. 刻本. 1765（清乾隆三十年）.

〔清〕王鸣盛. 尚书后案［M］. 礼堂刻本. 1780（清乾隆四十五年）.

〔清〕刘青芝. 江村山人续稿［M］. 乾隆刻本.

〔清〕江藩. 国朝汉学师承记［M］. 清刊本.

〔清〕孙星衍. 孔子集语［M］. 清平津馆丛书本.

徐灵胎医书全集［M］. 赵蕴坤，等，校勘. 太原：山西科学技术出版社，2001.

〔清〕张惠言. 虞氏易事［M］. 清仰视千七百二十九鹤斋丛书本.

〔清〕阮元. 揅经室集［M］. 北京：中华书局，2006.

〔清〕阮元，等. 畴人传汇编［M］. 扬州：广陵书社，2009.

〔清〕阮元. 定香亭笔谈［M］. 扬州阮氏琅嬛仙馆刻本. 1800（清嘉庆五年）.

洪亮吉集［M］. 北京：中华书局，2011.

〔清〕章学诚. 文史通义校注［M］. 叶瑛，校注. 北京：中华书局，1985.

〔清〕段玉裁. 经韵楼集［M］. 清刊本.

〔清〕李汝珍. 李氏音鉴［M］. 宝善堂刻巾箱本. 1810（清嘉庆十五年）.

〔清〕屠绅. 笏岩诗钞［M］. 光绪粟香室刊本.

〔清〕屠绅. 鹗亭诗话［M］. 光绪粟香室刊本.

皇朝经世文编［M］. 清道光刻本.

〔清〕俞正燮. 癸巳类稿［M］. 1833（清道光十三年）.

〔清〕李于潢. 方雅堂诗集［M］. 大梁书院刻本：1837（清道光十七年）.

〔清〕黍余裔孙. 六合内外琐言［M］. 申报馆重印. 1876（清光绪丙子年）.

〔清〕金捧阊. 守一斋客窗笔记［M］. 广州重刊. 1890（清光绪十六年）.

〔清〕夏敬渠. 浣玉轩集［M］. 1890（清光绪十六年）.

〔清〕孙诒让. 札迻［M］. 重斠正修本. 1895（清光绪二十一年）.

〔清〕震钧. 天咫偶闻［M］. 清光绪甘棠精舍刻本.

清代诗文集汇编［M］.《清代诗文集汇编》编纂委员会，编. 上海：上海古籍出版社，2010.

〔明〕郭棐，纂修. 万历广东通志［M］. 刻本.

〔明〕方尚祖，纂修. 天启封川县志［M］. 刻本.

〔清〕张一魁，纂修. 景州志［M］. 清刊本.

〔清〕周超，纂修. 汾阳县志［M］. 1721（清康熙六十年）.

〔清〕许日藻，修,〔清〕杜兆鹏，纂. 马龙州志［M］. 1723（清雍正元年）.

〔清〕袁枚，纂修. 江宁新志［M］. 1748（清乾隆十三年）.

〔清〕钱维乔，修，〔清〕钱大昕，纂. 鄞县志［M］. 刻本. 1788（清乾隆五十三年）.

〔清〕卢思诚，纂修. 江阴县志［M］. 刻本. 1878（清光绪四年）.

〔清〕纪昀，等. 四库全书总目［M］. 北京：中华书局，2003.

道藏［M］. 北京：文物出版社，1988.

大正藏［M］. 台北：台北佛陀教育基金会出版部，1990.

二、研究著作

王国维文学论著三种［M］. 北京：商务印书馆，2010.

鲁迅. 中国小说史略［M］. 北京：人民文学出版社，2006.

胡适. 中国章回小说考证［M］. 北京：北京师范大学出版社，2013.

蒋瑞藻. 小说考证［M］. 上海：商务印书馆，1935.

赵景深. 中国小说丛考［M］. 济南：齐鲁书社，1980.

胡从经. 中国小说史学史长编［M］. 上海：上海文艺出版社，1998.
石昌渝. 中国小说源流论［M］. 北京：生活·读书·新知三联书店，2015.
朱一玄. 明清小说资料选编［M］. 天津：南开大学出版社，2012.
朱一玄. 金瓶梅资料汇编［M］. 天津：南开大学出版社，2002.
中国叙事体文学论文集［M］. 普林斯顿：普林斯顿大学出版社，1977.
刘大杰. 中国文学发展史［M］. 天津：百花文艺出版社，2007.
马焯荣. 中国宗教文学史［M］. 北京：中国社会科学出版社，2014.
张俊. 清代小说史［M］. 杭州：浙江古籍出版社，1997.
林辰. 神怪小说史［M］. 杭州：浙江古籍出版社，1998.
苟波. 道教与神魔小说［M］. 成都：巴蜀书社，1999.
林辰. 神怪小说史话［M］. 沈阳：辽宁教育出版社，2000.
詹石窗. 南宋·金元道教文学研究［M］. 上海：上海文化出版社，2001.
杨建波. 道教文学史论稿［M］. 武汉：武汉出版社，2001.
胡胜. 明清神魔小说研究［M］. 北京：中国社会科学出版社，2004.
胡胜. 神怪小说简史［M］. 太原：山西人民出版社，2005.
吴光正. 八仙故事系统考论——内丹道宗教神话的建构及其流变［M］. 北京：中华书局，2006.
陈文新，鲁小俊，王同舟. 明清章回小说流派研究［M］. 武汉：武汉大学出版社，2003.
谭帆，王冉冉，李军均. 中国分体文学学史·小说学卷（下）［M］. 太原：山西教育出版社，2013.
俞平伯论红楼梦［M］. 上海：上海古籍出版社，1988.
俞平伯. 红楼梦辨［M］. 北京：商务印书馆，2019.
俞平伯. 红楼梦研究［M］. 上海：上海古籍出版社，2015.
郭豫适. 红楼梦研究文选［M］. 上海：华东师范大学出版社，1988.
郭豫适. 红楼研究小史稿［M］. 上海：上海文艺出版社，1980.
郭豫适. 红楼研究小史续稿［M］. 上海：上海文艺出版社，1981.
刘梦溪. 红楼梦与百年中国［M］. 石家庄：河北教育出版社，1999.
苗怀明. 红楼梦研究史论集［M］. 沈阳：辽宁人民出版社，2019.
蔡义江. 红楼梦诗词曲赋鉴赏［M］. 北京：中华书局，2001.
陈汝衡. 吴敬梓传［M］. 上海：上海文艺出版社，1981.
商伟. 礼与十八世纪的文化转折：《儒林外史》研究［M］. 北京：生活·读书·新知

三联书店，2012.
李汉秋. 儒林外史研究资料集成［M］. 上海：上海古籍出版社，2017.
李汉秋，项东升. 吴敬梓集系年校注［M］. 北京：中华书局，2016.
周兴陆. 吴敬梓《诗说》研究［M］. 上海：上海古籍出版社，2003.
李时人. 李汝珍及其《镜花缘》［M］. 沈阳：春风文艺出版社，1999.
李明友. 李汝珍师友年谱［M］. 南京：凤凰出版社，2011.
徐永斌. 话说李汝珍［M］. 南京：江苏人民出版社，2012.
李剑国，占骁勇.《镜花缘》丛谈［M］. 天津：南开大学出版社，2004.
赵建斌.《镜花缘》丛考［M］. 太原：山西人民出版社，2010.
杨旺生. 夏敬渠与《野叟曝言》研究［M］. 合肥：安徽教育出版社，2004.
王琼玲. 夏敬渠与野叟曝言考论［M］. 台北：台湾学生书局，2005.
詹颂. 乾嘉文言小说研究［M］. 北京：国家图书馆出版社，2009.
王琼玲. 野叟曝言作者夏敬渠年谱［M］. 台北：台湾学生书局，2005.
王琼玲. 清代四大才学小说［M］. 台北：台湾商务印书馆，1999.
赵春辉. 清代才学小说考论［M］. 北京：人民出版社，2019.
朱恒夫. 宋明理学与古代小说［M］. 上海：上海古籍出版社，2005.
栾星. 歧路灯研究资料［M］. 郑州：中州书画社，1982.
中州书画社.《歧路灯》论丛（第一集）［M］. 郑州：中州书画社，1982.
中州古籍出版社.《歧路灯》论丛（第二集）［M］. 郑州：中州古籍出版社，1984.
李延年.《歧路灯》研究［M］. 郑州：中州古籍出版社，2002.
江苏省社会科学院文学研究所. 明清小说研究（第三辑）［M］. 北京：中国文联出版公司，1986.
杜贵晨. 李绿园与歧路灯［M］. 沈阳：辽宁教育出版社，1992.
吴聪娣.《歧路灯》研究——从《歧路灯》看清代社会［M］. 新加坡：春艺图书贸易公司，1998.
张生汉.《歧路灯》语词汇释［M］. 开封：河南大学出版社，1999.
徐云知. 李绿园的创作观念及其《歧路灯》研究［M］. 北京：中国社会科学出版社，2010.
〔清〕皮锡瑞. 经学历史［M］. 周予同，注释. 北京：中华书局，2011.
徐世昌，等. 清儒学案［M］. 北京：中华书局，2008.
王国维. 观堂集林（外二种）［M］. 石家庄：河北教育出版社，2001.
梁启超. 清代学术概论［M］. 上海：上海古籍出版社，1998.

梁启超. 中国近三百年学术史［M］. 北京：东方出版社，2004.
钱穆. 中国近三百年学术史［M］. 北京：商务印书馆，2015.
钱穆. 国学概论［M］. 北京：商务印书馆，1997.
王其俊. 孟学新探［M］. 济南：济南出版社，1989.
山东邹城市孟子学术研究会. 孟学研究［M］. 济南：山东人民出版社，1998.
李振纲. 孟子的智慧［M］. 石家庄：河北人民出版社，1997.
加润国. 中国儒教史话［M］. 保定：河北大学出版社，1999.
黄俊杰. 中国孟学诠释史论［M］. 北京：社会科学文献出版社，2004.
刘瑾辉. 清代《孟子》学研究［M］. 北京：社会科学文献出版社，2007.
康有为，等. 孟子二十讲［M］. 董洪利，方麟，选编. 北京：华夏出版社，2008.
陶磊. 思孟之间儒学与早期易学史新探［M］. 天津：天津古籍出版社，2009.
杨华. 由"尊德性"而"道问学"：学风转轨与清初孟学［M］. 上海：上海社会科学院出版社，2013.
赖贵三. 易学思想与时代易学论文集［M］. 台北：台湾文津出版社，2007.
李畅然. 清代《孟子》学史大纲［M］. 北京：北京大学出版社，2011.
王其俊. 中国孟学史［M］. 济南：山东教育出版社，2012.
周淑萍. 两宋孟学研究［M］. 北京：人民出版社，2007.
周淑萍. 先秦汉唐孟学研究［M］. 北京：中华书局，2019.
刘瑾辉. 孟学研究——探《孟子》述孟学［M］. 北京：中国书籍出版社，2019.
关锋，林聿时. 春秋哲学史论集［M］. 北京：人民出版社，1963.
冯友兰. 论孔丘［M］. 北京：人民出版社，1975.
杨伯峻. 论语译注［M］. 北京：中华书局，1980.
钟肇鹏. 孔子研究［M］. 北京：中国社会科学出版社，1983.
单承彬. 论语源流考述［M］. 长春：吉林人民出版社，2002.
安作璋. 论语辞典［M］. 上海：上海古籍出版社，2004.
［日］松川健二. 论语思想史［M］. 台北：万卷楼图书股份有限公司，2006.
朱华忠. 清代论语学［M］. 成都：巴蜀书社，2008.
张清泉. 清代《论语》学［M］. 新北：花木兰文化出版社，2008.
唐明贵. 论语学史［M］. 北京：中国社会科学出版社，2009.
黄俊杰. 东亚论语学：中国篇［M］. 上海：华东师范大学出版社，2012.
蒋鸿青. 汉代至北宋《论语》学史考论［M］. 北京：社会科学文献出版社，2017.
刘斌. 20世纪中国《论语》学论要［M］. 新北：花木兰文化事业有限公司，2018.

魏衍华. 论语学研究 [M]. 青岛：青岛出版社，2018.
唐明贵. 论语学蠡测 [M]. 北京：中国社会科学出版社，2019.
方勇. 庄子学史 [M]. 北京：人民出版社，2008
朱自清. 诗言志辨 [M]. 南京：凤凰出版社，2008.
周延良.《文木山房诗说》与《诗经》学案丛考 [M]. 天津：百花文艺出版社，2002.
人民文学出版社编辑部. 诗经研究论文集 [M]. 北京：人民文学出版社，1959.
朱东润. 诗三百篇探故 [M]. 上海：上海古籍出版社，1981.
夏传才.《诗经》研究史概要 [M]. 郑州：中州书画社，1982.
蒋见元，朱杰人. 诗经要籍解题 [M]. 上海：上海古籍出版社，1996.
叶舒宪. 诗经的文化阐释——中国诗歌的发生研究 [M]. 西安：陕西人民出版社，2005.
何海燕. 清代《诗经》学研究 [M]. 北京：人民出版社，2011.
宁宇. 清代诗经学 [M]. 长春：吉林大学出版社，2015.
傅斯年. 诗经讲义稿 [M]. 上海：上海三联书店，2017.
袁行霈，徐建委，程苏东. 诗经国风新注 [M]. 北京：中华书局，2018.
周予同. 中国经学史讲义 [M]. 上海：上海文艺出版社，1999.
吴雁南，等. 中国经学史 [M]. 福州：福建人民出版社，2001.
吴雁南. 清代经学史通论 [M]. 昆明：云南大学出版社，2001.
许道勋，徐洪兴. 中国经学史 [M]. 上海：上海人民出版社，2006.
陈来. 宋明理学 [M]. 沈阳：辽宁教育出版社，1995.
马积高. 清代学术思想的变迁与文学 [M]. 长沙：湖南人民出版社，1996.
刘墨. 乾嘉学术十论 [M]. 北京：生活·读书·新知三联书店，2006.
吴根友，孙邦金，等. 戴震乾嘉学术与中国文化 [M]. 福州：福建教育出版社，2015.
陶武. 比较视域下的戴震人性论研究 [M]. 合肥：黄山书社，2017.
支伟成. 清代朴学大师列传 [M]. 台北：艺文印书馆，1970.
林尹. 训诂学概要 [M]. 台北：正中书局，1972.
张舜徽. 清代扬州学记 [M]. 扬州：广陵书社，2004.
陈祖武，朱彤窗. 乾嘉学派研究 [M]. 石家庄：河北人民出版社，2005.
张寿安. 以礼代理——凌廷堪与清中叶儒学思想之转变 [M]. 石家庄：河北教育出版社，2001.

张丽珠. 清代新义理学［M］. 台北：里仁书局，2005.
吴通福. 清代新义理观之研究［M］. 南昌：江西人民出版社，2007.
赵航. 扬州学派概论［M］. 扬州：广陵书社，2003.
杨锦富. 阮元经学之研究［M］. 新北：花木兰文化出版社，2010.
李慧玲. 阮刻《毛诗注疏》研究［M］. 上海：华东师范大学出版社，2022.
钟玉发. 阮元学术思想研究［M］. 北京：中国社会科学出版社，2013.
马宗霍. 中国经学史［M］. 上海：上海书店出版社，1990.
张舜徽. 清儒学记［M］. 济南：齐鲁书社，1991.
李成良. 阮元思想研究［M］. 成都：四川人民出版社，1997.
祁龙威，林庆彰. 清代扬州学术研究（上）［M］. 台北：台湾学生书局，2001.
〔清〕皮锡瑞. 经学通论［M］. 北京：中华书局，2003.
陈祖武，朱彤窗. 乾嘉学术编年［M］. 石家庄：河北人民出版社，2005.
郭明道. 扬州学派系列·阮元评传［M］. 北京：社会科学文献出版社，2005.
林久贵. 阮元经学研究［M］. 北京：人民出版社，2015.
姜广辉. 中国经学思想史（第四卷）［M］. 北京：中国社会科学出版社，2003.
谭丕模. 清代思想史纲［M］. 上海：上海古籍出版社，2013.
李泽厚. 中国古代思想史论［M］. 北京：人民出版社，1986.
葛兆光. 中国思想史［M］. 上海：复旦大学出版社，2001.
徐复观. 中国思想史论集［M］. 上海：上海书店出版社，2004.
冯友兰. 中国哲学史［M］. 北京：中华书局，1992.
牟宗三. 政道与治道［M］. 台北：联经出版事业股份有限公司，2003.
陈鼓应，等. 明清实学思潮史［M］. 济南：齐鲁书社，1989.
陈鼓应，等. 明清实学简史［M］. 北京：社会科学文献出版社，1994.
葛荣晋. 中国实学思想史［M］. 北京：首都师范大学出版社，1994.
吕元骢，葛荣晋. 清代社会与实学［M］. 香港：香港大学出版社，2000.
冯天瑜，黄长义. 晚清经世实学［M］. 上海：上海社会科学院出版社，2002.
傅永聚，韩钟文. 儒学与实学［M］. 北京：中华书局，2003.
李伟波. 颜李学派实学思想研究［M］. 长春：吉林人民出版社，2018.
王明. 道家和道教思想研究［M］. 北京：中国社会科学出版社，1984.
［日］福永光司. 道教思想史研究［M］. 东京：岩波书店，1987.
李大华. 道教思想［M］. 广州：广东人民出版社，1996.

卿希泰. 中国道教史［M］. 成都：四川人民出版社，1996.
卿希泰. 中国道教思想史纲［M］. 成都：四川人民出版社，1999.
詹石窗. 易学与道教思想关系研究［M］. 厦门：厦门大学出版社，2001.
卿希泰论道教［M］. 上海：上海科学技术文献出版社，2008.
乐爱国. 中国道教伦理思想史稿［M］. 济南：齐鲁书社，2010.
苟波. 道教与明清文学［M］. 成都：巴蜀书社，2010.
许地山. 道教史［M］. 北京：商务印书馆，2015.
蒋振华. 元明清道教文学思想研究［M］. 南京：凤凰出版社，2018.
王卡. 道家与道教思想简史［M］. 郑州：中州古籍出版社，2019.
吕澂. 中国佛学源流略讲［M］. 北京：中华书局，1979.
任继愈. 中国佛教史（第三卷）［M］. 北京：中国社会科学出版社，1988.
郭朋. 中国佛教思想史（下卷）［M］. 福州：福建人民出版社，1995.
季羡林，汤一介，魏道儒. 中华佛教史·宋元明清佛教史卷［M］. 太原：山西教育出版社，2013.
蒋维乔. 中国佛教史［M］. 北京：中国书籍出版社，2016.
张祥浩. 中国学术思想史·中国哲学思想史［M］. 南京：南京大学出版社，2015.
宗白华全集［M］. 合肥：安徽教育出版社，2008.
朱光潜. 西方美学史［M］. 北京：人民文学出版社，2013.
［德］康德. 判断力批判［M］. 北京：商务印书馆，2011.
［奥］维特根斯坦. 逻辑哲学论［M］. 北京：商务印书馆，1985.
［英］罗素. 西方哲学史［M］. 北京：商务印书馆，1991.

三、期刊论文

李汉秋. 新发现的吴敬梓《诗说》刍议［J］. 复旦学报（社会科学版），2001（5）：25-29.
杨罗生. 漫说薛宝钗的"冷"［J］. 红楼梦学刊，2004（2）：219-234.
顾鸣塘. 吴敬梓《诗说》与《儒林外史》［J］. 明清小说研究，2001（4）：45-57.
陈美林. 颜李学说对吴敬梓的影响［J］. 南京师大学报（社会科学版），1979（2）：64-70.
张蕊青. 论清代学术文化对《儒林外史》的影响［J］. 明清小说研究，2010（3）：

13-23.

张蕊青. 清代朴学与才学小说的学术化 [J]. 学海, 2005 (6): 73-76.

周积明. 乾嘉时期的学统重建 [J]. 江汉论坛, 2002 (6): 56-60.

汪龙麟. 20世纪《镜花缘》研究述评 [J]. 东北师大学报, 2000 (4): 60-65.

张蕊青. 江苏人文传统对李汝珍创作之影响 [J]. 学海, 1999 (5): 130-133.

张蕊青. 乾嘉扬州学派与《镜花缘》[J]. 北京大学学报（哲学社会科学版), 1999 (5): 103-107.

欧阳健. 海的探险和海外世界的发现——《镜花缘》历史价值刍论 [J]. 青海社会科学, 1987 (5): 69-77.

陈敏.《野叟曝言》与中医药 [J]. 医古文知识, 1995 (2): 13-14.

杨旺生, 周彪.《野叟曝言》辟佛斥道思想论 [J]. 南京理工大学学报（社会科学版), 1999 (6): 1-5.

杨旺生.《浣玉轩集》与《野叟曝言》互见内容考述 [J]. 文教资料, 1999 (6): 98-108.

雷勇. 清中叶小说创作中的炫学之风 [J]. 汉中师范学院学报（社会科学版), 2003 (4): 17-22.

潘建国. 新发现《野叟曝言》同治抄本考述 [J]. 文学遗产, 2005 (3): 120-131, 160.

王进驹. 才学小说与自况——《野叟曝言》的小说类型研究 [J]. 暨南学报（哲学社会科学版), 2007 (5): 93-99.

艾尔曼. 清代科举与经学的关系 [J]. 故宫博物院院刊, 1996 (4): 1-12.

杜贵晨. 李绿园《歧路灯》的佛缘与"谭（谈）"风——作者、书题与主人公名义考论 [J]. 明清小说研究, 2013 (1): 227-240.

胡世厚.《歧路灯》的流传与研究概述 [J]. 文献, 1983 (2): 24-40.

李延年.《歧路灯》人物命名的独到匠心及其文化意蕴初探 [J]. 古典文学知识, 2011 (3): 76-83.

刘铭.《周易·蒙卦》教育思想对《歧路灯》的影响 [J]. 山东青年政治学院学报, 2012, 28 (1): 144-149.

刘雪红, 李静. 朱熹"主敬"说探微 [J]. 大众文艺, 2010 (8): 162-163.

孙振杰. 近三十年台湾《歧路灯》研究述评 [J]. 平顶山学院学报, 2014, 29 (4): 99-107.

孙振杰. 乾嘉时期中原地区的教育史诗——《歧路灯》的"生命教育"[J]. 社科纵横, 2014, 29 (4): 108-110.

苏杰.《歧路灯》引用儒家典籍考论 [J]. 兰州学刊, 2010 (8): 167-172.

万建清. 论清初学术思潮对《歧路灯》的影响 [J]. 明清小说研究, 1995 (2): 173-183.

温庆新. "以小说见才学者"辨正及其小说史叙述意义——兼及"才学小说"的概念使用 [J]. 南京师大学报（社会科学版）, 2014 (4): 140-147.

吴秀玉. 李绿园及《歧路灯》的理学思想 [J]. 平顶山学院学报, 2015, 30 (1): 91-95.

徐云知. 教育小说《歧路灯》在中国小说史上的地位 [J]. 中国青年政治学院学报, 2004 (4): 130-134.

冯保善. 炫学小说的产生与古代小说观念 [J]. 社会科学研究, 1994 (5): 67-74.

金声. 幻奇怪谲写忧患——对屠绅《蟫史》的再认识 [J]. 喀什师范学院学报, 1996 (1): 63-67.

刘平. 清中叶广东海盗问题探索 [J]. 清史研究, 1998 (1): 39-49.

侯忠义.《蟫史》的历史贡献 [J]. 明清小说研究, 2010 (1): 4-8.

李梦圆. 明清小说评点中的"学"范畴 [J]. 齐鲁学刊, 2017 (1): 128-133.

蒋见元. 神魔小说与道教 [J]. 古籍整理研究学刊, 1993 (1): 19-20.

胡胜. 论《绿野仙踪》对《升仙传》的承继 [J]. 明清小说研究, 1997 (2): 148-155.

周晴.《绿野仙踪》火龙真人形象考论 [J]. 山东师范大学学报, 2009 (2): 103-107.

四、学位论文

赵明俊. 从《儒林外史》看颜李学派对吴敬梓"理想国"建设的影响 [D]. 重庆: 重庆师范大学, 2013.

甘宏伟. 论《儒林外史》的现代误读 [D]. 武汉: 武汉大学, 2010.

张予澍. 李绿园经学素养对《歧路灯》的文本建构 [D]. 上海: 华东师范大学, 2017.

郑策. 论乾嘉学术思潮与《镜花缘》创作之关系 [D]. 上海: 华东师范大学, 2018.

王丹楠. 清代修仙小说研究［D］. 上海：华东师范大学，2019.

毛玫懿.《浣玉轩集》与《野叟曝言》关系探析——以"才学"为中心［D］. 上海：华东师范大学，2020.

刘美澳.《蟫史》中的才学探析［D］. 上海：华东师范大学，2020.

图书在版编目(CIP)数据

作者学养与乾嘉章回小说的精神世界 / 王冉冉著. —上海：上海社会科学院出版社，2023
ISBN 978-7-5520-4162-0

Ⅰ.①作… Ⅱ.①王… Ⅲ.①章回小说—小说研究—中国—清代 Ⅳ.①I207.41

中国国家版本馆CIP数据核字(2023)第117118号

作者学养与乾嘉章回小说的精神世界

著　　者：王冉冉
责任编辑：包纯睿
封面设计：周清华
出版发行：上海社会科学院出版社
　　　　　上海顺昌路622号　邮编200025
　　　　　电话总机 021-63315947　销售热线 021-53063735
　　　　　http://www.sassp.cn　E-mail:sassp@sassp.cn
排　　版：南京展望文化发展有限公司
印　　刷：上海盛通时代印刷有限公司
开　　本：890毫米×1240毫米　1/32
印　　张：12
插　　页：1
字　　数：275千
版　　次：2023年8月第1版　2023年8月第1次印刷

ISBN 978-7-5520-4162-0/I・496　　　定价：69.00元

版权所有　翻印必究